万丈红尘

蕙馨斋 著

北京出版集团公司
北京出版社

图书在版编目（CIP）数据

万丈红尘 / 蕙馨斋著 . — 北京：北京出版社，
2020.3

ISBN 978-7-200-14833-6

Ⅰ．①万… Ⅱ．①蕙… Ⅲ．①长篇小说—中国—当代
Ⅳ．①I247.5

中国版本图书馆CIP数据核字（2019）第128349号

万丈红尘
WANZHANG HONGCHEN

蕙馨斋　著

*

北 京 出 版 集 团 公 司
北 京 出 版 社　　出版

（北京北三环中路6号）

邮政编码：100120

网　　　址：www.bph.com.cn

北 京 出 版 集 团 公 司 总 发 行
新 华 书 店 经 销
三河市同力彩印有限公司印刷

*

889毫米×1194毫米　　32开本　　17印张　　540千字
2020年3月第1版　　2024年3月第2次印刷
ISBN 978-7-200-14833-6
定价：68.00元
如有印装质量问题，由本社负责调换
质量监督电话：010-58572393

作者简介

　　蕙馨斋，原名程静，现旅居法国，已出版《漫品红楼》《一丈红绫》等作品。本书系小说《一丈红绫》的姊妹篇。

大师云：

万丈红尘心不染，

空谷无人水自流。

高人曰：

万丈红尘三杯酒，

千秋大业一壶茶。

作者道：

万丈红尘今如昨，

一丈红绫任蹉跎。

目录

第一回　　出师不利　单玉田铩羽而归
　　　　　心浮气盛　田国民广州受骗　　/ 1

第二回　　初生牛犊　田国民寻仇未果
　　　　　江湖老客　仇大福息事宁人　　/ 7

第三回　　高考落榜　刘如花情窦初开
　　　　　心不在焉　田国民不解风情　　/ 15

第四回　　分发礼物　田国民破财消灾
　　　　　想方设法　单玉田如愿以偿　　/ 22

第五回　　兄弟相聚　单玉民迁居东北
　　　　　夫妻失和　刘如花丧夫守寡　　/ 29

第六回　　机缘巧合　田国民牛刀小试
　　　　　出乎意料　孙良才喜结良缘　　/ 34

第七回　　春风得意　田国民纵横茶市
　　　　　鸿运当头　单玉民报喜石棉　　/ 42

第八回　崇德广业　田国民走向国际
　　　　革故鼎新　小公司终成集团　/ 49

第九回　陈年陋习　愚村民同室操戈
　　　　丧失理智　蠢法盲犯下命案　/ 54

第十回　故人重逢　相见欢恍若隔世
　　　　夫妻别离　心有结形同陌路　/ 59

第十一回　欢聚一堂　单玉民戏说封官
　　　　　闲话家常　常桂生漫品考察　/ 66

第十二回　贪得无厌　梁科长落入陷阱
　　　　　白日做梦　姚金芳坠入情网　/ 73

第十三回　夜盼儿归　常桂生遥忆故里
　　　　　功成慰母　田国民心想事成　/ 87

第十四回　合久必分　兄弟们各自为政
　　　　　冰冻三尺　夫妻情等闲难续　/ 93

第十五回　酒后驾驶　孙良才命丧黄泉
　　　　　死后争荣　老孟头自讨没趣　/ 106

第十六回　别出心裁　袁玉荣风生水起
　　　　　政策变化　田国民江河日下　/ 113

第十七回　独倚琼楼　武青青浑然不觉
　　　　　更深露重　田国民再难入梦　/ 120

第十八回　迂回曲折　老江湖羞于启齿
　　　　　单刀直入　少年郎敞开心扉　　/ 137

第十九回　心怀不满　孙婷婷大闹婚礼
　　　　　记恨前情　宋大姐挑拨离间　　/ 148

第二十回　废寝忘食　田国民潜心镍矿
　　　　　才华横溢　武青青纵论马说　　/ 158

第二十一回　满腔热忱　田国民邀约女神
　　　　　　黯然神伤　武青青惨遭斥责　　/ 175

第二十二回　天寒地冻　莽撞女后悔莫及
　　　　　　温玉满怀　多情郎意乱神迷　　/ 183

第二十三回　凌河滑冰　尽兴归觥筹交错
　　　　　　斗室晒宝　敞胸襟倾诉衷肠　　/ 200

第二十四回　烧头炷香　常桂生论修罗场
　　　　　　吃团圆饭　袁玉荣笑伪君子　　/ 210

第二十五回　捉襟见肘　田国民孤诉离愁
　　　　　　意气风发　武青青戏说心腹　　/ 224

第二十六回　喜出望外　田国民佳人有约
　　　　　　异想天开　查南平乱点鸳鸯　　/ 233

第二十七回　权衡利弊　六佳丽戏当评委
　　　　　　机缘巧合　魏瑶瑶巧遇佳缘　　/ 245

第二十八回　意外事故　有心人设宴压惊
　　　　　　意外收获　有情人终成眷属　　/ 268

第二十九回　两情相悦　频电讯难解相思
　　　　　　天涯咫尺　叹中秋互诉离愁　　/ 283

第三十回　　张灯结彩　田国民娶意中人
　　　　　　笑逐颜开　常桂生赠传家宝　　/ 291

第三十一回　无可奈何　武青青就职鼎新
　　　　　　规范管理　新总裁出师不利　　/ 303

第三十二回　勠力同心　终盼得镍矿启动
　　　　　　百折千回　却迎来硅矿械斗　　/ 321

第三十三回　孤立无援　武青青剖腹产子
　　　　　　雪中送炭　袁玉荣煲汤催乳　　/ 335

第三十四回　心烦意乱　思故乡重返江南
　　　　　　寂寥清冷　念家人小别重逢　　/ 344

第三十五回　合作成功　老企业柳暗花明
　　　　　　争权夺利　新公司暗流涌动　　/ 358

第三十六回　追根溯源　特派员明察暗访
　　　　　　心怀怨愤　母女俩明争暗斗　　/ 373

第三十七回　痛改前非　李守合坦白从宽
　　　　　　巧言令色　王总工金蝉脱壳　　/ 386

第三十八回　心灰意懒　武青青重寻自我
　　　　　　前房后继　魏瑶瑶难觅清净　/ 395

第三十九回　点石成金　田老板时来运转
　　　　　　假公济私　老蛀虫引咎辞职　/ 406

第四十回　　如胶似漆　田国庆运走桃花
　　　　　　干柴烈火　田国富搞定如花　/ 414

第四十一回　山穷水尽　老板娘临危受命
　　　　　　柳暗花明　武青青急流勇退　/ 422

第四十二回　一帆风顺　战上海鲜花着锦
　　　　　　万事如意　闯海外烈火烹油　/ 436

第四十三回　漂洋过海　袁玉荣置业法国
　　　　　　不远万里　常桂生巡游酒庄　/ 442

第四十四回　东窗事发　袁玉荣锒铛入狱
　　　　　　协助调查　田国民身陷囹圄　/ 454

第四十五回　望眼欲穿　空欢喜痛彻心扉
　　　　　　五雷轰顶　肝胆裂家破人亡　/ 465

第四十六回　归去来兮　魏瑶瑶内外奔忙
　　　　　　凄风冷雨　武青青困守酒庄　/ 480

第四十七回　上下求索　品不尽人情冷暖
　　　　　　左右顾盼　看不完世态炎凉　/ 487

第四十八回　日思夜虑　美娇娘青丝华发
　　　　　　峰回路转　武青青运筹帷幄　/ 503

第四十九回　云开月明　局中人跳出樊笼
　　　　　　不甘平庸　田国民重整旗鼓　/ 510

第五十回　　一丈红绫　掩风流魂断他乡
　　　　　　万丈红尘　今如昨怅惘天涯　/ 518

第一回

出师不利　单玉田铩羽而归
心浮气盛　田国民广州受骗

十一月的邯郸，已是入冬景象，树木萧条，天色阴晴不定，时而灰蒙蒙的，时而透出些光亮，一点不利索。虽近正午，几缕透过云层的阳光弱弱地洒在行人身上，带着些许苍白的凉意。

单玉田和田国民哥俩，在河北省邯郸市人民大会堂门外已经转悠了一个多小时了，里面正在进行的是国家建材部牵头举办的石棉行业会议。单玉田一心想要跨入矿山行业，恰好国有八大矿之一的朝阳新生石棉矿和单玉田的小木器加工厂同在一个乡，据说因为资源枯竭，如今已是入不敷出。于是，他便带着刚来东北不久的田国民自己找上门去，毛遂自荐，做了个不拿工资的编外销售员。听说邯郸正召开行业大会，哥俩欣喜万分，不肯错过这个学习的好机会，便一路风尘，赶到邯郸。可是两个"无业游民"怎么可能进得去如此级别的行业会场呢？两人绕着大会堂外围转了两圈，虽有两个侧门，但和正门一样，都有武警站岗放哨。无奈之下，哥俩只得垂头丧气地铩羽而归。

那田国民正随了老娘常桂生的脾性，天生是个闲不住的，回到东北没几天，从小半导体收音机里听说了广州的形势一片大好，便拼凑了一千多块钱，不顾单玉田的反对，一个人直奔广州城。他倒了好几趟车，总算是到了广州，可一出广州火车站，便被眼前的繁荣给镇住了，尽管已近黄昏，可是站前广场上依旧是人生鼎沸，车水马龙。田国民看得热血沸腾，禁不住心中感慨道："果然是改革开放的前沿阵地啊！"

田国民在火车站附近找了个小旅社住下，放下行李，脱了身上早已被汗湿透的棉衣，无心洗漱，恨不得一个猛子扎进这个城市，鱼儿一般地游遍每一个角落。于是，他夹了个帆布行李包，便出门了。

小伙子东张西望，满眼皆是新鲜玩意儿。忽然有人明显地故意撞了他一下，他正要发火，不料对方却悄悄伸出手，手里握着一块眼下最时新的电子表，笑嘻嘻道："要吗？三块。"

田国民不敢相信自己的耳朵，这样的一块电子表，朝阳至少要卖十五到二十元。"多少钱？"他忍不住问道。

"三块啦！"那人个头不高，长得又黑又瘦，听口音是本地人无疑。

"太贵啦！能再便宜点儿吗？我多买点儿。"田国民大着胆子还价道——这么便宜还还价，这要是在东北，没准儿就是一场架呢！

对方闻言凑了过来，低声道："好朋友，这就是最低价啦！你要多少啦？"

田国民心里盘算了一下自己这几天的开销，故作轻松道："三百，我要三百块，你有吗？"

对方上下打量了一番田国民，微微一笑道："当然有啦！三百块的话，就算你两块五一块啦！怎么样？不能再便宜了啦！"

田国民在心里快速地计算了一下："两块五一块，三百块表一共七百五十块钱，这要是回到东北，就算一块表只卖十五，那也是四千五百块；除去本钱，至少净赚三千七百五呢。哈哈！发啦！"想到这儿，他按捺住内心的狂喜，故作镇定道："行，两块五就两块五。东西呢？"

那人打了个手势，瞬间从街边聚拢过来十来个人。那人道："最近查得严啦，东西都不敢放在这里啦！你跟我们一起去取，好不好啦？"田国民瞄了一眼围过来的十来个男人，全都是清一色的黑干瘦猴型的，心下暗自思忖：倘若对方不怀好意，真要动起手来，自己也不惧，毕竟三十九军军直警卫连的岁月也不是白混的。于是他跟着这群人，离了车站广场。可是，路越走越偏，田国民不禁起了警觉之心，故意放缓脚步，假装鞋带松了，弯腰将鞋带重新系了一遍，系得更加紧实，心想万一事有不测，无论是踢打还是逃跑都更贴实。

一行人走到天快黑了，终于到了目的地——一座废弃已久的工地。有人上前从一堆乱砖瓦砾中拖出一只黑色的大旅行包，拖到田国民跟前，拉开拉链，露出满满一大包亮晶晶的电子表。起头拉生意的男人笑道："把你的包打开啦！你自己装好了啦！"

田国民心想，自己一个人，万一对方趁自己低头装东西时从背后做手脚，那岂不是防不胜防？！于是笑道："你装吧，我看着就行。"

那人走近前，拍了拍田国民的肩膀，笑道："好朋友，我帮你装好了啦，你自己数好啦。"于是，他当着田国民的面，一五一十地将电子表清点进了田国民的行李包内，又拖过一个大包，里面装着表带，又开始一五一十地清点表带。田国民眼看着天色渐渐黑了下来，同来的人有人打开了手电筒，他不由得心下有些焦躁，便道："表带就别这么一五一十地数了，差不多得了。"

那人道："这里一共三百条表带了啦！应该不会错的了啦！"见田国民点头认可，他便将包里的表带全都放进了田国民的包里。

田国民道："你们还得把我送回火车站，包太重了。"其实，他是怕对方趁他负重偷袭。

于是一群人重又回到车站广场方才散了。

回到小旅社，田国民迫不及待地打开行李包——他要好好地欣赏一下自己今天的战利品。正好快过年了，这批手表绝对不愁卖！卖完这些手表，他得回趟老家，看看爹妈，给他们多买点年货，好好孝敬他们一番。这些年来，尽让他们操心劳神了！对了，还得再去趟南京，看看大表舅和二姐，自己在南京几年没少叫他们费心……然而，田国民的美梦在他数到第二十六块手表时便彻底破灭了——除了上面一排是二十五块电子表，下面的全都是表带。他不敢相信自己的眼睛——每一块表都是自己亲眼看着放进去的，怎么全都变成了表带呢？

他将行李包里所有的东西兜底倒到床上，又仔仔细细地检查了一遍——没错，只有二十五块表，其余全是表带。

田国民觉得自己的脑袋"嗡"的一声炸开了！

第二回

初生牛犊　田国民寻仇未果
江湖老客　仇大福息事宁人

当田国民不顾一切地冲出小旅社时，外面已是万家灯火。他连走带跑，左顾右盼，希望能在哪个角落里瞄到那帮孙子。到了站前广场上，虽然依旧是人来车往，声音却不似白天那等喧嚣了。

田国民站在偌大的广场上，茫然四顾，到哪里去找那群卖表人呢？他在广场上转了两圈，腹中饥肠辘辘，只得到街边弄了口吃的先回旅社再说。

第二天一早，天色尚未大亮，可田国民哪里躺得住！他老早便起了床。好在车站附近的旅社因为赶路的人多，早餐全都早早地便开始了，田国民好歹吃了些东西便出了小旅社，又赶到了站前广场。

这广场上五花八门什么都有得卖，田国民花了十五块钱买了把看着似乎无坚不摧、削铁如泥的带牛皮刀鞘的藏刀揣在怀里，开始四处游荡，找寻昨天那帮人。他一连找了两天，每天都是天不亮出门，天黑透了才回到房间，却始终是一无所获——那伙人仿佛人间蒸发了一般。

田国民对面床上住着一位三十多岁的矮个子温州男人。此人常跑广州，每次都住在这个小旅社，和服务员们都混得熟得很，因此他在房间里自己插个小电饭锅煮点什么吃的也没人管他。他眼见田国民连续两天满脸杀气地进进出出，也许是因为大半瓶啤酒下肚了吧，他有点想和田国民聊聊，便试探着问道："小兄弟，你是遇上什么事了吧？"

田国民没好气地瞪了他一眼，并不搭话，往床上一躺，两手抱头，望着屋顶，心凉如水。

那温州男人一边吃着自己煮的方便面和外头买来的熟食，一边自言自语道："这广州啊，水深得很！不管遇到什么事，只好自己想开点，留得青山在，不怕没柴烧。"

田国民听了不禁心有所动，一翻身坐了起来，看着温州男人道："我让人给骗了。"说罢叹了口气。

温州男人抬头看着田国民，微微一笑道："小兄弟，一起喝点？"

一个小房间靠墙一边一张床，全都顶着窗户那头放着，窗户下边、两张床铺中间放着一张写字台，上面放着个大搪瓷茶盘，里面有两个热水瓶，还有两只碰掉好几块瓷的带盖子的搪瓷茶杯，杯身上印着"站前旅社"的字样。田国民犹豫了一下，挪到写字台边上坐着。那男人见田国民挪近前来，立刻新开了一瓶啤酒，拿过茶盘里的茶杯，一人倒了一杯，又递过一双从外头小吃铺里拿来的一次性筷子，自己将原先瓶里剩下的啤酒一饮而尽，笑道："仇大福，浙江温州乐清人。兄弟，你是哪里人？"

"田国民，江苏无锡人。"

"无锡？好地方啊！不过兄弟，听你口音不太像南方人啊？"

"可能是因为从小在南京，普通话说得比较多吧。"

"是吗？听你倒是有点东北口音呢！"

"我在东北当过两年兵。"

仇大福闻言笑道："我现在就在东北做生意呢。"

"哦？是吗？"田国民有点意外，"在东北哪儿呀？"

"辽宁，辽宁朝阳。你知道吗？"

"当然知道。"田国民这才来了神，"我现在也在辽宁朝阳呀。"

两人这才你一言我一语地正式聊开了。原来这仇大福看着老成，其实才二十八岁，不过却已是六个孩子的爹了，一头一尾是男孩，中间四个女孩，小的才刚满周岁，大的也才十岁。当年，他不满家人给订的亲，和十六岁的小女朋友私奔跑到东北，误打误撞地就留在了朝阳，如今在那里做些纽扣、拉链、窗帘之类的生意。田国民于是也将自己的现状以及这两天所遇之事一一道来。仇大福听了摇摇头道："算了，兄弟，只当交个学费吧。谁闯广州不交两个学费呢？！你肯定是遇上一伙变戏法的了。这火车站附近，这样的人多的是。还有玩猜蚕豆、猜玉米的，你眼睁睁看着就是猜不中，都是骗人的——他们玩的就是眼疾手快。"

两人边吃边喝边聊，越说越来劲儿。憋了两天的气，如今说出来，田国民心里舒畅多了，起身道："大哥，你坐着，我去买瓶白的，我不喜欢喝这啤的，不带劲。"说着便出门到附近小卖部里拎了瓶白酒回来，不料那仇大福的酒量实在有限，竟已睡着了。田国民只得放下酒瓶，一笑了之，自己洗漱了一番也就睡下了。

　　这一觉睡得踏实，直到中午仇大福背着两大包东西回来才把田国民给吵醒了。田国民起床到外头公共浴室里洗漱回来，仇大福的小电饭锅里已经煮好了方便面。见田国民回房，仇大福便招呼道："来，兄弟，一起吃点。我煮了你的一份了。"

　　田国民推让了一番也就坐下了，正好将昨晚的一瓶酒拿了出来。仇大福摆手道："中午就不喝了，吃完饭我要去车站看看票，我打算回家了。你呢？你什么时候回去？"

　　田国民摇摇头苦笑道："钱都让人骗了，还能干什么？先回家再说呗。"

　　两人于是吃了点方便面到车站售票处一看，正好晚上便有一班开往沈阳的火车，便各自掏钱买了当晚的硬座票，结伴回了朝阳。

　　两人到了朝阳，仇大福非要请田国民吃饭，以感谢田国民一路上帮忙拿行李。田国民本不肯叨扰，但回乡的班车早就没了，反正要在市里住一晚上，于是便同意了，跟着仇大福去他家里。那仇大福在朝阳火车站附近租了个门脸，前面做生意，后头住人。这样的大冬天，下午三四点钟大马路上便已撂棍砸不着人了。仇大福的老婆因提前接到男人的电报通知，早已装好火锅，等着仇大福了。见男人带了客人回来，她倒也并不十分意外，加了双碗筷便热情相让。

仇大福给老婆和田国民做了个介绍，那妇人名叫仇阿妹。田国民心内诧异，嘴上却并未多言，只随口敷衍道："这么巧啊，两人都姓仇，这个姓可不多啊。"酒过三巡，仇大福不用人问，自己便说出了与老婆乃是本家兄妹，故两人之事遭到全族反对，不得已只得逃到东北；又把六个孩子一一叫到跟前，知道田国民在家排行老三，便让孩子们都以"三叔"称之。田国民一一答应，抽个空假装离席方便，悄悄摸出口袋里的钱看了看，已是所剩无几，于是回到屋里，从行李包内掏出六块电子表，红着脸递给仇阿妹道："嫂子，我也没准备，快过年了，这几块电子表给孩子们当玩具吧。"仇大福夫妇哪里肯要，一番拉扯推让，最后仇大福道："这样吧，留一块下来给你嫂子吧，她本来正好也想买一块的，这几个小屁孩就别给他们瞎糟蹋钱了。"

"那拿两块吧，你和嫂子一人一块。"

"我有。"仇大福抬了抬手腕，"你快收起来吧。回去趁过年好卖，赶紧把它们出手了，还能挽回一点损失呢。"说着将其余五块表硬塞回了田国民的行李包里。田国民见他执意不要，只得作罢。

孩子多，一顿饭吃得乱哄哄的，却也其乐融融。田国民酒足饭饱，起身告辞。仇大福送出老远，田国民一再叫他回去，两人这才分手道别，临别前又互留了联系方式。

第二天，田国民睡到日上三竿方才起床，只因早起无用，往淖泥洼的班车一天只有一个来回，早上进城，下午回乡。

回到家，田国民本来想将广州受骗的事一一告知单玉田，不想单玉田的亲弟弟单玉民一家竟然到东北来过年了。当年常桂生领养了随父逃荒的单玉田，起名田国安，一直和生父一家并无往来，只是"文革"期间各种机缘巧合，单玉民找上门来，认下了亲哥哥田国安。但造化弄人，田国安后来避祸隐居在海拉尔的大舅哥家里，为了掩人耳目，便复了本姓，又保留了养父姓氏，改名单玉田，"文革"结束后到了东北谋生，便逐渐地又和养父与生父两家都恢复了联系。这单玉民比田国民早一天到。原来，单玉民的女儿单芳芳在长春卫校毕业后，居然分配到了新建成不久的朝阳第二人民医院，据说是在妇产科里当护士，年后就上岗实习。因此，单玉民便带着老婆肖秀丽和女儿都到东北来过年了。他的儿子单广年技校毕业后在盐城市里的机械厂工作，早就在市里成家立业了，所以并未同来，而是到岳父家过年去了。饭桌上众人一直说着单家大丰老家的事情，田国民插不上嘴，蔫蔫地吃完饭便回房了。众人只道他旅途劳顿，乏了，且正聊得热火朝天的，也就都没怎么理会他。

田国民回到自己屋里，摸了一把土炕，烧得热乎乎的，便和衣躺到炕上，不禁又想起广州城里上当受骗的一幕幕，心中燥热，便脱了大棉裤，只穿了条毛线裤躺着。

忽然有人敲了两下门，田国民没好气道："谁啊？门没插。"

门"吱呀"一声开了，进来个大姑娘。这姑娘长相平平，但是脸上有一样东西却是与众不同：一副眼镜，一副厚得跟啤酒瓶底差不多的眼镜。

田国民翘起头看了看，心里有点不耐烦："这么晚了，你来干什么？"

第三回

高考落榜　刘如花情窦初开
心不在焉　田国民不解风情

　　进来的是单玉田的好朋友、淖泥洼中学校长刘胜利的老姑娘刘如花。

　　这姑娘从小便是淖泥洼有名的学霸，刘胜利也一心想要培养她上大学，因此从不让她沾半点农活，只一心读书为要。谁知道这刘如花大学连考了三年，第一年差一分，第二年差三分，第三年差二十分，把个刘胜利的心都考冷了。姑娘自己也架不住村里人的指指点点，见面不叫名字，男女老少全都戏称其为"大学漏子"，因此死活不肯再考了。刘胜利见姑娘年龄渐渐大了，也就不再勉强她了。只是姑娘读书看坏了的眼睛却好不了了，天天架着一副七八百度的眼镜在刘胜利眼前晃悠。刘胜利看了心烦不已，和老伴商量了一下，既然不考大学了就赶紧嫁人吧。可是本乡的人都知道这姑娘虽是个土生土长的乡下人，却是手不能提、肩不能担，四时不明、五谷不分，一时间本乡本土的还真就没有合适的。两个月前，姑娘的姑姥姥给介绍了一个，大平房镇上的，姓宋，名唤大军，在大平房火车站工作，比刘如花大三岁，是个遗腹子，有个姐姐早就嫁出门去了，家里只有老母和他这个独子。刘胜利夫妇听了男方条件都觉得还算不错，又特意问了对方是否知道自己家姑娘近视的事，对方答：在大平房中学见过刘如花，知道她是个近视眼。刘家这才放下心来。

谁知姑娘大了，心思多了，父母张罗的亲事并不如意，姑娘的芳心另有所属。自从田国民来到木器厂，那刘如花便再也无心念书了。刘胜利一家就住在学校最后面一排的屋子里，和单玉田家说起来也就是一墙之隔。田国民从广州回来，刘如花隔着院墙听得真切，又不好意思直接过来。正坐立不安之际，可巧她老娘道："单厂长的弟弟一家三口，再加上他们家五口人，全都是齐整整的大人呢，我想给他们拿几棵酸菜去，我看秀梅渍的那几棵酸菜怕是不够吃的。"

刘胜利道："那你送几棵过去得了。"

"妈，我去吧。"刘如花赶紧假装漫不经心地说道。

"去吧。"她老娘递了个大铝盆过来，"多拿几棵。我渍了两大缸呢。"

"知道了。"刘如花从缸里掏出六棵酸菜，想了想又放回去两棵，心里打了个小九九：太少不好看，太多了没时候吃完，四棵酸菜，不多不少，吃完了可以再送一趟。

几棵酸菜把手冻得冰凉，刘如花赶紧到灶台上舀了一勺温水倒到脸盆里，将手焐热了，又戴上棉捂子、套上大棉袄才端着铝盆往单玉田家去了。

到了单家，单玉田的爱人文秀梅少不得客气了几句。刘如花坐了几分钟，便装作随口问道："快过年了，国民还没回来呀？"

"回来了，今天刚回来的。吃完回屋休息去了。"文秀梅道，"如花，你上炕来再吃点儿呗？"

"我早就吃过了。天冷，我家吃两顿饭，下午四点多我们就吃了。"刘如花笑道，"我看看国民去吧，看他有没有什么新鲜事儿。"

"行，你去吧。"文秀梅道。

于是刘如花来到了田国民的房间。单玉田家朝南三间，进门就是灶台，东西各有一间大屋，本来为了取暖，一家人全都睡在东屋的一条大炕上，但田国民刚从南方来不久，不适应东北人全家老少睡一张炕的习惯，单玉田便将西屋给收拾了出来，让田国民单独住。刘如花进得门来，并不在意田国民的语气，没话找话道："你这毛裤挺好看的呢！穿着暖和吧？"

"哼！"田国民冷冷一笑道，"都说你二程眼，眼神还行啊！"

刘如花脱了大棉袄，扭腰坐到炕沿上，低头凑近田国民的毛裤仔细端详，嘴里"啧啧"称赞道："织得真好！针脚真匀乎！"说着伸手抚了一下毛裤。田国民像被电击了一下，一条腿顿时便酥麻掉了，一下子屏住呼吸。"谁织的？我也想学呢。"刘如花接着道。

"二姐。"田国民简直不敢喘气，"我二姐织的。"

"你二姐手可真巧！"刘如花说着又来回摸了几下田国民腿上的毛线裤。

田国民的呼吸一下子便沉重起来。那刘如花比田国民大了两岁，田国民的反应她瞬间便感应到了，不由得顿时也耳热心跳起来；本来她是因为高度近视养成的习惯：看什么东西都要凑近了看，再拿手摸摸以便进一步确认。所以她伸手摸毛裤不过是无心之举，怎奈这田国民生平头一次有不相干的年轻女性做如此亲近的举动，突然之间便有些恍惚了。屋里一下子变得万分寂静，只听见两人"咚咚咚咚"的心跳。

忽听对面屋里响起文秀梅的笑声，也不知他们说到什么事情了，文秀梅笑得如此开心。西屋里的两个年轻人吓了一跳，相对无语；刘如花为了缓解尴尬的局面，强笑道："你在广州遇到什么新鲜事没？"说着习惯性地扶了扶眼镜。

那田国民在部队一年多，闲来无事倒是养成了个爱读书的好习惯，凡部队图书室里的书也不管好歹，是书就拿过来看，因此这两年肚子里却也装了些"货"。他又是个爱卖弄的性格，东北地区秋收结束便是这一年田里的活计终结之时，天又黑得早，晚上有大把的时间唠嗑，因此村里的男女老少时常聚在一起听他胡吹乱侃的。有一次，他讲《三国》正讲得眉飞色舞，"你们都知道这么句话吧？'徐庶进曹营——一言不发。'谁知道这徐庶还叫什么名字呢？"

有人接口道："元直啊，徐庶徐元直嘛。"

"非也，非也！"田国民装模作样地摆摆手，"元直那是他的字，他本名叫作徐福，别名叫作单（dān）福。"

众人听了皆哗然，叽叽喳喳议论开了。田国民得意扬扬，并不立刻说下文，而是留出时间让众人议论，他要等他们议论不下去了，着急催他，他才接着往下说呢！此时，刘如花悄悄递了张字条给他。他偷偷看了一眼，见上面写着："是shàn福，不是dān福。"田国民顿时羞红了脸，也无心再说下去，当晚便草草打发了众人。自此两人倒是时常在一起聊聊天，因而此刻刘如花便故意问他在广州是否遇到什么新鲜事了，好打个岔，缓和一下气氛，也是知道他爱说话、爱显摆，故而投其所好。不料今天这个马屁却是拍到了马蹄子上了，这个话题正好触到了田国民的痛处，因此他立刻淡淡道："没有，没什么新鲜事。"

"那你跑了趟大广州，就没带点儿什么新鲜玩意儿回来让我们开开眼界？"刘如花笑道，说着伸手推了推眼镜。

田国民抬头道："没有。"恰好看见刘如花的两块镜片在白炽灯的照耀下闪了闪。他歪了歪头，换了个角度，看那眼镜上的光又闪了闪，像极了电子表，田国民的心头顿时涌起无尽的反感，于是斜了一眼刘如花，冷冷道："我累了，你也回去休息吧。"

刘如花见他的态度突然一百八十度大转弯，一时没反应过来，可又找不到合适的话题，愣了一会儿轻声道："我姑姥姥给我说了个对象。"她停了一下，见田国民没反应便接着道："我爸妈都挺满意的。"可能是镜片太厚，眼镜有点重，也可能是刘如花心里觉得有些尴尬，因而每次说话她都下意识地扶一下眼镜，她每扶一次眼镜，镜片上的光便闪一下田国民的眼睛，可是她自己却完全没有意识到。停了停，她又接着说："兴许开春就结婚呢。"这句话其实是她自己随口现编的，她想看看田国民听了这话是个什么样的反应，结果田国民对此完全无动于衷。刘如花不禁有些急了，盯着田国民埋怨道："你怎么一句话都不说呢？！"

田国民看她的眼镜片一闪一闪的，心里烦透了，此时又听她言语中有责怪之意，心头顿生一股无名之火，脱口道："我为什么要说话呢？你结你的婚，关我什么事呢？"说罢扯过炕头的被子，连头带脚一起捂了起来。

刘如花一下子愣住了，眼泪忍不住掉了下来，却又无话可说，只得甩手离去。田国民眼下尚且是个不解风情的愣头青，听见刘如花的摔门声，气得一把将捂在头上的被子掀下来，长长地呼了口气，愤愤道："神经病！"

第四回

分发礼物　田国民破财消灾
想方设法　单玉田如愿以偿

第二天，田国民早将头天晚上刘如花的事抛到了九霄云外，一心琢磨着找个合适的机会跟单玉田说说自己上当受骗的事。没承想早饭桌上单玉田随口便问起了广州之行的情况，田国民只好一五一十地把受骗的经过说了一遍，末了还百思不得其解道："我就奇了怪了，我明明眼睁睁清清楚楚看见他一五一十地点进去的，怎么就不翼而飞了呢？"

单玉田虽也心疼那大几百块钱，但事已至此，也不便深说，说也无益，只得淡淡道："什么一五一十地，人家就始终拿着那二十五块表在你眼面前晃，忽悠你呢。"

"我找了他们整整两天。"田国民恨恨道，"哼，要是让我找着了，不捅几个透明窟窿才怪。"

"哎哟喂，亏得没找到。"文秀梅摇头叹息道，"要找到了，这年还有得过？！"

"是啊，"单玉田道，"别管是你捅了别人，还是别人捅了你，这事可就真闹大了。只当破财消灾吧。快过年了，你也别到处瞎窜了，老实在家待着吧。那几块表也别卖了，送送人得了。"

"我也是这么想的呢，就这几块表，还卖个屁啊！不如送送人得了。"田国民道，"你和大嫂、建设、和平一人一块，单二哥、单二嫂、芳芳你们也一人弄一块。"

"你可拉倒吧，"单玉田摆摆手道，"我是不要那玩意儿。"

"干吗不要？"田国民笑道，"折三十块钱一块呢。"

"真是呢！"文秀梅接口道，"这可是本钱，市场零售价少说也得翻倍呢。"

"那你们就一人弄块六十块钱的电子表戴着吧，我反正是不要。"单玉田笑道。

一家人吃完早饭正嘻嘻哈哈地忙着挑电子表呢，恰好田国民的四个战友结伴找上门来。这四人皆是朝阳周边乡镇人，和田国民在部队里一起扛过枪、一起打过架、一起挨过罚的，大裁军时都被裁回了老家。田国民到了东北没多久，便和他们都又联系上了。年底无事，一帮年轻人大冬天的也不怕冷，骑个自行车大山沟里乱窜，这一大早便窜到淖泥洼来了。

单玉田早就认识哥几个了，而单玉民初来乍到，田国民便将他介绍给几个战友认识："这是我单二哥，这是单二嫂，这是我大侄女儿，单芳芳。"几个年轻人便都称呼单玉民"单二哥"。田国民又将几人一一介绍给单玉民："这是周常胜，这个李忠良，他两家是台子的；孙良才、严守才，他俩是大平房的。"单玉民哪搞得清什么台子、大平房的都在哪儿，只好含糊点头，敷衍了事。

"都不是什么好鸟！"单玉田笑道，"早饭都吃了没？"

"没呢，正饿呢！"四人笑道，"嫂子有好吃的没？"

"有。"文秀梅笑道，"我给你们热几个豆包去。"

"来来来！"田国民上了炕，招手让几个人都上炕，"算你们几个运气好，一人挑一块。"四人看见炕桌上放着一堆电子表，都奇道："哪来这么多电子表的？"

"我从广州买的。"

"你去广州啦？"

"昨晚刚回来。"田国民指指桌上的手表，"一人挑一块吧，三十块钱一块呢。"

"什么！这么贵？比咱这儿还贵？"

田国民叹了口气，把自己在广州上当的事又说了一遍。几个人听了又是气愤又是感慨，说了一堆没用的气话，临了一人挑了一块。

单玉田道："你给老刘他们也送两块过去。"

单玉田这一说倒叫田国民想起了昨晚上刘如花的那副眼镜来了，忍不住"扑哧"一声笑了出来。

单玉田道："笑什么？"

"你说他们家刘如花那'二饼'到底有多少度？"田国民笑道，"看着怎么那么像电子表呢？"

"你闲的吧？"单玉田训斥道，"娘儿们分分的。你管人家多少度呢！"

"我就随口那么一说。"田国民笑道，"我待会儿就送去。明天我再送几块到矿上去。"

"石棉矿那边过年的东西我另有安排。"单玉田道。

"你肯定就安排那几个头头呗,我也没打算送给他们,他们也看不上这么点小东西,底下干活的人我给他们送几块去。"那新生石棉矿本是一帮劳改犯人劳动改造的场所,因此里面的管理人员基本上都是公安系统的在编人员。单玉民也是个好交好为的性格,听见田国民这话,便说自己闲着没事想明天跟着一块开开眼界去。这一去竟交了几个当警司的朋友,常相走动,倒不寂寞了。此乃后话。

几个人正说着,就听外头院子里文秀梅道:"哟,刘校长早啊,吃了没?"

"吃了吃了,你们吃了没?"

"早就吃啦!"

"玉田在家没?"

"屋里呢。"

"我找他唠会儿嗑去。"刘胜利说着话,掀起棉门帘进了屋,"哟!这么热闹!"

"哎,刘校长正好你来了,省得我再跑一趟了。"田国民指着炕桌上的电子表笑道,"快来给你们家人一人挑一块。"

"哟!哪来这么多电子表的?"刘胜利诧异道。

于是，田国民将自己在广州受骗的事当笑话又说了一遍。

众人说笑了一会儿，刘胜利道："我今儿来可有个正事呢。"单玉田道："啥事？"

"建材部弄的那石棉行业会议四月份在广州开，你还有心去吗？"

"唉！"单玉田叹了口气，"怎么没心呢？进不去啊！"

"我有个同学在广州煤建公司，兴许他能有招儿。不过我丑话说在前头，不是十分有把握。"

单玉田听他这么说便有点犹豫不决了，田国民插嘴道："当然要去，有一分希望也得试试呀。"

单玉田沉思半晌，叹息道："唉！行，就再去试一回吧。"

单玉田和田国民到了广州左请右托，好一番折腾。到底是功夫不负有心人，哥俩终于进了这国家建材部主办的会场。两人如同干得发硬的一块海绵掉进了大海，吸收、吸收、吸收，拼命地看、问、记，唯恐错过一丝丝信息。

人都散尽了，两人方才出了会场。田国民站在会场大门口，抬头仰望门头上巨大的条幅，两手往腰间一托，点点头道："嗯！大哥，十年后我们自己主办个石棉行业会议。"

单玉田扭头看了看田国民，鼻子里"哼"了一声："不知天高地厚！"

第五回

兄弟相聚　单玉民迁居东北
夫妻失和　刘如花丧夫守寡

单玉田哥俩刚回到家，刘胜利便过来了。

"咋样？"刘胜利笑道，"有收获没？"

"收获太大了。"田国民无限感慨道，"过两天我想出去跑跑，我得把全国所有的石棉加工厂都跑个遍。"

"真有必要。"单玉田点头道。

"咋样？我那同学帮上忙了吗？"

"多亏了他呢，不然真保不准又跟上回一样呢。"单玉田说着递了支烟给刘胜利，"晚上就在这吃吧，好好唠唠。"

几人正说着话，单玉民进门笑道："回来啦？怎么样啊？还顺利吧？你们回来我也算是光荣完成任务了。过两天我也该回去了，家里的地都该荒了。"

"你本来在家也就是个木匠，也没种什么地。我看你干脆别回去了。"单玉田道，"正好那个小木器厂你帮着管管，还对路子。"文秀梅恰好和肖秀丽一起进得屋来。她是个唯丈夫马首是瞻的性格，听见单玉田的话，便立刻转脸对肖秀丽道："就是，回去干吗？儿子人家都住城里了，你们也不能跑城里招人烦去，这儿离着芳芳还近，多好啊。家里那几亩地给别人种好了，就跟玉兰一样，人家每年给她送点粮食、土产什么的，不是挺好的？"

肖秀丽在东北待了几天，不知要比她在大丰老家享福多少？！何况女儿又在这儿，心里自然是千肯万肯的，但又不好表态，只得笑道："我又不当家，听他的。"

刘胜利道："哥们儿在一块儿多好，打虎亲兄弟，上阵父子兵，种地能种出几个钱来？老二干脆把家里的地租出去得了，家里有多少地？"

"哪有什么地？！"单玉田道，"江苏的地都金贵着呢，大丰最多一人一两亩地呗。"

"这巴掌大的地有啥舍不下的？"刘胜利笑道。

"我单二哥的地是阿凡提的地呢，种沙子，出金子呢。"田国民笑道。众人闻言都笑了起来。单玉民被众人说得心也活了，便答应过两天回去将家中诸事料理妥当了便来东北常住。

晚饭桌上，刘胜利对单玉田道："差点儿忘了正事了，老姑娘过几天出门子了，我想借你的吉普车送送亲。"

"哟，如花出嫁啦？"文秀梅笑道，"啥时候的事啊？没听见一点动静呢！"

"年前就相中了，这一过完年，男方就来催了。"

众人纷纷给刘胜利道喜。田国民忽地就想起那天晚上的事，心中略微一动，稍纵即逝。

刘如花出嫁之日，男方套了架骡车来迎亲，那骡车披红挂彩，却也威风。刘如花幽怨地将眼神瞥向田国民，田国民正跟一帮年轻人一道起哄围着新郎官要喜烟呢，哪里在意她厚厚的镜片后头是什么眼神呢！骡车在前，送亲的大吉普在后，一群顽童跟着跑，煞是热闹。

刘如花的对象宋大军虽在大平房车站工作，家却是乡下的，家里也有几十亩地，老母亲一个人种着。刘如花嫁过来自然也是要干农活的，本来她就不善务农，再加上高度近视看东西不真亮，干活自然就比旁人慢了许多，婆婆见了自然也就不太高兴了。她心里一急，竟将苗当草除了不少。时日久了，新婚的新鲜劲也过去了，那宋大军自然也就不客气了，经常把刘如花拖过来一顿好揍。

起初刘胜利心疼女儿，上门找过两回。宋大军一言不发，将刘胜利带到田埂上让他自己看。那刘胜利自己也是土生土长的农村人，看了女儿锄的地也实在是无话可说，只得劝了女婿几句，又关照刘如花做事要多加小心了事，平时还时不时地让老婆送物送钱，以图笼络女婿之心。日子也就凑合着往前过了。不料宋大军那小子攒了几个钱，买了辆幸福125，过年走亲戚串门子都开着出去嘚瑟。一日，他在朋友家里喝了顿大酒，众人皆劝他别开车了，他却不听人劝，结果一个大屁跟头倒栽到一堆冻得梆硬的黄沙上，搞了个血染黄沙，当场就挂了。刘如花在他家并无一儿半女，自然也没必要再守下去了，料理完丧事便直接就回了娘家。

刘如花出嫁、丧夫不过短短两年不到的时间，可是这两年对于田国民来说可就珍贵了——他几乎已经将全国绝大多数的石棉厂家都跑了个遍，每到一处必至生产第一线，虚心讨教一线的操作人员，连各家的石棉生产配方都了如指掌。单玉民问他："你一个推销石棉的，东西卖掉就是本事了，你管人家怎么生产的干什么？"

"单二哥，咱就是忽悠别人也得说几句行话呀。"田国民笑道，"常言道：'行家一出手，就知有没有。'同样的道理：'行家一开口，也知有没有呢。'我们只有自己先成了内行，才能给客户最好的建议吧？"

"还真是这个理。"单玉民点头道，"你是真能干呀！那石棉矿现在全都指望你呢吧？"

"那是！"田国民笑道，"目前来看还真就是这样。"

两人正说着话单玉田皱着眉头进了院子，抬头看见田国民便道："你赶紧去一趟江西，出大事了。"

"怎么了？"田国民和单玉民都吃了一惊。

"我们发到赣州的两个车皮的石棉对方验收不合格，要退货。"

第六回

机缘巧合　田国民牛刀小试
出乎意料　孙良才喜结良缘

单玉田开车连夜将田国民送到市里，好赶上第二天最早的一班火车。

到了赣州石棉瓦厂，无论田国民怎么商量，对方就是不愿意接受这两个车皮的货，一口咬定货物不合格，要求退货。田国民无奈，只得跑到邮局拍了封电报给单玉田，单玉田也只得同意他将货退发到大平房火车站。一家人蔫头耷脑好不容易熬过了年，还没过十五，就接到大平房火车站的通知，退货到了。田国民赶紧开车前去接货。

"来了！来了！"远远地就看见车站管理员老丛头指着田国民道，"货主来了。"正和老丛头说话的男人个头不高，闻言转脸望向田国民。田国民下了车迎着老丛头他们走了过去。

"小伙子，这两车皮的石棉是你的？"那男人迎上前问道。

"是。"田国民从口袋里掏出一张名片递了过去，名片左上角赫然印着田国民的彩色大头照，"田国民，新生石棉矿的销售经理。您怎么称呼？"

"我叫肖建国。"那男人伸手接过名片看了一眼笑道，"哟！这名片很稀有啊，看一眼忘不掉啊！我们国有企业还没时兴印名片呢。"说着伸手同田国民握了握手，接着道，"我是江西修水的，正到处找石棉呢。小伙子，这些石棉都是你的？"

"外头冷，上屋说吧。"老丛头道。平时田国民时常会给他带些烟、酒之类的小恩惠，因此老头十分热情。

三人进了调度室。老丛头找了两个脏兮兮的杯子，放了些茶叶末子，好歹泡了两杯茶。田国民与肖建国这才坐下聊了起来。

原来肖建国他们单位准备十一献礼，领导班子研究决定要上石棉瓦生产项目，任务紧急。生产副厂长肖建国这才亲自出马，到资源大省辽宁来寻找石棉，不想歪打正着，恰好就看到了刚刚到站不久的两车皮石棉。

　　田国民一听当然是喜出望外，细细地跟肖建国介绍了一番这批石棉的特点：这两个车皮都是特配三级棉，生产出的产品虽然表面不够细腻，但比常规的三级棉要更加经济耐用，从实用价值上来说，应该是常规三级棉的升级版。说着，他便想带肖建国去看看货。肖建国摆摆手道："不用再看了，刚刚我已经看过了。我实话跟你说吧，我也不懂这石棉，厂里也没几个人明白的。你这东西到底行不行，我还要带点回去化验了才能决定。"

　　田国民道："光化验也没什么实质性意义，不如你们做个试验，我可以提供你们整个生产流程的配方。只要你们按我开的配方来，不行我负责。"

　　"哦？是吗？"肖建国奇道，"你一个搞销售的居然懂生产？"一边说，一边上下打量了田国民一番。

　　"平时跑业务喜欢到生产一线看看。"田国民笑道，说着从随身带着的小包里拿出纸笔，"我这就写给您，您回去让单位的技术部门小规模做个试验，试验用的石棉我送您。"田国民写完配方，递给肖建国。肖建国接过一看，又是一阵赞叹："啊呀！小伙子，你这是全才呀！这笔字可真是太漂亮了！"

"小时候上课不用心，尽开小差瞎画了。"田国民笑道。

"平时练练字吗？"肖建国道，"都练谁的呀？"

"偶尔也瞎比画比画。"田国民心中暗自思忖：听口气，这肖建国是比较喜欢书法的，没准他自己就写得一笔好字呢！因此他并不敢信口开河，只是试探性地笑道："颜柳欧赵，各有千秋，我不过是闲着没事时自己随心所欲胡乱涂鸦而已。"

"哦！那你是喜欢楷书了？"肖建国道，"我倒是挺喜欢草书的呢！"

"二张、二王、孙过庭、黄庭坚、怀素、傅山、董其昌笔走龙蛇、凤舞九天，后人大多只得其形，难得其神啊！我是喜欢归喜欢，高山仰止啊！"田国民赶紧投其所好。

肖建国一听更来神了。两人聊得投机，肖建国却怕错过了回市里的班车，便要起身告辞。田国民笑道："这有何难？我开车送您。"肖建国正聊到兴头上，故也就不推让了。两人一路聊到市里，到旅馆约上了和肖建国分头行动的厂技术科长，三人晚上一起喝了一顿。正所谓"酒逢知己千杯少"，三人喝得尽兴方歇。

第二天，田国民将肖建国他们送上车。肖建国临别又给田国民吃了一颗定心丸："放心好了，回去我就组织人尽快做试验。其实我们比你还着急呢，就等着新项目向国庆献礼呢。"

果然没过多久，肖建国便来电让田国民去一趟修水。田国民接到电话后，一刻也不敢耽搁，立即动身赶到修水，见了肖建国厂里的领导班子。那厂里的一把手本来有肖建国美言在先，此刻又见着真人，见田国民不但生得相貌清俊，而且言谈得体，最重要的是他对全国的石棉行业了如指掌，因此对田国民十分欣赏，不单要下了大平房站里囤积的两车皮三级棉，还花"天价"订购了两车皮的五级棉，更是和田国民签订了长期供需计划合同。田国民修水一行，真可谓是满载而归。

回到朝阳，兴致勃勃的田国民买了点礼物，顺便去看了看在车站附近做生意的仇大福一家人。仇大福见田国民聊了一会儿便急着要往家赶，摇头道："你住在那么偏僻的地方真是太不方便了，有钱还是搬到市里来住着方便。"

"我也正有这个想法呢。"田国民道，"你帮我留心着，有合适的办公地点通知我。"

"行，我帮你留意。"

回到家中，单玉田、单玉民、刘胜利连同大平房的战友孙良才都等着他呢。听他说完，众人皆高兴万分。晚上文秀梅炖了几个硬菜，众人聚在一起吃喝说笑，一扫多日阴霾。席间孙良才扭捏道："过几天要请大伙喝顿喜酒呢。"

刘胜利闻言低头不吱声。单玉民道："好事啊！恭喜恭喜啊！哪儿的姑娘啊？"

"你们几个终于有人结婚成家了。"单玉田点头道，"好好张罗张罗，缺啥只管开口。"

"我呸！"田国民笑道，"谁家姑娘这么倒霉？"

"这要说起来还是你做的媒呢！"孙良才对田国民笑道，"那年年底上你家来玩儿，你正分电子表的事儿你还记得吗？"

"记得啊！"田国民诧异道，"怎么？跟那手表有关？"顿了一下笑道，"干吗？你上广州帮我复仇去了？拐了个广州妹子回来？"

"你可拉倒吧！"孙良才笑道，"刘校长走时忘拿手表了，你让我们几个谁送过去，我就去了。"

众人闻言皆瞪大了眼睛："刘如花？"

田国民惊道："那当时没听你提起呀？"

孙良才不好意思地挠头道："那会儿不是家里穷嘛。"

"这可真是缘分天注定，绕来绕去怎么都能绕着她呀！"单玉民笑道，"你小子这也藏得够深的呀，这天天的就在我们眼皮子底下，我们居然一点不知道！"

那孙良才的父母皆是老实巴交的庄稼人，朝阳又是个十年九旱、风不调雨不顺的地界，单靠土里刨食，能有几个钱？孙良才转业回来又并没有什么正式的工作，真正叫作家徒四壁。这两年跟着田国民跑个腿、拎个包、打个下手什么的，日子比从前不知强了多少，但到底还是想娶个十分好的也不是那么容易，正好刘如花守寡在家，彼此一权衡，此事竟成了。于是田国民出钱，那几个战友出力，单玉田出车，单玉民做了主婚人，将一场婚礼办得甚是像样。婚后不久，那刘如花便生了个八斤七两的大胖丫头，一家人开心度日。

单玉民私下说笑道："孙良才这小子，平时说话磕磕巴巴，干活倒麻利，这结婚才几天啊？这是先结果后开花呀。"

"怎么个先结果后开花呀？"田国民随口道。

"哎呀！我可不敢把你这黄花小官给教坏了。"单玉民笑道，"大哥不得弄死我呀！"

"你俩真是闲的。"单玉田道。

田国民道："大哥，昨天去市里，仇大福给我介绍了个地方，原先的市武装部有一幢小楼想要对外出租，我想在市里设个办事处，你觉得怎么样？"

"那太好了呀！这正是我梦寐以求的呀！"

第七回

春风得意　田国民纵横茶市
鸿运当头　单玉民报喜石棉

田国民他们在市内的办事处很快便开张了，不过并非简简单单地只叫个办事处，而是正儿八经地去工商部门注册登记了个公司，田国民取"崇德广业、革故鼎新"之意，给公司起名"鼎新商贸有限公司"。

哥几个一商量，让田国民做了法人代表。既成立了公司，自当招兵买马才好大张旗鼓甩开膀子干哪，但一时间也没什么特别合适的人选，像样点儿的人才谁又肯屈尊替一个体户打工呢？所幸田国民那四个战友，无论有无工作、工作好赖，当然也的确是没什么好工作；于是便全都聚到了田国民麾下。

一家人也搬到了城里，好在公司租的地方够大，一楼办公，二楼住人，连刘胜利看着田国民兄弟们越干越大，也索性辞了那连续几年都发不全工资的破校长不干了，干脆跟着田国民他们混了。那刘胜利也是个能说会道的，跑个业务、推销个产品他还是完全能胜任的。更何况田国民兄弟能有今天，当年多亏了他力劝躲在海拉尔的单玉田回内地呢，如今他既开了口，单玉田自然不会拒绝。于是刘家老两口也跟着搬到城里。在沈阳工作的儿子刘如刚听说他们举家搬到市里了也是高兴万分，这再回老家可再也不用倒车倒得烦死人了，老婆孩子也能跟着常回家看看了，不然老婆嫌麻烦，根本就不愿意带孩子跟着他回那大山沟。女儿刘如花不但跟着孙良才一起也进了城，刘胜利还举荐女儿当了出纳员。倒是单玉民因为不单小木器厂被他打理得有声有色的，还连带着做起了木材生意，不舍得放弃，反而留在了乡下。所幸他一向脾气好，爱交朋友，离着石棉矿又近，时常约了矿上的警官一起吃吃喝喝耍耍钱，待在乡下一样活得有滋有味得很。

　　在城里租了办公楼，田国民的压力更大了，越发不敢在家待着了，常年在外出差。好在各类培训班、函授学校如雨后春笋一般，举国上下无论城市大小，遍地开花；于是田国民便报了好几个函授班，走到哪儿学到哪儿，工作之余便上上课、看看书，倒也乐在其中。

如今田国民最常去的地方便是江西修水了，每回到了肖建国他们厂，厂长都要将厂里的技术、生产骨干组织起来，听他介绍介绍其他同行的最新情况。那厂长戏称："小田啊，你这一年给我省了多少差旅费啊！"肖建国如今更是与他成了忘年之交，连家中的妻子儿女皆和田国民熟得很。田国民也时常带些东北的特产送到他家，每回肖建国都留他在家里吃个便饭，将自己近期比较得意的字拿出来请他指点一二，田国民自然会将分寸把握得恰到好处。

这天，两人一边聊着字画，一边就聊到了茶上，田国民便道："我也想做茶叶呢，就做你们修水的宁红。"

"你们东北有人喝茶吗？"

"巧了，辽宁人特别钟爱红茶，"田国民笑道，"而且现在正是做红茶的好时机呢。"

"哦？是吗？"肖建国奇道，"为什么呢？"

"绿茶且先抛在一边不谈。正如您所说，东北人不爱喝绿茶，比较爱喝红茶和花茶，本来我们的红茶在国际市场上销路最广，为什么呢？"田国民笑着问肖建国，"因为老外其实不懂茶，不会喝茶，他们把茶当咖啡喝，加糖、加奶，因此只有红茶最适合他们这么瞎搞。所以无论是祈红、滇红、川红、宜红、湘红，还是你们修水的宁红都是他们所喜欢的。这些年我国的茶叶出口有百分之九十都是对资本主义国家出口的，而这其中又以红茶为主，但是从前两年开始，茶叶的出口口岸公司由三家发展到十八家，这十八路诸侯又各自为政，争购货源、抢占市场，导致茶价大跌，市场混乱。老外们本来就已经无所适从了，再加上最近苏联解体，在为我们改善了环境的同时也招来了压力，中国的社会主义国家性质一下子就显得十分突出了，资本主义国家的矛头这么一来几乎全都指向了中国，所以不单是茶叶，其实很多产品的出口贸易都受到了影响。那么这些茶叶除了转向内销外，难道还有什么更好的出路？"

"啊呀！"听得肖建国连连点头，"你不得了啊！国民啊，我只说你研究石棉细致到位，谁知你对茶叶也研究得这么透啊！"

"这不是想挣两个钱嘛！我总来修水，不救宁红于水深火热之中，对不起修水人民啊！"田国民笑道，"跟您开个玩笑。"

"哎，你肯定行，这还真不是开玩笑。"肖建国摆手道，"可惜我没什么熟悉的茶厂啊！你让我想想，看有没有谁能帮你牵个线的。"

"不用，谢谢您了！"田国民笑道，"明天一早我自己直接去你们修水最大的茶场。去完茶厂我就直接回东北了，今天这就算跟您就此别过了。"

第二天，田国民仅凭一条三寸之舌居然真就一分钱没花从修水茶厂赊了整整一列宁红发往朝阳，用火车站值班老头的话说："哎呀妈呀！打从小日本走后还从来没见过有整列的货发到咱这旮旯呢！"

田国民急急忙忙赶回朝阳，一路之上他早已想好了销售策略，他必须得抢在茶叶到站前将相关事宜提前部署好。他让刘胜利和孙良才立刻动身，前往周边的四乡八镇，除了找到原有的茶叶经销商，还得找到所有的商业网点，将茶叶交与他们赊销，回款期限则由刘胜利等人根据实际情况酌情而定，但最长不能超过六十天，因为宁红茶厂的赊账期限是自货物到站起九十天。这么一来光靠刘胜利和孙良才两人显然是人手不够用的，田国民便将留守矿上负责发货的周常胜、李忠良两个临时调过来销售茶叶，单留严守才发货，反正他是大平房当地人，对大平房火车站熟得很，何况还有单玉民帮忙，石棉矿应该没什么大问题。那石棉矿如今早已如同田国民自己的生产车间一般，所有的销售田国民一手全包，全矿上下只管安心抓生产、保质量即可。

田国民和单玉田也没闲着，尤其是单玉田，如今矿上的事根本不用他过问，他正好有的是时间和精力配合落实田国民的茶叶销售策略。只不过朝阳城乡的茶商们可就触了霉头了，用他们自己的话形容："简直就是一夜之间，莫名其妙地就失去了所有的市场。"茶叶生意一旦做开了头，田国民自然不会仅仅局限于宁红了，很快便将云南的普洱，安徽、福建等地的花茶也全都做了起来。

这一年，田国民的生意做得可真是"春风得意马蹄疾"。正所谓"鸿运当头照，好事成双到"，单玉民带了个好消息进城来了：石棉矿原有的管理队伍要撤了，打算将这矿山脱手，愿意将开采权等各种权限一次性转让。田国民和单玉田闻讯皆高兴万分，但一听单玉民说估计得要几百万呢，这几年田国民弟兄们钱是挣了些，但几百万实在是个天文数字啊！兄弟三人皆沉默了。

文秀梅做好饭菜招呼哥仨吃饭，三人边吃边喝边聊，言来语去都离不开那石棉矿。单玉田唉声叹气道："也不知朝阳地界上有没有这样的能人？要真有，万一被别人弄走了，我们可就麻烦了。"

"嗨，大哥，你也别发愁，车到山前自有路。"单玉民道，"不管谁弄去了，不都得接着卖货吗？我们还卖我们的货就是了。"

"那能一样吗？！"单玉田道。

"大不了我们回淖泥洼去，现在木材生意火得很。"单玉民笑道。

此时一直闷头喝酒的田国民一仰脖干了杯中酒笑道："明天我就去石棉矿。等着，我连牛带车一起给你们赶回来。"

"怎么个意思，老三？"单玉民不解道。

"白日做梦。"单玉田抿了一口酒不屑道。

第八回

崇德广业　田国民走向国际
革故鼎新　小公司终成集团

第二天，田国民和单玉民两人开车直奔石棉矿，矿上一听他两人的来意，答应组织班子和他们进行探讨。会议当日，田国民将石棉矿现有的固定资产账目及其现值如数家珍，一一报来，又将近几年矿上的产出和收益一一报出，做了损益对比。矿领导班子一致认为田国民是最合适的接手人，但这石棉矿乃是国有资产，转手让与个人，这可是个大事，矿领导是绝对做不了主的，必须向上级请示汇报，更何况田国民开出的条件是以承债作为收购价，也就是说田国民以承接石棉矿原有的几百万债务作为条件，零现金收购石棉矿。

田国民一边和国内的石棉矿谈着，同时已将目光锁定了俄罗斯的石棉资源。他看准了苏联解体后俄罗斯的经济一落千丈，这些个矿山一下子都像没娘的孩子，到处找奶吃。他先派了刘胜利和孙良才前去探路，两人无功而返，急得单玉田赶紧制止："千万别再瞎折腾了，白花一堆差旅费不说，还耽误他们经销茶叶。你这整天想一出是一出的，国内的石棉矿还没搞定呢，又去弄什么国外的，真是异想天开！"田国民却不死心，亲自跑了一趟俄罗斯，见了矿山经纪人，拿出自己的惯用打法：用专业知识和宏观判断力折服对方。于是田国民从国际形势分析到俄罗斯目前的国内形势，又将中国石棉行业现状一一做了介绍和分析，同时还将自己对目前石棉分级制度的一些看法和对未来的设想阐述了一番。果然，对方一下子便心悦诚服了。但是对方为了谨慎起见，派人到中国市场对田国民摸了个底，恰好淖泥洼的石棉矿批复也下来了，同意按田国民的方案将石棉矿转让给他。没过多久，俄罗斯的石棉也出现在了朝阳火车站。

田国民收购国有石棉矿，将俄罗斯石棉引进中国市场，这两则消息顿时在东北商界炸开了锅。特别是石棉行业内的人，立马想起了自己那一大摞名片夹里那张印着帅哥彩色照片的名片来。田国民如同一颗耀眼的明星在东北商界冉冉升起。

"鼎新商贸有限公司"显然已经远远不能承载田国民的理想了，于是他派人到工商部门重新注册更名为"鼎新集团有限责任公司"。人当然是不够用了，新一轮的招兵买马又开始了，这回可是和上一次大相径庭了。从邓小平南方谈话对改革开放和市场经济给予了高度的肯定后，大规模的国企改制开始推行，国有企业的职工开始陆续离岗，东北作为老工业基地，不缺各类矿山技术人员。

刘胜利听儿子说了厂里的形势，让儿子刘如刚直接主动办了停薪留职到"鼎新集团"报到了，没干多久，又有刘如刚的几个旧同事托他的路子想到鼎新来。田国民正是用人之际，对这些有一技之长的人当然是来者不拒。又从应届的高中生里挑了一批，打算自己培养子弟兵，因为目前想招募现成的大学生还是不切实际的。这世上的读书人通常分为两类：一类是真正的学霸，越学越往幕后缩，大多都成了无名英雄，只有极少数人能够"功成"的同时还"名就"的；一类是怀揣着"书中自有千钟粟、书中自有黄金屋、书中自有颜如玉"的梦想，学着学着便走上了各式各样的舞台，装扮成形形色色的人物粉墨登场了。所以那些当年好不容易感觉祖宗坟头冒了青烟才考上大学、鱼跃龙门的莘莘学子除非是学而优则仕了，搞个"衣锦还乡""造福乡里"之类的，否则那是打死也不愿意再回小城的。

不管怎么说，应届的高中生、下岗的国企职员、田国民原先早就收编进来的那四个战友以及后来闻风而来的几个战友，再加上石棉矿原来的管理班子里有六个自愿留下追随田国民的，文秀梅娘家的兄弟、姐妹，连同单玉田他们曾经投奔的海拉尔的大舅哥全家，文家一门单是青壮年便有二十来人；就连刘如花的前大姑爷子都让老婆来走刘如花的门路，刘如花本不愿理她的茬，但为了显个能耐便揽下了这事，把她前大姑姐夫妻双双都弄进了鼎新。这刘如花现而今俨然以内当家自居了，平时跟着刘胜利、孙良才等人外出收取茶叶账款，因她是现金出纳，故众人收来的现金皆交由她保管，那等不认识或不熟悉田国民的便以为管钱的自然是老板娘，于是皆以"老板娘"称呼刘如花。开始时刘胜利等人还解释，后来也没人拿这事当回事，也就随便那帮小老板怎么顺口怎么叫了；刘如花却沉醉其中，受用无比。

回过头仍说田国民的人马，这么一来田国民的队伍迅速壮大了起来。单玉田、刘胜利开始忙着建立组织架构、拟写规章制度，田国民开始给手下人封官许愿，封了一堆经理、副总，还学国有企业设立了党支部和工会、妇联，让刘胜利做了支部书记，他闺女刘如花兼了妇联主任，单玉民做了工会主席，田国民自己任董事长，单玉田任监事会主席，整个鼎新热闹非凡。田国民又在城南圈了块地，开始筹建"鼎新大厦"，打造他的鼎新王国，他不但要建个办公大楼，还要建个宿舍楼，让这些来投奔他的人全都有个安身之所，还得再建个大食堂，不但员工们都可以在大食堂里吃饭，员工家属也可以，在他的小王国里提前实现共产主义……一切都是那么的顺风顺水。

然而天下事哪能事事皆如人意呢？石棉矿到手不久便出事了。

第九回

陈年陋习　愚村民同室操戈
丧失理智　蠢法盲犯下命案

　　原来淖泥洼当地的老百姓听说自己好几辈人赖以生存的国家矿山竟然归了一个个体户了；本来心理上就不太能接受，有想不通的，有羡慕嫉妒恨的，但都只不过嘴上说说而已，毕竟和自己没什么直接的利益冲突，而且自从田国民拿下了这矿，还招了不少村里人上矿上干活，流言之声也就越来越弱了。但问题出在村里人多少年来养成的习惯，缺块砖、少片瓦的，上矿区边上转转，随手就能顺回来了，可如今归了个人了，一草一木都被看起来了，这矛盾可就出现了。村里有人早就看着田国民整天车来车往、西服革履的嘚瑟样子不爽，再有两个人因为撬废弃的轨道被抓住的，又有去荒着的猪圈围墙上拆砖挨训的。几件事情二五一凑，再出来俩领头的，全村不少老爷们跟着脑子一热，结伴冲到矿区，和矿上的员工干了起来。

等田国民、单玉田等人闻讯赶到矿办，只有打电话报信的肖秀丽站在院门口跺着脚焦急地等着他们呢。院内空无一人，所有人都跑到下面的矿区"参加战斗"去了。田国民一行赶紧往矿区跑，双方武斗正进入白热化阶段，老远便听见观战的女人们的吆喝声：

"哎呀妈耶！这一棍可夯得不轻！"

"哎妈！差一点儿就砸着脑袋了！"

"妈呀！屈三儿哪！小心哪！后头有人哪！"

"……"

这帮女人的老爷们虽说都是附近乡里的，但有的是矿上一方的，有的则是村民一方的，平时都是抬头不见低头见的乡亲，有的还沾亲带故，但此时也管不了这许多了，或踢或扯或撩拳，皆扭作一团。

单玉田一到就赶紧登上一处稍高的土坡高声叫道："住手，住手，大家都住手，有话好好说。"众人正打得兴起，哪里有人听得见单玉田的话。田国民正四处张望想要找个什么东西弄出点动静，好叫众人听见；却忽听一声尖厉的叫声划过所有人的耳边："啊！妈呀！死人啦！打死人啦！"众人不由得皆停了手，循声望去，只见村民牛二的老婆怀抱一个两三岁的孩子，不顾一切地扑向俯身倒地的一个男人，"亲人哪！"那女人一屁股坐在男人身边，将孩子往地上一放，开始呼天抢地地号啕大哭，边哭边数落边往男人身上拍着巴掌，"我的妈呀！你咋就这样走了呀！撂下我跟孩子可咋整啦？！"孩子也吓得哇哇大哭。

田国民等人见此情形一时间也傻了眼，并不敢立刻上前劝慰，只好由着那女人哭闹。众人也都愣住了，有本来扭在一处尚未来得及分开的，竟都僵住了。忽听一个男人咳了一声道："号什么呀号？我在这旮旯呢！"那女人闻声扭头一看，自家男人牛二却在自己身后和一名矿工架在一处呢。牛二老婆再一看面前躺着的男人，和牛二穿一样的上衣，身形也相似，刚才自己心里害怕一着急看走了眼。此时地上躺着的那位略微侧了下脸，笑道："嫂子，咋不叫亲人了？你这下手也忒重了，都快把我的屁股拍烂了。"原来是本家牛得意。众人闻言哄堂大笑，一下子都松了劲了。牛二老婆又羞又臊，气得使劲一巴掌打在牛得意的屁股上，"啪"的一声极其清脆响亮，牛二老婆同时"唪"了一口骂道："你个缺德鬼，我哭到现在你不会吱个声啊！装死。"说着站起身，又拿脚踹了一下牛得意道："叫你装死不吱声。"

"哎哟！疼！打得累死了，我本来想趁机歇会儿的，谁知道你扑过来就叫亲人哪。"牛得意笑道。

众人闻言更笑得前仰后合，哪里还打得下去？！一场械斗在笑声中不了了之。

田国民兄弟们暗自庆幸，多亏了牛二家这个鲁莽的老娘儿们，不然真不知道今天的事会发展到哪一步呢！田国民等人本以为此事就此终了了，岂知那带头闹事的人并未死心，三天后煽动村民居然将矿井内通风的竖井堵死，从斜井往巷道里放烟，竟一下子熏死了三名矿工。这一下可成了惊天大案了。国有企业改革进程中因为民营企业的介入发生了这么大的事情，省里都瞒不下了，此事被直接呈报到中央，最高决策层批示：坚决不能让第一个吃螃蟹的人让螃蟹给夹了。闹事的村民们见出了人命本来心里害怕，但领头的安慰道："怕什么？法不责众。"众人想想也是，心下稍安；不想整个朝阳市的警力几乎全都集中到了小小的淳泥洼，趁着半夜时分，该抓的抓、该关的关，一场审讯下来便将几个领头的全都揪了出来，另走法律程序，其他人也只得批评教育外加行政处罚一通放回家了事，一场风波这才平息。

　　田国民、单玉田以及矿上全套领导班子带着财物上门慰问死者家属。在矿上干活的大多是青壮劳力，一般都是家里的顶梁柱，一个倒下，这一家子基本上就完了，因此田国民当场表示除了这次送来的抚恤金，三家所有的老人由鼎新养老送终，孩子都由鼎新养到十八周岁，如果有考上大学的，所有的学杂费都由鼎新出。三家人家不由得悲喜交加，村里人见了心里也是说不出的滋味，原来对三家人无限同情的，此时背后情不自禁便甩了几句酸溜溜的风凉话："哎呀妈呀！人家这命这回可值老钱了，这一家人啥事儿不干吃喝不愁了，值了！"

　　石棉矿总算是安稳下来了，田国民打算到南方转转，正好深圳开了个什么MBA培训班，他便让办公室主任——单玉田的大儿子单和平帮自己报了名，家里交给单玉田等人自己飞深圳去了。不想，课上了一半，接到二哥田国庆的电话，说老爹田卫青病危，他赶紧买了张机票直飞硕放机场。

第十回

故人重逢　相见欢怆若隔世
夫妻别离　心有结形同陌路

田国民急急忙忙赶回家中，总算是见了老父亲最后一面，父子两人执手相看，泪眼婆娑。田卫青带着未能亲见老儿子成家的遗憾撒手人寰。田国民兄弟们齐集无锡，含悲忍痛将老父亲妥善安葬了，剩下老母亲常桂生一人。儿女们怕她留在家里，睹物思人，便再三劝她换换环境，到东北住一阵子，实在不适应再回老家就是了，后经大嫂文秀梅以田国民的婚事相"要挟"，才劝得老太太同意前往东北"督察"。

借着田卫青的葬礼，多年不见的故人都聚了头。尤其是当年的"混世魔王"——常桂生的娘家侄儿常启东刚从印尼回国，也碰巧撞了来。那常启东与常桂生娘舅家的老二张得宝重逢分外高兴，当年两人初相识便一见如故，而今重逢当真怆若隔世。几位老人坐下叙旧，数张得宝的孪生哥哥张立新身体最差，本来战争年代就有不少伤痛在身，"文革"期间又被折腾得死去活来的，因此如今平时行动没有轮椅都不行了。常桂生同父异母的弟弟常桂联本是他们中年龄最小的，但夫妻两人因为近些年生活条件好了，儿女又孝顺，只知大鱼大肉地孝敬，却不知养生之道，反而吃出了一身的病来，什么脂肪肝、高血压、高血脂都占全了；果然没过几年这夫妻两人便陆续辞世。倒是常桂生比较而言精神头最好、身子骨最硬朗。

常启东虽是第一次见到田国民，却是十分喜欢，又见他待人接物干脆利落，更是欣赏，再听说他刚收购了个石棉矿，大喜，便跟他说起自己在印尼也买了几座山，让两个儿子找人来勘探了一番，据说是有镍矿，不过品位似乎太低了，没什么采掘价值。田国民听了便道："等我哪天抽个空去趟印尼，和两位大侄儿见见面，互相学习交流一下。您老哪天有空去我那儿看看，指导指导。"

"我又不懂矿山，指导什么呀？不过东北我是想去转转的。"常启东笑道。

"行。您哪天要去提前通知我，我给您全程安排妥当。"田国民笑道。

"好好好。我有你的名片，假如要去就提前给你打电话。"常启东笑道，转脸对张得宝道："这回我跟你们去南京玩几天。"

"去啊！四十几年前我就约你去了，你到现在还尚未成行呢。"张得宝笑道，"这回你必须得去了。"

"必须去。"常启东笑道。

于是田卫青的葬礼结束后，常启东带着小太太跟着张得宝去了南京，正好张得宝如今的太太也是个年轻的，四个人恰好能耍到一处，甚是和谐开心。张立新到底和他俩不是同道中人，江山易改，本性难移，到了这把年纪更不愿意违心地凑合别人了，更何况精神本来不济，因此和常启东不过是嘴上打个招呼也就各自撂开了。其他人也都纷纷散去。

田家三个儿子一商议，老太太既然同意去东北，单玉田和文秀梅就先回去做准备；田国民江西有约，先不回东北，鼎新人再多，田国民却依然像个大业务员一样，马不停蹄地天南地北满天飞；由田国庆过几天护送老娘北上。兄弟三人计议已定，分头行动。

田国民的"鼎新大院"已经完工。单玉田本来自己挑了一户位于一楼的三居室，已经装修好了，这会子老娘要来了，便让文秀梅把同一楼道里的顶层六楼原先留给田国民用的三居室赶紧收拾出来自用，将一楼的给老娘用。田国民在自己的办公室后头弄了个小套间，平时只在那里住。单玉田的大儿子和平乃是鼎新集团办公室的主任。当初发任命的文件时，满纸都是这"总"那"总"的，依着田国民的脾气干脆给和平也封个行政副总得了，但单玉田不同意，一则是本就觉得田国民的官封得太随意了，二则是不想让儿子一步到位，不利于自我提升，田国民也就遂了他的意了。二儿子单建设，田国民则将他运作到了城市信用社当了个信贷主任。两个儿媳妇都被田国民托关系一个安排在县政府的一个科室里上班，一个在小学校里当老师，都没空。于是文秀梅便叫了刘如花帮着一起收拾。刘如花最近给眼睛动了个手术，换了一副薄了许多的眼镜，看上去清秀了许多。单和平又从办公室和食堂调了几个人过来帮忙，人多力量大，没多久便一切准备就绪了。单玉田又亲自检查了一遍，才让俩小孙子给常桂生挂了个电话。这俩小子在电话里头"太奶奶、太奶奶"的一通叫唤，常桂生撂下电话便开始催田国庆买票："国庆哪，你怎么还没买票的呀？磨蹭什么呢？既然答应他们去了，就赶紧的。"

"哎哟喂，老娘，我这不是才接着您的懿旨嘛，而且大哥他们不也才准备好嘛。"田国庆笑道，"我今天就买票去。"

"哎呀，快去快去，废什么话呀！"常桂生不耐烦地挥挥手道。

田国庆买了两张后天到锦州的卧铺票，常桂生一见满心不高兴："怎么是后天的？为什么不买直达的？跑到锦州干什么去？"

"老娘，没有。没有明天的票，更没有直达朝阳的票，那地方偏僻着呢！"

"那你怎么不买飞机票啊？正好我还没坐过飞机呢。"常桂生笑道。

"那地方连火车都没直达的，哪来的飞机呀？而且坐飞机更麻烦了，要么坐到北京，要么坐到沈阳，也要折腾好几个地方呢，还得提前好几个小时去硕放机场等着。"田国庆道，"我一会儿去趟店里和玉兰说一声，正好叫她回来帮你收拾收拾东西。"

自从田国庆和妻子单玉兰的表姨侄女儿张小花的私情被单玉兰抓了个现行之后，单玉兰便不再搭理田国庆，田国庆也一直住在父母家，两人在单玉兰开的小饭店里见面各做各的事，形同陌路。

田国庆到了店里，单玉兰正在吧台里面看姨侄女儿李小娟的账，"我和我妈后天去东北，喏，这是票。"田国庆说着将火车票放在吧台上，"你今天打烊后回家一趟，帮妈收拾收拾东西。"单玉兰瞄了一眼火车票，对李小娟道："小娟，你自己慢慢理吧，我回去一趟，老太太要出远门。"说完自顾自开着小轻骑走了。

田国庆见单玉兰走了，便在店里照应着，店员开始吃晚饭了他才骑着自行车回家。到家一看，单玉兰买了一大堆吃的、喝的，常桂生的行李也收拾得差不多了。婆媳两人正坐着说笑，见田国庆回来，单玉兰便起身道："妈，我先走了，等一会儿店里该上客了，饭菜我都弄好了，都在厨房里呢。我明天上午来接你，帮你买两件新衣裳去。"

"我都什么岁数了，还要买新衣裳！"常桂生笑道。

"怎么不要？得打扮得洋气点，给我们无锡老太太争光呢！"单玉兰笑道，"我明天十点钟来接你，行吗？"

"行。我早上五点钟就起了。"

　　"早上五点，人家谁家商店那么早开门呀。"田国庆凑趣道。

　　单玉兰见田国庆接茬便往外走："我走了，妈。"

　　"你不一起吃啊，玉兰？"常桂生道。

　　"不了，店里没人照应也不行。"单玉兰道，"明天我带小丽和小清一起过来吃晚饭，给您饯行。"

第十一回

欢聚一堂　单玉民戏说封官
闲话家常　常桂生漫品考察

　　田国庆带着老妈常桂生到了锦州，单玉田、文秀梅早就和儿子单和平等在站台上了。

　　"老三呢？"田国庆道。

　　"老三去江西收货款还没回来呢。"单玉田道，"怎么样？妈累坏了吧？"

　　"我不累。又不要我拿脚走，有什么累的？"

　　"火车颠啊颠的，也累的呀！"文秀梅上前搀扶婆婆，闻言笑道，"我坐火车比干活还累呢。"

　　"咱还是先上车再说吧，我去把车开到门口来，省得奶奶走路。"单和平笑道，"路上还有好几个小时呢，有的是时间聊。"

　　车子进了鼎新的大院，立刻有一大群人涌上前来问好，常桂生一时也分不清谁和谁，只是点头问好而已。

单玉田笑道:"都回去吧,该干吗干吗去,老太太常住呢,慢慢认识吧。"众人这才纷纷散去,独单玉民和肖秀丽是闻讯特意从淖泥洼赶来的,自然是留下了。刘如花本来是打算随众人一起走的,文秀梅却将她留了下来:"如花,你先别走,食堂大师傅做的那些个大炖菜我们家老太太肯定是吃不惯的,我得给她做几个南方菜,你和秀丽正好替我搭把手。"其实有句话文秀梅没有说出来:肖秀丽是苏北农村的,做的菜婆婆也是未必喜欢的,所以也只好打打下手。

刘如花本打算趁着倒茶递水送水果的工夫自我介绍一番,未曾开言却忽然笑道:"哎妈呀,这我咋称呼呀?单厂长跟我爸同年同岁的,国民比我还小两岁,我叫您奶奶把您叫老了,叫您大娘吧,又怕您不高兴。"

"怎么方便怎么叫,别说没亲了,就是有亲也各论各的好了,不碍事的。百无禁忌。"常桂生笑道。

"那我还是叫大娘吧。"刘如花笑道,"您瞅着也就跟我妈年龄差不多大。"

"你妈多大了?"常桂生道。

"我妈今年刚好六十岁。"

常桂生一听乐得哈哈大笑,"那我可得倒回去重新活一遍了。"

"哎妈呀，大娘，你们南方人就是显年轻，不像我们北方人长得糙。"刘如花瞥了一眼田国庆笑道，"我看国庆哥跟我也差不多大。"

"那我可比你大多了。"田国庆笑道。

刘如花趁便将自己家与单玉田等人的渊源大致说了一下，单玉田一旁也解释了几句。

"哦，俗话说：'远亲不如近邻。'我们国安和国民都亏得你们全家照看呢。真是谢谢了。"常桂生客气道。

"哎呀大娘，瞧您说的，这都哪儿跟哪儿呀？我们全家还都得感谢田总和单主席呢，没有他们我们还在淖泥洼那大山沟子里窝着呢。我爸在家常跟我们说这话呢。"

"她说的这田总是谁呀？你们这儿还有主席？"常桂生转脸问单玉田。单玉田"扑哧"一笑，未及答话，一旁的单玉民笑道："大妈，她说的'田总'就是老三啊，单主席就是我大哥了，不过有时候他们也叫他单厂长，下回要是有人跟您说'单总'，那就是说我哪。"单玉民笑着拍了拍胸脯，"'刘总'就是如花她爸，'孙总'就是如花她老公。这两天肯定还有什么

'周总''李总''严总'的来看您，那都是老三的战友。老三哪给我们都封了官了！"

"这么多'总'，也不怕把嘴喊'肿'了，真是瞎搞，小孩子过家家一样，乌纱帽都装口袋里的？拿出来一顶随便就给扣上了？有没有经过组织考察，有没有听取群众意见？有没有上会讨论、研究通过？"常桂生不快道，"我们那时候想提个干，真是千难万难，少说也要考察个一年半载的，从工作到生活，哪样都不能让人说出个'不'字来，有一样不过硬，都有群众检举揭发，这事都成不了。"

众人闻言皆笑了起来，单玉田好不容易忍住笑道："妈，这些心呀你就别操啦！操也没有用。"

"妈你既然已经不执政了，就别妄想着参政、议政了。"田国庆笑道，"你上这儿来就是养老、寻开心来了，千万别自寻烦恼。"

"妈你可别忙着管闲事，忘了正经事了。"文秀梅笑道。

众人皆问何事，文秀梅道："当然是老三的婚事呀！"

"对对对对对。"常桂生连连点头，"这事我忘不了。这是头等大事。"

众人说笑着，觉得有点热，文秀梅道："锅炉烧得有点大了，我怕妈嫌冷，特意关照锅炉房火烧大点。"

"我原来以为这东北不晓得怎么天寒地冻呢，没想到比我们江南暖和多了。"常桂生说着打算脱掉一件毛衣，坐在她旁边的田国庆也正打算脱掉身上的毛衣，见老妈的胳膊有点举不起来，赶紧先帮老妈脱了大毛衣，一旁的刘如花见他回首找地方放毛衣，上前一步接过田国庆手里拿着的常桂生的毛衣，凑近田国庆低声笑道："国庆哥，我看你也热了吧？你脱了毛衣我帮你一起放好。"

"是啊，真热。"田国庆说着脱下毛衣，只穿一件白衬衫，随手将毛衣递给刘如花，"跟澡堂子似的，太热了。"

"我开开窗透透气。"文秀梅道，"如花你把老太太的衣服放南边那屋，国庆的衣服放对面屋里，就放在床上好了。"

"好嘞！"刘如花答应着，将常桂生的衣服放好，又将田国庆的衣服送进卧室，悄悄地放到鼻子下面闻了闻，衣服有点温热，似乎还残留着田国庆身上的气息。

刘如花将衣服理顺担在床头，出来迎面看见正和家人说笑的田国庆，一件白衬衫更显得面色白里透红，五官和田国民长得十分相像，只是略微有些发福，也比田国民看上去要老成些，虽说不像田国民那样剑眉星目，但眉眼之间却比田国民多了几分和气；刘如花正发呆呢，文秀梅在厨房里叫道："如花，你上食堂拿两根葱去。"

晚上单和平的爱人、单建设夫妇带着孩子都来了，单芳芳也带着男朋友一起来了，刘如花见一屋子的人，做好饭便告辞回家吃去了，常桂生还要客气挽留，单玉田道："她家就住这楼上四层，近得很，你不用管。由她去吧。"

刘如花无精打采地回到家，孙良才出差去了，孩子在隔壁楼道的父母家，老妈帮她看着呢，她自己什么也不想吃，往床上一躺，脑海里不停地闪现出田国庆的笑容，这样的笑容和田国民何其相似！但是这样的笑容现在在田国民的脸上已经很难看见了，取而代之的是越来越不苟言笑的面部表情，令人望而生畏。

"那是住得蛮近的。"看着刘如花的背影常桂生道，"你们几个都住这儿？"

"我就住您对面的两居室。"单玉民道，"不过平时大多数时间我们都在矿上和木器厂那边，这您来了，我就叫秀丽别跟我去了，有什么事您就支使她。"

"那怎么行？那你不是没人照顾了？"常桂生道。

"放心，下边企业都有食堂的。"单玉民笑道。

"奶奶，我住您楼上，二楼两居室那边。"单和平道，"建设他们住县政府的房子呢，他们不住这儿。"

"哦，那老三住哪儿呀？"常桂生道。

"老三喜欢住得高，说平时没时间锻炼，只当是运动了，挑了个六楼，不过他自己也一回没用过，平时都睡办公室后头呢，他那后头收拾得好着呢，过两天带你上去看看去。"单玉田道，"这几天我们就住六楼，等我把二楼收拾好了，我就搬二楼住去，就在你这上头。"

"嗯，离得近倒是方便，不过有利就有弊啊。"常桂生随口道。

众人亦皆随声附和道："那是。凡事都是双刃剑嘛。"独肖秀丽较了真，不解道："那是为什么呀？"原来这话正好触动了肖秀丽近日的心事。肖秀丽一个纯农村妇女，她能有什么心事呢？

第十二回

贪得无厌　梁科长落入陷阱
白日做梦　姚金芳坠入情网

原来，儿子单广年前几日又打电话来，说是厂里已经开过全厂动员大会了，鼓励大家外出自谋生路，别再死守在厂里了，本来以为像他这种技术骨干，怎么也不可能轮到他下岗的，但现在他们夫妻俩都在一个单位，这回要是双双下岗的话，连吃饭都成问题了。他听妹妹单芳芳说了朝阳这边的情况，也想到东北来。肖秀丽将此事念叨给单玉民，想让他去和田国民说说，看能不能给儿子也安排个一官半职的，自己儿子又不比别人差；被单玉民训了一顿，怪她也不睁眼看看，如今鼎新差不多有一半的人都是单家亲戚，实际上大伙现在都在靠着田国民吃饭呢，田家却并无一人在此。肖秀丽自然不服，说大部分都是文家的亲戚，跟单家没关系，气得单玉民直骂她糊涂，千叮咛万嘱咐叫她不要乱说话。她倒是忍着没提这事，但却是一刻也不曾放下，心里都计划好了，儿子一家如果来了，自己就去求求田国民，让给儿子也分套房，两室的就行，反正这大院里空房子有的是，想必田国民也不好意思拒绝，心里正日夜盘算着要几楼好呢，恰好常桂生就说了挨得近也未必都是好处，因此她情不自禁地便问出了声。

"那还用说，只一条就够你这当婆婆受的。"常桂生道，"他小两口吵嘴，相骂无好言，相打无好拳，你听见了是管呀还是不管呀？管，纯属自讨没趣；不管，你这当老人的于心不安。"

肖秀丽一开口，单玉民便晓得她转什么脑筋呢，生怕她再说出什么没脑子的话来，赶紧接过话头："大妈说的是呢，不过像国民现在这样的，的确也需要有人帮衬才行，他现在摊子铺得这么大，大妈您是不知道，国民的公司现在叫集团公司了，叫我说国庆也别在那车站小店里耗着了，干脆也到东北来算了。那车站小店干得千好万好，到底还是以玉兰为主，真不如到这儿来，随便让国民安排点什么事做着，好歹也是国庆自己的事业呢。"

常桂生闻言点头道："老二这话还真是有些道理呢。

不过这么一来，他两人岂不是要长期分居两地了？这哪里还像是一家人呢？还有两个孩子，正读书呢。哪那么简单呀！"扭头看着田国庆道，"等国民回来了，你和他商量商量这事，看看他有什么主意。我的意思是最好别都待在他这公司里，树大分枝，兄弟们久在一处，早晚有臭了的一天。"

单玉田、单玉民哥俩听了心中皆有所动，都没有搭腔。田国庆道："等国民回来再说吧。对了，他什么时候回来呀？"

此刻的田国民正和赣州一家石棉瓦厂的供应科长推杯换盏呢。田国民强压着满腔的怒火，满脸赔笑，希望对方能尽快将货款结清。这家伙每次结账都声称需要和田国民探讨如何进一步提升品质问题，要求田国民必须亲自到场，派谁来都不行，其实田国民心知肚明：钱的事，这家伙是不想有第三者介入。这回那科长假装唉声叹气地提到孩子想考艺校，辅导费高得吓死人，到现在还差五千块钱没凑齐呢。就这一批货，这家伙已经从田国民手上拿过三四次钱了，每次都是各种由头，三千五千的不等，田国民看着对面这个看似忠厚长者的无耻之徒，恨不得一个巴掌抽得他满地找牙，但嘴上还是满口应承道："梁科，您看，这批货款是不是先给我们结掉，公子的辅导费下批货款中我来安排。"

"小田哪，你们那批货我说合格它就合格，我说不合格它就不合格，你不是没尝过退货的滋味的。"那科长没想到田国民居然会拒绝自己，立刻毫不客气地将脸一板，打着官腔道。

田国民多年跑业务养成的习惯，到了合作单位先到生产一线转一圈，这次也不例外，他早已去过赣州石棉瓦厂的生产车间了，他和那些工人早都混熟了，每次都带两条好烟分发一圈，因此他一到，车间的人都纷纷和他打招呼："田经理又来啦！"

"亏得这批货到得及时啊，再不到货就该停产了。"

"……"

此刻这梁科长以退货相威胁，田国民忍无可忍，冷笑一声道："好啊。那你就退货吧。"

梁科长闻言勃然大怒道："嘿，小子，翅膀硬了是吧？你等着。"说着便要起身离去；"慢着。"田国民伸手一把按住那梁科长的肩膀，对方挣了一下没挣脱，只得坐下，恨声道："天下石棉多的是，你可不是什么垄断行业。"

"对。您说得对。"田国民从口袋里摸出一样东西，笑道，"您先听听这个，再说是不是我垄断。"原来田国民口袋里装着一支录音笔。

梁科长一听顿时傻眼了。

田国民处理完赣州的事并未急着往家里赶，而是又去了趟修水，看望了一下肖建国和当地的几个老朋友。常桂生在家等得可就不耐烦了，单玉田知道她是闲得难受，便问道："妈，明天我开车拉着你上石棉矿上转转去，你想去吗？"

"去吧。我还没见过矿山呢。"

"行。那明天吃完早饭我们就出发，中饭就在矿上吃，正好看看老二和国庆他们这两天待在矿上干吗呢。"单玉田说完便给单玉民挂了个电话，叫他让食堂提前做准备，那地方买菜可不太方便。

田国庆闲着没事便跟着单玉民一起去了矿上，他俩原本就玩得到一起，当年田国庆和单玉兰这门亲事便是单玉民做的大媒，如今单玉民又一心想把田国庆拉到东北来，因此更是用心招待，带着他在山里套狍子、撵兔子，大碗喝酒、大块吃肉，把个田国庆乐得合不拢嘴，大呼"痛快"！这才是自己向往的人生！

矿上清一色的男人，只有一个出纳员是个小姑娘，这姑娘是刘胜利的内侄女儿，名叫姚金芳，高中刚毕业，脑袋有点一根筋，遇事不大会转弯，但单玉田认为这样愚点的性格好，适合做出纳，不容易犯错。单玉民估摸着单玉田等人该到了，便打算安排姚金芳洗点水果，待会儿再负责倒倒茶、递递水；单玉民到了财务室，只这姑娘一个人坐在办公室里发呆呢。"金芳，你去洗点水果，再洗点儿枣，待会儿端茶递水的有点儿眼力见儿。"单玉民见那姑娘两眼发直，便凑到跟前，"嘿，想什么呢？我说话你听见没？"小姑娘看了单玉民一眼，"哦！"了一声，轻轻叹了口气，慢慢吞吞地站起身。

"单二哥，我妈他们几点到呀？联系了没？"单玉民正想训她，田国庆说着话一步跨进门。小姑娘立刻满脸飞红、两眼放光。"就快到了吧。"单玉民答应着便和田国庆出去了。谁也没注意到姚金芳，姚金芳望着田国庆的背影如痴如醉。

单玉民在外头张罗了一会儿，见姚金芳还窝在办公室没出来，不由得有点来火，一把推开门，小姑娘又坐那儿发呆了。"哎，金芳，你发什么呆呢？我叫你做的事呢？"单玉民不训便罢，刚一开口训斥，小姑娘的眼泪便下来了，气得单玉民将办公室的门一摔，愤愤道："好好好，你就坐着吧，我明天就给你姑父打电话去，我是支使不动你。"小姑娘见单玉民发火，感觉自己更加委屈了，脱口嚷道："单二叔，你为啥说话不算数？"

"啥玩意？"单玉民一头雾水，"我什么时候说话不算数了？我都跟你说什么了？"单玉民在院子里一嚷，其他办公室的人闻声都探出头来，小姑娘一见有人看热闹，又羞又急，索性往桌上一趴，抽泣起来。院子里一下子围了一群人，田国庆闻声也从单玉民的办公室里出来看怎么回事，"怎么了？"田国庆问单玉民道，"怎么了？单二哥。"

"鬼知道啊！"单玉民气得满脸通红。

进了十一月，矿上便停产了，这会儿留在矿上的都是些值班的小头头，正闲着没事干呢，平时这群人都是和单玉民说笑惯了的，这会子一见姚金芳这阵势全都笑嘻嘻地跑出来看热闹，一个个大男人七嘴八舌地开始耍贫嘴："金芳，快别哭了，因为啥？告诉叔，叔给你做主。"

"单二哥，您这是咋整的？把咱小金芳给整哭咧？"

"金芳啊，到底啥事啊？单总咋就说话不算数了？"

"……"

众人越说姚金芳哭得越凶，姚金芳哭得越凶这帮人说得越来劲，一帮人正嘻嘻哈哈闹腾着呢，单玉田的车进了院，单玉田一见这个乱象，气不打一处来，火道："都干什么呢？乱哄哄。"文秀梅和肖秀丽扶着常桂生也下了车。众人都听说田家老太君到东北来了，看这样应该就是田老太太了，立刻都住了口。单玉田指着众人笑着对常桂生道："妈，这些都是矿上的骨干呢，野是野了点，干活都是好样的呢。"众人一听单玉田的话，首先知道自己的判断正确，果然是田老太君，再则便是顿时觉得底气足了、面子有了，立刻围过来跟常桂生打招呼。这也是单玉田的本事，三言两语便能安抚人心，不愧是"文革"期间搞群众运动出身的。独姚金芳脸上挂着泪，不知该如何是好。文秀梅见状嚷道："哎妈呀，金芳你哭啥呀？怎么啦？"

"单总说话不算数，气的呗！"人群中立刻有人接着笑道，众人立刻跟着哄堂大笑。

单玉田瞪了文秀梅一眼，转脸对众人道："都该干吗干吗去，一帮老爷们都跟个老娘们似的。"又转脸问单玉民："李守合呢？"

矿长李守合忙跨出人群："单主席。"

"你们先扶妈进屋，上炕。"单玉田对文秀梅道，"外头冷。"又转脸对李守合道："你和玉民都进来。"说着转身进了财务室，李守合跟着也进去了，单玉民转身看见田国庆便随口道："国庆你也来吧，帮我做个证，我可没怎么着她。"田国庆边跟进屋边笑道："我可不知道。"

单玉田往姚金芳对面一坐，沉着脸道："金芳，你受了啥委屈了？只管说。"姚金芳瞄了单玉田一眼，又瞄了单玉民一眼，低下头小声道："我单二叔他说话不算数。"单玉民气得青筋暴露，欲待分辩却被单玉田瞪了一眼，只好气呼呼地闭了嘴；李守合抿嘴偷笑，田国庆也好奇地等着听下文；"他说什么了？怎么个不算数？"单玉田追问道。姚金芳咬着嘴唇低头憋了一会儿，嗫嚅道："他说替我介绍对象来着。"

"什么？"单玉田以为自己听错了，"他说什么？"

"他说替我介绍对象。"姚金芳的声音更低了。

"就这事？再没别的事？"单玉田追问道。

姚金芳点点头。

单玉民这才松了一口气，一脸窘困道："哎，不是，我什么时候说的？"

"你说了。"姚金芳气愤地白了单玉民一眼，"就说你说话不算数嘛。我来上班的第一天你就说了。"屋里几个人都笑了起来，李守合笑道："真有可能。这矿上凡是单身的，单总几乎都跟他们说过要介绍对象的事儿。"

单玉民爱开玩笑，说完早抛到脑后去了，这会儿都被气得笑了，拿手点着姚金芳道："哎，我说你这丫头，就算是我说了……"

"什么叫'就算是'呀？你就是说了。"姚金芳打断单玉民的话，愤愤道。

"好好好，我说了。好吧？那又怎么了？那你哭啥呀？"

"那我都来了大半年了，你说话也不算数啊！"姚金芳嘟囔道。屋里几个人全憋不住笑了起来，单玉民哈哈大笑道："姑娘，我总不能给你拉郎配吧？那总得有合适的人呀！"

"这丫头还真就是一根筋。"单玉田也笑了，"行了，这事大爷们都帮你关心着，你放心，我肯定忘不了。"又指着其他几个人笑道:"你们几个都上点儿心,有合适的别忘了金芳姑娘。"

"谁说没合适的呀?!"姚金芳急了。

"哟!金芳这是有意中人了!"李守合笑道,"谁呀?是咱矿上的吗?"

姚金芳点点头又赶紧摇摇头。

"谁呀?"单玉民笑道,"告诉单二叔,包在我身上了。"

姚金芳憋红了脸,不好意思说却又怕错过了就再没机会了,只得硬着头皮道:"远在天边,近在眼前。"一句话把屋里几个人全说蒙了,四个人互相看了看,全都茫然不解。再想追问明白,那姚金芳再不肯多说一个字。眼看着到了午饭时了,单玉田也懒得再问,便道:"李矿,这事就交给你了。"转脸对单玉民和田国庆道:"走吧。吃完饭,带妈上矿口看看,意思意思就行了,就算是来过了。"兄弟三人起身离开,留下李守合叹了口气道:"金芳,对象的事儿咱慢慢再说吧,咱也吃饭去吧。"

"我不饿。"姚金芳赌气道。

"你不饿我可是饿了。"李守合转身便出了财务室。

常桂生见单玉田等人笑嘻嘻地进屋了，便问道："什么事情呀？把你们三个笑成这样？"

"是啊。"文秀梅笑道，"说来听听，让我们也笑笑。"

田国庆手上捧着一个保温杯，放下笑道："这东北小姑娘是真有意思，这也太生猛了！刚刚一口茶差点把我给笑呛着了。"转脸问单玉田："东北女人都这样吗？"

"哪都这样！"单玉田笑道，"我来了这么多年，这也是头一回见着这么缺心眼的。"

兄弟三人将刚刚的事说了一遍，单玉民为了逗老太太开心，特意又添油加醋了一番，把常桂生逗得哈哈大笑道："这东北姑娘心真实呀！"

文秀梅笑道："那她到底看上你们这几个小老头谁了呀？"

"是啊！"肖秀丽也凑趣道，"远在天边，近在眼前，到底是谁呀？"

"一会儿吃完饭我问问去。"文秀梅笑道。

"我跟你一块儿去。"肖秀丽立刻道。

"你就别去了，去这么多人她怎么可能肯说呢！"

文秀梅道。

"真要问出个子丑寅卯的，也别取笑人家孩子，乡下小姑娘还是单纯。"常桂生想起当年自己的妹妹常桂英，着了魔似的想要嫁给张得宝，不由得叹息道，"能成人之美就成人之美，不能的话，这事就放肚里吧。"

吃完饭单玉田哥仨和李守合领着常桂生去石棉矿的巷道口看看去了，肖秀丽歪在炕上打盹，文秀梅便去了财务室找姚金芳。

冬天的巷道口，出奇的冷，站了十几分钟便觉得从里到外都凉透了，单玉田让常桂生赶紧上车，回了矿办，几个人坐在炕上喝了点热水，常桂生不习惯坐炕，坐久了腰酸背痛腿发胀，便想要回去。单玉民便让肖秀丽去喊文秀梅，不一会儿文秀梅进来了，肖秀丽跟在后头笑道："大嫂子保密呢，还不肯告诉我呢。"

"你们猜，她看中谁了？"文秀梅忍着笑道。

"谁呀？"众人异口同声道。

文秀梅哈哈大笑道："国庆。她看中我们国庆了！"

"疯了吧？这是。"单玉民笑道。

"哎，这孩子不会真有什么毛病吧？"单玉田道。

"什么毛病？"肖秀丽道，"花痴呗。"

常桂生瞪了田国庆一眼道："人家姑娘好好的就看中你了？你才来几天呀？"

"我对天发誓！"田国庆急了，一手指天一手捂着胸口，"就除了吃饭的时候单二哥经常让她来倒个酒添个茶水什么的，对了，还有就是单二哥安排她负责打扫我房间的卫生，我都没正眼看过她，我都不知道她具体长什么样！"

"你也别在这儿待着了，这就跟我们一起回去吧。"单玉田笑道，"玉民，矿上有李守合在，你也不用总守在这儿。"

"是，国庆跟你们回去了，我也要回木器厂那边看看去了，我想就这两天也该放假了，快过年了嘛。"

"国庆啊。你给玉兰打个电话，看生意要不十分忙就带着孩子一起到东北来过年吧，这儿屋里头还真是蛮暖和的呢。"常桂生道，"挣钱也不在这一会儿，再说钱也挣不完呀。"

"我打电话她不一定理我呀！"田国庆嘟囔道。

"怎么？两人怄气啦？"文秀梅笑道，"一会儿回去我打。"

第十三回

夜盼儿归　　常桂生遥忆故里
功成慰母　　田国民心想事成

单玉兰见文秀梅三番五次地打电话约自己到东北过年，也不好意思再十分推托，答应孩子一放假就去东北，南方孩子的寒假特别短，只有二十来天时间，不像东北的孩子，还没进腊月便开始放寒假了。

文秀梅本想抓紧时间把五楼的三居室收拾出来，但东北的施工队伍年底都不太愿意干活，喜欢聚在家里喝酒耍钱"猫冬"，于是跟单玉田一商量，决定等单玉兰来了，就让他们一家四口住六楼，自己夫妻两人跟着常桂生住一楼，田国民假如过年不愿住办公室后头的宿舍就一起住在一楼，和常桂生一说，常桂生连连点头道："这样最好了，过年一家子聚在一块儿最好不过了。记得我们小时候，一到过年我大伯就把我们聚在一起吃饭，大家都开心得不得了。可惜现在没有那么大的厅了，坐不下这些人呢。"

"怎么没有啊？"单玉田笑道，"妈你忘啦？前两天我不是还带你去看了那边那个大食堂了？咱家有多少人都坐得下。"

"对对对。"常桂生笑道，"一出了这个门我就觉得不是我们自己家了。"

"妈！"文秀梅笑道，"整个这个大院都是我们自己的，都是自己家呢。"

常桂生不由得想起早已化为尘土的常家大院，起身找棉袄穿。"妈你要干吗？"单玉田边把棉袄递给老妈边问道，"你要出去啊？大阳都下山了，外头冷着呢。"

"我出去转转就进来，冻不死。"常桂生道。

单玉田也穿上衣服道："我跟你一起去吧，东北的地都跟我们那儿不一样，看着没什么，其实全都结着冰呢，这儿的冻土层有一米二左右呢，地上滑着呢。"文秀梅见状也要穿外套跟着一起去，常桂生连忙摆手道："我就出去透透气，你快别也跟着了，老大和我一起去就行了。"

单玉田搀着常桂生走到大院门口，常桂生站在大门口回头看，这大院占地三十余亩，坐西向东，迎门一幢六层的办公大楼，南边两幢六层的家属楼，家属楼的前面，紧挨着办公楼的后面有一排房子是职工食堂，食堂隔壁的小院里是锅炉房、电工房，和电工房一墙之隔还有个挺大的猪圈，靠着北边的院墙，食堂大师傅养了几头猪，再过几天就准备杀了过年大伙分分呢。办公楼前挖了个池塘，田国民预备开春了种荷花，人人都担心养不活，东北太冷了。田国民说等天冷了就把水抽干，把花移到盆里，搬屋里去。大院门口是一条大马路，道路两边是两行密密的杨柳树，天寒地冻的，早都凋零得只剩下光秃秃的枝干了。因为鼎新大院是在城郊处，所以门前这条路依然还是条土路，一条条车辙冻得硬邦邦的。大路上漆黑一片，一盏路灯也没有。

"唉！"常桂生叹了口气，"你们在这儿待了这些年，熬到今天是真不容易啊！"

"嘻，妈，日子这不是一天比一天好嘛！"

"那是。"常桂生望着黑黢黢的大马路，叹口气道，"也不知国民什么时候回来。"

"今天一早和平就开车去沈阳接他去了，今天估计是回不来了，最晚也就这一两天肯定回来。"

母子两人说着话便打算回家了，却见大路上远远两只大灯射了过来，"会不会是国民回来了？"常桂生道。

"应该不会吧？不知道。也不一定。"单玉田望着渐渐驶近的车灯，犹豫道。

两人话音未落，车子已到跟前，果然是单和平开的车，孙良才坐在副驾驶座上，后面车门跟着也打开了，田国民和另外一个单玉田也不认识的人从车上下来和常桂生、单玉田打招呼。因为多了个陌生人，常桂生也不便多说什么，田国民道："妈你来啦，怎么样？还习惯吧？"

常桂生点点头。

"妈我待会儿回去看你。良才你送我妈回屋去，你也回去休息吧。妈，外头这么冷，站这儿干吗呀？！"田国民转脸对单玉田道："大哥，这是喀喇沁麻纺厂的孟厂长，这是我大哥单玉田。现任我们集团监事会主席。"单玉田上前和那位孟厂长握手问好，一行人说着话便进了办公楼。

孙良才将常桂生送回家，自己也就回家了。刘如花见他这么晚回来，奇道："这么晚了，你们还往回赶，干啥不明天白天再回来？路好走，车也好开。"

"嗐，国民那脾气，寅时等不到卯时的，说在嘴里就恨不得拿在手里。"孙良才笑道，"咱这回啊，可真是巧了，前几天大伙儿还在说咱天天装石棉用了多少编织袋儿啊，都能养活一个厂子了，你爸还说听说喀喇沁那儿有家麻纺厂快黄了，不行咱去把它拿下，你猜咱在省工商联遇着谁了？"

"谁呀？"

"喀喇沁的一把县长和麻纺厂的一把厂长，国民就那么随口一说，谁知那王县长和孟厂长全都上了心了，那孟厂长都跟到咱这儿来了。"孙良才往床上一躺，"唉！"长长地呼了口气，"也不知他们今晚谈得怎么样，要真是谈成了，咱可就真牛了！听说那厂子有两千多号人呢！是喀喇沁规模最大的国有企业。"

收购麻纺厂的事前后折腾了将近一年才算是尘埃落定。这一年里，田国民的企业已经是全国民营企业500强排名第一百一十九名了，各种有用没用的荣誉头衔又罩了一堆顶在头上，还被评为了市"特等劳模"，到北京去了。这一堆头衔中，田国民最在意的是："全国石棉行业理事会副会长"，会长不用说，是国家相关部门的领导兼着，七个副会长单位六个是国有企业，鼎新是唯一的民营企业，田国民如愿以偿在朝阳自己主办了一场全国石棉行业会议，特意请了几个人高马大的俄罗斯老毛子矿主过来助阵，又弄了几个白俄小姑娘站台做迎宾，一副国际会议的阵势。

遗憾的是，他给常启东发去邀请函，常启东本来兴头头地答应要来，临来前却生病了，他儿子便给田国民打了个电话，说是老爸去不了了，田国民只得电话里安慰几句拉倒。不料老头却让两个儿子务必前去参加会议，叫他们一定和田国民多多接触。两个儿子虽然都三四十岁了，可是常启东太强势，儿子们遇事并不敢自己做主，向来都是听他的吆喝干活，既然老头非让去，那就去吧。

两人也没再跟田国民联系，直接就上了飞机。结果这哥俩头一回到中国，一个刚到北京就冻感冒了，便留在机场酒店等着，派了另一个人作为代表去开会，等这哥们到了朝阳，人家都散会了，只好到家看看常桂生，也算是没白来一趟。哥俩回去跟老爸一通牢骚，赌咒发誓再不去那鬼地方了，太偏僻了！交通太不方便了！

第十四回

合久必分　兄弟们各自为政
冰冻三尺　夫妻情等闲难续

　　田国民的企业像从高山上滚落下来的雪球，快速地膨胀，来不及夯实，想停都停不下来，各种资源纷至沓来，几乎全都是自己找上门来的。市内唯一的景区划了五十亩地给他，希望他能将现有的资源好好打造一番；郊县的硅灰石矿经营不善，希望他能"妙手回春"；偏远的下属县里的紫砂厂除了拉他入股外，更期盼他这个谙熟南方市场的人能帮助招商引资抑或招徕些技术人员。他自己也雄心勃勃地立志打造黄河以北最大的麻纺集团，还参股了内蒙古的两家大型国有麻纺企业，并且不满足于喀喇沁麻纺厂原有的产品，成立了专门的黄红麻研究院，又租了五十亩地自己种植黄红麻，想要从研发开始，到种植、加工，一直到成品，形成一条完整的产业链，也还真是研发了好几个专利产品出来。产品从布匹到衣服，从鞋子到鞋垫，从挂件、饰品到地毯，应有尽有。

鼎新的人员结构也发生了重大变化，不但有几个本地师专毕业的大学生开始进入，专家、教授也纷纷介入产品研发，甚至还有退休的官员也来挂职当参谋的；原有的人马显然不能胜任现在的岗位需求了，但想要彻底大换血也是不可能的，人力资源的短缺成了鼎新的当务之急。但项目都摆在那儿，有人要上，没人硬着头皮也得上，只能是哪里紧急先调整哪里了，首要调整的便是财务部门，从前的流水账是绝对不行了，正好原先麻纺厂有一支非常成熟的财务班底，田国民便调了两个得力的到集团这边挂帅，底下的具体人员再由他们根据实际情况自行调整。这一来，刘如花便有麻烦了，她不仅没有上岗证，更没有会计证，显然是不能继续待在会计岗位上了。麻纺厂调来的财务徐经理知道刘如花在鼎新根深蒂固，不敢贸然动她，特意跑去请示田国民，田国民想了想道："叫她到鞋垫那边去吧，带着那帮老娘儿们弄鞋垫去。"单和平闻言道："那给她个什么岗位呢？"

"总经理好了。"田国民随口道，"那边正好少个牵头的，除了那帮专家，就是原先麻纺厂的工人，没个能挑头的人，正好刘如花爱张罗事，就让她去吧。"

"那工资待遇呢？"单和平又问。

"变岗不变薪，先就这么着，把活先干起来，其他的事过一阵子再说。"田国民道，"对了，和平，你爸身体最近怎么样啊？"

"老肾炎了，就得慢慢调理着。"单和平道，"三叔我正好有个事想跟你说呢。"

徐经理见他们拉家常便起身道："单主任你们办公室最好先发个文，我再安排刘如花办交接。"

"我一会儿就跟小钱说。"单和平点头道。

"那你们聊着，我下头还有事。"

田国民点点头，徐经理便出了田国民的办公室下楼去了。

"三叔，我爸这身体一天不如一天，他想让我过去帮帮他呢。"单和平道，"这边我替你物色好了一个人选，比我强多了，辽师中文系毕业的，笔杆子一流。家里没什么背景，现在下边一个中学当老师呢，也算是怀才不遇吧，我跟他聊过这事，他倒是挺愿意过来的，三叔你看你哪天有空我约他过来让你看看？"

自从上回过年单玉兰来东北，众人皆异口同声劝她也到东北来算了，单玉兰本放不下自己的小饭店，但常桂生问她是否真不打算和田国庆过了，若是，那就别来了，自己也不怪她，自己儿子有错在先；若不是，就赶紧过来。单玉兰想想此处好歹有本家两个哥哥在，总好过自己一个人在无锡势单力薄，因此思虑再三还是将店盘了出去，举家到了东北，侄女儿李小娟抛不下小男朋友，直接跟那小伙子跑一个店里打工去了。因此茶叶生意田国民已经彻底交给田国庆夫妇经营了，按照常桂生的指导思想，"树大分枝，亲戚远来香"，就算是兄弟们齐心，妯娌们各自爹娘，久在一处，舌头和牙齿还有打架的时候，何况这么多人？如今不单是文秀梅娘家人都来了，单广年全家来了，肖秀丽的两个娘家兄弟全家也来了，单玉兰自然也不肯示弱，把自己的两个兄弟全家也弄来了。热闹倒是真热闹了，孩子们基本上都住在一个大院里，虽说和办公楼在一个院子里，家里大人都千叮咛、万嘱咐不许吵闹，那到了放学时间家属楼的楼道里也是叽叽喳喳闹腾得不歇火。

于是田国民兄弟们开会商讨了一番，决定将石棉矿交与单玉田，文家的人马就全跟了过去。但是文家并无十分能当大任之人，却个个都以为自己比别人高明，所以单玉田便想叫儿子到石棉矿做自己的助手，一则自己身体不大好，精神越来越不济，二则让单和平回来也绝了文家人的念想，谁也不会和单和平争，免得他们三天两头在文秀梅跟前哼哼唧唧的，单玉田自然也就不得清静。关键是单和平自己也想回来，待在鼎新他有不少观念和田国民并不一致，但田国民少年得志，难免自负，很多时候都是拍脑袋出奇制胜的打法，单和平却喜欢一板一眼、有章有法地行动，所以单和平渐渐地便有些厌倦之心，懒得再说，却又不甘心无所作为，毕竟年轻，于是回家和单玉田一说，父子两人不谋而合。因此单和平今日见田国民又随意封官，心中不快，便将去意顺便就说了出来。田国民也知道兄弟们既已分开干，单和平早晚是要离开的，当下也就答应了。

那木器厂给了单玉民，单玉民便带着肖家兄弟们搬出鼎新大院，自去淖泥洼经营。茶叶生意虽然归了田国庆，但他并无自己的办公室，借了田国民办公楼一楼两间办公室用着，单玉兰的兄弟们便一起都寄居在鼎新的大院里，没过多久，田国庆便在市内的大市场里租了个门面，将办公室挪了出去。单玉田则很快就在市内置了一处房产，全家都搬出了鼎新大院。

　　单玉田的新家收拾得万事俱备了，便派车接了常桂生过去住几天，常桂生到了单玉田家肯定是要前前后后到处转转的，看见门前有个做成鸟巢形的小盒，上面还蹲着一只小鸟，常桂生便问此是何物，单玉田说应该是信箱，便随口跟文秀梅要了钥匙打开信箱，里面倒还真有一封信。单玉田取出一看，信封上除了自家的收信地址，寄信人处只有"内详"二字，单玉田奇道："这什么人？寄这么封信？"说着打开一看，居然是一封恐吓敲诈信，上面清清楚楚写着某年某月某日上午十时必须将现金十万元放到城东景区山门前的一个垃圾箱里，胆敢报警，就绑架单玉田的孙子，还将单玉田两个小孙子的学校班级都写得明明白白，逾期一天则用雷管炸掉单家。

　　单玉田顿时惊呆了。

　　单玉田定了定神，赶紧给田国民和田国庆都打了电话，田国民正开着会呢，听单玉田说得紧急，电话里又不说是什么事，没过几分钟又接到田国庆的电话，说大哥让赶紧过去，田国民只好中途离席，匆匆赶到单玉田家，田国庆早已到了，见田国民来了，边将手中的信递给田国民边沉思道："肯定是矿上的人，我没到矿上之前，从来都不知道雷管这东西呢，我们平时一般都说炸药什么的。"

田国民接过来看完道："叫我说还是报警吧。"

常桂生道："拿来，让我看看。"

"哎呀妈，你就好好歇着吧，这东西你看干吗呢？"单玉田道，"有我们在，还用得着你操心？"

"是啊，妈，你就别添乱了。"田国庆道。

"我怎么就添乱了？"常桂生一听就不高兴了，"多大事？你妈什么没见过？"把手往田国民跟前一伸，"拿来，给我看看。非不给我看，我非要看。"田国民看她一副老小孩的样，忍不住"扑哧"笑了，将手里的信递给常桂生，"喏，给你，看吧，一会儿你亲自挂帅带着我们哥仨出去干他们。"单玉田、田国庆闻言都笑了起来。常桂生也不理他们，自己从口袋里拿出老花镜戴上，凑到门口光线好的地方一字一句读了起来，读到年月日处忽然道："哎？我记得今天是十八啊？"

"对啊！"单玉田也突然想起来了，赶紧拿过信一看，上面赫然写着交钱日期是十五日，原来这信撂在信箱里有一阵子了，单家人根本没在意。兄弟三人不禁相视大笑，"还笑。"常桂生笑道，"还不让我看。"

　　这一封敲诈信虽然成了个笑话，但却给田国民兄弟们敲响了警钟：树大招风。全家开了个家庭会议，决定将田国庆的两个孩子、单玉田的两个孙子、单玉民的一个孙子全都送到大连一家全封闭式管理的私立学校上学去，免除后顾之忧。

　　新学期一开学，田国庆和单和平亲自将几个孩子送到学校报到，回到朝阳，田国庆特意去理发店理了个发，回家好好洗了把澡，又亲自下厨做了几个菜，打算晚上和单玉兰好好谈谈，认真认个错，总之，一定哄到她开心。自从张小花事件之后，单玉兰和田国庆就一直这么僵持着，田国庆碍于面子，也一直不曾明确认过错，现在孩子们都走了，剩下两人世界，有什么话不好说？什么事不好做呢？田国庆抱着必胜的信心等着单玉兰回家来。谁知傍晚时分单玉兰关了门市约了自己娘家的俩弟媳妇逛街去了，三个女人逛完街在外头吃了个饭，还喝了点小酒。田国庆在家等得着急，给店里打电话没人接，打单玉兰的寻呼又没人回，只得自己一个人边吃、边喝、边等。

　　晚上天都黑透了，单玉兰才回到家，一进门就见田国庆一个人坐着自斟自饮呢，桌上一瓶凌塔喝了有大半瓶了，田国庆转头看看单玉兰，笑道："老婆，你可回来了，等得急死我了，你吃饭了没？"说着站起身凑到单玉兰跟前，单玉兰闻他满嘴酒气，便拿胳膊支开他道："走开。"田国庆依旧觍着脸笑道："老婆，求你了，我错了还不行吗？从今往后都改了，不，我早就改过自新了。"说着又凑近单玉兰，单玉兰用力推了田国庆一把，把田国庆推了一个趔趄，田国庆有点尴尬，但还是继续赔着笑脸凑到单玉兰身边，一把抱住单玉兰，伸脸想要亲她，单玉兰在外头也是喝了酒回来的，见田国庆有点霸王硬上弓的意思，不假思索抬手便甩了田国庆一个清脆的大嘴巴子，嘴里还下意识地随口骂了一句："不要脸！"田国庆一下子就愣住了，呆了有几秒钟，不觉羞愤交加，转身便摔门而去。

单玉兰失手打了丈夫，心里也有些后悔，但转念一想：谁叫他对不起自己在前的，而且假如自己犯了同样的错，他田国庆会原谅自己吗？当然不会。那又凭什么自己就得原谅他呢？这么一想心里也就坦然了，正好头晕乎乎的，也就自管自躺床上睡去了。

话说家住四楼的刘如花因为调岗不调薪的事儿心里一直不痛快，打电话给派驻喀喇沁的孙良才发牢骚，却被孙良才奚落了一通，说她要啥没啥就别不知足了，气得刘如花在电话里针锋相对也把孙良才臭得狗屁不如，两人怒气冲冲挂了电话，刘如花越想越委屈，打算上娘家诉苦去，一出门恰巧看见田国庆从楼上歪歪斜斜地走下来，刘如花便站住脚和田国庆打招呼："国庆哥，这么晚了上哪儿去？"

田国庆斜睨了刘如花一眼道："不上哪儿。"说着话一不留神，脚下踏空，差点摔个跟头，亏得刘如花抢上一步扶住了，刘如花闻到田国庆嘴里的酒气，一抬脸，楼道的灯光下田国庆左边脸颊上清清楚楚几个暴起的手指印，不由得脱口道："哎呀妈呀，这是嫂子打的呀？这下手也忒狠了点儿。"又看田国庆东倒西歪的样子，便道："要不，上我家歇会儿呗，等嫂子气消了再回去吧。"说着开了门，便将田国庆往屋里扶，田国庆也就跟着进了屋。刘如花随手关上门，田国庆往门上一靠，恰好靠在刘如花胸前。刘如花的心霎时间一阵狂跳，红着脸将田国庆扶到木沙发上坐下："我给你泡杯茶去。"刘如花到厨房给田国庆泡了杯茶端出来，见田国庆闭着眼仰面半躺在沙发上，两个胳膊架在沙发的靠背上，刘如花的心不由自主地"怦怦"乱跳，她将茶杯放到沙发前的茶几上，自己顺势坐到了沙发上，她能感觉到田国庆的鼻息直扑自己的额头，她偷眼看了看田国庆，这张脸无数次出现在她的梦境里，她有很多次和孙良才在一起时都将孙良才那张包子脸幻想成眼前的这张脸……她正想入非非呢，田国庆居然打起呼噜来了，气得刘如花使劲将田国庆晃醒，"国庆哥，国庆哥，你醒醒，醒醒。"说着端起茶杯尝了一下，觉得有点烫，便又加了些冷开水，重又尝了一下，这才送到田国庆跟前，"你喝点茶水，醒醒酒。"田国庆接过杯子"咕咚咕咚"全喝了，依旧半眯着眼睛，半躺半靠着。

"国庆哥，你这是犯错误了吧？"刘如花试探性地问道，"不然嫂子不能舍得下这么重的手啊！"

田国庆叹了口气道："唉！怎么就不让人改呢？"

"因为男女之事吧？"

田国庆没吱声。

刘如花的心跳得更快了，仿佛那"男女之事"的"女"便是自己。"谁呀？谁这么入你国庆哥的眼呀？是咱集团的？"刘如花紧张得声音都有点颤抖了，她莫名地害怕田国庆说"是"，还好，田国庆摇了摇头。刘如花悬着的心稍稍放下一点，却更加好奇了，田国庆来的时间并不长，也没看见他和哪个女员工走得特别近，如果是外面的也不可能，除了鼎新内部以及跟鼎新的茶叶生意相关的人，社会上的人他暂时也认识不了几个，会是谁呢？她按捺不住自己的好奇心，"国庆哥，到底是谁呀？不是咱集团的，那是街里的？"

田国庆又摇摇头。

"不是咱东北的？是你们南方老家的？"

田国庆听她叮到骨头烂到肉地追问自己，不由得笑了起来："关你什么事啊？我又不是你家老爷们。"

"你要是我家老爷们儿，你在外头找一百个我都不带管的，说明我家老爷们儿有魅力啊。"刘如花笑道。

"是吗？"田国庆闻言坐了起来，"你们东北女人这么大方？"

"分对谁啊，"刘如花笑道，"谁让我国庆哥长得帅呢！"

田国庆闻言心中不由得一动，当年张小花因为家人总打电话跟她要钱心中烦恼，喝多了搂着他的脖子哀哀地哭泣，两人鬼使神差便滚了床单，张小花一高兴便满口里乱叫，有时叫他姨父，有时叫他哥，他笑她是个小淫娃，她便时常会回他："谁让我国庆哥长得帅呢！"

这会子刘如花有意无意的一句玩笑话，恰好触动了田国庆的心经，田国庆本就是耳热酒酣之际，不由得低头凑近刘如花耳边笑道："她也叫花儿呢。"

第十五回

酒后驾驶　孙良才命丧黄泉
死后争荣　老孟头自讨没趣

刘如花心中一颤，猛一回头，镜框一下子划到了田
国庆的脸上。田国庆"哎哟"一声，拿手捂着脸，立时
清醒了，赶忙起身道："啊呀，今天喝得有点多了，我
走了。"说完，逃也似的下楼去了，只留下刘如花一个
人如痴如醉地呆坐在沙发上，把脸轻轻地靠到田国庆刚
刚倚着的地方。望着刚刚田国庆喝过的杯子，端起来用
杯口贴着自己的嘴唇缓缓地转动着……刘如花竟痴痴地
倚在沙发上睡着了。

天亮时分，刘如花一觉醒来，觉得自己头疼得厉
害，便打了个电话请半天假，倒到床上蒙头大睡。正睡
着，外头门敲得震天响，刘如花开门一看，单和平满头
大汗站在门口，一见刘如花，拉了她便走，刘如花急
道："干啥呀？和平，我这蓬头垢面的，啥事呀？"单

和平一边拖着她下楼一边说道："嗐，随它蓬去吧，你赶紧跟我走。"单和平将刘如花连拖带拽地拉到田国民的办公室里，单玉田、田国庆都在，还有麻纺厂的余副厂长、新来的办公室李主任，另有两名穿警服的人。刘如花瞥了一眼田国庆，见他一脸严肃，又见屋里其他几个人也全都绷着脸，刘如花吓得一声不敢吱，不知发生了什么事。

"你就是刘如花吧？"一名警官看着刘如花道，"孙良才的家属？"

"是。"刘如花点点头，"咋啦？"

"今天一早，从喀喇沁往市内的国道上发生了一起恶性交通事故，有三人当场死亡，其中一人就是孙良才，是他开的车，经查实，他是酒后驾车……"刘如花的脑袋"嗡嗡"直响，她只看见那警官的嘴巴一张一合，根本听不见他在说什么。

那辆车上一共四个人，只有一个孟厂长侥幸死里逃生，听他说孙良才昨天晚上挂了个电话就开始一个人在宿舍里骂骂咧咧，后来约了余副厂长和技术科长找了两包花生米出来开始喝酒，孟厂长也住在宿舍，听见他们几个在隔壁哇啦哇啦地说话，便过来叫他们早点休息，周一集团开会，他们几个怕起早，约好了明天星期天便先回市区家里，结果几人正聊到兴头上，便拖了孟厂长一起，四个人开始的时候还聊公司的事，聊着聊着开始聊家里的事，孙良才借着酒劲开始发牢骚："你们说，这老娘儿们怎么他妈的就是不知足呢？永远看你不顺眼。"

"怎么孙总，你还受嫂子气啊？"技术科长笑道。

"这知足不知足的，你指哪方面啊？"余副厂长接口坏笑道。

"哪方面？"孙良才喷着酒气道，"他妈的方方面面。"

孟厂长年龄稍长，更兼老伴这几天来看他，也住在宿舍呢，因此见他们说话有点不上路子了，便起身告辞了。第二天一早见三人都睡在孙良才屋里呢，知道都没少喝，便将几人都喊了起来，闻着几个人全都酒气熏天的，便道："你们这熊样，待会儿万一撞到交警，可就完蛋了。赶紧的，都几点啦！"三人匆匆拿冷水擦了把脸，孙良才打了个酒嗝道："我开车吧。"

"能行不？"孟厂长看他一脸迷糊样，担心道。

"行。老爷们哪能不行呢。"孙良才笑道，"上车吧。撞死我陪你一块呢，怕啥？"

"就是。老爷们哪能不行呢。"那两个也跟着起哄，余副厂长打开右边车门道："嫂子请上车。"技术科长道，"我坐前边替你看路。"摇摇晃晃地上了车，闭上眼接着睡。孟厂长的老伴问余副厂长："咋地？老余，你不回市里啊？"

"都走了没人看家呢。"余副厂长笑道。

孟厂长从左边车门上了车，坐到驾驶员后头的座位上。车子一上路就疯也似的狂飙，吓得那孟厂长不住声地提醒："慢点慢点，安全第一。"

"放心。真要出事，我也走你前头呢。"话音刚落，一个急转弯，就觉得方向盘一抖，车子撞上了转弯处的一棵老榆树，然后那孟厂长便啥也不知道了，醒来已是浑身缠着绷带躺在特护病房里了。

为了妥善处理这三人的后事，鼎新特意成立了一个治丧委员会，由单和平任主任，严守才、李忠良任副主任，几人开了会又征求了田国民的意见，虽说不在工作时间，但全都按照工伤处理。其他人倒是好安排，独这刘如花，不单全家都在鼎新，孙良才还是田国民的战友，又是创业的元老，因此田国民对她格外照顾，将她女儿孙婷婷和单和平的孩子送到一个学校读书去了，每逢节假日都是公司派专车接送几个孩子，那小姑娘回来也并不回家，只在田家待着，常桂生怜她幼年丧父，分外照拂。公司上下自然也就都对小姑娘另眼相看，倒是把这小姑娘宠得事事皆要占个先、要个强，凡事皆以自我为中心，那刘如花也不敢训她，训了便跑到田家去了，刘如花自然不能追到田家管孩子，只得任由她去。这些皆是后话。

单和平等人原来心想只要安置好了刘如花，其他人都只要根据法律规定再额外加些人情也就行了，不想，平时看着极好说话的老孟却突然提出了额外要求，声称老伴活着的时候做梦都想要个貂，自己舍不得，一直没替她买，这回一定要满足她的心愿。单和平等人不禁犯了难，一件貂皮大衣好几万块钱，够一个员工干一年的呢，只好请示田国民，田国民听了二话不说便点头同意了。田国民同意了，严守才等人却又不太情愿了，觉得没必要在死人身上瞎浪费钱，何况老孟媳妇根本就不是鼎新的人，只是个搭顺风车的，按照员工待遇处理已经是照顾了，没理由还节外生枝。但田国民又已经点头了，几个人商量了一下，悄悄折中了一下，打算给死了的老孟太太买件貂皮的披肩烧了了事。谁知老孟见他们只给老伴买了件披肩，心中便不甚痛快了，又不好为这事反复去找田国民，于是便又提出要让老伴的嘴里含一颗金珠子方才圆满，气得单和平等人再不肯答应，单和平本是要离开的人，原不打算再得罪人，但实在气不过，严守才等人又不肯出头，新来的李主任遇到这样的事更插不上嘴，单和平只得硬着头皮拒绝了老孟的要求，众人也在一旁助阵，七嘴八舌地说这事不是一个人的事，要买就得买三份；本来老孟还欲坚持，不知是谁撺掇的刘如花跑到医院来了，刘如花进门便嚷道："咋地？我们良才就没有心愿哪？谁说男人就不能穿貂啊？"众人赶紧作势劝解刘如花，把个老孟头晾到了一边。老孟见此情形，知道不可能遂愿了，也只得作罢，只是将这笔账暗暗地记在了心上。

　　众人走后，那老孟一个人躺在病床上，想想不甘心，便琢磨着让儿子孟繁简再去找田国民求求情，想他必不好意思拒绝，不料田国民这几天正为政府划过来的景区那块地头疼不已呢。那孟繁简遵照他老子的意思大晚上找到田国民的办公室，没想到办公室里一屋子的人，景区打断了好几根钻头，却就是打不出一滴水来，这要是打不出水来，所有的规划全是空谈。一伙人正在田国民办公室里查看景区的各式图纸呢，见孟繁简进来，不免都口头抚慰了一番，小伙子站了一会儿找不到合适的时机说话，只得告辞回去了，到了医院把情况跟老子一汇报，老孟抱怨了一句"完蛋玩意儿"，也只得将这买金珠的念头放下。到底心里憋着一口气，他便叫儿子把自己住院期间发生的所有费用，管他什么口香糖还是矿泉水的，统统拿到公司报销去。财务的徐经理本是他的旧部，看他儿子拿来的这些费用，既不敢退回也不敢做主，悄悄拿给严守才看，单和平走后，严守才便做了行政副总，分管财务；严守才看了老孟的报销单，骂了几句娘还是签字给报掉了。

第十六回

别出心裁　袁玉荣风生水起
政策变化　田国民江河日下

景区的水总算是打了出来，各路人马赶紧一哄而上，搞基建、埋管线、修整山洞，开始打造所谓的度假村。

田国民却接到了老妈常桂生娘家侄孙女常雨烟的电话通知，说是母亲常启霞怕是不行了。田国民赶紧回家跟老娘常桂生汇报，常桂生一听定要去北京见常启霞一面，田国民兄弟们商量了一下，觉得老娘的身板坐车到北京应该没什么问题，正好单玉田要到北京检查身体，田国民也恰巧有事要去北京，于是哥俩便陪着常桂生一起去了北京。

常桂生总算是和比自己大了四岁的侄女儿见上了最后一面，常启霞也算是瓜熟蒂落，寿终正寝。常桂生已故大女儿的女儿袁玉荣身在北京，听着信当然也赶了过来，送走常启霞，袁玉荣便到常桂生他们下榻的酒店想接常桂生到自己家住几天："舅婆，你看我喊你多少回了，你就是不来，这回无论如何你都得上我家住几天。"

"什么你家？"常桂生不屑地摇头道，"你有个什么家呀？"又指着田国民道，"我都不要看见你们俩，都多大了呀？就这么成天晃荡着，什么时候是个头？"

袁玉荣和田国民相视而笑。

"亏你俩笑得出来。"常桂生气得直摇头。

"三舅，哪天我跟你混去呗？"袁玉荣笑道，"你现在牛了呀！"

"有什么牛的呀？天天忙得跟孙子似的。"田国民笑道，"怎么？你北京不是干得好好的吗？"

"还行吧。就是没什么大意思。"袁玉荣道，"我过年在你那儿看你现在规模挺大的，肯定能接触到不少政府的人吧？只要能接触到他们就没准能有点什么好机会。我现在在北京吧，没根基没背景的，事儿弄不大。没劲。我上你那儿，你只要能帮我牵个线、搭个桥就行，剩下的事儿不用你操心。"

"这么说你这是早已有计划了？"单玉田道。

"那倒也没什么明确的计划。大舅。"袁玉荣笑道，"这不是想上朝阳去抱你俩的大腿呢嘛！我想先去弄个高档点儿的酒楼，这样容易接触到方方面面的人，我把北京这点儿家当一盘，上你们那儿这钱就经用了呀。"

"那你好不容易置起来的这北京的家就不要啦？"常桂生道。

袁玉荣哈哈大笑道："哈哈，舅婆，你刚才不还说我那儿不算家吗？我上东北去你就能天天看着我了，您哪，正好一只羊是赶，两只羊也是放，你就把我和三舅一起管了吧！等咱挣着钱，上哪儿不能买房子呀，什么北京、上海的，我还上美国、法国买去呢！到时候呀，我带您上外国拉风去！"

"看把你能的！"常桂生笑道，"嗯，我得好好活着，等着看那一天呢。"

"那走吧！您先上我北京这地儿视察视察去吧。"袁玉荣笑道。

单玉田道："妈你就上玉荣那儿玩两天吧，正好我和国民的事都没完呢，等我们走的时候去接你。"

"对了，国安哪，你这次检查结果出来了没有啊？到底怎么样呀？要不要紧呀？"常桂生忧虑道。

"应该不要紧，没什么大事。"单玉田道，"结果还没出来，妈你不用担心。"

"唉！"常桂生长长地叹了口气。

"得嘞！您老呀也别叹气啦，生死有命，富贵在天。我大舅福大命大，您就放一百个心吧。咱这就收拾收拾东西走吧！"袁玉荣说着起身帮常桂生收拾好东西，田国民带来的司机小雷早在门口候着了。

一行人到了袁玉荣家，一个楼层两户大套，一套做了办公室，一套自住，张小花早已摆好茶水、果盘在家等着了。常桂生见到张小花，根本就没认出来，这姑娘如今可真是脱胎换骨了，风姿绰约，八面玲珑。

袁玉荣很快便将北京的各项事宜处理妥当，田国民帮她在市里物色了个地方，她搞了个目前市内最高档的大酒店，起名"金碧辉煌"，袁玉荣自己当了总经理，让张小花做了酒店的副总经理，那张小花到了东北不可能不和田国庆见面，田国庆开始时还有些窘迫，不料张小花却笑着调侃道："姨父，你怎么跟个大姑娘似的，动不动就脸红啊？"有时酒桌上碰到田国庆或主动找他碰杯，或故意凑近田国庆撒娇装痴，搞得田国庆猫抓心似的煎熬，但是回到家冷静下来，田国庆心里明白，张小花早已不是当年那个小餐馆里的小服务员了，更不是那个咬着舌头学无锡话的苏北村姑了，她这是在北京城里"见过大世面"了，从此倒把那一缕挂念之心全都放下了。倒是那单玉兰，看见张小花也到了东北，心里恨得牙痒，却又无可奈何，想想自己都奔五了，哪里还敢要脾气拒田国庆于千里之外？夫妻两人虽有心结，但总算是和睦相处了。

袁玉荣的"金碧辉煌"从迎宾到服务员，清一色的帅哥靓妹。袁玉荣把自己做经纪人攒下的资源往餐饮上一用，效果立竿见影，在北京城里不入流的小演员到了朝阳这样的三线小城可就吃香了，酒桌上有他们助兴，规格立马便不一样了。一时间，各路达官显贵对"金碧辉煌"趋之若鹜，请客不去"金碧辉煌"都不够诚意、不上档次。后来也不知袁玉荣使了什么神通，没过几年居然在军用机场附近弄了块地，做起了开发商。正好她同母异父的弟弟葛辰辰的工作也一直不甚如意，前来投奔她，袁玉荣心里犹自记恨他亲爹葛世民，但毕竟时过境迁，而且当年的葛辰辰不过是个不省人事的小屁孩，因此便收留了他，叫他协助张小花负责酒店的采买，将"金碧辉煌"整个交给了张小花打理，自己一心搞开发去了。

　　回过头来且说田国民的度假村，呼呼啦啦地砸了一百多万进去，鼎新的一帮高管倒是驻扎在那儿乐了一阵子，但一来配套设施跟不上，二来度假村建在景区内部，景区归市旅游局管，客人的门票、车票事宜两家一直没协调好，而且山洞里太潮湿了，所有的装修没过多久便全都不行了，更重要的是偌大一个场地，哪里是区区百万搞得定的？鼎新的后续资金一旦接不上，前面的工程自然而然也就打了水漂了。

　　恰此时朱镕基一声令下：取消粮食袋装化，以生产装粮食使用的麻袋为主的喀喇沁麻纺厂一下子就彻底瘫痪了。与此同时，鼎新收购的内蒙古的两家麻纺厂也一下子垮掉了，设在下面乡镇的五十亩黄红麻种植基地立时成了烫手的山芋，集团研究院的一帮专家教授也都陷入了无比尴尬的境地，留也不是，去也不是。田国民倾心打造的麻纺帝国是如此不堪一击，仿佛顷刻之间便土崩瓦解了。他真金白银投入麻纺行业的五千万人民币却是再也不可能收回来了，取而代之的是银行八千万人民币的负债，田国民开始了拆东墙补西墙的日子。整个人都开始消沉，每天至少有一顿喝到让人抬回家来。

　　常桂生看在眼里，急在心上，可是又不知道到底出了什么事了，问几个儿子、媳妇的又都问不出个子丑寅卯来，只得将这一切归结到田国民没成家这个原因上，她觉得如果有个媳妇管着他点就会好了。常桂生正忙着操心儿子的事呢，二女儿张国华却打电话来说常桂生的大表哥，自己的义父张立新不行了。常桂生便急着要回南方去，单玉田等人商量了一下，单玉田身体一直不好，这一向正吃着中药调理呢，就不要来回折腾了，田国民和袁玉荣是肯定要去的，他俩都是一起在张立新家长大的。常桂生道："国庆也必须得去，你爹在世时曾经亲口许下你大表舅，等他百年之后，国庆、国民都必须替他披麻戴孝的。"

　　单玉田关照田国民道："你也别老在朝阳耗着了，大表舅的事完了，你们正好带妈出去转转，妈总在这儿待着也憋坏了，都散散心去。"

　　袁玉荣接口道："要不我们去呢坐飞机，来得快，回来的时候让司机开车去接我们，这样我们可以一路玩回来。我也带辆车，舅婆我们俩坐一辆车，你要是累了，想躺就在后头躺着，让二舅、三舅他们坐一辆车。"

　　众人皆觉得这个主意不错。

第十七回

独倚琼楼　武青青浑然不觉
更深露重　田国民再难入梦

　　常桂生一行开车先到沈阳，然后从沈阳直飞南京。当年田卫青出车祸的那肇事司机，后来和田国庆结拜了异姓兄弟的田国富听说田国庆等人回来了，特意从无锡赶到南京相见。如今田国富自己已不开车了，租了个硕大的停车场，干起了物流配货的买卖，混得也还不错，常桂生听说自然也替他高兴，葬礼结束后田国富还特意在号称时下南京最高档的酒店"富城会"摆了一桌宴请常桂生一家。

　　张立新的葬礼有省政府派专人料理，不用家人操心。张立新的同胞兄弟张得宝一家人也来了，张得宝老来所得的儿子张贺已考上了北京大学，还是个学生会主席。张国华的女儿魏瑶瑶也从法国回来了，并不想正经上班，搞了个什么替人量身定制婚纱的个人工作室，约了常桂生等人抽时间去她的工作室看看。

魏瑶瑶的工作室设在金鹰国际购物中心，常桂生一进电梯便不住地摇头道："瑶瑶这丫头啊，也是个不过日子的主，这才工作，钱没挣几个呢，就租这么个地方，租金肯定少不了。"袁玉荣闻言笑道："舅婆，她是做高端人群的，她开在小巷子里那就叫裁缝铺。"

"你随她说好了。"田国民笑道，"又不少块肉。"

"都像你就好了？"常桂生瞄了田国民一眼，"你反正是死猪不怕开水烫了。"

一行人说笑着找到了魏瑶瑶的工作室，魏瑶瑶开门喜道："哎，不是叫你们到楼下打个电话给我吗？我好下去接你们啊！怎么就你们几个？我妈和二舅呢？"魏瑶瑶一边将他们往屋里让，一边叫助手倒水，"快快请坐，Cindy，谢谢你泡几杯茶过来，顺便再把水果和点心端到这边来。"魏瑶瑶屁股刚沾着沙发便又起身笑道，"你们先坐两分钟，有个客人的婚纱改了一下，我请了我同学帮忙来试一下效果。"

"你忙你的，我们坐会儿就走，不影响你工作。你妈头疼，不想来，说是你这儿她都来过多少趟了。你二舅和田国富出去了。"常桂生道。

"别走啊，待会儿我就下班了，我请你们到楼下吃好吃的。"魏瑶瑶笑道，"两分钟，很快。"

"这些衣裳都是你做的？"常桂生看着屋里模特儿身上的衣服问。

"那当然。"魏瑶瑶笑道，"穿身上更漂亮。哎，你等着舅婆，让我同学穿出来给你看看。"魏瑶瑶到里面更衣室道："青青，先别脱了，穿出来给我舅婆看看吧。"魏瑶瑶一边将隔帘揭起一边开玩笑用嘴伴奏道，"当当当当，当当当当。"随着她的口头伴奏，身着一件淡粉色婚纱的武青青出现在帘后，常桂生、袁玉荣、田国民不禁都愣了一下，袁玉荣先赞叹道："我的天，太漂亮了！"

武青青原本以为外头就是魏瑶瑶的舅婆一个老太太，没想到还有其他人，更没想到还有个男人，不禁有些难为情，微红着脸叫道："舅婆好。"

常桂生这才回过神来，笑道："你好你好，哎呀！姑娘你这也太漂亮了，简直像从画里走出来的呀！"

"这是我同学，武青青。"魏瑶瑶介绍道，"这位大美女是我二姐，这位帅哥是我三舅。"魏瑶瑶笑道，"你知道的，我们家有点乱哦，我二姐比我三舅还大点。

对了，他俩你应该都见过的呀。"

"三舅好，二姐好。记得人，记不得长相了。"武青青微笑道，"我去把这衣服换了。"

"哎，先别换，让我再好好看看。"袁玉荣围着武青青上下打量道，"这衣服配这人，绝了。看得我都想结婚了。瑶瑶，你行啊！这是你的原创？"

"那当然。"魏瑶瑶笑道，"怎么样？还入得二姐你的法眼吧？什么时候打算结婚，婚纱包在我身上了。"又转脸对田国民道："还有你，三舅。"田国民正目不转睛地盯着武青青的背影，听见魏瑶瑶的话，故作潇洒道："那还用说？必须的（dì）嘛。"

说话间武青青换了自己的衣服走了出来，一件对襟铁锈红的改良版旗袍裙，胸前绣着一大朵祥云牡丹，端庄大方又新颖。"哎青青呀，你可真会穿衣服。这衣服也好看，定做的还是买的呀？"袁玉荣称赞道，"关键是人漂亮。"

"谢谢，不过二姐，您就别拿我开心了。"武青青笑道，"我先走了，你们一家慢慢聊。"

"一起吃吧。你回去不是还要自己再做嘛。"魏瑶瑶道。

"回去还得自己做饭哪？那不如就一起吃好了。"袁玉荣也挽留道。

"是呀，就一起吃吧。"常桂生道，"不用客气，早就听瑶瑶说起过你了。"

"三舅，你怎么不吱声呀？"袁玉荣坏笑道。

"不是瑶瑶请客吗？我吱什么声？"田国民瞪了袁玉荣一眼，笑道。

"好了，青青，一起吧，就在楼下。"魏瑶瑶道。

"好吧。"武青青笑道，"明天正好周六，明晚我请客。一定要赏脸哦！"

"必须的。"田国民笑着抢答道。

几个人进了电梯，楼下就有个金鹰配套的酒楼。田国民的余光瞥见袁玉荣一直斜眼看着自己笑，便落后两步拽了她一把，悄声道："你老笑什么？"

"我笑了吗？"袁玉荣故意绷着脸道，"你哪只眼睛看见我笑了？"说着对武青青的背影扬了扬下巴，"咋样？是不是动心了？"田国民望着武青青的背影没吱声，袁玉荣凑近他耳边笑道："要不要我帮你打探一下？先看看名花是否有主？"

"想问你就问呗。"

袁玉荣"扑哧"笑了，小声道："你就装吧！"

饭桌上，袁玉荣故意随口道："青青，自己回家做饭，你这跟二姐我是一个节奏啊，孤家寡人老哥一个呗？"

"是啊，二姐，一人吃饱，全家不饿。"武青青笑道，"不过我跟二姐你可不在一个节拍上，你那是女强人，没人驾驭得了，我这是没人要，嫁不出去。"

"听她瞎说。"魏瑶瑶笑道，"青青那是绝对的美女中的才女，才女中的美女，才貌双全，校花加学霸。人家可是南京大学的高才生，毕业留校那伙好孩子里的。"

"你是老师？"田国民道，"难怪浑身都透着一股书卷气呢。"

"不是。"武青青笑道，"本科毕业那会儿选择留校了，可是南大那种知识分子扎堆的地方，本科生只好当当辅导员之类的吧，所以就考了MBA，现在在一家上市公司做HR。"

"哎，人家青青可不是普通的HR哦，是HR总监，上过电视的。"魏瑶瑶补充道。

"我们三舅也上过电视呢。"袁玉荣笑道，"还是

CCTV的专访呢。"

常桂生坐在一旁也看出点苗头来了,因此便想趁机打探一下武青青的家庭情况:"青青你爸爸妈妈是做什么的呀?"

"爸爸是师专的老师,不过早就去世了。"武青青淡淡道。

"哦!"常桂生听了,不好再接着盘问下去。魏瑶瑶也使眼色不让她再问。

"青青,你这衣服是在南京买的吗?"袁玉荣是个多有眼力见的人啊,立刻便将话题岔开了。

"不是。"武青青笑道,"是我出差去云南,在昆明买的。"

"哦,怪不得看着有点民族风的意思呢!"

"……"

回到酒店,田国民躺在床上,打开电视,感觉哪个频道都无聊得要死;拿出带来的书,完全看不进去,起身给魏瑶瑶打了个电话:"哎瑶瑶,你那同学说明天请我们在哪个酒店吃饭来着?我忘了。"

"什么呀?她说明天定了才通知我呢。"

"哦,那我记错了。"

"我三舅。"魏瑶瑶挂了电话对常桂生和田国华道，"问明天武青青定的哪个饭店。"

"哎瑶瑶，我看你跟你二姐你俩一唱一和的，是不是想把那武青青介绍给你三舅呀？"

"逗着玩儿呗。"魏瑶瑶笑道，"舅婆，现在的年轻人，喜欢开玩笑，你可别当真。"

"为什么不能当真啊？"常桂生道，"我看人家那个武青青蛮好的，小姑娘又能干又漂亮。"

"所以啊，这么好的小姑娘为什么没有男朋友呢？"魏瑶瑶歪着脑袋看着常桂生，"因为跟我一样呀，根本就不想结婚。不过呢，我是嫌结婚不自由，她是恐婚。"

"恐婚？"常桂生奇道，"为什么呀？"

"嗐，这个小姑娘呀，命苦得很。"张国华道，"她爸爸原来和瑶瑶她爸爸健文是同事，还是学校的教学骨干呢，也是'文革'的时候被迫害去世了，我们还做过邻居呢。后来她妈妈带着她改嫁了，就搬走了。后爸不太喜欢她，据说因为如果没有她，她妈后来生的那个小弟弟就是独生子女了，每年能领60块钱的独生子女费呢。所以她舅婆就把她领到舅舅家了，她舅妈大概是怪老太太对她太偏心吧，因此也不太容得下她。她舅婆去世后她姨妈把她接到自己家里，结果她姨父也是个小肚鸡肠的人，对她也不是很好，还经常为她两口子吵架，后来她姨妈也离婚了，带着她和她表姐一起跟了一个台湾人，那人在台湾也不过就是个普通小老百姓，把台湾的房子卖了，到南京买了个联排小别墅，也就是个空架子，人也算计得很。跟我们原单位的一个同事正好是隔壁邻居，听说家里也经常叽叽歪歪的，后来她下放在苏北的姑妈回城了，想把她接到自己家里，但她已经考上大学了，节假日时就会去她姑妈家，她姑妈一家倒是对她挺好的。不过小姑娘还是很懂事的，老早的就在外头兼职打工，很能干的，学习还很好，年年都拿奖学金的。哪像我们瑶瑶啊，温室里长大的，都这么大了还当自己是孩子呢。"

"那得感谢我有个好老妈呀！"魏瑶瑶搂着张国华的脖子撒娇道。

"光靠你妈，你就能活成现在这样了？还得感谢你外公才是啊！你们母女都亏了他了。"常桂生想起张立新不禁感慨道。又想想刚刚张国华说的武青青的事，不由得一阵心疼，摇头叹息道："唉！真是可怜呀！不过这孩子可真是看不出来，一脸的福相，根本不像个苦命人。而且跟人说话什么的，笑容满面的，一点看不出烦恼来。"常桂生开始从心里喜欢起了这个武青青，"瑶瑶，你不能跟她说说吗？我看她跟你三舅挺般配的呀！"

"哈哈哈。"魏瑶瑶哈哈大笑，"舅婆你太滑稽了，我说有什么用呀？"

"啊呀，瑶瑶，你三舅的事现在是你舅婆的头等大事。"张国华笑道，"你就和青青说说有什么关系？成不成的，还不是看缘分。"

"不可能成的。"瑶瑶皱眉道，"青青她恐婚，我知道的，她不想结婚谈恋爱。她现在自己刚买了房，她从小就寄人篱下，现在好不容易有了自己的家，一个人安逸得很，干吗要结婚？难道跟着三舅去东北吗？她的事业、朋友、同学都在南方，换了你，你会愿意嫁到东北去吗？"

"唉！"常桂生和张国华想想也是，不约而同地叹了口气。

周六晚上武青青在安乐园摆了一桌，请了常桂生、张国华、袁玉荣、田国民和魏瑶瑶，桌上，田国民反客为主，不停地招呼武青青吃这个尝那个，还特意给武青青发了张名片。如今的田国民可不会再把自己的大头像放名片上了，取而代之的是一大串公司名称和各种社会荣誉职务，单张名片是根本装不下那么多名堂的，因此印了个折叠式的名片，那一堆名称职务的全都放在背面，正面只一个名头：鼎新集团董事局主席。武青青接过名片，礼貌地看了一下便放到桌上，笑道："三舅，您不用管我，我想吃天天有，倒是你们，难得回来一趟，多吃点儿。"田国民那点心思一桌人全都看出来了，只是昨晚上魏瑶瑶的一席话言犹在耳，常桂生和张国华也就都不便多言了。

袁玉荣因为和田国民一样，平时自由散漫惯了的，不愿意住在张国华家里，两人都是到金陵饭店开房间住的，所以并不知道武青青的情况，因此便有心帮田国民一把，笑道："青青，哪天放假上东北去玩玩呗？提前跟我联系，我负责替你全程安排妥当。"

"好啊。先谢谢二姐了，北边我最远就去过北京了，东北还真没去过，哪天找时间和瑶瑶一起去。"武青青笑道，"你们是在辽宁什么地方？"

"朝阳。"田国民道，"你们可以坐飞机到沈阳，我派车去机场接你们。"

"沈阳离你们有多远呢？"

"三百多公里吧，开车也就三个多小时，很方便。"

"这么远啊！"武青青笑道。

"人家我三舅的概念是：地球那都是个村。"魏瑶瑶笑道。

"瑶瑶你别捣乱。"袁玉荣笑道，"你抽个时间陪青青上我们大朝阳溜达溜达去。我给你多介绍几个客户。"

"我随时奉陪。"魏瑶瑶笑道，"关键看青青有没有时间。"

"我可不能跟你们比，我替人打工，身不由己。"武青青笑道，"到时候再说吧。"

"……"

回到酒店，田国民是真的失眠了，他洗完澡，在卫生间仔细地照了照镜子。看着自己这两年胡吃海喝微微隆起的腹部，他不由得吸了吸腹，憋了一会儿，一口气一松，那堆肉又奔拉了下来。他凑到镜子跟前，发现不知从什么时候开始，自己的脸也比原先似乎大了有一圈，再细看，脸上居然不知何时长了好多小小的黑痣，不细看不注意，可是靠近了看可是清清楚楚；田国民有生以来头一次有种不自信的感觉。转念又一想，自己独步江湖这些年，多少在别人眼里根本就不可能的业务都谈成了，因为什么？实力。像武青青这样的女孩儿必须用才华去征服她。别看她跟谁说话都和颜悦色的，可是他从她镇定、大胆直视自己的眼神里就看出她内心的狂妄比自己有过之而无不及，她其实看谁都不屑呢。这让田国民的心底燃起了强烈的征服欲；他的鼎新现在有好几千名员工，无论男女老少，没有一个人敢用这样的眼神看他，他们看他的眼神总是飘忽的、一闪而过的；因为他在他们的心目中是那样的威严。可是用哪方面的才华去征服她呢？跟她说石棉、茶叶又或者黄红麻的专业知识吗？那跟白痴有什么区别？必须要用她所擅长的东西折服她。

想到这儿，田国民裹了条浴巾赶紧给魏瑶瑶打电话："瑶瑶，你那同学武青青她平时喜欢什么呀？"

"喜欢什么呀，我想想。喜欢逛街，买衣裳。"

"我跟你说正经的呢。除了花钱以外的，她有什么正经的爱好？"

"三舅，你该不是真想追她吧？"魏瑶瑶道，"别说我没提醒你哦，她可是恐婚族。压根儿不想结婚的，她要想结婚还轮得着你这会儿跑来捡漏？"

"你居然还知道'捡漏'？"田国民笑道。他平时喜欢收藏古董，尤其对红山文化还颇有研究，这"捡漏"是古董行里的术语，"没错，我就上你们南京'捡漏'来了，你就跟我实话实说就行。我这事要成了，上你那儿订十套婚纱。"

"哈哈哈。"魏瑶瑶闻言哈哈大笑，"一听就是糊弄我呢，十套婚纱给谁穿呀？"

"给她一人穿。这你就别管了，我肯定说到做到。"

"好啊！那一言为定，我就等着你那十套婚纱的订单了。问吧。"

"她现在有男朋友吗？"

"据我所知，现在没有，从前也没有。"

"不可能啊，她长那样，怎么会没人追？"

"我说没人追了吗？但从来没人追成过。"

"不可能啊，难道南京就没有优秀青年？就我这样的在东北可以说是千里挑一、万里挑一的，在南京最多也就百里挑一，怎么会没人成功呢？"

"哈哈哈，三舅你到底是要跟我打听武青青的情况呢，还是要趁机卖弄一下你自己啊？哈哈哈。"

"我就是觉得有点不太合情理。"

"我实话跟你说吧。"魏瑶瑶道。于是将武青青的家庭情况、成长环境一五一十跟田国民说了一遍，"她现在呢总算是把自己安顿下来了，工作态势呢也一路看涨，我听说他们公司年底要给他们一帮高管配股呢，而且她很可能年底就要调到监事会了，公司对她委以重任呢。你想她会跟你去东北吗？所以三舅，我劝你死了这条心吧。"

"好。我知道了。你还是先告诉我她有什么爱好吧。"

"看来你是不到黄河心不死啊。"魏瑶瑶想了想道，"她比较喜欢文学吧，尤其是古典诗词，小学、中学就都得过不少大奖，我们上学那会儿老师就常拿她的作文当范文。"

"行。谢谢你了。挂了。"田国民挂了电话陷入沉思，他终于明白了武青青笑容背后的酸楚，满面的笑容不过是她自我保护的面具。此刻，他说不清自己的内心到底是怎样一种情感，是爱慕？是怜惜？还是先前的征服欲？无论如何，他非常清醒地意识到：武青青，这个女人是他的宿命，他永远也放不下她了。难道这就是爱情？如果是，此刻他真希望这所谓的爱情能通过一场谈判就搞定，别让自己像现在这样都还不清楚对方态度呢，就已经六神无主。转念又一想，有什么可怕的，成就成，不成难道还不活了？不，如果不成，真心觉得活着都没劲了。

"嘻。"田国民用力拍了一下自己的额头，"我怎么了？这还是我吗？古典诗词怎么了？有什么了不起的？谁还不会啊?！"其实田国民平时也爱吟诵几句古人的诗词歌赋，兴致高时也会不管平仄来几句长短句，读着上口，意思明白即可，身边的人自然不会煞他的风景、扫他的兴，无论他写什么都赞不绝口，所以他平时对自己的文学功底还是颇有几分自信的，但不知为什么，想到要写给武青青心里便有几分打怵了。

思来想去，决定还是先给武青青发条信息，探个虚实。怕失手发错了，保险起见，田国民先拿纸笔写了一遍：

短信飞掣诉缠绵，独倚琼楼北向南。

更深露重难入梦，相思一片武青青。

田国民写完自己读了一遍，觉得太直白了，自语道："写的什么鬼东西啊?！烂水平。"一把扯了，揉成一团，又重写了一首：

> 道是无情却有情，人世几缘分有成?
>
> 痴心自古多遗恨，孤傲过时是春风。

写完自己读了一遍，还是不满意。急得抓耳挠腮，可偏偏就是没有半分灵感；不得已，只得编辑了一段大白话发了出去："谢谢你的晚餐，认识你很高兴，保持联系，明天我们就回东北了，欢迎有空到东北来做客，让我有机会尽一尽地主之谊。"等了好久也不见武青青回复，一看时间已是凌晨两点多了，只得怏怏地上床睡觉，却是辗转反侧难以入眠，起来将酒店赠送的一瓶红酒喝了，这才晕晕乎乎地睡着了。一直到第二天早上袁玉荣打电话叫他一起下楼吃早餐才醒，一看手机上有一堆信息，其中有一条是武青青的，田国民忙不迭打开来看："客气啦！欢迎常回江苏。一路平安！"

"唉！"田国民不由得叹了口气，过一会儿又将武青青的信息打开看看，想再回条信息，又找不到恰当的话题，只得作罢。

第十八回

迂回曲折　老江湖羞于启齿
单刀直入　少年郎敞开心扉

　　田国民原来的计划是陪着老妈回东北的，吃早餐时却接到了仇大福的电话，这仇大福已经回了老家乐清，搞了个制鞋厂，和田国民一直有联系，田国民新开发的麻质的鞋子打算委托给他们厂加工制作，因为事太多、鞋子的事太小，一直都是下面的业务经理在和仇大福具体接洽，仇大福这个电话不过是出于礼貌跟田国民报告一下压模式新款试制成功了，还在电话里客气了一下请田国民有空到厂里视察指导。这段时期正好麻纺厂那边两三千名职工停工在家，三天两头跑到县政府上访去，县领导挠头想找田国民拿方案呢，老孟是麻纺厂的老领导，在家顶着呢，单玉田等人皆打电话让田国民不要急着回去，路上慢慢走。田国民于是改了主意，不陪常桂生回东北了，电话通知家里，让办公室发个文任命老孟为集团执行总裁，自己则怕常桂生坐着不舒服，也不带车，将车留给田国庆，一个人包了辆出租车奔乐清去了。

老孟在家按照田国民的电话指示组织了一套班子和政府对接，想将麻纺厂申请破产，把刘如花任命了个麻纺厂的厂长，专门负责下岗职工的接待答疑工作。那喀喇沁的职工大多是蒙古族人，性情都彪悍得很，更何况下岗职工本来就没什么好心情，因此除了上访再就是到原单位闹去。刘如花开始以为自己当了个厂长哪怕是停产厂子的厂长心里也美得很，上了任才知道这可不是什么好活儿，好在刘如花这些年锻炼得也是十分泼辣了，荤的素的全都张口就来，倒也不惧；短短几天，老孟倒是觉得刘如花还真是个不错的助手呢。几个负责麻纺厂清算工作的人全都驻扎在厂区宿舍里，刘如花便住在原先孙良才的宿舍，和老孟紧隔壁；到底是谁主动的，没人知晓，刘如花和老孟两人好上了的事成了公开的秘密，但两人表面上都装得若无其事，互相的称呼也是官样化的"孟总"和"刘厂长"，也没谁去捅破这层窗户纸。

田国民离开了乐清，又在江浙一带转了一圈，访了几个从前的业务伙伴，一路之上，始终能看见南京的指示牌在路边闪过，多少次都想重回南京去见武青青一面，却实在找不出合适的由头，只得回了东北，打算将麻制的新产品：鞋和服饰打到国际市场上去。田国民选了美国纽约的世贸中心作为鼎新海外的第一个办事处，准备派人去纽约开拓市场，派谁去呢？其实派谁都一样。整个鼎新上下大家的水平全都半斤八两，派谁去都得另外花钱请个翻译，因此田国民只好选个比较伶俐靠谱而自己又能掌控得了的人了。思来想去，他觉得也就是严守才最合适。开了几次讨论会，其实其他人都只不过是听众而已，反复开会，无非是田国民想要不断地自我完善自己的设想。田国民也明知众人不可能有什么新鲜的观点，不由得想起武青青来，她那样的MBA如果坐在自己的会议室里，会有话说吗？她会跟自己的观点一致吗？如果自己和她真成了，让她参与到企业管理中来吗？当然要啊，不然她的满腹才华岂不是都白瞎了！这个企业到现在为止连一个正经的本科生都还没有呢！怎么能让一个MBA在家做饭带孩子呢？凭什么叫她在家赋闲呢？她能愿意吗？可是如果她和自己的意见不一致的时候怎么办呢？……田国民想着想着忽然自己都忍不住笑了，什么叫"走火入魔"？应该就是自己现在这个德行吧？！

田国民使劲地伸了个懒腰，早过了下班时间，办公楼里的人早就走空了，他慢慢地踱到窗口，看楼下院子里挖的小池塘里种的荷花，叶子长得密密实实，层层叠叠地铺满了整个池塘，可不知为什么，好几年了就是连一个花骨朵都没有。他仰头晃了几下僵硬的脖子，望见天上月已半残，不由自主便又想起武青青。仰头闭目沉思了一会儿，决定给武青青打个电话。电话接通，听武青青在电话里道："你好，哪位？"田国民的心忽然"怦怦怦"地开始乱跳，他一时竟找不到话说，回了句"你好"便卡住了。武青青又问了一声："你好，哪位？"

"怎么？听不出我是谁了吧？"田国民笑道。

"是三舅吧？"武青青笑道，"我就认识您一个东北人。"

"是吗？我东北口音那么重吗？我普通话不标准吗？"

武青青"呵呵"笑道："反正能听出来。"

"那是你的记忆力和听力都太好了，学霸就是不一样哦。"

武青青又"呵呵"一笑道："您有事啊？只管吩咐。"

"你别您、您的，都把我'您'老了，还有，更别叫什么三舅，我叫田国民，没事就不能给你打个电话吗？"

武青青顿时没了声音。

"喂、喂，"田国民一阵心慌，"你在吗？"

"在。"

"……"田国民沉默了一会儿鼓足勇气道，"我正式宣布，从现在开始起，我要追你了。"

电话那头的武青青忍不住"扑哧"一声笑了，"您这开场白真是够独特的。"

"随你怎么想吧。今天先这样了。"田国民说完居然"啪"地就把电话给挂了。他撂下电话才敢长长地呼了口气，觉得自己前阵子真的好傻，为什么非得找到合适的话题才给她打电话呢？打完说明白了以后不就有话题了吗？又把刚才的对话回忆了一遍，叹了口气摇摇头自言自语道："这开场白，真够平庸的。"想想意犹未尽，思索片刻，拿手机编了条短信发了出去：

荷叶带露柳垂帘，夜空如水月半残。

孤处高楼心驰远，卷帘沐风空长叹。

发完又有点后悔自己手太快了，一共四句话，用了两回"帘"子，可是又收不回来了，不知道武青青会不会注意到，关键是自己对武青青的水平完全没有了解，心里没个底啊！对了，他想起了魏瑶瑶，立马给魏瑶瑶挂了个电话："瑶瑶，你手头有没有武青青写的什么东西啊？"

"没有。我又不是她领导，她写报告给我干吗呀？"

"我是说诗词类的，你不是说她喜欢古典诗词吗？你有吗？"

"怎么？三舅，你想投其所好呀？她现在天天给老板写报告都来不及，谁还有工夫写什么诗啊词的呀？"

"啊呀，你想想办法，找找嘛，以前的也行。我就是想看看她的套路。"

"啊哟，三舅，我都不能跟你急了，那叫笔风，什么套路啊！俗。"

"好好好，我俗，行了吧。你帮我找找吧。"

"哎呀！上哪儿找去？"魏瑶瑶心里认定田国民根本就没戏，所以对此事并不热情，"好吧。我想想。我总不能跑去问青青，说我三舅想追你，想看看你写的东西吧？哎，对了，你等着，我想起来了，中学时学校组织我们去无锡玩，回来要求每人写一篇游记，青青就写了一首诗和一首词，还都得了奖，老师还帮她投稿了，结果真的登上诗刊了，记得老师还让我们班同学每人都买了一本，一会儿我给你找找去，如果找到了我就给你发个传真过去，找不到就拉倒了，我也不知道有没有让我妈整理旧书给当废纸卖了。"

"那你快找去呀。"

田国民等了一会儿，不见传真机有动静，估计魏瑶瑶当天不可能有消息了，自己泡了一包快餐面正打算要吃呢，单玉田和文秀梅进来了。

"看见你办公室灯亮着呢。"单玉田见他自己泡快餐面吃便道，"你怎么才吃饭，干吗不上妈那儿吃去？"

"我也不怎么饿。"田国民笑道，"再说我也不想回家吃去，我这一天的吃饭时间、地点都没个定数，我怕回家吃两顿老太太再成习惯了，天天再等我，害得她也没法准点吃饭了。"

"那倒也是。"单玉田说着坐了下来，"去美国的人选定了吗？唉！叫我说呀，你现在资金这么紧，何必再花这个瞎钱呢？"

"定了，严守才。"

"什么？他连二十六个字母都未必认得全吧？"

"让他到美国学去吧。"田国民道，"不用他，就这二十八宿，你说用谁更合适？"

"那你干吗非上美国去设什么办事处呢？"

"现在国内形势摆在这儿，除了走出国门，你有什么更好的招？"

单玉田叹了口气，道："唉！反正我是觉得呀，我们现在还不具备走出国门的条件，你要硬上我看是难成。"

文秀梅看哥俩又要杠上，赶紧打岔道："你们要谈工作改天再谈吧，今天先说正事呗。"

"你俩有事啊？"田国民道。

"哦，刘胜利今天特意来找我。"单玉田将刘如花和老孟的事说了一遍，"他自己不好意思，托我来跟你说一下，想挑个好日子摆两桌，把事给办了。"

"好事啊，办呗。"田国民笑道，"他俩一个鳏一个寡，正好。就是老孟年龄大了些。"

"这他们自己你情我愿的，我们就别操那个心了。"文秀梅笑道。

三人又聊了一会儿，单玉田看了看表道："都十一点多了，走了。今天就不去看妈了，估计她早睡下了。"单玉田夫妇走后，田国民又在传真机前坐了一会儿，看魏瑶瑶始终没消息，想打电话催她，又想催了也没用，算了。

第二天一早起床先不洗漱，先到传真机处看，空空如也，再也忍不住了，立马给魏瑶瑶打了个电话，魏瑶瑶笑道："啊呀三舅，你也太夸张了！我还没起床呢。"

"找到没有？"田国民管自问道。

"找到啦！"魏瑶瑶拉长音笑道，"待会儿我到办公室就复印了发给你。"

"好好好。你快点啊。"田国民喜得眉开眼笑。

"哎，三舅，万一你真要追成了，我岂不是跟武青青差辈了？那不行啊，我吃亏了呀！"

"吃亏是福嘛！"田国民哈哈大笑道，仿佛已经胜券在握了。

不一会儿，魏瑶瑶的传真便发了过来，田国民忙拿起来细细观看，上面有武青青中学时代写的诗、词各一首：

游梅园开原寺

久慕开原古佛堂，梅林深处隐黄墙。

炉烟袅袅笼疏影，经卷声声礼众香。

清磬木鱼尘念寂，晨钟暮鼓梵音扬。

慈航何处堪飞渡？心是如来愿吉祥。

蝶恋花·秋菊

"紫玉连钩""春水"艳。秀色寒香，"彩蝶"迷人眼。"蛇舞龙蟠"花满苑，"翠眉凝笑"频舒展。

"灯照黄昏"谁是伴？"十丈珠帘"，顾影愁无限。"醉醒杨妃"空自叹，暗中不觉流年换。

那词的下面还有一行小字备注：

加引号处均为菊花品种名称。

常言道："不怕不识货，就怕货比货。"田国民反复读了好几遍，心想再不能随心所欲地给她发东西了，怎么也得好生斟酌一番再发出去啊，又转念一想，人家小时候都写成这样了，自己再怎么斟酌又能怎样呢？真情实意才最重要嘛。看有人进来请示工作，便将传真纸收到办公桌抽屉里，晚上躺在床上又将武青青的诗词拿出来细细品味，十几岁的小姑娘，字里行间心事重重，又想起瑶瑶介绍的她的身世，不禁心疼不已，深恨自己未能与其早日相遇。

田国民思来想去，柔肠百转，哪里还躺得住，起身下床，踱到外间办公室，拿出纸笔写道：

夜来相思久，近日心事多。

本是静若水，青青来搅波。

凝神想了一会儿想再润润色，又觉得没必要，自己也就这水平了，而且这正是自己此时此刻最真实的心绪写照，于是编了条短信息发给武青青。等了一会儿，武青青却并没有任何回音。

第十九回

心怀不满　孙婷婷大闹婚礼
记恨前情　宋大姐挑拨离间

　　田国民看天已渐亮，索性也不睡了，冲个澡提提神，到楼下院子里转了一圈，常桂生在窗口看见他，便招呼他进屋，问他怎么起这么早，他说最近事有点多，睡不着。常桂生叹息道："你呀！跟你妈一样，'一丈红绫门头挂，外头好看内里空'。外人看着风光，酸甜苦辣咸只有自己知道。这钱挣多少是个够呢？差不多就行了，别把自己累坏了。"

　　"妈你不懂，这不光是钱的事。还有责任。这么多人都指望我吃饭呢。"

　　"我有什么不懂的？什么责任不责任的？没有你人家就都饿死了？你是人民大救星啊？那你不成毛主席了？你不就是贪大嘛，总想做大、做强，可是儿子，这摊子铺多大才叫大啊？！你摊子再大，自己连个家都没有，活个什么劲？妈老了，不关心这些了，就想看着你能有个自己的家，你这院子再大，它也不能算是你的家呀！"

田国民想起武青青，不由得叹了口气，破天荒没跟老娘嬉皮笑脸地回嘴。

不一会儿，刘如花的前大姑姐宋大姐准备好了早饭，喊常桂生母子两人吃饭。那宋大姐原本安排在食堂帮忙，自从常桂生来到东北，就调了她照顾老太太的饮食起居。田国民吃完早餐便到办公室安排严守才去美国的事宜，少不得将在银行信贷部工作的单建设叫了过来，让他想办法从信用社里贷点款出来，好让严守才出去开拓美国市场。如今鼎新已经很难从正规银行贷出款来，只得到地方信用社搞钱，信用社的利息高还是小事，关键是放款的同时就先将百分之十的利息扣除，只发放贷款额的百分之九十，那百分之十说是利息，实际上信用社内部自有消化环节，这两年田国民拆东墙补西墙大多都是这样倒腾来的钱，单建设作为具体的经手人，从中可没少捞油水，连同鼎新内部负责和他业务对接的李忠良也暗地里早已富得流油，怕人说闲话，两人皆假借大舅子、小舅子之类的老婆娘家人做生意钱没少挣，时常贴补姐姐妹妹为由，掩人耳目。

话说严守才和田国民联系好的美籍华人接上头，在美国找了家中介公司委托他们给租办公室，结果世贸中心价太高了，口袋里的银子有限，只得退而求其次，在附近找了个从窗口能看见"双子星"的办公楼，田国民和公司几个高管陆续去了几趟，严守才却是什么业务也没能开展起来，只是给自己报了个英语培训班从零基础学起，好歹在美国也算是给自己找点事干干。没过几个月，举世震惊的"9·11"事件爆发，吓得严守才连滚带爬跑回了家，什么办公室的押金、新买的办公用品、生活用品，统统弃之不顾了，命才是最重要的。田国民也无话可说，总不能要钱不要命啊？！

且说这老孟和刘如花的婚事，田国民本以为两人无非是请几个至亲好友吃顿饭就算把事办了，没想到两人却准备大操大办一番。那老孟国企厂长出身，平时架子大得很，跟一般的普通员工从无交集，这回为了大办婚礼，不惜屈尊到公司各个角落亲自邀请，连门房的保安、烧锅炉的老头都在被邀之列。这朝阳人发婚礼邀请十分简单直接，大塑料袋里装着大市场上买来的散装水果糖和熟花生，抓一把放在被邀请人面前，嘴里客客气气地告知婚礼的时间地点，这就算是正式邀请了。怎么说老孟也是眼下鼎新的集团执行总裁，刘如花是麻纺厂的厂长，他俩的婚礼凡接了喜糖的怎么好意思不捧场呢？因此这一场婚礼办得是出人意料地声势浩大。连麻纺厂的职工为了将来拿赔偿款能顺利些，也有不少人大老远地从喀喇沁赶来参加婚礼，人太多，桌子根本不够坐的，许多人到礼金登记处，交了钱，饭也不吃便走了。

不过婚礼搞得再大，一顿饭吃完也就都结束了，谁也没想到刘如花和孙良才的女儿孙婷婷，一个十三四岁的小丫头却在婚礼上闹了起来。本来刘如花因为田家老太太常桂生平时宠爱孙婷婷，特意从大连将她接了回来，参加自己的婚礼，但人实在太多，也照顾不过来，加上心里认为小孩子嘛有吃有喝有玩也就行了，何况女儿都十几岁了，又跟刘胜利他们一桌坐着，应该没什么大问题，谁知道问题就出在这小屁孩儿的身上了。

酒席吃到一半，新人早已敬完主桌的酒了，老孟的儿子孟繁简已经二十来岁了，也不知是老孟安排的还是小伙子自己懂事，端了杯酒来到刘胜利他们席上，笑容满面地要带孙婷婷一起去各桌给众人敬敬酒，刘胜利等人都很高兴，见外孙女拖拖拉拉地不肯去，刘胜利和老婆便都低声训斥孙婷婷不懂事；那孙婷婷正窝着一股火呢，再被姥姥、姥爷一训，忽地站起来将手上满满一大杯可乐一扬手全都泼到了孟繁简的脸上。小伙子也正是血气方刚的年龄，不假思索地扬手一个大巴掌掴到了孙婷婷的脸上，回首将杯中酒往地上一泼道："给脸不要脸。"扭头便出了婚礼大厅。这事发生得又快又突然，除了主桌上的十来个人，别的桌并没有几个人注意到。刘胜利夫妇虽不高兴，但也不想因此坏了气氛；不想那孙婷婷人虽小，气性却大，加之平日里常桂生、单玉田、田国民等人都宠着，连田国庆和单和平的孩子得了大人的嘱咐也都谦让着她，所以这心气儿就更高了；这当众挨了个大嘴巴，岂肯善罢甘休？当下使劲将手中的杯子往大厅的地上一掼，玻璃杯摔在瓷砖上，这动静可想而知。还没等众人回过神来，孙婷婷对着自己坐的椅子用力一脚，将椅子"哗啦啦"踹倒在地，自己挑个空地往地上一躺，嘴里数落着号啕大哭："爸，爸，爸呀！你睁眼看看吧！没人管你的婷婷啦！"

　　刘胜利夫妇怕人笑话，赶紧上前哄她起来，小姑娘一看老头老太的样，心知他们这是不敢在众人面前跟自己顶着来，更加肆无忌惮了。刘如花和老孟也闻讯跑了过来，老孟赔着笑脸，好话说尽，小姑娘就只大声号哭着重复那一句话。刘如花心里恨得牙痒，但面上也只得低声下气地赔着小心说着好话，众人也纷纷上前连抱带哄，都替老孟和刘如花反复保证，无非是说"到什么时候婷婷都最重要，这么多双眼睛都盯着呢，没人能给你罪受"之类的话；总算是把小姑娘安抚住了。众人哪里还好意思继续没事人一样地吃酒席？也只得草草散去。那老孟看着满眼的狼藉，窝了一肚子的气，也只得忍了。

刘胜利夫妇陪孙婷婷坐车先回家，孙婷婷到了家属楼前，下了车，头也不回便去了常桂生处，常桂生正和田国民坐着说话呢。常桂生借口年纪大了，嫌吵，不愿意去凑热闹没去参加婚礼，田国民则因为市里有会，未去参加婚礼，自有办公室将礼金安排到。这会子就见孙婷婷披头散发、满脸泪痕地进来了，两人都吃了一惊。开门的宋大姐惊道："哎妈呀，婷婷呀，你这是咋整的？在哪儿整成这样儿啊？"孙婷婷并不理会她，扑到常桂生跟前跪倒在老太太脚下，趴在常桂生膝头便呜呜咽咽地又哭了起来。常桂生摸着孙婷婷的头惊道："婷婷呀，谁给你委屈受了？告诉奶奶。"一言未了，刘胜利夫妇也跟了进来，将婚礼上的事大概说了一下，便哄孙婷婷回家。常桂生摇摇头撇嘴道："你这丫头胆子也是够大的，你妈好好的一场婚礼就这么让你给搅了。"又对刘胜利夫妇道："不过呢也别太责怪她了，毕竟还小，哪个小孩子不怕自己有个后爹、后妈的呀！"

"我要认三叔做爸，我不要老孟头给我当爸。"谁也没料到孙婷婷竟然冒了这么一句话出来。

"你三叔自己连个老婆还没混上呢，还能给你当爸？"常桂生笑道。

"怎么不能？三叔可以当我干爸。"孙婷婷偎着常桂生撒娇道，"奶奶，你就同意吧。这样就没人敢欺负我了。"

"你这孩子，越闹越不像话了。"刘胜利训道。

"这事我可做不了主。"常桂生笑道，"就你这样，谁还敢欺负你？"

孙婷婷偷偷瞄了田国民一眼，见田国民脸上微微露着点笑意，便大着胆子娇滴滴地直接叫道："干爸。"

这一声"干爸"把屋里的人都吓了一跳，田国民"扑哧"笑道："扯淡！"说着站起身道，"我走了。石棉矿的李守合说吃完酒席来找我的，这酒席被婷婷给搅和了，没准他都已经在办公室等我了。"说着便走了。

刘胜利夫妇陪着常桂生聊了几句也起身告辞了，孙婷婷不肯回去，只愿在田家待着，也只好由着她了。

认"干爸"的事谁也没拿当回事，说完也就拉倒了。然而孙婷婷却从今日起私下里逢人告诉人，田国民是自己的干爸。

"婷婷啊，你洗把澡，换身干净衣裳吧，看你这一头一脸的，硌碜死了。"宋大姐道。

那宋大姐看见刘如花打从自己兄弟死后，这都嫁了两回人了，也正生闷气呢，今天听说孙婷婷大闹了婚礼，不由得心里乐开了花，对孙婷婷格外热心起来，孙婷婷洗澡她还殷勤地帮着搓背，其实是想趁机再听孙婷婷说说闹事的细节，乐和乐和。孙婷婷见有听众，心里越发得了意，便又添油加醋地细述了一遍。宋大姐一边帮孙婷婷搓背，一边看着她肥厚的后背，听着她和自己肥硕的身躯极不相称的娇滴滴的声音，打心底里生出一股厌恶："跟她妈真是一模一样，能装呢！长大指定也是个骚货！"她心里骂着，嘴上却笑道："婷婷你这皮肤可真带劲儿，又白又嫩的。"

孙婷婷高兴得咯咯笑道："真的？"

"当然是真的。"宋大姐笑道，又假装不经意地问道："哎？你妈这一结婚，他们是住你妈的房子呀？还是住孟总家呀？"

原来，田国民为了把家属楼腾出来作为将来招募新人的一个卖点：提供宿舍抑或分配住房；针对原有的住户出台了个政策：工龄从最早的石棉矿销售算起，凡跟着自己干满十年的，原先住在家属楼里的，两室一厅的补贴十二万，三室一厅的补贴十八万，到市内自由选择自己喜欢的小区买房，并且可以在家属楼一直住到新房装修完毕再搬家，不少人都符合了条件，在市内买了房，搬离了鼎新大院。刘如花沾了孙良才的光，不单拿了双份补贴，田国民还帮她在市内买了一间门市房，让她每月工资以外还能有份房租可拿。

"我管她住哪儿呢。"孙婷婷听宋大姐这么问不屑地答道，"只要不住我家就行。"

"你个二半篮子。"宋大姐轻轻拍打了一下孙婷婷的背，"哪儿是你的家呢？人家孟总也有儿子，你妈既然跟人家结婚了，那啥都得分人家一半。"

"那他的东西不是也有我妈的一半吗？"

　　"扯吧。怎么会呢？人家孟总的儿子是成年人，人家的财产是他个人的，人家孟总要是把各个儿家的房子全写儿子的名字呢？你妈凭什么分人家的东西呢？不过也不关你个小屁丫的事儿。"宋大姐笑道，"你家的房产证上现在肯定都是你妈的名字吧？万一我们老板这辈子真就这么单着了，说不定哪天真认了你当干闺女呢，那你可不就真成咱鼎新的小公主啦？这一院子还不都是你的？或者你将来长大了嫁个大老板，啥都有了，也就不在乎咱这小地方这么点儿东西了。"

　　"那不行！"孙婷婷"呼啦"从浴缸里站了起来，"我得让我妈把房产证上的名字换成我的，不然我就不上学了。"

第二十回

废寝忘食　　田国民潜心镍矿
才华横溢　　武青青纵论马说

　　且说田国民来到办公室，石棉矿的矿长李守合果然在秘书处等着他呢，同来的还有一位原省地质队的技术员龚尧西，两人此来带了个信息给田国民。这龚尧西在省地质队工作时曾随队参加过省内所有属地的地质考察，知道隶属朝阳的他拉皋乡有个品位较低的镍矿，当时省队觉得不具备开采价值就放弃了。但这对于民营企业来说，情况可就不一样了，省队那是"国"字头的，平时都是大块吃肉惯了的，谁也没兴趣啃这样的骨头。龚尧西和李守合乃是同乡，两人闲聊聊到此事，李守合负责石棉矿，对石棉矿的储量最清楚，心知这矿也撑不了多久了，因此对龚尧西说的镍矿的事便上了心，于是首先和单玉田汇报了一下，但单玉田一听说要想从省地质队把当年的考察报告拿出来看看就得先交六万块钱，便没了兴致，加上自己的身体状况越来越糟，根本没心思弄这样没影子的事，因此一直没给李守合明确的回答。那龚尧西也是个年轻时候天南地北跑惯了的人，这两年退休在家，闲来无事，想给自己找个事情干干，便又怂恿李守合跟田国民说说此事，于是李守合便趁着进城喝老孟喜酒的机会约了龚尧西来找田国民，看田国民对这事有没有兴趣。

田国民听他们说已先和单玉田商量过此事，当即便给单玉田打了个电话，问他对此事的看法。单玉田明确表示自己没兴趣，同时也劝田国民别花那冤枉钱："你想想，单是把他们的资料借出来看一眼就要六万块钱，你要是想买全套资料还不知道什么价呢，何况那儿的品位实在是太低了，据说平均品位只有百分之零点二，上回他们跟我说完，我也找明白人了解了一下，根本没有开采价值。"

"行。我知道了。你不要，那我就跟他们聊了。"

"我听建设说，你那边钱也紧得很，你别乱花冤枉钱。"单玉田道，"你若还有心弄矿山的事，不如石棉矿还给你做。"原来单玉民的木材生意越来越火，多次约单玉田跟自己一起做木材算了，单玉田也动了心，便有了放弃石棉矿的心，却又不知该如何脱手，正好田国民问起镍矿的事，于是趁便说了石棉矿的事。

"怎么？大哥你不想干了？"

"玉民约我和他一起做木材生意，我想那个省心一点，你想做矿山，石棉矿就给你做吧。"

"行，大哥，你要真就不想做了，我就接过来，你让人把账理理，看一共多少钱。"田国民对石棉矿的情况也是心知肚明，犹豫了一下还是爽快地说道。

"那好吧，我这两天就安排这事。钱，我眼面前倒是没什么事急着要用的，而且你的钱也紧得很。不急。我还是那句话，镍矿的事你可千万要慎重。"

"行，我知道了，大哥，我心里有数。"田国民撂下电话，这才让龚尧西将他拉皋镍矿的情况细细道来。听完龚尧西的介绍，田国民让他给自己一周时间考虑，这一周他上网将和镍相关的资料大致搜罗了一遍，算是对镍有了个初步的认识，最终决定派李守合和龚尧西去沈阳找省地质队的人谈谈，让他们将关于他拉皋的资料全套买进。李守合和龚尧西两人奉命驻扎在沈阳两个多月，把地质队上上下下跑了个透，终于以二十五万的价格将全套资料带回鼎新。

田国民的办公室后面有一间小画室，里面有张平时田国民练字用的大画案，田国民将所有的资料都堆在那间画室里，那张大画案正好用来看地质图纸，把图纸往画案上一摊开，恰到好处，几个人都笑了，李守合笑道："这案子，就等它们呢。"

一连好几个月，田国民几乎日夜和龚尧西、李守合耗在一起，硬是从一个对镍矿一无所知的门外汉将一整套他拉皋矿区的图纸装进了脑子，连龚尧西也佩服得直竖大拇指。当然龚尧西也就顺理成章地成了鼎新的地质工程师。其实那龚尧西在省地质队时不过是个普通的技术人员，但田国民的风格就是和刘邦一个做派的，从来不吝啬封官加爵，直接就给龚尧西封了个集团地质总工程师，不得不说这一招对新人还是十分见效的，尤其是龚尧西这种一直认为自己怀才不遇的，得了这顶官帽，别说工作干劲了，连衣着打扮都比原先干净利落了许多。田国民将镍矿研究透了，这才让龚尧西依旧和李守合两人搭伴，负责去跑镍矿的相关手续，誓要将这镍矿拿到手上。

这一通忙下来，不觉已近年根，田国民这才想起已经好久没联系武青青了，不由得心中一阵慌乱，武青青身处南京这样的花花城市，自己这么长时间音讯全无，万一有别人也追她可怎么办？自己和她之间又并没有什么约定，万一她答应了别人又怎么办？想到这儿，赶紧给武青青挂了个电话。

年底武青青单位也是大会连小会，田国民打电话时她正在开会，手机打在震动挡上，瞥了一眼屏幕，是田国民的。田国民自从几个月前明确表态后就杳无音讯了，武青青事后想想也许那天他是喝醉酒了，但看他发来的诗虽说并不工整，但也绝非是酒后之言，心里还暗自奇怪呢，但工作太忙也就无暇顾及了；今天见他又突然打电话来，心中竟有一丝欣喜。她犹豫了一下，拿起电话，悄悄走到会议室外，轻声道："喂，你好。"

"你好。"见武青青接听电话了，田国民才松了口气，"还担心你生气不接电话呢。"

"为什么要生气呀？"武青青低声笑道。

"好几个月了，一直没给你打电话，实在是最近公司有点大事，太忙了，将来见面有机会再跟你解释。"田国民顿了顿笑道，"还怕你被别人追走了呢。"

武青青脸上不由得绽开了笑容，抬眼看见门口的小秘书正歪着脑袋笑着看自己，不禁脸上一热，轻声道：

"我正开会呢，待会儿散会了再跟你联系。"说完匆匆挂了电话。

"武总，男朋友吧？"小秘书小声笑道。

武青青笑笑，不置可否，转身回了会议室。

田国民听着电话里"嘟嘟嘟嘟"的挂断声，脑子里回放了一遍刚才的对话，她说"为什么要生气呀"是什么意思呢？是说"理解理解，我不会生气的"，还是说"你算老几呀？我为什么要生你的气呀？"她说"待会儿散会了"再联系，是让自己过一会儿再打过去呢？还是说她自己散了会打过来呢？正琢磨着手机铃声又在耳边响起了，吓了他一跳，一看，原来是魏瑶瑶。

"喂，三舅啊，你是在家呢还是在办公室呢？"

"办公室。你怎么想起给我打电话？"

"干什么？不能打呀？"魏瑶瑶笑道，"你回家跟舅婆说一声，我妈经过一番激烈的思想斗争，决定过年上你们东北过去。"

"是吗？那太好了。你舅婆知道了肯定要高兴坏了。你妈也真是的，出趟门千难又万难的。"

"她不是晕车晕得厉害嘛！"魏瑶瑶道，"等我们订好票我就通知你。好啦，我没别的事了，挂了。"

"别挂。我还有事呢。你最近见到武青青了吗？"

"没有。年底大家都忙，通了几次电话，她们公司年底人事变更，她调到监事会下属的监察部当总监去了，不做人事了。"魏瑶瑶道，"哎对了，她最近刚写了篇文章叫什么《千里马与伯乐》还是《伯乐与千里马》的，登在《中外管理》杂志上了，还评了个当期的优秀作品，我还没看呢，你要是有兴趣你上网搜一下看看好了。"

"是吗？我这就看。挂了。"

"别呀！刚达到目的就挂电话，这也太现实了吧？"魏瑶瑶调侃道，"哎，三舅，你们这些奸商是不是都这样啊？"

"是啊，"田国民笑道，"我们这些奸商就这样啊！对了，你能不能约武青青一起来东北过年呢？"

"这个可真没把握。你不都追人家好几个月了吗？这事干吗不自己跟她说？"

"嗐，这事吧让我弄得有点尴尬，最近几个月呢实在是太忙了，一直都没跟她联系。"

"什么？没联系？哎我说三舅，我可是真服了你了，你们是有多深的革命友谊啊？几个月不联系你也不怕她有别的追求者？"

"嗐，是我的问题，最近实在是太忙了。"

"那再忙，你打个电话、谈个恋爱的空都没有？你忙什么大事呢？比自己的终身大事还重要？"

"以后有机会再跟你解释吧。你先帮我约约看。好了，挂了。"田国民挂了电话，坐到办公椅上叹了口气。魏瑶瑶哪里能知道这镍矿对于田国民意味着什么呢？石棉矿从单玉田手上接过来不过是苟延残喘，但田国民还是在单玉田清算的基础上翻了一倍的价格，虽然并没有付现钱，但打着欠条记着账呢；喀喇沁麻纺厂正在申请破产，之前收购的两家内蒙古的麻纺厂早已明确宣布放弃股份，直接撤出了；景区的建设整个就是一烂尾工程，除了一个打更的老头，所有人员也早都撤出了；麻制品的外销计划随着"9·11"的两声巨响也化为烟尘，委托加工如果没有叫得响的自有品牌根本就是替他人做嫁衣裳；更别提紫砂那些碍于情面自己本就不看好的投资项目了；眼前的镍矿可以说是他想摆脱困境唯一的救命稻草了，他怎么敢不全力以赴地投入呢？！田国民端起茶杯，喝了口茶水，振作了下精神，打开电脑，上网搜索武青青的大作。

田国民首先登录了《中外管理》的官网，他自己平时也经常看它们的文章，只是最近全身心扑在镍矿上，也就没腾出时间来看了。不用他搜索，主页上就有优秀作品推荐，他一眼就看见了武青青的大作——《伯乐与千里马》，忙点开仔细阅读：

伯乐与千里马

但凡具备初中以上文化水平的中国人，没有不知道韩愈的《马说》一文的。文章是这样开篇的："世有伯乐，然后有千里马。千里马常有，而伯乐不常有。故虽有名马，祗辱于奴隶人之手，骈死于槽枥之间，不以千里称也。"身在职场，伯乐与千里马的话题就如同文学作品中的爱情故事一样，是个永恒的主题。以"伯乐"或"千里马"自居的人都为数不少。现代企业决策者绝大部分都是将自己的员工分为三类：人手、人才、人物，这样的说法已经得到了社会的广泛认同，但是想要实践这个说法可就不像说得那么简单了。问题在哪里？那就是上面所说的以"伯乐"或"千里马"自居的人实在太多了！请读者尤其注意"自居"二字。自居是何意？对某种身份进行自我认同。如果从心理学的角度来分析，它应该属于潜意识的范畴；所谓潜意识通俗地说就是人们经常挂在嘴边的"心态"问题。

那么就让我们来谈一谈"伯乐"与"千里马"的心态问题吧。在谈这个话题之前，不得不重提前文所说的员工分类问题；究其然，其实这是个决策者对于员工的心理认同活动过程，它本身就是动态的，不是一成不变的。可能在初期，决策者对于某个员工的期望值颇高，将其定位成"人才"，于是提供诸多机遇与便利，希望其能涅槃成为"人物"；然而随着时间的推移，实践的检验，发现该员工充其量不过是个人手而已，于是回首从前的刻意栽培唯有叹息："唉！扶不起的阿斗啊！"自然也有相反的情形发生，某员工初来时并不起眼，企业也只是缺个"人手"，却因一些具体事件，使得该员工脱颖而出，一跃而成"人才"。到了这个平台就又有了新的分歧必然产生：他是在"人才"的平台上踏步最终又沦为"人手"呢？还是继续升华最终成为"人物"？值得提醒的是以上所述的"三人变迁过程"始终是处在企业运行的动态过程中的，所以这种"人手"、"人才"和"人物"的"三人变迁过程"必然是贯串企业的生命始终的。正是这个生生不息的"三人变迁过程"引发了"伯乐"与"千里马"的关系问题。

　　职场的层级划分使得企业内部每个层级上都有若干个"伯乐"与"千里马"。上文提到的"三人变迁过程"更是员工的个人价值变迁过程。我们所处的社会大环境使得员工的所谓"个人价值"观念向来都是必须要强调精神、物质双丰收的，因此"伯乐"与"千里马"的关系就绝不仅仅是"知己"这个颇具古风的词汇关系了，他们之间不可避免地产生了利益关联；于是乎企业政治由此滋生。各种推诿、相互拆台，相信诸位身在职场都不陌生，就不一一细述了，本文只论"伯乐"与"千里马"的心态问题。

　　前文提到，企业各层级都有若干个"伯乐"与"千里马"，这本是件好事，但是只有当这些个"伯乐"果然如古之伯乐那样以发现千里马为乐、为己任，与此同时那些个"千里马"又都因自己有了用武之地，因不必"骈死槽枥"而雀跃，从而奋蹄前行时，这种现象才是好事。假设某一层级的"伯乐"发掘了一批前提是听自己话的"千里马"，而后委以重用，后果会如何？又假设该"伯乐"自己正因久不遇"伯乐"而郁郁寡欢，那么他所用的那批"千里马"又将如何？再假设该"伯乐"除了因自己久不遇"伯乐"而不快，更因自己所期待的"伯乐"相中了别的"千里马"而愤愤不平，甚至义愤填膺时，后果又将如何？我们还假设该"伯乐"因自己所提拔的"千里马"羽翼渐丰从而不再像从前那样唯命是从而心生幽怨，整日慨叹"世有伯乐，然后有千里马。千里马常有，而伯乐不常有"时，后果又将如何？

有了"伯乐"们的叹息，"千里马"们自然也有自己的说辞："是金子到哪里都能发光；是珍珠，尘土怎么可能久掩光华呢？我之所以先时暂不得志，不过是因'策之不以其道，食之不能尽其材，鸣之而不能通其意'罢了。"基层"千里马"们有此念头尚不足论，无非是在企业政治录上添加一笔而已，倘若高层的"千里马"们亦有此念头，情况可就不妙了，因为该念头必然引起企业风气变化。所谓企业风气其实正是企业文化的精髓啊，现代企业管理者们天天都在探讨"企业文化"建设，窃以为所谓"企业文化"其实是被我们平日常常论及的CI、BI、MI之类的外来概念给转晕了，究其本源，说白了就是企业内各层级的"伯乐"与"千里马"们的一念而已。

前文提及以"伯乐"或"千里马"自居者大有人

在，又谈到"千里马"们的意识形态问题，若仅"自居"，用诸葛武侯的话来说不过就是"不敢妄自菲薄"而已，可虑的是有不少"自居"者时常放置于心头、嘴边的论调乃是"马之千里者，一食或尽粟一石。食马者，不知其能千里而食也。是马也，虽有千里之能，食不饱，力不足，才美不外见，且欲与常马等不可得，安求其能千里也"。我乃千里之驹，却以常马待之，安求我能千里？要想我行千里，先饲我一石。不知此等"自居"者是否想过人与马的不同之处？是否想过相马与相人的不同之处？相马者，以马之外形、种族为识别标准；相人者，以人之言行举止为识别标准。马之伯乐，一旦发现槽枥中有了千里马，只要条件许可自然是先以"一石"饲之。而人之伯乐，必得先通过此人种种言行，方敢定论。且这所谓"定论"也不过是阶段性的。只因虽在种族问题上人与马一样是不变的，但人的言行则是随着环境变化时时更新的。中国人历来喜欢将人马共论，古人有云："路遥知马力，日久见人心。"可见，相马者单凭种族尚不足以定论，且需"路遥"哪；何况人乎？

人多，事多，说道自然也就多了。还有将马与虎共论的"千里马"者，深怨"伯乐"于一槽处同拴两马甚至数马，心想："古人有云：一山不容二虎。用他，就别用我。"此君只需连读三遍自己说的话立时就会发现问题所在，古人有云一槽不容二马吗？小学生的语文课本中有这么一篇文章，叫作田忌赛马，说的是孙膑以下等马同齐威王的上等马相比，以上等马和中等马帮助田忌分别取胜齐威王的中等马和下等马的故事；企业内所谓"千里马"们不知能否读懂这个故事？用现代管理的新鲜词汇来说，这不就是个团队取胜的案例嘛。由此可见，一个"千里马团队"远比千百匹特立独行的"千里马"要实用许多啊！对于那种只愿"吃独槽"的马，我们的农民伯伯最知道该怎么做了；一个字——"揍"。

有企业提出日常管理要用"赛马"机制，其实不过是将优胜劣汰换个说法而已。常有以伯乐自居者扬言："是骡子是马，拉出来遛遛。"这"遛遛"也就是"赛马"之意呗。常想要"遛遛"，本是件好事，但若是总与马场里那几匹不变的马"遛"，还有什么可"遛"的？或者有外马进场便群起而攻之，先踢伤、踢死它，那又"遛"什么呢？也有这样的"千里马"，我既是"千里马"，你又放我出来"遛"，那就该让我撒开四蹄尽兴而奔，否则怎显我千里马本色啊？想给我戴上笼头、划定跑道，圈下跑场，那哪成啊？于是乎，虽已正名为"千里马"且日有一石饲之，却仍觉郁郁不得志；环顾四周，食一石之马大有人在，于是乎又添不快：怎么这样的劣马居然也食一石，那我岂不是该食两石、三石抑或四石才公平啊？！有个最浅显的道理不知这些个"千里马"是否想得明白，既然是赛马，若无跑道、跑场以及各式规程，又如何称得上一个"赛"字呢？同样，一匹马和谁"赛"啊？若没了这个赛场，不要说"千里马"，你就是匹"万里马"，充其量也不过是野马一匹罢了。倒是不会"祗辱于奴隶人之手，骈死于槽枥之间"了，想必也只能落个顾影于野泉之畔，老死于荒谷之中吧！想想田忌赛马的故事，看来，马的种族并不是最为重要的，重要的是驾驭者。所以何来"劣马"之定论呢？更何况前文便已提到企业内有着诸多层级，各级的"赛马"规则与所需马之材质不尽相同，孰重孰轻，本来就不是一成不变的，所以又怎能轻易指其为"劣马"呢？所以现代伯乐不但要会识马，更要学会驭马啊。

　　说到马之定义本非一成不变，就又要重提前文的"三人变迁过程"了。其实，即便是"人手""人才""人物"这三个定义本身，都是局限于企业内部的相对定义，并且"人手"与"人才"企业尚可做一暂时定论，至于"人物"一词又岂是区区企业可以定论的？古往今来有哪一个被称为"人物"的不是由浃浃社会予以评判的？兴许一个企业可称为"人物"的不过是承担决策或是能牵动企业死生的那一两个人而已，其余人等在社会这个大马场里都只不过是一匹"常马"罢了。如此看来，"妄自菲薄"固然太谦，妄自尊大诚然亦不可取啊！睥睨群马的"千里马"们日后嘶鸣之前还请先思虑一番为妙啊！

　　有关"伯乐"与"千里马"的探讨一定还会有人无休止地讨论下去，最终落个仁者见仁，智者见智，各执一词，不了了之。值此年终岁末，却不知诸位"伯乐"与"千里马"读完此文有何感想？谨以此文与诸君共勉。

　　田国民看完不禁有点热血沸腾的感觉，把门口的秘书小钱喊了进来吩咐道："把这篇文章打印出来，集团公司一人一份，下属企业班组长以上人员人手一份，让他们好好阅读，周末例会要谈读后感。"武青青啊武青青！这个武青青，他是志在必得了！他觉得不单是自己需要她，他的鼎新也需要她，他觉得只要能娶了武青青，自己这些年的等待都值了！上天将这么一份厚礼放在自己面前，如果错过了，他这辈子都不能原谅自己。

第二十一回

满腔热忱　田国民邀约女神
黯然神伤　武青青惨遭斥责

田国民本就是个性情中人，平时又好个舞文弄墨的，这一激动不写点什么实在是难以平复自己的心情了，于是打开Word文档，写了首诗：

三十六载逝如梭，独自商海横流多。

常恨春风催杨柳，更叹秋雨诉离歌。

短信往来心绪窦，执手键盘无从说。

贫贱富贵经眼过，真爱几时细琢磨。

写完自己又反复默读了好几遍，也不管武青青散没散会，便给她发了条信息："给我你的E-mail地址。"不一会儿武青青竟然回信了，不过除了一个邮箱地址外并无他言，但田国民却高兴万分，这至少传递了两条信息：一是她没生气，二是自己的行为没有引起她的反感。

　　田国民本来打算就发首诗过去，想想又写了几句话："我二姐她们今年来东北过年，不知你有没有时间同来？我本人是非常盼望你能和她们一起来的。希望你能给我更多的表现机会，也给我们更多的相互了解的机会，上次南京的相遇实在太匆匆。期待你的好消息。"

　　田国民自从将邮件发了出去，一连几天每天都查看邮箱，武青青却是毫无音讯。眼看着离过年的日子越来越近，田国民终于沉不住气了，先给魏瑶瑶打了个电话："瑶瑶，你们票买了吗？"

　　"没呢，最近实在是有点忙，不过我们已经计划好了，打算买到沈阳的票。我正打算这两天就买呢，买好了第一时间告诉你。"

　　"你们坐飞机过来？好，这样更方便，到时我让人去机场接你们。武青青和你们一起来吗？"

　　"我帮你问了。"魏瑶瑶笑道，"她不肯，说大过年的跑到别人家里太麻烦了，她去她姑妈家吃年夜饭。"

　　"哎呀，那你不会和她说嘛，一点也不麻烦。"

　　"你干吗不自己说呀？"魏瑶瑶咯咯笑道，"你这样的老江湖脸皮就这么薄？你是怎么跟人家谈业务的呀？"

"好好好，我自己打给她，不过你还是要帮我美言几句，毕竟我不在跟前呀，总觉得说话给不上力啊！"

"好、好、好，今天周五，我这就给她打电话，约她明天上我家来玩一天，到时候慢慢磨她，好了吧？"

"这就对了嘛，你早这么干，不早搞定啦？！"

"我也要吃饭的呀，我不干活嗒？！"魏瑶瑶笑道，"你就放心吧，我待会儿就把这事和你二姐说一下，让她也为革命工作有钱出钱、有力出力。"

"行了，你就贫吧，不跟你说了。"田国民挂断魏瑶瑶的电话，转手便给武青青打了个电话："你现在方便通话吗？"

"方便。"

"我给你发的邮件你收到了吗？"

"收到了。"

"看了吗？"

"看了。"

"那你怎么连个信都不回？"田国民故意开玩笑道，"这可就不讲文明礼貌啦！"

"太有才了，不知道怎么回。"武青青笑道。

"跟你武大才女比，谁敢说自己有才？你的大作

《伯乐与千里马》拜读了，写得的确是太好了，不愧是上市公司的人力资源总监哪！你可真是把企业内部的这点人和事给琢磨透了。我要是有你这样的助手，那可真是如虎添翼了。对了，你也不用担心到我这儿来会埋没了你的才华，保证让你比现在干得更加得心应手，如鱼得水。"

"原来田总是想招聘的呀！"武青青呵呵笑道。

"啊呀！你看我这笨嘴拙舌的。怎么把天聊成这样了？！"田国民拍了下自己的脑袋，"其实我打电话是想再正式邀请你到东北来过年的。"

"谢谢了，不了，过年我可能要连值三天班，没时间去哦。"

"你们公司就你一个人？为什么你要连值三天班哪？"

"那倒不是。大家都不喜欢过年值班嘛，反正我又没事，每年都是我值班的。"

"……"田国民一时语塞，不知该如何接茬，其实他心中有万语千言，却又觉得说哪句都不合适。他想说"大家都不喜欢难道你就喜欢？"也想说"为什么每年都是你值班，今年你就非得继续值班？"更想说"我想你，想看见你的人，我梦中的你变得越来越模糊不清"，但最终还是缓缓地恳切地说道："好的，我知道了，但我还是希望你能再考虑考虑，好吗？"

"……"武青青沉默了一会儿，她这样一个冰雪聪明的人，即使隔着电话也是能感受到田国民的心意的，"好的。那我再考虑考虑，先这样吧，再见。"武青青刚打算放下手机，又有电话进来了，她一看号码，是她妈妈家的座机号码。

"青青，你现在说话方便吗？不打扰你上班吧？"青青妈在电话那头小心翼翼地问道。青青的外公在世时曾气愤地评价自己的女儿："烂死无用的窝囊废，平生有三怕，在家怕丈夫，出外怕邻居，单位怕同事，活着都费劲。"自从带着女儿改嫁，又不幸嫁了个锱铢必较的男人，她这种懦弱的性格越发夸张了，家里家外大气不敢出一个。

"方便，妈，你有事啊？你挺好的吧？"

"我挺好的，你呢？你最近没出差啊？"

"你妈的，说这么多废话干什么呀？说正事。"继父查南平在边上的训斥声武青青在电话里听得清清楚楚，她知道老妈今天这个电话是奉命打的，于是不再说话，静静地等着下文，"过来，让我来讲算了。"她听见查南平在继续训斥着母亲，母亲嗫嚅道："你讲就你讲好了。青青啊，叔叔要跟你说几句话。"查南平一把夺过话筒："青青，你妈上次跟你说的事情你办得怎么样了？"

"什么事情啊？"

"你跟我装什么蒜哪？"查南平的火一下子就蹿了上来，"你小弟现在在家里闲着，你不赶紧想办法帮他找个工作，光顾你自己一个人痛快过自在小日子？"

查南平的吼声仿佛要蹿出听筒，武青青透过玻璃隔断环顾了一下外面的办公大厅，静悄悄的，每个人都在忙自己的事，赶紧走过去关上自己办公室的玻璃门，轻声道："现在年底，哪个单位也不会进人的呀，我上次帮他介绍的那个工作怎么好好地不做了？"

"他说指标太高了，根本不可能完得成，你赶紧帮他换个工作。"

"我自己也是个打工的，哪有那么大的权力？想怎样就怎样？过完年我再托朋友帮他问问吧。"

"你妈的，我跟你把丑话说在前头，你不把他安顿好，你也别想安生，我叫你妈天天坐你面前哭去。你以为我不知道啊？你自己就是做人事的，三天两头跑什么人才市场招人去，认识的同行多了，就算你们单位不让一家人待在一起，你不会跟人家换啊？你帮人家安排一个人，人家不就帮你小弟的工作解决了？"

"人家每个单位都有自己的招聘要求的，我也要看差不多合适的才好介绍呀。"

"滚你妈的，少跟我来这套。你拿大卵泡吓唬新娘子啊？我就跟你这么说吧，他现在就是一坨屎糊到你脑门子上了，你管也要管，不管也要管。"查南平说完怒气冲冲地将电话"啪"地挂断了。

武青青坐在椅子上，心里一阵阵酸楚，不料电话铃又响了起来，是魏瑶瑶打来的，武青青深深地吸了口气，仰头重重地呼出，这才拿起电话："喂，瑶瑶啊。"

"大小姐，跟谁煲电话粥啊？一直占线。"

"刚刚说点事，大小姐你有什么吩咐啊？请讲。"

"哎，你不是喜欢吃荠菜馄饨吗？我妈明天包馄饨，来吧？"

"不去了，这个休息天哪儿也不去，在家搞卫生，准备干干净净过大年。"武青青抹了抹眼角的泪水，笑道，"替我谢谢阿姨了，下次再去猛撮一顿。"

"下次再说下次的话呀，我妈特意让我给你打电话的，她说你喜欢吃荠菜馄饨。哎呀！来了呀！你那点小房子，又一个人，能有多脏？星期天再搞吧，明天上我家来玩一天，就这样，说定了，等你哦！别太晚了，早点来，我有几个新版样稿，正好你过来帮我参谋参谋。十点半到，行吗？"见武青青还在犹豫，魏瑶瑶撒娇道，"哎呀，来了呀！来吧，来吧。"

"好吧。"武青青实在不好意思再推托，"我明天早点起，搞完卫生就过去。"

第二天武青青一早起来搞完卫生，又到水果店里买了些时鲜的水果，这才打了一辆出租车前往魏瑶瑶家。

魏瑶瑶今天请的这顿饭那是有明确的目的的，张国华也一直很喜欢武青青，虽说万一她要真和田国民成了，自己立马就得降一辈了，但大家本来也没什么血缘关系，又有什么要紧的呢？！瑶瑶跟她细说了一遍田国民的心意，她当然是全力以赴地帮忙出力了。母女俩总算没白忙活，说服了武青青。

她们不知道武青青就算是不跟她俩去东北，也许自己也得找个僻静的地方躲着去，她可真怕查南平大过年的再杀上门来骂她一顿。

第二十二回

天寒地冻　莽撞女后悔莫及
温玉满怀　多情郎意乱神迷

　　田国民接到魏瑶瑶的电话可真是乐坏了，亲自布置鼎新大院的灯光安排，将整个办公大楼和家属楼全都装上了轮廓灯，院子里的树枝上也全都缠绕上了一闪一闪的小彩灯，办公楼前还挂了两只硕大的红灯笼，又关照办公室务必多买烟花、爆竹，里里外外打扫干净，食堂、保安全部值班，全都拿三倍的加班工资。公司上下都倍感稀奇，从不曾见老板这么热情万丈地干这些事，往年办公室关于年节布置的事多问两句都要挨训的。田国民又让办公室买了红纸，亲自写了对联，办公室要将对联贴上，他却说不急，办公室一干人等也不知他葫芦里头卖的什么药，岂知他一心要等武青青来了一起贴。收拾完大院，田国民又跑到美发店去给自己好好地理了个发，耐着性子，依着美发师的建议先烫后剪，显得头发更加浓密。回到大院，公司上下全都眼前一亮，私下里皆悄悄议论："老板今年不对劲啊！"

"今年过年来的是什么人啊？"

"听说是老板的姐姐和外甥女儿。"

"那怎么这么兴奋呢？再没别人儿了？"

"那就不知道了，没听说。"

"……"

盼星星盼月亮，大年二十九总算把武青青一行盼来了。田国民早已安排妥当，张国华住常桂生对面屋，宋大姐睡西屋，单玉民一家早已搬走，留下一套两居室正好让魏瑶瑶和武青青住，田国民依旧住在办公室后面的小套间里。

那武青青从小寄人篱下，最是懂得人情世故，魏瑶瑶替自己买了机票，因此她给田家的女眷们每人带了一条眼下南方最时新的羊绒围巾，不单常桂生、文秀梅、单玉兰、张国华一人一条，她对田家的情况也是了如指掌，因此连肖秀丽都有一条，她又单独给魏瑶瑶买了一条丝巾，一家人围着新围巾说笑比画着，个个开心。武青青又拿出带来的各式南京小吃分给小清、小丽等年轻人，因此人人高兴。武青青也以为自己思虑周全，岂知百密总有一疏，她哪知道这群孩子里有个身份特殊、性格特异的孙婷婷，那孙婷婷自觉自己是个没爹的孩子，这世上的人必该对自己格外怜惜才是，尤其是她罢课争房产大获全胜后更是目中无人了，以为这世上的人和事都该以自己为中心，凡自己想要的必能如愿；如今大人们人人皆有一条看着松软无比的羊绒围巾，自己却被混在这帮小字辈里拿两个小零食给打发了，心里便有几分不高兴。恰好她姥姥过来叫她回家，她便跟着去了，换了平时，她是绝对不会走的，但她实在不想看见这个武青青，说不出的烦她。临走时她和一屋子的人都打了招呼，唯独理也没理武青青，武青青和众人皆不以为意，想她不过是邻居家的小孩罢了，武青青也不过是个新来的客人。众人哪里会想到一个十几岁的小姑娘的小心思？！

　　第二天便是年三十，一大早田国民便来约魏瑶瑶和武青青一起去贴对联。魏瑶瑶和武青青都是头一回到东北，完全不了解东北的冷是怎样一种冷。待在屋里根本不觉得，可是在户外刚待了十几分钟，两人就扛不住了，冻得直跳脚。这样的寒冬腊月，东北人不单穿着大毛的棉皮鞋，还垫着厚厚的毡垫，更重要的是东北女人冬天穿裙子是要穿棉裤的。魏瑶瑶她们哪知道这个，两人也算是有备而来的了，上面穿着羽绒服，可下头全都穿着所谓的加厚长筒丝袜，冷风一吹，感觉两条腿像被齐着裙摆锯断了一样。田国民再也想不到要提醒她俩这事，看她俩冻得鼻青脸紫的，不禁懊恼不已。

"三舅啊。"魏瑶瑶冻得说话牙齿都"咯咯"打战，"你一个人贴吧，再陪你一会儿，我俩都变对联——直了，把我俩贴上好了。"

"你们快回屋吧。"田国民笑道，"我都忘了这事儿了。"

魏瑶瑶和武青青逃回屋里，好半天才缓过劲来，常桂生笑道："我头一年来的时候他们给我买棉裤我还不穿，说这辈子都没穿过这玩意儿，结果出去一趟就老实了，什么毛线裤的根本就没有用。"

张国华哈哈笑道："我早就叫她俩多穿点，不听我的，还说什么'要想俏，冻得跳'。这下真冻得跳了吧？"

"再不出去了，就在屋里窝着，屋里舒服。"魏瑶瑶道，"哎，有牌没？我们打牌吧？"

"我不会打牌。"常桂生道，"你舅公在世时教过我打麻将。"

"那我们就陪你舅婆打麻将吧，正好四个人，宋大姐，有麻将吗？"张国华笑道。

"家里没有，我上隔壁楼里找找去，他们都打。"

"我不会呀。"武青青笑道。

"没事，我教你，简单得很，一学就会。"魏瑶瑶道。正说着田国民进屋了，笑道："学什么呢？"

"正好，田总回来了，让他打好了，我在旁边先看看。"武青青笑道。

田国民注意到武青青不再称呼自己"三舅"了，不禁微微一笑。

"我们正准备陪妈玩会儿麻将呢，你会吗？"张国华笑道。

"我也不大会，不过知道怎么玩。不就是陪你们几个玩儿嘛，你们能有多高的段位？！"

"啊呀三舅，你可不知道，我妈现在是'职业杀手'了，几乎天天都跟小区里的邻居们玩。你可要把银子备足了。"魏瑶瑶故意夸张地说笑道。

"青青你不会吗？"田国民转脸问武青青。

"不会。"武青青笑着摇摇头，"我太笨了。"

"来，你坐我旁边相会儿眼，保证就会了。"田国民笑道。武青青从心里对打麻将、打牌之类的事情没兴趣，但也不好扫众人的兴，便笑道："好的，我学习学习。"宋大姐将桌子铺好，常桂生、张国华、田国民、魏瑶瑶，四人便坐了下来，武青青便坐到魏瑶瑶身边，魏瑶瑶笑道："你别坐我这儿，我三舅想教你，你拜师得拜高手啊，坐我边上学输钱啊？"

"是啊，瑶瑶的手臭得很。"张国华笑道，"青青你别跟她学。"

武青青不想引众人把嘴放在自己身上，便将椅子挪到田国民身后，看了一会儿心里便有些不耐烦了，小声道："田总，你有什么好书吗？"

"有啊。"田国民起身到张国华休息的房间，这房间平时是留给田国民用的，他偶尔中午在食堂吃完饭会过来休息一下，田国民拿了一本《纳兰词》递给武青青，"不知你喜不喜欢。"

"还行。"武青青伸手接过书一看，不由得微微一笑，田国民给她发的几首诗多少都有点纳兰之风。

"这下老三你可别想赢了。"张国华笑道，"这身后坐个看'输'的。"

"我到那屋去看吧。"武青青笑道。

"你听我二姐的，我不信邪。"田国民笑道，"我倒要看看她们几个今天怎么赢我？"

恰此时武青青脖子上挂着的手机响了，武青青一看是办公室的电话号码，便道："公司电话，我提前请假来的，不知道有什么事。"说着便拿着书到对面屋里接听去了。原来是办公室值班的秘书打电话来问新年总结表彰大会上要用的聘书武青青放哪儿了。"都在我办公桌后面的柜子里，钥匙在我办公桌左边柜子最下面的抽屉里。"武青青电话没说完就听见听筒里"嘟嘟"的声音，知道有电话进来，挂了办公室的电话一看是母亲打来的，便接了，"青青啊，你年夜饭是去姑妈家还是回家来吃呀？"

"妈，我跟瑶瑶到东北她舅舅家过年了，正想跟你说呢。"

"哦，那也挺好的，东北好玩吗？"

"我们昨天傍晚才到的，外头冷死了，哪里都没去。"

"那你多穿点衣服，别冻感冒了。"

"他们这儿屋里特别暖和，一点都不冷。妈我打到你卡里给你过年的两千块钱你收到了吗？"

"收到了。你小弟的事你放在心上，省得你叔叔又没完没了地啰唆……"青青妈开始在电话里诉说家里各种烦心事。

常桂生他们打了没两圈，田国庆一家下楼来了，"啊哟，这一大早的就干上啦？"田国庆笑道，"谁赢啊？"

"还用问？当然是舅婆赢啊！连我妈这种'职业杀手'都招架不住呢！"魏瑶瑶笑着对田国庆眨眨眼，田国庆心领神会，凑到常桂生身后，故意惊道："完了，你们全都准备好掏钱吧，妈就等一张二筒就成了。"

田国民坐在常桂生下手，闻言立刻放了一张二筒在桌上。

"哎，观棋不语真君子。"常桂生不快道，"这观什么都一样，就你嘴快。"

"坏了，不早说。"田国民假装要悔牌，"我手滑，不算。"

"晚了，"常桂生一把捂住二筒，得意地笑道，"和了！"说着推倒面前的麻将牌摊在桌上，田国庆立刻道："来，妈，我来帮你好好算算多少钱，别让他们几个糊弄你。"

"我输得最多，二哥你跟她们打吧。输不起了。"田国民心里牵挂着武青青，趁势起身笑道。

"陪妈玩会儿算多大事啊？！"田国庆笑道。却一眼瞥见魏瑶瑶给自己使眼色，不解其意，不禁有点发愣，魏瑶瑶道："二舅你就坐下打吧。"田国庆依言坐了下来，田国民在魏瑶瑶头上轻轻拍了一下便出门去了。田国庆小声道："什么情况？"

"没眼色。"常桂生眼睛看着麻将，边码牌边笑道。

田国庆一头雾水，回头望了望打牌的几个人，见她们皆笑眯眯的，又看了一圈屋内的人，唯独少了瑶瑶的女同学，"那个青青呢？"田国庆问瑶瑶。

魏瑶瑶对着他笑着点点头，"哦！"田国庆若有所悟，拿大拇指指了指门的方向，一脸恍然大悟的样子，"老三这是？……"常桂生抬眼瞄了田国庆一下摇摇头笑道："抓牌吧，话太多啦！"

田国民看对面两居室的门虚掩着，便伸手推开门，正好看见武青青背朝着门站在客厅的窗口打电话："我知道了，妈。"武青青叹了口气，"唉！开开心心过个年吧！祝你新年快乐！"

田国民本想说话，听见武青青正打电话便闭了嘴，轻轻掩上门，站在门边，见武青青随手从窗台边桌上放着的抽纸盒里抽了张纸，似乎在擦眼泪。田国民愣了一下，轻声叫道："青青。"

武青青闻声没有回头，抬手又拭了拭脸颊上的泪水。田国民走近前，迟疑了一下，伸手扶住武青青的双肩，武青青微微震颤了一下，田国民轻声道："怎么了？"武青青垂下头，轻轻地呼了口长气，停了一会儿抬起头转过身对田国民微微一笑道："家常琐事，让田总见笑了。"田国民见她眼中犹自闪着泪光，不由得一阵心疼，又伸手重新扶住武青青的肩膀，皱眉道："青青，我请求你别拿我当外人，我的心意早就跟你说明白了，我也不想一次又一次的表白，那也不是我这个年龄做事的风格。如果你有什么困难，一定告诉我，也许我的办法比你要多一些。"

"真没有。谢谢你了。"武青青微笑道，垂下眼帘，不料却有一滴泪珠滑落；田国民一见，用力握住武青青瘦削的双肩，轻轻晃了晃道："青青！相信我好吗？"武青青向后退了半步倚到窗台上，田国民只得放下双手，武青青垂下头轻声道："田总，感谢你的深情厚意，可这是不可能的，如果你再说这件事，我就回去了。"

"为什么？就因为你妈、你姨妈、你表姐都离婚了，你就一辈子不结婚了吗？"田国民情急之下脱口而出。

武青青的脸"唰"的一下子全红了，她猛抬头看着田国民，眼里闪过一丝愤怒，但这一丝怒火稍纵即逝，她缓缓地出了一口长气，微笑道："我刚接了办公室一个电话，公司所有中高管明年的新聘书都被我锁起来了，办公室找翻天了，钥匙却被我不小心带这儿来了，我必须赶紧回去。我去和舅婆他们打个招呼吧。"说着闪开田国民，便要离开。田国民一把抱住武青青："青青我错了，我说话口无遮拦。我就是心里太着急了。说好了给我们互相了解的机会的，你不能就这样一脚把我踢出局了。"他边说边低头凑近武青青，越说声音越低，近乎哀求，最后垂着头贴近武青青耳边道："求你了！"武青青感受到田国民温热的气息，不由得耳热心跳，田国民更是心神荡漾，喃喃道："青青，别走，我不放你走。"田国民下意识地轻轻吻着武青青的耳垂，不经意间早已意乱神迷，梦呓一般道，"青青，就是你了，无论是心理还是生理都告诉我，就是你了。不要走，我不许你走。"田国民说着话，不知不觉间已将武青青拥在怀中。此刻的武青青也仿佛早已融化在了春风里。

对面屋里响起魏瑶瑶夸张地惊呼声："二舅，你怎么老出冲啊？舅婆，你手也太快了！"

田国民和武青青如梦初醒，两人皆面红耳赤，但田国民好不容易机缘巧合得了这温玉满怀的机会，虽然有点尴尬，但哪里舍得撒手，依旧搂着武青青柔声道："别耍小孩子脾气了，好吗？"见武青青没吱声也没动弹，便又轻声笑道，"撒谎也不会找个好借口，你这样的职场精英怎么可能犯这样的低级错误？！"

"我也是人，怎么就不会忘东忘西啊？"武青青推开田国民娇嗔道。

"你如果平时工作丢三落四的，怎么可能熬到今天这个位置？！"田国民两手插在裤兜里笑道，"难道你们老板跟我一样，乌纱帽装在口袋里，随时拿出来打赏？"

武青青"扑哧"笑道："我们老板才不呢，试用期员工转个正都要360度测评呢！"

"唉！我的这伙人啊，我要是测评他们啊，恐怕还没测到180度，就都鸡飞狗跳了。"

“为什么呢？他们排斥测评？”

“不是他们排斥，是我不敢。”

“不敢？”武青青奇道，“那是为什么呀？”

“人力资源匮乏呀！”田国民微笑道，“这地方的人才储备能和南京相提并论吗？我这个公司对于人才的吸引力能和上市公司相提并论吗？你写的那篇《伯乐与千里马》我是认真拜读了，写得是真好，我已经让办公室组织全体员工学习了，但是里面关于‘赛马’一说，在我这儿就是可望而不可即的。”

“为什么呢？现在很多大公司都采用这样的用人机制。”

“对，‘大公司’，这才是问题的关键，我这样的企业只好算作中小企业，我连马都没有，怎么赛？”

“那你还让员工学习？”武青青笑道，“难道让员工私下笑话你痴人说梦？”

“那可不一样，身处三线城市，观念再不更新，那还了得？”田国民忽然狡黠地看着武青青一笑，“关键是我得让他们先从思想上膜拜未来的老板娘呀！”

“啊呀！”武青青噘嘴娇嗔道，“你又来了！说得好好的就又不正经了。”

"我说的都是大实话。"田国民嬉笑道,"我说我的,你不理我好了。也不必生我的气,只当耳旁风,左耳进、右耳出,听多了就习惯了。"

两人正说笑着,就听见袁玉荣的说笑声:"我的天哪!没进楼道呢就听见你们干仗的声音了,瑶瑶你这是输了多少了?这么叫唤。"

田国民和武青青相视一笑,"走吧,我们过去看看去。"田国民笑道。

袁玉荣进门便笑着嚷道:"下台下台,瑶瑶你赶紧下台,让我上。"

"二姐,你快来跟舅婆大战三百回合。"瑶瑶趁机下了桌,"青青,我们逛街去吧?二姐你开车来的吧?借你的车用用。我和青青去买条棉裤、买双厚点的棉鞋,不然我俩真要一直困在屋里了。"

"那你们得快点,估计待会儿商场就该关门了,我刚开车过来,好多小店今天都没开张,鼎新前面的小市场只有几个卖烟花爆竹的了,街上都空了。"袁玉荣边说边掏出烟点上,随手将烟盒递给田国庆,田国庆抽出一支,袁玉荣又将烟盒递给田国民,田国民摆摆手道:"我抽不惯你那万宝路。"说着口袋里掏出一包箭牌,自顾点上，屋里顿时架起三支烟，魏瑶瑶立时被呛得咳了好几声，田国民笑道："魏大小姐可是真够娇气的。"武青青忍了一会儿实在没忍住，也捂着嘴咳了两声。田国民闻声立刻将烟掐了，瞄了一眼众人，自我解嘲道："戒了，从今天开始起戒了，新年新气象。"

"三舅，明天不是才新年吗？"袁玉荣斜眼看着田国民撇嘴笑道。不等田国民反驳，袁玉荣接着道，"今天在三舅这儿，明天中午就上我那儿去，吃完晚饭再回来，我那儿的洗浴、足疗、按摩都搞好了，计划初八正式开张，我们自己先去享受起来。大舅和单二舅我都通知了。对了，瑶瑶，东北的路不好开，有冰呢，你行吗？"

"你俩也不认识路呀，让值班司机送你们。"田国民道，"你们可快点，要不我陪你们去吧，还能督促你们快点，一会儿就吃午饭了。"

"行，那走吧。"魏瑶瑶笑道，"那你是光陪，还是兼买单啊？"

"这还用问？"田国庆一旁笑道，"怪不得到现在还嫁不出去呢！"

"什么？我嫁不出去？"魏瑶瑶边穿外套边笑道，

"追我的人从西康路排到新街口呢！"

"一个比一个能吹。"常桂生拿手指轮流点着袁玉荣、田国民和魏瑶瑶几人摇头道，"你们几个谁真结个婚让我看看才是真本事。"

众人闻言皆哈哈大笑。

魏瑶瑶和武青青一人买了条绒里的氨纶棉裤，一双雪地靴，田国民笑道："这就万无一失了，再不会冻成早晨那样了。这下就可以随便出去玩了。"

"三舅，朝阳有什么好玩的地方呀？下午我和青青就去转转，我们好不容易来趟东北，可不想总窝在家里。"

这可把田国民给问住了，他平时根本就不出去玩，有客户来，天暖和时大不了办公室安排客人爬爬山，天冷时窝在屋里喝喝酒、聊聊天，他还真没接待过这样专门来朝阳旅游的客人，更没接待过这样的年轻女性；田国民只好向司机小雷求助："小雷，咱朝阳有什么好玩的地方吗？"

小雷是跟着田国民去过南方的，魏瑶瑶刚问的时候他就在想了，听见老板问，笑道："咱这景，跟人家南方一比，那都啥也不是了。咱也就一个凤凰山，这大冬天的，也不能拉她们爬山去呀！"小雷想了一会儿道："要下下午拉你们去凌河边上滑冰去。天然冰场，这个你们南方肯定没有。"

"我不会呀！"武青青和魏瑶瑶异口同声道。

小雷道："不要紧，有个小冰车，有单人的，有双人的，人坐在上头，拿手撑着两根铁杆儿就行，是人都会。挺好玩儿的。"武青青和魏瑶瑶听了皆欢欣鼓舞，田国民见她俩兴致高昂，中饭也没敢多喝，吃完饭田国庆家的小清和小丽、单和平和单建设家的儿子，还有单芳芳小夫妻两人听说田国民他们要去滑冰，都起哄要跟着去，和平和建设两夫妇也就跟着一起去了，袁玉荣见年轻人都去了，笑道："我也别一个人待着了，跟你们一块消消食去。我来这些年还真没去滑过冰呢。"浩浩荡荡一大队人马开往河边，留下单玉田等人在家陪着老太太闲聊。

第二十三回

凌河滑冰　尽兴归觥筹交错
斗室晒宝　敞胸襟倾诉衷肠

河边出租冰车的小老板看没什么人来玩了，正打算收拾收拾也回家吃年夜饭了，却忽见来了这一大队人马，看样子还都是不差钱儿的主，高兴万分，赶紧凑近前招徕生意："冰车咧冰车，一撑出溜滑的小冰车，单人十块，双人二十，随便玩儿啊！玩儿多久都成！"其实他的正常价格是单人五元、双人十元。

田国民等人闻言并不还价，兴高采烈地开始分配冰车。只是武青青和魏瑶瑶心中都有些失望，这所谓的冰车不过是一块木板下面钉了两根大约是自行车的钢圈拉成的铁杆状的东西，板上钉着一个自制的小木头凳子，单人的钉着一张凳子，双人的则一前一后钉着两张小凳子。不过大过年的，众人谁也不想扫了别人的兴，依旧大呼小叫、热火朝天地分配着小冰车。

　　小丽和小清先下了堤坝，一人拿了一个单人的，单和平和儿子拿了个双人的，单建设父子也挑了个双人的，他两人的媳妇便搭伴一起也挑了个双人的，单芳芳小夫妻俩也挑了个双人的，袁玉荣和魏瑶瑶两人商量了一下，觉得自己都没滑过，于是也拿了个双人的，剩下田国民和武青青，田国民一直跟在武青青身边，见她想拿个单人的，便小声道："我们俩也都没玩过，还是挑个双人的吧，还能互相有个帮助，怎么样？"说着已自提了一个双人的小冰车过来，递了两根撑车的小铁钎给武青青，自己先自坐到双人冰车的后座上等着武青青，别人都已经滑开去了，魏瑶瑶已经在不远处开始叫唤了："青青，你们快点，过来追我们呀！"武青青也不好太过僵持，只得坐上了小冰车。那土制的小冰车本就不大，大家再穿得都不少，故挤得严严实实，武青青恰似坐在田国民怀中一般，田国民越发来了精神，两臂一使劲，那小冰车便滑出去老远，冰面上的冷风一吹，武青青一下子也来了神，便也使劲撑了起来。

　　几组人你追我赶，不一会儿便都汗流浃背了。玩了一会儿，和平和建设的媳妇那一组先自撑不住了，打了退堂鼓，紧跟着袁玉荣和魏瑶瑶也玩不动了，大伙也就纷纷都歇了，唯有孩子们意犹未尽，叫了几遍才停了下来。一直到晚饭时众人还笑着议论明天胳膊要疼了。

晚餐众人不论量大量小都喝了个尽兴，孩子们把可乐、雪碧灌了个饱。吃完饭田国民让大家都不要走，就在鼎新守岁，零点一到就出去放烟花爆竹，于是合家无论老少，看电视的看电视，打牌的打牌，搓麻将的搓麻将。

田国民悄悄对正在看电视的武青青道："我收藏了些红山玉器，在办公室，不知你有没有兴趣去看看？"武青青心里想看，便扭头问一起看电视的魏瑶瑶："瑶瑶，去吗？"

"你俩先去，我看完这个小品就上去找你们。"魏瑶瑶故意找了个借口，成全田国民。

于是田国民便先领了武青青去办公室。整幢办公楼只有一楼保安室有几个值班的守卫，看见田国民和武青青来了，出来打了个招呼便识相地回保安室了；其他楼层虽都灯火通明，但静悄悄的并无他人。两人一起来到田国民的办公室，正对着门放着一张大办公桌，办公桌上极其醒目地放着一个硕大的地球仪，桌子后面的背景墙上拿紫砂烧制了"崇德广业　革故鼎新"几个篆字，字的两侧各有一个放满了书的书橱。办公桌对面的墙上挂着一幅范曾的字——"蕙馨"，字下面是一对木制沙发，左边靠窗下放着个三人木制沙发，门右边靠墙处也放着相同的一对木制单人沙发。田国民笑道："随便坐，我烧点儿热水。"

"不用了，吃饱也喝足了。"武青青笑道，走到书橱前看里面的书，见里面整整齐齐地码放着《四库全书》《永乐大典》《资治通鉴》之类的书，知道那不过是摆着装饰用的罢了，扭头看见办公桌边上靠墙处有个小书橱，近前一看，放着不少名人传记、唐诗宋词和一大摞杂志《文物》。武青青看那些书皆不太新，摆放得也并不十分工整，心里明白这才是日常看的书呢。她看见有一套漫画版的《四书五经》，便从中抽了一本出来，略翻了翻，甚是有趣。

田国民在外面的秘书处烧好水，泡了杯茶端了进来："来，坐会儿，喝杯茶。"

"谢谢，晚上可不敢喝茶，怕睡不着觉。"武青青笑道。

"那进去看看我的收藏吧。"田国民放下茶杯，"来吧，就在这后边。"武青青跟着田国民进了办公室后面的小门，就见一张长案上堆满了蓝色的图纸，地上也一卷卷堆得跟小山似的，"这是什么呀？"武青青略瞄了一眼，全然不识。

"矿山图纸。"田国民指着右侧的小门道，"这边请。"

武青青进了小门，还真是吃了一惊，后面竟是一间不小的屋子，有四五十平，沿墙一圈皆是博古架，中间的屏风也做成了博古架，每个空格里都摆满了，地上还摊着不少，居然还在空中悬挂了不少看着似乎是些出土的玉器之类的。武青青住在朝天宫附近，那儿的古玩市场也时常会去逛逛，此时见了田国民这些东西不禁笑道："你这儿还真是个小市场呢！这都是什么呀？全是红山时期的吗？"

"各朝各代的都有，这个青铜鼎就是战国时期的，这几个吊着的是红山古玉。"田国民说着拉开一排博古架，原来后面还一并排藏着两个大保险柜，田国民按了一通密码将柜子打开，一样一样拿出来给武青青讲解，武青青晚上喝了不少酒，此刻有些不胜酒力，便拿着田国民递给她的一个青黑色的玉猪龙坐到屏风边上的一把仿古椅子上，椅子靠背、扶手的每个角度都设计得十分贴合人体，武青青略动了动，发现是可以旋转的，武青青转了一圈，笑道："你平时经常坐这儿自娱自乐吧？"

"是啊，我一个人可以在这儿待很久。"田国民说着走过来，"你手上拿的这个玉猪龙，华夏银行的Logo就是照着它做的。"

"是呢！"武青青将手里的玉猪龙举得远远的端详着，"以前对红山文化真的是一无所知呢。"武青青将玉猪龙捧在膝上笑道，"今天可真是听君一席话，胜读十年书呢！"

田国民第一次在武青青面前找到了自我，不由得兴致高昂，又拿了几个大小不等的玉猪龙出来，一一递给武青青看，得意扬扬地细致解说给她听；武青青接过来只得放到腿上，田国民说到兴头上，也没在意武青青无处可放，还往她手上递，武青青笑道："等一下等一下，田总，这个可以放地上吗？"

"哎呀，不好意思。"田国民赶紧一样一样收了回去。

"红山古玉既然如此珍贵，你怎么会有这么多呢？不可能全是真的呀！"这样的话若非酒后，武青青是断不会说出口的。

"真真假假。"田国民呵呵笑道，"重要的是过程。"

"那倒也是。"武青青也笑了，手臂撑到扶手上，手托着腮望着田国民笑道，"快把你这些宝贝都放好吧，就全当真的来爱好了。"田国民回首看她，只见她眼中带着些戏谑，嘴角含着笑，鹅黄色的鸡心兔毛领羊毛衫衬着酒后的脸庞，露出一截粉颈，两腮绯红，田国民不觉痴了。

武青青眼波流转，嗔道："你这样看人可是不够绅士啊！"

田国民笑道："我本来也不是什么绅士。"说着走近武青青，单膝跪到她面前，"此刻我恨不能化身野兽，一口将你吞进肚里去，心里才算踏实呢。"武青青想起身躲开，却被田国民一把按住，田国民望着武青青道："青青，你看这样好不好？你先允许我以你的男朋友身份和你交往一段时期怎么样？然后再决定要不要嫁给我。"

"怎样就叫男朋友的身份呢？"

"就是我随时可以搂搂你、抱抱你。"田国民略停了一下"扑哧"一笑道，"亲亲你。"不等武青青有任何表示，田国民接着正色道，"青青你千万别误会我是想要占你个便宜什么的，你也是个聪明绝顶的人，也不是小孩子，你随便想想，我田国民真要是想找个女人，用得着费这个劲吗？还把自己老妈、姐姐、外甥女全都给发动起来了。还让自己全家老少都和你接触？更不可能带你来办公室了。"田国民看武青青垂下眼帘，知道自己的话她是听进去了，于是接着深情地说道，"青青，我上次电话里和你说，我宣布正式追你了，我不是要把你追到手谈一场风花雪月的爱情，我是想把你娶回家，一辈子做我的小娇妻，'执子之手，与子偕老'的。"

"你是不是在想我们彼此之间还并不十分了解，我就说这样的话，是否为时过早？"田国民见武青青低头不语，便揣测道，"可是青青我不是十七八岁搞早恋的青春少年，也不是二十几岁的毛头小伙子，我非常明确地知道自己想要什么，也十分肯定你就是我想要的人。我相信自己的眼光、自己的判断力。"

"当年我表姐他们何尝不是爱得死去活来的，最后还不是分道扬镳了？！"武青青轻叹了一声，低语道，"与其最后恶语相向，不如从一开始就相忘于江湖，彼此都留个好印象。"

"我才不要什么相忘于江湖呢。"田国民捧着武青青的头，长身将自己的头顶到她低垂的头上蹭了蹭，急道，"我就是要相濡以沫。"田国民说着托起武青青的下巴，"青青，别人是别人，我们是我们，为什么要用别人的命运来折磨自己呢？"

武青青长长地叹了口气道："我想一下。"

"你想几下都行，但你得答应我，在你想的期间我可以按照我的思路来。"

"什么思路啊？"

"就是我刚刚说的想搂就搂、想抱就抱、想亲就亲。"田国民笑道。

"做梦。"武青青笑道。一把推开田国民，田国民"哎哟"一声倒在地上，笑道："人家求婚才跪个几分钟意思意思，新娘子就赶不迭地说'我愿意'了，我这腿都跪麻了，啥也没得着，传出去岂不让人笑话死了？"武青青撇嘴笑笑，也不理他，自顾站起身，拿起电话道："我给瑶瑶打个电话，问问她到底来不来了。"

"马上马上。"魏瑶瑶在电话里笑道，"别急别急，来了来了，分分钟就到。"

屋里就两人，田国民自然能听见魏瑶瑶的话，笑道："不来才好呢。"说着推开里边一扇门道，"趁她没来，参观参观我的卧室吧？我反正是向你全面敞开了。"武青青犹豫了一下还是跟了进去，里面布置很简单，一张一米四左右的床，两侧各有个床头柜，右边床头柜上堆着几本书，左边床头柜上有个电话座机，紧挨着左侧床头柜靠墙放着个大衣橱，床的斜对面有个电视柜与写字台一体化的柜子，上面有台小电视，电视边上放着一个微波炉、一个小电饭锅，床右侧有扇小门，门内是个卫生间，家具皆是与外面的博古架一色的仿红木色，"怎么样？"田国民笑问，"还行吧？"

"像个招待所。"武青青笑道。

"五星级宾馆好吧？"田国民笑道。

"没看出来，"武青青摇摇头笑道，"充其量也就是个两星的。"

"好吧，我的级别够不上档次，哪天给个机会瞻仰一下武总的闺房呗？"田国民笑道。

"三舅，青青，你们在吗？"魏瑶瑶在外面办公室里叫道。

武青青连声答应着迎了出去。

第二十四回

烧头灶香　　常桂生论修罗场
吃团圆饭　　袁玉荣笑伪君子

　　且不说三十晚上鼎新大院里是"东风夜放花千树，更吹落，星如雨"，只说第二天大年初一，田家人全都早早起床，连魏瑶瑶、武青青也都早早便起了床，梳洗打扮好了便到对门去给常桂生拜年。单玉田、单玉民两家早已来了，合家老少皆是新衣新鞋，人人皆笑容满面，互相问好。不一会儿田国庆一家也下楼来给老太太拜年来了，田国民穿了件大红底子上满绣着黑色"福"字的中式棉袄也来了，田国庆的女儿小丽笑道："三舅，你和奶奶的衣服还是亲子装呢。"原来办公室安排给田国民和常桂生一人做了件新棉袄过年穿，两人用的是同一块布料。众人皆说笑道："是呢，办公室这回这事办的是真有心了，明年过年我们也穿中装，格外喜庆。"常桂生看着满屋的儿孙，心里高兴，环顾四周，打量了一番众人，笑道："还是青青最会打扮。"众人转脸看武青青，只见她身穿一件粉紫色毛领毛袖镶紫色软缎中式交领小棉袄，下配一条黑色暗花软缎夹裤，脚踏一双黑色羊皮小靴，一头长发尽盘在脑后；武青青被众人一看，不由得脸色微红，更显得眉目如画。

"人家青青人长得漂亮，穿什么都好看。"文秀梅笑道，"不过青青你穿这中式的小棉袄是真漂亮，在南京买的吧？"

"是的。"武青青笑答道，"下次你去南京我陪你逛街去。"

"嘿，舅婆，难道我这个毛衣不好看吗？巴黎买的呢！"魏瑶瑶拉了一下自己身上的大红铜盆领系腰带羊绒衫噘嘴撒娇道。

"也好看！"常桂生笑道，"我大外孙女儿也是大美人！"

"……"

田国民悄悄问武青青和魏瑶瑶："你俩想去爬山吗？"

"大年初一去爬山？"魏瑶瑶瞪大眼睛道。

"今天去烧头炷香的人可多了。"肖秀丽道，"早晨赶着过来给老太太拜年，我还想一会儿去呢。"

"真是，现在年初一去烧香的人可多了，据说头炷香最灵了，妈你想不想去？"文秀梅道。

"我一辈子不求神、不拜佛，烧十炷香不如行一桩好，求神不如求自己。这么多人去烧香，哪有为别人烧的？人人皆为自己那点子私心去烧香拜佛呢。佛祖应了谁的好？这世间本是修罗场，天天有人阿弥陀佛，也天天有人杀猪宰羊，都说那些猪羊是恶人变的，那只要把那些个种猪、种羊、种马之类的全都骗了便一了百了了，何必劳烦菩萨动手？这恶人自然绝了种了，也不必叫好人吃了还变坏了，修行的人吃了还破了戒了。"常桂生不屑道，"我不去，你们想去你们去。"

众人听了皆大笑，武青青也不由得对这个八十多岁的老太太刮目相看，当下笑道："舅婆高论，谁知道唐僧取经的路上踩死了多少只蚂蚁呢？！这拜与不拜的不过是一念之间，起心动念处求个心安罢了。"

常桂生连连点头，才想说话，魏瑶瑶已抢过话头道："大年初一你们一老一少的就开始讲经说法了，叫我说呀，大年初一爬个山、烧炷香，图个热闹、求个吉祥吧，不必当真。"

"这就不对了，你既烧香拜佛就必得真心诚意，怎么能不当真呢？且不论菩萨如何，烧香拜佛本来就不过是种自我安慰，你若再不当真，岂不欺心？"武青青笑道。

"朝阳号称'东北佛都'呢，去看看吧，所谓'头炷香'就把它当作一种文化现象来研究也是有点意思的。"田国民其实只是想带武青青出去转转，又想不出别的去处，才想到了爬山，不想误打误撞，不但两个嫂子皆随声附和，看样子武青青和魏瑶瑶也是愿意去的，因此接着武青青的话道。

田国庆闻言笑道："老三你在那儿不是还有个度假村吗？走，我也去，跟你们一起看看去。"

"早黄了。"田国民道，"走吧，顺便去看看也行。"

除了单玉田不想爬山留下陪常桂生，顺便在家接待初一来拜年的社会和单位的各色人等，其他人开了几辆车一齐往城东的山上景区而去。

半山腰上果然隐隐看见一大排蓝顶白墙的建筑，田国民带着众人上去看了看，一个人也没有，留守的打更老头也回家过年了。众人伸头从窗口看了看，不过是些酒店标准间的陈设，早已脏乱不堪。又到山嘴处的一个大山洞看了，里面原先显然是想做成俱乐部、歌舞厅之类的，顶上装的旋转五彩灯球上断断续续的还有水珠滴落，武青青叹息道："这地方倒是冬暖夏凉，可惜这个地方想要炒热估计是千难万难呢！"说着对田国民"扑哧"一笑，"你在佛祖脚下建这个，要是让你建成了，那还了得？再不会有人来烧香拜佛了。"又环顾了一圈道，"弄成这样，钱大概也没少花呢！"

"可不是吗？"文秀梅脱口应道，"老三这些年这些瞎钱花的可多了去了，哎呀青青你快管管他吧。"

武青青霎时羞红了脸，文秀梅话一出齿自知失言，只好解释道："我意思是说得有个像青青你这样的人管管他。"却又觉得越描越黑，正尴尬处，田国庆替她解了围："大嫂太实诚，也太心急了，人家皇帝不急你太监着什么急？走吧，一个荒废的地方有什么看头，不如我们也上山烧炷香去。"

"对对对，来都来了，肯定得烧炷香。"众人七嘴八舌地附和道。

众人还没下山便接着袁玉荣的电话，说是已接了常桂生和单玉田先去她的"金碧辉煌"了，让他们这一伙下了山直接去她那儿吃午饭。

一行人在袁玉荣的饭店里正吃着饭，就听见隔壁包间有人在唱卡拉OK，常桂生嫌烦："玉荣啊，吃饭就吃饭，为什么还弄这个吵死人的东西？"

"啊呀，舅婆，不吵，我们的门没关严，关严实了就听不见了。有人就喜欢这个调调，管他呢，我们只管挣钱就是了。"袁玉荣笑道。

"饭都吃不安生。"常桂生皱眉道。话音刚落，就听隔壁换了首曲子，一个女人唱道："开心的锣鼓敲出年年的喜庆，好看的舞蹈送来天天的欢腾……"众人皆奇道："哟，这是谁唱的？唱得这么好？"

"唱得好吧？"袁玉荣神秘地笑道，"你们猜是谁唱的？"

"是谁呀？"众人皆问道。

"张小花呀。"袁玉荣笑道，特意看着单玉田和田国民道："咱们一把书记就好这一口，大年初一也不知在家说了什么鬼话了，跑这儿来陪小花吃饭。"

"隔壁就他俩？"单玉田小声惊问道。

袁玉荣拿食指竖在唇边，无声地"嘘"了一下，点点头。

单玉田问田国民："咱俩要不要过去打个招呼？"

不等田国民答话袁玉荣道："当不知道好了。一会儿我过去打个照面儿就行了。"又转脸对众人笑道："我们也唱，各玩各的，领导心里才踏实呢。"于是让人打开了包间里的音响，小清、小丽等几个孩子也扯开嗓门唱了起来。别人唱了常桂生嫌吵，自家孙男弟女的都快吵翻天了，她却听得笑逐颜开，还不停地指派这个、那个的接着唱。单玉田见状转头对田国庆、田国民、单玉民等人笑道："这个，妈倒不嫌吵了。"

"二姐，不是说什么桑拿、足疗、按摩的，什么都有吗？我们去做个足疗呗，有足疗师吗？"魏瑶瑶问袁玉荣。

"有。都是我们扬州的师傅。东北人给多少钱也不愿意过年加班的，一个个全都傲得跟个地保似的，大事做不来，小事还不做。走吧！有愿意唱歌的留在这儿，有愿意做足疗的跟我走。"袁玉荣将羊绒衫的袖子撸到胳膊肘子上头，喝得脸红脖子粗的，手里夹着一支烟招呼道："热死我了，走，做个足疗放松放松。"袁玉荣说着低头凑近魏瑶瑶低声道："刚刚在隔壁可真没少喝。他奶奶的，坐在会场上全都人模狗样的，到了我这儿，通通叫他原形毕露。哈哈！"

"二姐，你自己也要小心点，别吃了他们的亏。"魏瑶瑶小声关切道。

"屁！"袁玉荣不屑道，"你二姐我千锤百炼，早就是金刚不坏之身了。"随即大声又招呼道："走啦走啦！足疗的走啦！"小丽、小清和几个孩子都还热情高涨地继续唱歌，单玉田也留下陪常桂生，单玉民夫妇见单玉田留下便也留了下来，单玉兰听见张小花在隔壁，忍不住瞟了一眼田国庆，见他低头吃菜，没什么反应，心下稍安，但还是恨不得即刻离了此处才好，因此袁玉荣一喊，她便立刻拉上田国庆一起走；魏瑶瑶看武青青和田国民都还坐着似在犹豫，不由分说，一把扯了武青青道："你干坐着干吗？走吧。"田国民看武青青跟着魏瑶瑶走了，便也跟着一起去了。

一群人在袁玉荣处直待到晚饭后才各自散开，分手前约好，初二到单玉田的小别墅去玩一天，单玉民在单玉田的同一个小区内也置了一套房产，因此约了大家初四到他家认认门。

武青青、魏瑶瑶初三上午田国民陪着她们去了趟化石公园，三人坐了辆观光车，偌大的公园里没几个人，也没什么景，不过是在几处草坪上或树荫处放了几个不知什么材质做成的恐龙模型而已，室内场馆还在建设中，尚未开放，几个人坐在观光车上冻了个半死。问田国民还有没有别处可玩，田国民也想不出什么好去处，几人只得悻悻而回；因此初四早上武青青和魏瑶瑶再不肯早起了，一直睡到十点多钟两人才起床梳洗打扮，吃完午饭拖着常桂生一起到田国民的"藏宝室"，常桂生对这些东西半点兴趣也没有，略坐了坐便下楼了。武青青便和魏瑶瑶先听田国民介绍了一番红山文化，接着又听他上至天文、下至地理、古今中外海阔天空地神聊了一通；那田国民好不容易逮着机会在武青青面前展示自己，因此讲得格外用心、细致，也不知他几时学得这般满腹才华，口若悬河，娓娓道来，把个武青青和魏瑶瑶皆听得津津有味。

晚饭前单玉民亲自开车来接常桂生，田国民、武青青、魏瑶瑶也紧随其后，众人在单玉民家只略坐了坐，喝了杯茶，四处看看，皆夸赞了一番便一起到小区对面的酒店用餐，单玉民早订好了包间。

席间武青青起身向众人道别，说明天一早就要走了，这几天多有叨扰，又说了几句欢迎大家有机会去南京玩之类的客套话，离席走到众人跟前一一敬酒，众人皆客气了一番，走到田国民跟前亦微笑道："谢谢田总这些天的热情款待，有机会去南京必务通知我，也好让我尽尽地主之谊。"田国民望着武青青的眼睛，见她躲闪自己的眼神，也不好多说，端起杯碰了一下武青青的杯子，一仰脖将满满一杯酒一饮而尽，武青青只略略抿了一小口。

桌上众人皆心知肚明，但都不好说什么，袁玉荣瞄了一眼田国民，微微一笑，转脸问武青青："离上班还有好几天呢，青青你干吗这么早回去？"

"不早了，我们每年初八上班第一天先开总结表彰大会，各个分公司认领新指标，分公司的代表从初六就开始陆续到总部来报到了，集团这边我总体负责的，明天必须要回去了。"

"哦！什么时候你们鼎新也这么玩儿啊？"袁玉荣对田国民笑道，又回头问张国华道："二姨，你们明天都走啊？她俩要回去上班，你急着回去干吗呀？"

"我晕车，还是跟她们一起回去好了，再说我不回去没人给瑶瑶做饭哪。"

"那她在巴黎几年也没饿着。"袁玉荣笑道。

"妈，你要不要跟我回南京去住一阵子？"张国华问常桂生。

"你快消停点吧，别让妈反复折腾了。"单玉田笑道，"年后我还打算接妈上我那儿住一阵子呢。你那儿有什么意思。"

"就是。你天天在家等着瑶瑶下班，我天天在家等你下场子啊？"常桂生接口道。

"什么卜场子啊？下什么场子？"肖秀丽笑问。

"舅妈，麻将场呗。"魏瑶瑶笑道，"我不是告诉过你们嘛，我妈现在是职业杀手。"

"……"

众人说说笑笑，吃完饭出来一看，田国民和袁玉荣的司机早在酒店外候着了，田国民的司机知道人多，特意开了两辆车来，于是众人先扶了常桂生坐在副驾驶座上，张国华和魏瑶瑶坐到后面，田国庆自己开车，一家人正好一辆车，单玉田、单玉民两家皆是走过来的，单和平、单建设也皆是自己开车来的，单芳芳婆家在乡下，因此小夫妻初二从老家回城便住在单玉民家里，单芳芳怀孕已然出怀了，这会子吃饱了并不想马上回家，两人说是要溜达溜达去；只剩下田国民和武青青，武青青情知魏瑶瑶是故意上的另外一辆车，当着众人也不好吱声，便和田国民上了一辆车。

　　田国民和武青青坐在车上，两人皆不知说什么好，田国民心中有万语千言，扭头看了看武青青，见她两手交叉放在身前正侧脸望着窗外；田国民伸出右手握住武青青的右手，武青青心中一颤，想往回抽，田国民略使了使劲，武青青瞄了瞄前面坐着的驾驶员，咬了咬嘴唇，没有出声。田国民侧了侧身，握着武青青的手放到自己外套里面捂在胸口，隔着毛衣武青青也能清晰地感受到田国民的心跳，车内寂静无声，她似乎听见田国民心跳的声音越来越响，她吓得屏住呼吸，生怕司机也能听见自己的心跳声。

　　两辆车一前一后进了鼎新大院，田国民这才恋恋不舍地松开手。

　　魏瑶瑶陪常桂生聊了几句便问武青青要不要把行李整理一下，因为白天田国民的司机小雷奉命买了不少土特产送来，武青青正欲客气不要，田国民道："走吧，我帮你们收拾去。"

　　"我的待会儿我妈会收拾的，你就把青青的收拾一下好了。"魏瑶瑶道。

　　武青青看那包装盒上写着木耳、榛蘑、小米之类的，笑道："谢谢啦，千万别给我那么多，我平时也并不怎么做饭的，给我也是浪费。"

"他们既然买都买来了，就全都带上吧，你不吃送人好了。"田国民说着便去提地上放着的东西。

"千万别拿。"武青青赶紧拦住，笑道，"我不是客气，太重了，我也嫌费事。这样吧，我拿一盒木耳好了，其余的盛情全都心领了。"

常桂生和张国华又再三客气，武青青只得又拿了一盒榛蘑。

田国民拎着两盒土产，陪武青青到对面屋里收拾行李。田国民回手关上门，他哪里还有心思帮武青青收拾什么行李，见武青青将床边的行李箱拖过来放倒，他走过去将武青青拉起来，一把搂到怀里，武青青还没来得及说话，田国民早已吻将下去。

此刻诸般言语皆属多余，田国民清晰地感觉到武青青从抵触到顺从，良久，田国民才喃喃道："从今往后，你便是我的了，我盖了章了。再不许亲别人了。"忽然自己又"扑哧"笑道，"除了我儿子。"

"什么呀？！"武青青想要推开田国民，田国民却紧紧地搂着她，看着她道："青青，回去每天都要给我打个电话，无论有多忙，至少发条信息，让我知道你一切都好。"

"你是在命令我吗？"武青青不快道。

"我怎么敢呢？"田国民赶紧笑道，"我每天都给你打个电话，无论我多忙。无论多晚你都一定要接，行吗？"

"我晚上睡觉关机的。"

"那你给我家里座机号码。"

武青青犹豫了一下，还是将家里的电话号码告诉了田国民。

第二天田国民亲自将武青青一行送到沈阳机场，临别前，田国民当着张国华和魏瑶瑶的面拉着武青青的手道："青青，记得我和你说的话。"武青青咬着嘴唇、垂着眼帘不置可否。

张国华和魏瑶瑶在不远处看着他俩，不禁相视而笑。

第二十五回

捉襟见肘　　田国民孤诉离愁
意气风发　　武青青戏说心腹

　　新的一年开始了，田国民又开始到处想方设法弄钱，银行是根本不可能了，信用社也行不通了，只得向社会上集资，这些社会集资款的来源基本上都是鼎新内部人员的七大姑八大姨们，利息从百分之十到百分之二十不等，弄来的钱也还是左手进右手出，人员工资、差旅费用林林总总，单玉田闻讯赶来劝道："老三哪，你这是饮鸩止渴你知道吗？先别说你这事干成干不成，就算是那镍矿被你拿到手了，这么高的利息，你干什么有这么高的利润？而且镍矿就算是到了手，那矿石它也不会自己滚出来啊，开采需要多少钱？你知道吗？你还养着这么一大帮子人，没事的就先让他们回家去得了。"

　　"让他们回家他们怎么办？一家人不过日子了？"

"国有企业都有下岗这一说呢，怎么？你这儿是国家部委啊？不能下岗？难道还搞终身制？你想养他们，行，谁也拦不住你，问题是你得有钱哪。"

田国民犹豫再三，终于决定让一部分人下岗回家，发基本工资作为生活费，气得单玉田摇头道："你到底是怎么想的呢？你是怕他们被人挖走了，还是担心你这儿要用人的时候找不到人啊？他们真有好去处，你那两个生活费就能留住他们？"但见田国民心意已决，单玉田也只得由他去了。

田国民这厢忙得焦头烂额，武青青那边也没闲着，新的一年里岗位变动，不但调离了人力资源部，原先内定的监察部也没去，公司从以色列引进了几款仿制美国的新型设备，较原版产品价廉物美，因此打算开辟新的市场，拟以特许经营的形式进行推广，董事会研究再三，一致认为武青青最适合牵这个头，于是斥资五千万注册了个新公司，由武青青任总经理，武青青本人对于特许经营也是个门外汉，心中忐忑，但几个大股东皆鼓励看好，只得硬着头皮上，既接了这活儿，武青青自然也想做好，因此从原先到各分公司出差考察人事以及与各大高校、猎头公司打交道一下子改成了到全国各地考察市场，参加各种特许经营大会交流学习为主；工作的压力和出差的频率都更高了。田国民倒是信守诺言，无论忙多晚，每天都给武青青打个电话，但是座机通常是没人接的，武青青基本上都出差在外，本来武青青晚上十一点以后是肯定关机的，但潜意识里担心田国民找不到自己，变得二十四小时开机了。

这天，田国民自己喝醉了，半夜醒来，想起没给武青青致电呢，赶紧拨过去，结果把武青青半夜吵醒，听她睡意蒙眬也不忍心吵她，只说声："我没事，你睡吧。"便将电话挂断。

田国民放下电话，纷杂琐事涌上心头，哪里还睡得着。起床倒杯水，到外头看看图纸、上上网，不知不觉间有些腰酸背痛，到床上躺着，翻来覆去毫无困意，企业诸般不顺，更无人可言、无人可助，不禁又想起武青青，倘若她在跟前，至少还可与她说上几句，心中不免越发思念。索性起身到外间的办公室里，打开 Word 文档，填了一首《声声慢》发给了武青青：

反反复复，起起坐坐，里里外外数步。思思念念卿卿，来来去去。七八两酒下肚，更难消、离人情思。长江水，凤山雪，春暖冬寒心境。

卓女司马再世，又如何？聚少离多谁堪？电讯往来，怎抵朝朝暮暮？雪漫又加风疾，冷方盼、春雨共沐。再聚时，绝不放尔单飞渡。

发完邮件，田国民忍不住又给武青青发了条信息：

最近诸事不顺。

"没去烧香吧？"没想到武青青起得这么早，一条调侃的信息立时回了过来，紧接着又有一条："可与心腹之人商量啊。"

"我的心早被你带走了，谁是我的心腹？"

"和你说正经的呢！田总做了这些年的老板难道没培养出几个心腹之人来？"

"倒也有两个贴心的，可是不得力啊！"

"培养啊！"

"猴年马月啊？"

"让员工自己争当你的心腹啊，你睁大眼睛择优即可，这就来得快了。"

"具体怎么办呢？还请武总指点一二。"

"洗脑。"武青青接着又发了几个字过来，"端正工作态度。"紧跟着又发来一条信息："年前我有篇《如何成为老板的心腹》上了《中外管理》杂志，你有空上网看看，或许能有些启发。"

"我现在就看。"

田国民上网一搜，立马就找到了武青青的文章——

如何成为老板的心腹

每一位职场人士，没有不希望老板把自己看成心腹的。成为老板的心腹有若干好处；要成为心腹，信任自然是首当其要的，首先是老板的信任可以使工作充满乐趣、充满激情。其次是老板的信任可以使员工最大限度地发挥潜能。再次，成为老板的心腹工作中的阻力也会小一点。最后，既是老板的心腹，老板自然不会"亏待"了。这最后一条当然是我们进入职场所要达到的最根本目的。不过，要成为心腹，光是信任尚不足矣，还需与老板有一些情感上的沟通。当然单就开头的两点同时也足以让老板们费尽心思地想让员工觉得自己是老板的心腹。

所以让员工成为老板的心腹就成了老板与员工的共同心愿，如何才能架起这座两全其美的桥梁呢？总结在下多年的工作实践经验，罗列出以下几条来，愿与诸君分享：

第一条，无论你的功劳有多大，千万不要在任何场合表功，包括和同事之间的私人聚会，要知道祸从口出、隔墙有耳。如果你还想寻根究源，那就想想韩信是怎么死的吧。

第二条，不要主动向老板提任何关于薪资待遇的要求，如果是老板挖你过来的，尤其不能谈，因为老板早就知道你原先的一切福利待遇，没有高出原待遇的薪酬；通常情况下老板们是不会和你开口的。如果你是跳槽者并且老板主动和你谈到这个问题，告诉他（她）你原先的各项待遇就可以了，他知道该怎么办。赞成人力资源实行等价交换这一观念的人绝不在少数，信奉有言在先的人更为现代社会所理解；但是没有一个老板喜欢员工有模有样地坐在办公桌的对面和自己大谈薪资的。小老板们希望能遇到和自己同甘共苦的员工，而大老板们通常只是认可所有新的理念之所以存在的合理性，而非认可所有的新理念。并且，每一个企业必然都有自己的薪酬体系，如果你想打破原有体系，那么等待你的必然是更多的期待，而这个期待的满意尺度就如同你期待企业所给予的尺度一样含混，一样具有阶段性；既然都是阶段性的，又何必要让我们中国文士都不太喜欢提及的"钱"字来坏了你和老板的谈兴呢？（姑且将所有职场人士都看作当代文士，毕竟大家或多或少都熬过十几、二十几年的寒窗呢。）而且有职场经验的员工都明白，每个老板都精力过人，他们似乎确实可以做到大致上明察秋毫。所以特别是老员工，千万不要抱着国企"会哭的孩子有奶吃"的做法，那实在是太不明智了。

第三条，上班的时间概念要明晰，下班的时间概念要模糊，绝大多数老板都能接受员工准时上班的现象，而准时下班则实在不能与"敬业"相关联。诚然，以在下多年的职场从业经验，能够准时走出办公室，甚至公司大门者，下班前至少十分钟内就已经着手准备各项下班程序了：诸如洗茶杯顺带上趟洗手间，等等。

第四条，前面提到要和老板有一些情感上的沟通，谈理想、聊家庭那都不算高招，一定要此时无声胜有声；那就是要以对待导师的心态对待老板。男研究生们可能都有帮导师家里干体力活的体验，没有谁会认为这样做有辱斯文。所以与老板相关的所有事都要当成公事来办，同时切记"公私分明"，老板的私事你必须当作公事来不折不扣地完成，但绝对不要公开谈论你所办的事，因为那些事从本质上讲是私事。

我这里所说的老板是指全企业说了算的那个独一

无二的老板，如果是所谓的"MY BOSS"，你就要注意了，永远不要把"YOUR BOSS"的私事当作公事来做，那你就犯了真正的老板的大忌了。你就很可能会给老板留下一个溜须拍马、不务正业的印象。不要指望你离老板太远，他（她）怎么可能看得到你这样的小人物呢！提醒你，任何企业都不可能只有一个部门。

第五条，不要害怕说出自己的工作见解。没有一个老板喜欢唯唯诺诺的应声虫，当然也不会喜欢让干啥就干啥的算盘珠子。但是在履行这一条时你还必须同时做到以下第六条。

第六条，当你的工作主张和老板有分歧时记得按老板最终决定办。不要总以"真理掌握在少数人手中"为由来"勉励"自己，要知道老板的一个问题绝不会只问你一个人，只不过有时让你知道，有时不想让你知道而已。

第七条，把握好职场的孤独感。这一条至关重要。千万别让生活上的事成为你与同事的话题，最好不要在办公场所谈论任何与工作无关的话题，当然你可以倾听。不过你总是不表态、不附和，自然没哪个傻蛋还总和你说，这样你也许就会孤独；你可以用工作上的热情来弥补这一点，就像一个"工作狂"那样，除了工作找不到感兴趣的话题。时间久了，同事们自然也无可厚非，了不得说你不懂生活罢了。至于那所谓的孤独其实根本就不存在，因为我们每个人都不会只有职场这一个生活圈子。而老板几乎没有不喜欢"工作狂"的。其实这就是所谓的"明确角色观"啊，在不同的舞台上演绎不同的角色。要知道我们之所以从"五湖四海"走到一起来的根本目的绝对不是来交朋友的，所以和同事之间有没有家常可聊真的不重要，少聊甚至不聊也许可以为你省掉诸多不必要的烦恼。

第八条，不要害怕弄脏你笔挺的衣裤以及锃亮的皮鞋。遇上难得的体力活一定要不遗余力，千万不要心存嫌憎亦不可心存侥幸，把你身边一块干活的每个人都设想成老板或是老板的"心腹"。

以上观点，在某些国家也许很好笑，但就我中华民族目前的风土人情以及人力资源现状而言，值得一试。

田国民看完忍俊不禁地笑了，他喜欢这样诙谐幽默的语言风格，拿起手机给武青青发了条信息："将来我的企业做得越大你越有用武之地。老规矩，组织学习。"

第二十六回

喜出望外　田国民佳人有约
异想天开　查南平乱点鸳鸯

　　武青青一早起床是为了赶去北京的飞机，到了候机厅她才有时间打开电脑收发邮件，看了田国民发来的《声声慢》，武青青不免心有所动，虽说不算尽合平仄，但字字句句，情真意切。坐在飞机上武青青也一直默默地在回味着。不一会儿广播里通知乘客做好降落准备，身边的许多乘客都伸了伸懒腰，这一早上赶飞机，睡着没睡着的都累了，总算是到了。

　　突然，飞机剧烈地抖动起来，接着开始大幅度地振荡，机长在广播里安抚着乘客的同时，飞机重新拉升了上去。

　　此前不久，新闻报道俄罗斯一架飞机刚刚失事。乘客们开始议论纷纷，有人谈到了俄罗斯的事件，引得旁边有人怒斥其"不吉利"的，有随声附和的，也有出言劝解的，机舱里吵闹声一片。飞机第二次下降又失败了，机长说北京机场有雷暴雨，飞机不能降落了，打算飞到天津机场临时降落。于是飞机在乘客们的吵嚷声中飞往天津，谁知在天津又遇到空中气流，飞机震颤得似乎要把玻璃窗抖落下来，机舱里瞬间安静了，几百人的机舱里静得似乎连一根针掉到地上都能听见，空气中弥漫着无限恐慌的气息。

此时的武青青忽然有点懊丧，如果真就完蛋了，自己这辈子太不值了！自己还没有恋爱、没有结婚、没有孩子，就这样便化作烟尘了?！这一刹那间她忽然就想到了田国民，她后悔自己登机前没有给他回封邮件。

飞机终于平安降落在了天津机场，大家坐在飞机上等了两个多小时，有人说要下飞机，不去北京了，自己从天津坐车去。机组人员当然不会答应，一群人全都极其安静地又被送到了北京，飞机在北京机场停稳的那一刻居然有个女乘客失声哭了起来，不少人经过她身边都理解地安慰道："好了，好了，平安到达了！"

当天晚上武青青躺在床上，一边看书一边不停地看看手机，希望田国民能打个电话或是发条信息来，然而田国民却毫无消息，武青青折腾了一天也实在是累了，也就睡下了，早晨起床一看手机，凌晨四点十分田国民发了一条信息过来："对不起，昨晚喝多了，你好吗？"

武青青犹豫了一会儿回了条信息："我在北京开会。"

田国民第一次收到武青青这样的回复，不禁欣喜若狂，她这是第一次告诉他自己的行踪，而且就在北京。田国民马上回了条信息："你住哪个酒店？开几天会？"一直等到快下班了，武青青才回了条信息："北京北辰五洲大酒店，会议一天半，今天和明天上午，明天下午回南京。"

"你别走，我马上开车过来。"

"票已经订好了。"

"退掉或者改签。"

"不行，不可以。后天一早要跟老板汇报的。"

田国民想了想决定还是要去见武青青一面："我现在就出发，我们在你住的酒店附近有个办事处，以前做外贸设的，现在还没撤呢，我正好去北京也有点别的事。"

"现在还做吗？"

"不做了，办事处也没人，空房子，偶尔用用，因为人家不肯退房租。"

"哦！"

田国民叫上小雷火急火燎地连夜往北京赶，谁知半路上遇到三辆车连环撞，堵了四五个小时才疏通，第二天早上才进北京城，进城正是早高峰，又堵了个半死，看看时间，这会子武青青应该在会场呢，便驱车先到办事处洗漱了一下，司机小雷累了一晚上，倒头便睡了，田国民一个人靠在床上也不知不觉睡着了。一觉惊醒已是中午十二点多了，赶紧给武青青打了个电话，武青青说自己正在退房，一会儿去机场，下午四点钟的飞机。田国民急了："你千万别走，退完房在大堂等我，我离得很近，很快就到。"

田国民赶到酒店，远远看见武青青身穿一身烟灰色的西装套裙，头发高高地盘着，身边有只红色的小行李箱，正站在大堂和一个身穿蓝色西服的男人说笑，田国民大步走到武青青身边，伸手揽住她的肩膀，微笑道："退完房了？"武青青没想到田国民会有这样的举动，不禁愣了一下，田国民又向那西服男道："这位是？"

"你好。"那男人主动伸出手，"吴竞，和武总一起开会的。"

田国民握了握那吴竞的手，笑道："你好，田国民。"说着向武青青示意了一下，"来接她回家。"

"哦，那好，后会有期，我先行一步了。武总，再见了。"吴竞打算上前和武青青握手告别，田国民却伸手揽住武青青的胳膊，武青青只好将两手垂在胸前微微欠身道："好的好的，吴总，一路平安！"

"你们也是，一路平安！"

望着吴竞的背影，武青青收起脸上的笑容，扭头怒视着田国民道："你干吗呀？"

田国民笑嘻嘻道："我干什么了？"

"你乱说什么呀？"

"好了，别发火了。"田国民笑道，"你就容我过过嘴瘾吧。我昨晚上六点不到就出发了，今天早上快十点钟了才到办事处，就只为见你一面。"

武青青看他眼眶有些凹陷，眼袋处也有些青灰，确实是睡眠不足的样子，也不好意思再继续责怪，只得柔声道："那你吃饭了吗？"

"夜里在高速上吃了。"田国民抬腕看了看表，"走吧，送你去机场，一起到机场吃吧。"

司机小雷是个机灵鬼，借口北京机场太大了，离了车怕回头找不着车，留在了车上，武青青道："你开了一夜的车，又没好好休息，再不吃饭怎么行？"

"车上有昨晚上买的面包和蛋糕，我随便吃一口待会儿还能睡一觉。"小雷笑道。

武青青只好客气道："那你辛苦了，好好休息吧。"

田国民小声笑道："这么会关心下属啊？"

"你的命不是在他手上呢吗？！"武青青斜了田国民一眼，自顾往前走。田国民拉着行李箱紧走两步，一把搂住武青青的肩膀，笑道："那实际上是关心我喽？"武青青扭了扭身子，没挣脱，也只得由他去了。

两人在机场餐厅一人点了一碗面、一杯饮料，田国民并不吃饭，只一味看着武青青，武青青低头吃面笑道："别跟我说什么'秀色可餐'之类的，赶紧吃吧。"田国民闻言笑道："所以说这女子无才方有德，唯才女与小人难养也。"

"这是哪个子曰的？"

"田子，田子曰。"

"……"

两人说说笑笑，不知不觉便到了登机时间，田国民将武青青送到安检口，武青青道："我走了。"

田国民将武青青使劲地搂到怀里，低头在她耳边道："真不想让你走。"说完在武青青额头上亲了一下，"落地了给我报个平安。"武青青点点头，转身进了安检。

武青青下了飞机刚一打开手机，田国民的一条信息便进来了：

飘然邂逅无意间，宿缘青睐欲见欢。

痴心已随金陵去，相思潺潺又绵绵。

纵然相隔天涯路，灵犀指引通心弦。

激情飞扬醉心处，恰似人间四月天。

武青青看了不由得莞尔一笑，心中闪过丝丝甜蜜，于是随手回了条信息：

平安抵达。

想了想又在后面加了个笑脸的表情符号。

回到家，武青青放下行李箱便打开电脑拟写明天要交的会议报告，刚写完，正打算关了电脑收拾行李，外面有人按门铃，武青青从猫眼一看，原来是母亲，赶紧开了门，青青妈夫妇俩站在门口，武青青忙让他们进屋，心想十有八九又是为小弟的事来的，也不知这份新工作他干得如何。武青青一边忙着烧水一边说："我出差刚回来，我这就烧点水泡茶。"

"不用忙了。我们也才吃过晚饭。"青青妈道。

"是啊。不用忙了。"青青的继父查南平难得地和颜悦色道，"我们说几句话就走。"

"你吃饭了吗？青青。"青青妈问道。

"在飞机上吃了。"

"哦，飞机上有饭吃的。"青青妈说着从口袋里掏出一样东西递给女儿，"你看看。"

武青青接过来一看，是张男人的黑白照，照片上的男人二十几岁，五官端正，梳着油头、穿着西服、打着领带，一看就是很早以前的照片，果然照片的右下角有一行斜排的小字"王开照相，1966"，武青青笑道："这谁啊？"

"长得蛮帅的吧？"查南平笑道，"现在看上去也是鹤发童颜、老当益壮，精神得很呢。"武青青不知他们葫芦里卖的什么药，只好等着他们自己公布答案，自顾到厨房烧了壶水，给他们一人泡了杯茶。武青青将茶杯放到桌上，青青妈吞吞吐吐道："青青，你别忙了，你过来再看看这照片。"愣了一会儿道，"我把你的照片也给他看了。对方很满意。"

"什么很满意，是满意得不得了。"查南平笑道，"这是我远房的一个表亲，现在在香港，有的是钱，想回大陆找个年轻一点的，只要领证就先打五百万到你个人账户上，南京城里的别墅、楼房两百万以内的任凭你挑，房产证写你名字，另外一百万置办衣服首饰，再给父母两百万抚养费，结婚收的礼金全归女方，今后吃喝除外，每年一百万零花钱给你，二十万零花钱给你妈。不是那种玩玩的台巴子，人家是要结婚过日子的，知根知底的。"

母亲一旁不停地点头赔着笑。

武青青气得浑身打战，一句话也说不出来，只觉得心上像扎了千万根钢针，丝丝缕缕的疼痛一直往无尽的深处渗透。

"我知道你会嫌他老，不过想开点，他要真翘辫子了，财产不全都是你的呀！我们可以跟他写好婚前约定的。"查南平见武青青愤怒地盯着自己，心里也有些发虚，"活屎的，你瞪着我干么事？我就随便问问，你不愿意有的是人往上贴呢，人家是听说你是个研究生才一口答应的，我也是想肥水不流外人田嘛。你不要好心当作驴肝肺啊。"

武青青的眼里似乎要喷出火来，青青妈生怕她和丈夫冲突起来，吓得赶紧打圆场："不同意就算了，我们也就是随口问问，你叔叔也是一片好心呢！"武青青看母亲吓得脸都变色了，心中一阵悲凉，强忍着泪水冷冷道："我已经有男朋友了。"

"是吗？"母亲惊喜道，"多大了？哪儿人呀？干什么的？"

"比我大几岁，具体我还没问，老家无锡的，跟我一样，替人打工的。"

"活屄的，不听老人言，吃苦在眼前，好好的大老板你不要，找个打工仔。有病。你妈的，我不管，你愿嫁给谁嫁给谁，没有五百万,五百总有的，结婚以后每个月必须贴我五百块钱。你妈工资低。"

武青青低头坐在沙发上，一言不发，青青妈道："哎呀，八字还没一撇呢，就钱、钱、钱的，走啦走啦。以后再说吧。"说着拉着丈夫出了门，"青青我们走了。"说着随手轻轻带上了房门。

武青青独自一人仰面靠在沙发上，潸然泪下。"母亲啊！你是荷叶，我是红莲，心中的雨点来了，除了你，谁是我在无遮拦天空下的荫蔽？"小时候第一次读到冰心这句话时武青青便悄悄一个人哭了半宿，蓦然之间竟又想起这句话，武青青再一次泪如雨下。

天早已黑透了，武青青也不开灯，依旧一个人呆坐在沙发上，泪水早已干涸。忽然手机响了起来，是田国民打来的。武青青并不想接听，铃声却执着地响个不停。武青青最终还是拿起电话，按下了接听键。田国民在电话那头大声地"喂"着，"喂，喂，喂，青青，青青，你听得见我的声音吗？你能听见我说话吗？怎么回事？我怎么听不到你说话呀？"武青青默默地将电话挂断，没过两分钟，田国民的电话又打了进来。武青青再一次按断电话，想了想发了条信息过去："开会。"

"这么晚开什么会？你不是出差刚回去吗？"田国民只好也回了条信息。

"临时通知，急事。"

田国民满腹狐疑，但遥隔千里，也只能空自猜疑。他想了想给魏瑶瑶打了个电话："瑶瑶，你去看看青青呗。"

"这么晚了！三舅，你这也太重色轻亲了吧？"

"我总觉得她出了什么事了，你去看看吧。"

"那我给她打个电话，要没什么事呢我就明天找她去，这总行了吧？"

"好吧。"田国民只得无奈地答应了。

魏瑶瑶给武青青挂了个电话："喂，干吗呢？"

"出差刚回，累得要死，正要睡觉呢。"武青青道。

"那你休息吧。我明天下班去找你，你在办公室等我。"

"好。晚安。"

魏瑶瑶挂了电话又给田国民打了过去："放心吧，她今天出差累了，正准备睡觉呢。"

"她没开会？"

"这么晚了，开什么会啊？劳模也不能这么干啊。"

"好，我知道了。你也休息吧。"田国民放下电话，心中更加不安，一夜不曾安枕。

第二十七回

权衡利弊　六佳丽戏当评委

机缘巧合　魏瑶瑶巧遇佳缘

　　武青青躺在床上哭了半宿，不知几时睡着了，早晨闹钟响了，这才昏昏沉沉起了床，照着镜子一看，眼睛肿得桃儿一般，拿凉水敷了，又化了妆、抹了眼影，看上去才好一点，于是又戴了眼镜，平时武青青只有在看电视、电影或者文艺演出时才戴眼镜，如此修饰了一番这才上班去。路上拿出手机一看，早有一条田国民发来的信息：

　　　　夜色沉沉思金陵，孤灯独伴影仃伶。

　　　　相思玉人心难止，无觉又是雄鸡鸣。

　　武青青昨晚思来想去，决定不再搭理田国民，何必连累他将来也跟着烦恼不尽呢？！于是并不理睬田国民。

　　晚上魏瑶瑶果然如约而至，说是王府大街上有家新饭店开张，约武青青一起去尝个鲜。魏瑶瑶还要了一瓶啤酒，一杯啤酒下肚，两人的脸都红了，魏瑶瑶眯着眼睛笑道："哎，跟我三舅进展如何呀？你说你俩要真就成了，我叫你什么呀？反正我是不会叫你三舅母的。"

武青青摆摆手笑道："根本不可能的。今天是他派你来的吧？告诉你三舅，让他趁早死心，别白费功夫了。"

"为什么？"魏瑶瑶惊道，"见鬼，我和我妈都以为你俩已经成了呢！"魏瑶瑶凑近武青青笑道，"哎，不是我替我三舅说话哦，要是有像他那样的铁血男儿肯为我折腰，我早就以身相许了。哎，你是不知道他原来那个鬼样子，天天傲得一米，我看他现在只要一提到你呀，整个人都不对了。昨天大晚上的非逼我去你家找你，说他感应到你有事。都神经质了！"

"唉！"武青青叹了一口气，"我是真的不想结婚，一个人真挺好！"

"其实一个人确实挺好的，不过呢我倒也不是就不想结婚，实在是满眼看不见好男人啊！也不知我的真命天子在何方，总之就是他看上你的呢，你看不上他，你看上他的呢，通常又都名花有主了。哎，你说，这些女

人都什么时候就开始琢磨谈恋爱结婚的事的呀？下手这么快？！不过呢，所有男人也都大同小异，你只要嫁给他，你就立马从洗脸的毛巾沦落成拖地的抹布了。"

"精辟！"武青青笑道，"来，干杯！"

两人举杯一饮而尽，"服务员，再来一瓶。"魏瑶瑶招呼道。

"随你怎样的如花美眷也经不住柴米油盐的洗礼，随你怎样的海誓山盟也架不住日复一日的琐碎。说了你都不敢相信，我表姐他们的矛盾竟然是从她老公每次打麻将回来不洗脚就上床开始的。"武青青撇嘴摇头笑道。

"是吗？我也受不了。这男人为什么这么懒呢？懒到不愿意打扫自己。"

两人说着忍不住哈哈大笑起来。正说笑着武青青的手机响了，武青青接完电话道："徐玲玲，你还记得吗？我们一起吃过饭的，她这个周六结婚了。"

"是吗？我记得上回吃饭还说呢，你们班就剩你俩了，这回你可真成星矢了。"魏瑶瑶笑道。徐玲玲是武青青读MBA的同学，聚会时武青青曾带魏瑶瑶一起去过几次，因此几个要好的同学魏瑶瑶也全都认识。"是和那个搞什么智能设备的吗？"魏瑶瑶问。

"前两天听余娟她们说换了，不知从哪儿认识了一个北京的官二代，还是驻欧洲哪个小国的大使，应该就是那个大使了，这下成了大使夫人了。"武青青笑道，"周六跟我一起去呗。"

"周六我倒是没什么事，我也确实想看看大使夫人穿什么样的婚纱。"魏瑶瑶笑道，"那你说我出多少钱的礼呢？你出多少？"

"我们几个同学约好了，一人一千。你不用出，跟我一起去玩玩好了。"武青青笑道。

"那好吧。周六跟你混去。"

徐玲玲的婚礼在金陵饭店举办，宾客如云，不少久不联系的同学都接到了邀请，武青青和魏瑶瑶被安排在主桌旁边和几个平时玩得比较好的女同学一桌，同桌另有几个陌生人，打了招呼方知是徐玲玲单位的同事。武青青坐下不一会儿，便有个男士过来打招呼："武青青，好久不见啦！"说着便坐到武青青身边，摸出一张名片递给武青青道，"这是我的名片，这个是只给自己人的，上面有我的手机号码。你换电话啦？我找了你好久，后来余娟给我你的电话，我一看还是那个号码，但就是打了总没人接。"

"现在莫名其妙的骗子电话、广告什么的实在太多，可能我看是陌生号码就没接吧。"武青青笑道，"我听说你现在牛得不行了！"

"还行吧。哪天上我那儿指导指导去。"

"我能指导什么呀！"

"明天周日有空吗？请你喝茶呗！"

魏瑶瑶一听急了，赶紧捅了一下武青青，武青青只当不知，微笑道："我明天要赶一个报告，要不瑶瑶你去吧。"

"这位美女是？"

"给你们介绍一下。"武青青笑道，"魏瑶瑶，我发小，法国留学归来的。赵亮，我同学，广业房地产开发有限公司老板。"

魏瑶瑶和赵亮握了个手，问了声好，赵亮又小声问武青青道："明天晚上行吗？你总不能写一天报告吧？"

"喂，赵总，不能眼里只有武青青一个人吧？"余娟等人一旁调侃道，"我们的参考意见也很重要的。"

"就是，人民群众的力量不可小觑哦！"

"你们那十七层的新办公楼在福兴路上那么耀眼，

也不请我们这些老同学去参观参观？"

"随时欢迎。"赵亮笑道，"这不是怕各位美女不肯赏光嘛！我现在就正式邀请在座的各位，你们定个日子，我安排一天时间专门接待各位大美女。"

"青青，你说哪天？"余娟道。

"干吗叫我说呀？"武青青笑道，"我哪知道你们几位大小姐什么时候有空呀！"

同桌的几个同学，一个是银行的副行长，一个是保险公司的副总经理，一个是自己做园林工程的，一个是一家三星酒店的餐饮老总，哪个不想巴结赵亮这样的房地产老板？因此异口同声道："只要你方便，我们随时奉陪。"

恰此时主持人开始请大家入席，婚礼即将开始。

赵亮凑近武青青耳边道："你看一下我名片上的手机号码，千万别再当陌生号码挂了。我明早给你打电话定具体时间，我先过去了。"说完回自己的座席去了。

这里余娟等人因为同桌还有陌生人，也不便多言，只互相笑笑，意会拉倒。新人敬酒毕，几个人便不想再坐下去了，时间尚早，余娟道："我知道这后面有家足疗店，一起去做个足疗吧，我请客。我们几个也好久没聚了，这婚礼上闹哄哄的，都没法说话。去吗？"

几个人七嘴八舌道："去就去吧。的确是好久都没聚了。"

几个人泡着脚说着说着就说到了赵亮身上，说起他的公司发展得如何之快，猜测他到底能有多少资产，"青青，我看赵亮对你有意思啊，他跟我打听过好几次你的事，还要了你的电话，也不知有没有跟你联系啊？"余娟道。

男女之事向来最吸人，另外几个女同学立刻接茬道：

"我看赵亮不错，戴副眼镜，一看就是儒商的派头。"

"上学的时候真没觉得他有多出众，真没想到现在事业做这么大。"

"不过我听说赵亮离婚了，好像还有个儿子都五六岁了。"

"那有什么！离婚了才有免疫力呢！再说了，男人有什么关系？反正头婚的也不是什么处男。"

几个女人哄堂大笑。

"有个儿子不要紧，要是有个女儿就比较讨厌了，一般来说都这样，我认识的两个朋友都是，找了个二婚的，对方带个女儿，啊哟那个事情多的呀！烦都烦死了。"余娟道。

　　一旁的魏瑶瑶听他们句句都夸那赵亮，生怕武青青听进心里去，可是干着急，也并无良策，只得悄悄给田国民发了条信息："你在哪儿？干吗呢？"

　　"在沈阳办事处。正和矿上的技术人员探讨硅灰石矿生产的事呢。"

　　"不是镍矿吗？怎么又改了？"

　　"没改，这个早就有了，一直没生产。"田国民回信息道，"你有事？"

　　"我没事，我担心你有事。"魏瑶瑶想了想又发了条信息，"武青青的四个女同学正给她撮合她们的男同学呢。看样子意见还比较统一，一致认为那家伙条件不错。"

　　田国民一看信息，心中一阵慌乱，强作镇定地回了条信息给魏瑶瑶："你既然在场，就跟她们宣布一下，说武青青是你三舅母。"

　　"简直没法跟你急了。"魏瑶瑶气得不再搭理田国民，可是听她们左一言又一语的心里又着急，琢磨了一会儿终于想了个好办法，于是呵呵笑道："哎同志们啊，照你们这么说，这赵亮还真是革命的好同志啊！那我三舅同志岂不是没戏了？"

几个女人立刻来劲了："你三舅？谁是你三舅？"

"你三舅关我们青青什么事啊？"

"多大年纪啦？干什么？你三舅想追我们青青啊？"

"说来听听呗。一家姑娘百家求，把条件摆一摆，让我们来横向对比一下，择优录取。"

"就是。来来来，介绍介绍。"

几个人笑成一团。

魏瑶瑶笑道："好好好，且听我细细道来。"于是将她对田国民的了解一一描述了一番，当然说的都是田国民的辉煌时刻，因为田国民眼面前的窘状实际上魏瑶瑶也并不清楚，"关键是我三舅长得帅啊！"魏瑶瑶笑着补充道，"肯定是比那赵亮帅得不是事了。那赵亮也太矮了，我三舅一米八，括弧赤脚哦，还当过特种兵，那腹肌，不要太性感哦。而且赵亮还是个二婚的，青青又不是嫁不出去了，就算不跟我三舅谈，也没必要去当别人的后妈呀！"

"瑶瑶，你自己也是个单身，你还不知道生活到底是怎么回事呢。"余娟摇摇头道，"我现在可算是想明白了，学得再好也不如嫁得好。长得再帅也不能当饭吃。"余娟在保险公司折腾了好几年才熬到今天的位置，生活的酸甜苦辣自然没少尝，"你们说我们几个，虽然谈不上才貌双全，但也绝对是精英级的，可是你们看看人家徐玲玲，从今往后，还用得着像我们一样看领导和客户的脸色吗？"余娟见众人频频点头，接着笑道，"我们几个算是完蛋了，瑶瑶你和青青你们还有机会，千万把握好了。"

"娟姐，只要你愿意，来个第二春也无妨啊。"魏瑶瑶打趣道。

"你以为我不想啊？谁不想啊？只不过跳槽工资不涨百分之五十以上还不能轻易换地方呢，上哪儿去找个比现在的老公强一半以上的？风险太大、成本太高了。弄不好走了个孙悟空，再来个孙猴子呢。"余娟笑道，"不都说这结婚是女人第二次投胎吗？第一次没得选，第二次可得把眼睛瞪大了。"

"我就不明白了，为什么非结婚不可？而且一谈到结婚好像从今往后就全指望那人了，为什么呀？难道我们养不活自己吗？"武青青道，"那没那个男人之前我们不是活得挺好的！"

"青青这话我赞成。"银行的邢晓丹笑道，"女人哪，到什么时候都一定要保持经济独立，凡是叫女人在家不工作的男人都是自私鬼，不管他是干什么的。其目的无外乎这么几点：第一就是能更好地为他服务，不管他什么时候回家，女人因为没工作就只能理所当然地永远处于招之即来的随用随到的等待状态；第二就是担心女人太强了自己就不能保持那份高高在上的虚荣心了；如果是所谓的老板企业家，那就更不用说了，强一点的女人必然会分权，弱一点的女人呢，嫌添乱还掉自己的价，在家看孩子最好，如果有老人连老人一起照顾了就更理想了，比什么保姆都强。所以不管他是谁，只要是不让你工作的，不管他说得多么冠冕堂皇，全都是为了他自己的一己之私。千万别昏头，以为嫁个老公，从今往后吃老公穿老公了，那绝对是自掘坟墓。"

"啊呀我家最近正为这事闹呢。真的是快烦死了！"酒店的刘星梅皱眉道，"我老公最近一直嫌我下班太晚，照顾不到家里，说是他的事业正在上升期，这么两个人全都忙工作肯定不行，家都顾不过来了，必须有一个退出，正劝我辞职别干了，在家专心照顾孩子呢。"

"千万别听他的鬼话，什么照顾孩子不过是个借口，其实是他自己需要有人照顾，孩子其实特别会体谅家长，孩子看见家长特别忙或者心情不好时通常都躲得远远的，不去打搅，而男人呢，他回到家觉得自己挣钱养活一家子，劳苦功高，理应被人捧着、伺候着。如果你也有工作呢，他当然也不好意思提要求，可如果你没工作呢？你除了上前倒茶递水、捶背揉肩、嘘寒问暖你还有什么选择？哪怕你在家一样忙得腰酸背痛，可是你不创造经济效益啊！这就像一个企业，为什么财务如果和销售起争执，老板大多倾向于销售，至少表面上也要给足销售的面子，这就是开源的永远比节流的业绩更明显。"邢小丹愤愤道，"顺便跟同志们宣布一下：我上周离婚了。"

"真的？"众人大吃一惊，"因为什么？"

"就是嫌我太忙了呗。人家找不到家的感觉了呗，所以就在外头养了个随叫随到的，我呢自然就让贤了呗。"

"哎你们说这真是活见了鬼了，这男人啊谈恋爱找老婆的时候呢，拼了命的想找个出类拔萃的，可是稍微混出点人样了就突然变得连最起码的审美都没有了，越是花瓶越喜欢。"余娟也愤愤不平道。

"所以我说还是别结婚的好啊，省得费劲劳神去琢磨别人的喜怒哀乐。"武青青笑道。

"婚呢有合适的该结还是要结的，一个人一辈子实在没意思。"做园林的李燕笑道，"阴阳失调人也容易衰老呢，要不怎么说雨露滋润禾苗壮呢！"

众人哈哈大笑，余娟笑道："青青，婚还是要结的，一辈子这么长，找个人一起走总好过一个人独行呀！而且一世人生不容易，什么滋味都得尝一尝嘛！你喜欢孩子吗？"

"喜欢呀！"武青青道。

"那就找个优良基因搞个小baby，大不了带着孩子回到从前，也不用担心孤独终生了。"余娟笑道。

"带着孩子回到从前你不怕变成海瑞他妈呀？"武青青笑道。

邢晓丹笑道："娟子这个主意好啊！我已经身体力行了！同志们都照着这个方向努力吧！玩得来呢，咱就跟他玩玩，玩不来呢直接带着孩子回到从前好了。"

"你们这帮怨妇，别把这些消极情绪传染给青青了。"李燕笑道，"还是好好帮青青参谋参谋选哪个重点培养培养吧。"

"对对对，好同志还是有的。关键是我们那时候没经验嘛。"余娟笑道，"我个人比较倾向于赵亮，毕竟离得近嘛，以后大家还能常来常往，这万一嫁到东北去，猴年马月才能见一面啊？没意思。"

"不过赵亮毕竟是个二婚的，怎么也不如原配的好啊。"李燕道。

"燕子你这是有处男情结啊！"刘星梅笑道，"那宋氏姐妹不都嫁的二婚、三婚的呀！"

"宋氏姐妹哪个又有好结局呢？"李燕撇撇嘴，"宋美龄为什么一个人死在美国啊？蒋经国要是她亲儿子，那怎么可能呢？所以我觉得远就远点，将来事业真做大了，想到哪儿安家不行呢？而且现在看来两人的其他条件不相上下啊。"

"我觉得学历也很重要。"邢小丹道，"赵亮毕竟是科班出身，而且也比瑶瑶你三舅年轻啊，瑶瑶你别生气哦，我们也都是替青青着想，草莽创业的时代很快就会被学院派取代，不信你们就看着好了。"

"我有什么好生气的，只不过我三舅对青青还真是痴心一片呢。"瑶瑶强笑道，"我们说了也不算呀，关键还是看青青自己喜欢哪一类的。"

"……"

几个女人叽叽喳喳地说笑着，魏瑶瑶悄悄给田国民发了条信息："我看你悬了，三比一，加上我一票，也还是三比二。"

刚刚魏瑶瑶的信息已经让田国民心不在焉了，几个同事见状，也不敢问他缘故，便都建议明日再议，今晚就先休息吧，田国民点头同意；回到房间，靠在床上，心下忐忑，在屋里踱了几圈，编了条信息发给武青青。

武青青一看忍不住笑出声来，转脸问魏瑶瑶："你告密了吧？"魏瑶瑶不知田国民给武青青发的什么，因此故意装糊涂："告什么密啊？"武青青将手机递给魏瑶瑶，魏瑶瑶一看来了精神了，"哎！同志们，同志们，前方来电，我读给大家听听哦！"武青青赶紧想抢回手机，魏瑶瑶哪里能让她拿回手机，光着脚跑下地，大声念道：

奉天夜深沉，难忘金陵人。独自披衣望星月，风吹心绪纷。

遥闻评委六佳丽，心骤紧，双手合十，膝下无金。

众人都笑道："拿来拿来，我看看。"

魏瑶瑶挨个递给她们看，武青青笑骂道："魏瑶瑶，你这个疯子！你疯了吗？"

邢晓丹看完笑道："看来这是个才子啊！"

余娟也笑道："这个比较合青青的口味哦！"

"所以招数不在多，也不在高，在于巧啊！四两便可拨千斤。"李燕笑道。

"啊呀！这也太浪漫了！我喜欢！"刘星梅要过来又看了一遍，"我这辈子可没人给我写过诗，而且还是古典韵味的。"

"青青露一手给他看看，镇镇他。别让他太得意了。"余娟笑道。

"这是求我们多多美言，少拆台呢。"邢晓丹笑道，"男儿膝下有黄金，他这膝下都没金了，又双手合十，这是跪地求饶的意思啊！我们也别瞎做仇人了，青青你还是自己决定吧。"

"我喜欢这个。"刘星梅笑道，"哎，瑶瑶，你这三舅叫什么名字呀？"

"田国民。"

"就他了，田国民，我喜欢他这个调调的，青青，就是他了。"刘星梅笑道，"在物质基础大致相等的前提下，当然要挑个自己喜欢的啦，哪怕其他方面略微逊色一点儿也无所谓啦！"

"皇帝不急太监急，你激动什么呀？"余娟笑道，电话铃响了起来，余娟竖起食指示意众人别说话，这才接通了电话："喂，赵总啊，这么晚了有什么指示啊？"

"我一转身的工夫，你们那桌都走空了，怎么这么快啊？"

"哦，我们几个出来做足疗了。"

"做足疗啊？武青青你们几个都去了？"

"嗯，我们几个在一起呢。"

"那我请你们吃消夜吧？做足疗容易饿呀！你们在哪儿？"

"你等一下哦。"余娟捂着话筒转身对众人小声道，"赵亮。他要请我们吃夜宵。"武青青连连摆手，其他几人也皆摇头的摇头、摆手的摆手，余娟只得说："谢谢赵总啦，我们刚才全吃撑了，改天吧。"

"你们刚才不是说想去我们公司看看吗？明天怎么样？明天正好星期天。"

"他约我们明天去他公司看看，去吗？"余娟捂住话筒问。除了武青青和魏瑶瑶，其他几个人都点点头，邢晓丹小声道："上午没空，下午吧。"余娟扭头看了看其他几个人，另外几人皆点头，余娟小声对武青青道："青青一起去吧，他其实主要是想请你，你不去我们几个去算怎么回事？瑶瑶也一起去吧。"

"他又不是我同学，我去干什么？"魏瑶瑶摇头道，转念一想又改口道，"青青去吗？你去我就陪你一起好了。"

众人皆看着武青青，武青青知道她们几个皆有求于赵亮，如果自己不去也不太合适，因此只好点点头。余娟见状忙回复赵亮道："行，好的，明天就去参观参观你们那雄伟的大办公楼。"

"大约几点？"

"下午吧，下午你方便吗？"

"方便。下午三点钟怎么样？转转看看再到我办公室喝杯茶，然后晚上我请几位美女共进晚餐。怎么样？"

余娟又征求了一下众人的意见，皆无异议，便与赵亮定下了明日之约。几人看看时间也不早了，也便各自散去。

第二天早上，武青青一觉睡醒，慵懒地倚在床头靠了一会儿，拿过手机又看了一遍昨晚田国民发的信息，忍不住笑了，又将之前发的几条信息重新一一翻看了一遍，心头泛起丝丝甜蜜。想了想，给田国民发了条信息：

夜来辗转反侧，晨起心绪落寞。是什么丝线儿相牵着？竟恹恹无来由。点点幽怨在心头。

信息刚一发出，她便后悔了，可是又没法收回了，只得随他去了。可巧田国民昨晚的事情谈了一半，今天一早吃了早饭便和技术人员接着探讨，手机开着振动，一直搁在一边并未理会。到了中午吃饭时方才看见武青青的信息，心中大喜。但也并未腾出时间细品，一直到了晚饭后，诸事安排妥当了，这才一个人站在阳台上细细品味。

田国民他们的沈阳办事处设在公园边上的一个高档小区里，本来这姹紫嫣红的春天，一到了晚上公园里便有附近的居民喜欢在河边吹拉弹唱，可是最近个把月一直在风传着关于"非典"的事情，公园里的人明显减少了许多；田国民站在十七楼的阳台上，下面的景色一览无余，今晚不知是谁在独自弹奏着古筝，那琴声远远地飘了上来，也不知弹的是个什么曲，只觉得琴声悠扬，如诉如歌，勾得田国民越发思念武青青。他也看见了魏瑶瑶发来的信息，说是她们几个今天去武青青她们同学的公司了，晚上大家还要共进晚餐，田国民不由得轻轻叹了口气，又翻看了一遍武青青早晨发来的信息，猜不透她到底什么意思，若没有这半路杀出来的男同学，他自然会朝着好的方向去理解，无论如何这都是她给自己发的第一条涉及心事的信息，但恰恰今天是她去赴别人的约之前所发，是不是她自己内心也在纠结呢？田国民无从得知，仰望星空，唯求老天保佑了！"是我的就是我的，谁也抢不走。哪怕是遥隔千里。"想了想自己也不能坐以待毙呀，只要有一线希望还是要争取。于是又编辑了一条信息发给武青青：

夜风祛暖，河灯渔火，波动荧荧心事。飘荡彩岸古筝声，有谁解、离人情思？

凝眸南望，星空浩渺，低唤伊人名字。今宵寻梦梦难成，辜负了、柔情万里。

其他几个人结伴去了洗手间，武青青低头看田国民发来的信息，坐在旁边的赵亮喊了她两三声都没听见，轻轻扯了她一下才回过神来，"哦，不好意思。"武青青忙道，"你说。"

"青青，今年过年跟我一起去欧洲吧。"赵亮轻声道，"去法国，和心爱的人在埃菲尔铁塔底下散步是我一直以来的心愿。"

武青青咬了咬嘴唇，轻轻一笑，小声道："我建议你和瑶瑶一起去，她在法国留学的，不但可以替你当向导还能给你当翻译。"

"我跟你说正经的呢。"赵亮借着酒劲，凑近武青青的耳边道，"我也不太会表达，但我相信你肯定明白我的意思。"

武青青下意识地向旁边闪了闪，微笑道："赵总，你一片情意用错地方了，我有男朋友。"

"不可能啊，我都问过余娟她们了呀。"赵亮笑道，"来来来，编个更好的理由。"

"这是他刚给我发的信息。"武青青说着将手机递给赵亮，等赵亮看完又打开另外一条信息，"这是前两天发的。"赵亮看完默然无语，许久，自我解嘲地摇头强笑道："这个厉害了，的确是玩不过他。看来这哄女孩子光有真心诚意还是远远不够的。"

"各有所长嘛。"武青青见赵亮垂头丧气的样子，便随口安抚道。

"关键是要能投其所好呀！"赵亮苦笑道，"你这大才女终于等到如意郎君了！真心希望你能幸福快乐！"赵亮深情地看着武青青微笑道。

"谢谢！"

两人坐着，一时间竟找不到合适的话题，恰好魏瑶瑶等人嘻嘻哈哈地回来了。武青青笑道："瑶瑶你穿白色真漂亮，飘飘欲仙啊！"回头对赵亮笑道，"赵总打算去法国过年呢，正缺个向导呢，不如瑶瑶你和他一起去得了。"赵亮望着风摆杨柳地走过来的魏瑶瑶，确实一副超凡脱俗的姿态，不禁心有所动，但还是笑着对武青青道："青青你就别乱点鸳鸯谱了。"武青青笑道："手机呢，你记一下瑶瑶的电话。"当着众人的面赵亮自然不好说不记，只得记下了魏瑶瑶的电话号码。余娟等人哪个也不是傻瓜，皆是八面玲珑的人精，马上就看清楚事情的脉络走向了，余娟首先笑道："瑶瑶一起去那是最好不过了，还省了导游费、翻译费了。"

"你和武青青你们俩商量好的吧？怎么说的话都一模一样啊？"赵亮笑道。

于是这话题自然而然便扯到了魏瑶瑶身上。这男女之事，说来荒唐，有时真不过是一念之间，尤其是熟人聚会的时候，两个本不相干的人，被众人你一言我一语地开开玩笑，竟真的会开得双方彼此留了意；而且众人说多了，当事人自己便也觉得十分般配、万分有缘了。魏瑶瑶和赵亮没过几天竟真成了一对情侣了。

第二十八回

意外事故　有心人设宴压惊
意外收获　有情人终成眷属

从四月中旬开始，"非典"疫情越闹越凶，各地政府既捂不住也盖不住了，南京也有两个小区整个都被隔离了，田国民担心武青青的安危，每天一条信息问她是否平安。武青青单位也不再安排任何人出差了，全社会似乎都只忙一件事：抗击SARS。所有的公交工具每天消毒，出租车的车套前所未有地干净，可是依旧乘客稀少。口罩、米醋、洗手液价格疯涨，所有的机场、车站都有一堆表格要填写，不知道有多少对夫妻因为一方出差回家后不能相容，硬要对方去观察站观察几天而反目；也不知道有多少对男女是因为一起被隔离而成就了佳缘。

武青青闲着没什么事便趁机报了个名去学驾驶，倒是实惠，人少、学费还便宜。很快便拿到了驾照，周末魏瑶瑶帮她借了辆赵亮公司的旧车上路练手，不想绿灯启动时业务不熟练"突突"了两下又熄火了，后面的驾驶员大概也走神了，直接就撞了上来；好在红绿灯下双方都是刚启动，都没什么速度，只是把赵亮的车后灯给撞碎了，对方的前灯也完蛋了，双方人员虽都毫发无损；那也把武青青和魏瑶瑶全都给吓得花容失色。魏瑶瑶给赵亮打了个电话，赵亮安排人过来处理，叫她俩只管回家休息。两人回到武青青家里，惊魂未定，田国民正好发了条平安信息过来，魏瑶瑶生气道："怪不得人人都不愿意异地恋呢！关键时刻，一条破信息，不疼不痒的，屁用没有！"越说越来气，拿出手机要给田国民打电话。

"你别打。"武青青一把拦住，"我跟他现在也算不上谈恋爱，不过就是每天发条报平安的短信罢了。"

"什么？"魏瑶瑶惊讶地瞪大眼睛道，"你俩是活在原始社会的吗？要不要搞个鸿雁传书，一年半载地书信往来一回啊？"魏瑶瑶拿起手机，"你别管，我给他打电话。"说着拨通田国民的电话，"喂，三舅，你现在说话方便吗？"

"等一会儿我打给你，现在正开会呢。"

"是公司内部会议还是在外头开会啊？"

"内部会议。"

"那你就别叫我等一会儿了，你找个说话方便的地方吧。"魏瑶瑶气呼呼地说道。田国民犹豫了一下道："好吧，你说吧。"

"你知不知道，刚才我和青青差点没命了！"

"怎么啦？出什么事了？"田国民果然被吓了一大跳。

魏瑶瑶便将刚刚的事发经过故意夸大其词地说了一遍，不料田国民听完却放下心来，笑道："那应该是有惊无险，红绿灯底下还都是刚启动的，应该不会有什么大事。"

"什么？你这个人啊，我可真是不能跟你急了！活该你一辈子打光棍！"魏瑶瑶气得将电话挂断。田国民那边倒是一头雾水，他只是客观地分析了一下事实情况而已，魏瑶瑶干吗要发火？！他哪里知道女人的心思，她们要的是嘘寒问暖的姿态，这个时候谁要听他什么冷静的分析啊？！田国民也无心细想魏瑶瑶说的话，会议室里一群人还等着他呢。魏瑶瑶刚挂了田国民的电话，赵亮的电话便进来了："你在哪儿呢？"

"在青青家呢。"

"那你就在青青家等着吧，我这就过去接你，晚上请你和青青一起吃饭，给你们压压惊。"

"好吧。"魏瑶瑶挂了电话对武青青笑道，"赵亮一会儿来接我们，说是请我俩吃饭，给我们压惊呢。"

"你俩过两人世界吧，我就不做电灯泡了。只是赵亮的车让我撞坏了，你跟他说修理费我付。"

"要你付干吗？车子有保险的。"

"这种情况保险公司能全赔吗？"

"不全赔，那余娟是干什么的呀？"魏瑶瑶笑道。

"也是。"

两人说着话，不一会儿赵亮已到了武青青家楼下，给魏瑶瑶打电话让两人下楼，武青青再三不肯去，魏瑶瑶只得一个人走了。

武青青自己煮了包方便面，放了点青菜，打了个鸡蛋，盛出来，又拿了本书出来，正准备边吃边看，手机却响了，武青青一看是老妈的号码便接了："青青啊，你吃饭了吗？"

"煮了方便面，正准备吃呢。妈你吃了吗？"

"我也刚吃好。"青青妈似乎犹豫了一下，"青青啊，上次跟你说的那个香港人，他看了你的照片心里一直放不下你，跟你叔叔说想约你明天见见面，要不你就和他见个面吧。"

"妈，我不是告诉你了嘛，我有男朋友了，你们别再瞎操心了。"武青青知道是查南平放不下那些钱，又撺掇母亲纠缠自己，便没好气道，"妈，你也一把年纪的人了，能不能别像个应声虫似的活着。"武青青说完挂断电话，气得也没胃口吃面，起身将一碗面倒进抽水马桶，"哗啦"一声全冲掉了，碗也不想洗，往垃圾桶里一扔，趴到床上抽泣起来。正哭着田国民的电话来了："喂，青青，听说今天你跟人家撞车了？我估计人没事吧？"

"没事。"

"瑶瑶呢？还跟你在一起吧？"

"走了。"

"哦，人没事就好。"田国民一时也找不出什么话题，"我开会一直到现在才散，正打算去吃饭呢。"

"哦。"

"青青你没事吧？怎么感觉你没精打采的呢？"

"没有。你吃饭去吧。"

"那好，我去吃饭了。"田国民挂了电话想想不对劲便给魏瑶瑶挂了个电话，"瑶瑶你在哪呢？"

"跟男朋友一起共进烛光晚餐哪！他本来要请我和青青两个的，给我们压压惊的。"魏瑶瑶想起白天田国民的电话，心里有些来火，便故意不好好说话了。

"那你怎么不带青青一起呀？"

"哼。"魏瑶瑶冷笑一声，"我倒是想约她一起来的，可惜我不是她男朋友，她不来呀。"魏瑶瑶停了一下见田国民并没有追问武青青为什么不来，便又接着道，"你觉得她现在是需要我呀还是需要谁呢？"说完便将电话挂掉了。

"谁呀？"赵亮看似漫不经心地问道，"跟人这么说话？阴阳怪气的。"

"我三舅。"魏瑶瑶随口道，"哪有他这样追女朋友的！"

赵亮听了心中一动，但并未显露，举杯笑道："来，咱俩干一杯。"

"干就干。"魏瑶瑶笑道，"怕你不成。"说着端起酒杯一饮而尽。

赵亮缓缓地喝着酒，看着对面坐着的魏瑶瑶，长发披肩，两个硕大的耳环在脸颊两边不停地晃动着，一副个性张扬、生死不惧的样子；脑海里不由自主地闪现出武青青微微含笑似乎永远波澜不惊的样子……

且说田国民挂了魏瑶瑶的电话，心不在焉地和同事一起吃了晚饭，越想心里越不安，回到宿舍，秘书小钱还守在办公室呢，田国民便让他马上给自己订一张明天去南京的机票，小钱立刻便打电话订了票，又通知了司机小雷明天去沈阳机场的事，这才跟田国民打了个招呼下班回家去了。

田国民到了南京，在金陵饭店开好房间安顿好了才给武青青打了个电话："青青，今天周六，去哪儿玩了？"

"在家搞卫生。"

"搞好了没？"

"搞好了。"

"那我请你共进晚餐吧？给你压一压昨天受的惊。"

"你在哪儿呀？"武青青心中一阵惊喜，"你来南京了？什么时候到的？"

"我住金陵饭店，2722房，你过来还是我去你家找你？"

武青青心中一阵慌乱，这一切来得太突然了，她愣了一会儿才反应过来，"我来找你吧。"

武青青到了酒店在大堂坐下给田国民发了条信息：

我在楼下。

田国民赶紧换好鞋打算下楼，走到门口又对着镜子照了照，这才拔下房卡出了门。一出电梯口，田国民便看见坐在沙发上等着的，身穿一件淡绿色暗花旗袍的武青青，武青青今天将长发编了条辫子垂在胸前，正低着头看手机。田国民看着静静地坐着的武青青，刹那间感觉她仿佛完全不是这个时代的人，田国民有些恍惚，自己和她的相遇直到现在都是那么的不真实，梦境一般，到底会不会有结果？只有天知道。田国民愣了一会儿，走到武青青旁边的沙发上坐下，笑道："看什么呢？这么聚精会神的。"

"等你呢。"武青青抬头见是田国民，笑道，"瑶瑶什么时候来呀？"

"她不知道我来南京。"田国民看着武青青的眼睛，"我是专程来看你的。"

"那好吧，想吃什么？"武青青被田国民看得有些不好意思，"让我尽一尽地主之谊。"

"听你的。你想吃什么？我是专门来给你压惊的。"
田国民笑道。

"我晚上减肥，经常不吃的。"武青青笑道，"所以
你最好不要听我的。"

田国民抬起手腕看了看表，"五点还不到，我刚刚
在飞机上吃了还不饿呢！你呢？"

"我也不饿。"

"要不到我房间坐一会儿吧，待会儿饿了再下
来吃？"

武青青犹豫了一下，觉得时间尚早，总不能一直坐
在大堂，有心说去咖啡厅坐一会儿，又一想田国民千里
迢迢跑来看自己，似乎也不太妥当，于是只好点头同
意。伸手拿起旁边放着的米色风衣和淡绿色的包，随着
田国民上了楼。田国民让武青青在窗边的沙发上坐下，
自己一边烧水一边问道："青青你是喝茶还是喝咖啡？"

"矿泉水就行，免得晚上睡不着觉。"

"现在还早着呢。"田国民笑道，"要不来点红酒？
助睡眠的。"

"待会儿喝醉了谁带你找饭店去呀？"武青青笑道。

"没事。吃饭也还早着呢。"田国民说着拿起桌上

的一瓶红酒笑道，"这是会员赠送的，我还没打开喝过呢。今天开了尝尝，看这不要钱的酒怎么样。"田国民倒了一杯递给武青青，自己也倒了一杯，坐到武青青对面的床上，两人一时间端着杯子相对无语。田国民不禁想起在沈阳机场接听的袁玉荣的电话，袁玉荣为了师专地块的事找田国民商量，说完了正事便随口问他在机场打算去哪儿的，田国民说是要去南京，袁玉荣立刻笑道："是去找那个武青青的吧？不然这个时候全国上下一门心思防非典呢，你一个人跑南京干什么去？你跟她进展到哪一步了？什么时候结婚啊？"

"八字还没一撇呢！"

"啊？这么熊？！到现在还没搞定哪？！"袁玉荣哈哈大笑道，"不是我说你，三舅，这事你办得可真不像个爷们儿。"

"废话，这又不是能勉强的事。"

"叫我说啊，必要的时候就给她来个霸王硬上弓。就武青青那样的，你不把她搞个一锤定音了，她有得犹豫呢，你得帮她下决心才行。"

"行了行了，净出馊主意。"

"哎，你可别说我是馊主意哦，师傅引进门，修行在个人，供你参考吧。"袁玉荣哈哈笑道，"相信我，这方面我比你有经验。你想啊，她一直还跟你保持着联系这就说明她不讨厌你对吧？可是又不肯往前走，这就说明她在犹豫，在权衡。你要是真喜欢她那你可真得先下手为强，不然你们离得这么远可真难说。"

"行了行了，我知道了。我登机了。"

田国民和武青青都默默地抿着杯中酒，武青青一小口一小口地抿着，不知不觉一杯酒竟已经快喝完了，田国民早就默默地倒了第二杯了。田国民没话找话道："好久不见了，你瘦了点儿了。"

"是吗？天天称呢，没掉秤啊。"武青青笑道，也没话找话道，"舅婆和二姐她们都还好吧？"

"都挺好的。"田国民笑道，"刚刚在机场还和玉荣通了个电话，还说到你了。"

"说我？说我什么呀？"武青青抬眼微微笑着看着田国民道。

田国民见她两腮绯红、眼波流转，心中一荡，放下杯子，单膝跪到武青青跟前，托着武青青的下巴笑道："她叫我霸王硬上弓，帮你下决心。"

"你敢？！"武青青放下手里的杯子，伸手推田国民。田国民趁势握住武青青的双手，放到唇边亲吻，柔声道："不敢。我不敢。"说着抬眼看武青青，见她面带笑意，便大着胆子一把将她抱了起来，凑在耳边道，"可是我是真想啊！"武青青被田国民突然抱了起来，吃了一惊，下意识地伸手搂住他的脖子，这一搂，田国民哪里还能把持得住?！将武青青拥至床上，只轻轻一拉武青青后背上的拉链，便卸了她的旗袍。

正如袁玉荣所说，武青青本非无意，只是下不了决心。也是缘分所在，田国民出乎意料地竟成了好事。两人皆无思想准备，匆匆了事。田国民看着武青青光洁的后背，一时也找不到合适的话语安抚，起身喝了口水，又顺便去了趟洗手间，对着镜子忍不住美美地笑了；回到房间却见武青青拥着被子正手忙脚乱地拿纸巾擦拭着床单上的血迹。田国民如梦初醒，不禁大喜过望，上前一把将武青青使劲地拥入怀中，喃喃道："青青，宝贝儿，别擦了，我要把它带回家去，留作纪念。"

武青青推开田国民，慌忙穿好衣衫，哪里还有心思继续留下来，低着头轻声道："我走了。"

田国民一时间也不知该如何挽留，只得道："我送你。"

"不用。"

田国民迟疑了一下，还是帮武青青拿起风衣，跟着她一起下了楼。两人一路之上默默无语，各想各的心事，武青青心乱如麻，田国民也是心下忐忑，唯恐武青青因为今日之事彻底翻脸。武青青住在朝天宫附近，离金陵饭店不远，两人很快便到了武青青家楼下，田国民想要送武青青上楼，被武青青拒绝了，只好说："那你早点休息，我明天一早来看你。"

第二天一早，田国民早早便起床洗漱干净，往武青青家而去，路上特意买了早点。到了武青青家，按了门铃，武青青尚未起床，猫眼里见是田国民，也不好不叫他进来，开门让田国民进来，羞道："你先坐会儿，我洗个脸。"示意田国民坐在餐桌旁的椅子上，自己进了卫生间。

田国民这是平生第一次踏入女子闺房，他在门边的桌旁坐下，四处打量武青青的家，迎门处是个白色的鞋柜，鞋柜上是个磨砂玻璃的玄关，玻璃上刻着一朵莲花，玄关后面便是一台电视机，围着电视机放着一组绿色和乳白色相间的新式小沙发，两个单人的分放电视两侧，一个三人的放在电视对面靠墙处，三人沙发上面挂着武青青的照片，照片旁边斜开着一扇门，门上挂着一幅浅绿色的绣花门帘，想必帘内乃是武青青的卧室所在，卧室旁边便是厨房，装着玻璃的推拉门，门的一侧是个酒柜，倒是没看见有酒，酒柜上方也贴着一张武青青的照片。餐桌旁边有个书橱，书橱旁边窗台下是个长长的写字台，桌上放着电脑、打印机，餐桌对面便是卫生间，也装着一扇磨砂玻璃的门。

武青青刷了个牙，洗了把脸便出来了。田国民第一次看见武青青不施粉黛的脸，干净清澈，又见她穿着一件宽松的白色睡裙，一头秀发随意地绾在脑后，几缕刘海尚沾着刚刚洗脸时未擦干的水渍，宛如出水芙蓉一般。他觉得从昨晚开始武青青便是自己的人了，因此上前拥住武青青柔声道："青青，你不化妆更美了。"

"那就是化妆很丑喽？"武青青故意噘嘴道。

田国民见状忍俊不禁，立刻吻住她，随手便将她抱了起来，直接便进了卧室。武青青的卧室里迎门便是一张两米宽的乳白色和浅蓝色相间的大床，床上是与之配套的床罩等物，床右侧是个小床头柜，床头柜旁边则是一组衣橱，床左侧是个梳妆台，梳妆台旁边垂着一幅孔雀绿和宝石蓝相间的条纹窗帘，帘外便是封闭式阳台，床对面是一组电视柜；不过田国民此刻可压根没心思去欣赏这些……到此时才算是："一床锦被翻红浪，多情始得戏鸳鸯。"

田国民将武青青拥在怀中笑道："完了。从此君王不早朝。"

第二十九回

两情相悦　频电讯难解相思
天涯咫尺　叹中秋互诉离愁

　　田国民与武青青这一别真可谓是难舍难分，回到东北，这一份牵挂更加难耐，也唯有短信诉离愁了：

　　夜阑书香久，云深梦更多。一轮新月渡星河，遥望千里步凌波。

　　无酒难言语，凭栏待清酌。星光今夜正如昨，待问前情曾记否？

　　那武青青独守闺中这些年，自从与田国民有了肌肤之亲心上便已割舍不下，这一番你侬我侬、水乳交融过后，便正如袁玉荣所言，一锤定了音了，自然是全身心都在田国民身上了，心中思念更加缠绵。收到田国民的信息随即便回了一条信息过来：

　　　　三生有约

　　君问前情事，托腮凝神忆。依稀三生石间嬉，几经几世魂魄系。

花落飘无痕，凭栏又独倚。似曾青枫浦上觅，关山万里芳心寄。

田国民看了恨不得即刻便将武青青接到东北完婚，再不分开。但武青青放不下眼前的工作，生怕到了东北便如邢晓丹所说：成了笼中之鸟，从此失去了自我。因此一再推托，只不肯结婚。搞得田国民日夜煎熬、度日如年。

到了七月下旬，"非典"的疫情总算是宣告结束了，各行各业又开始运转起来，田国民压了许久的马来西亚之行这才得以动身。到了酒店，第一件事便是给武青青报平安：

红豆生南国，榴梿甜杀我。

征尘羽未洗，傻帽想老婆。

武青青看了不由哈哈大笑，也回了首打油诗调侃道：

南国相思豆，盛夏已发臭。

还不速速洗，傻帽谁人理？

那田国民时至今日方才真正品尝到恋爱的滋味，之前不过是单相思罢了，因此对武青青是日夜牵挂，寝食难安，出差一共没几天，天天晚上国际长途一打便是一个多小时，挂了电话想想方才净说企业管理的事了，尚不曾论及私情，还要再补条信息过去：

> 雅韵诉春秋，大马勿忘忧。
>
> 夜深寄私语，碧水涤清愁。

武青青自然有话回复：

> 盛夏莫言秋，凭栏独自忧。
>
> 望断天涯路，私语添离愁。

想想又故意调侃道：

> 梦里马来游，见君乐忘忧。
>
> 南国繁华地，记否故人愁？

田国民赶紧辩解道：

> 万里遥思醉知春，马六甲水荡我魂。
>
> 南国风光娇百美，不及故土一佳人。

田国民躺在床上辗转反侧难以入睡，又不敢再打电话怕吵醒了武青青，只好编条短信发过去，留着她明早再看吧——

> 风萧萧南吹，浪叠叠北催。
>
> 爱悠悠故土，情愁愁无睡。

好不容易睡着了，却又与武青青梦中相会；醒来见天色尚早便又发了条信息过去：

关山万里一梦杳，人陶醉。春色满园，纵万笔怎生描？

金顶海峡，云山雾水浪滔滔。似梦化蝶，庄生否？

武青青早晨开机便看见了田国民发的一堆信息，躺在床上便回了一条过去：

思思想想复念念，叹叹嘘嘘还怨怨。

水水山山阻迢迢，期期盼盼望见面。

其实没有武青青的召唤，田国民原来也打算从马来西亚直飞南京的，此一番见面，比从前又大不相同，两人更加缠绵缱绻。田国民又再三提出结婚之事，武青青终于同意来年结婚，田国民虽然心里恨不得马上就带着武青青一起回东北才好，但表面上还是假装慷慨道："行。你说了算。明年就明年。那我们就明年十月份，国庆节，你看怎么样？东北的秋天最美了，各种瓜果全都上市了，满山的红叶，真的是美不胜收；让瑶瑶给你设计一套金色的礼服。"可是刚一回到东北田国民就后悔了，现在才是夏天，明年秋天可怎么熬？！于是便又电话里商量是不是改成明年春天："五一怎么样？东北的春天最美了，漫山遍野的花都开了，让瑶瑶给你设计一套粉色的礼服。就像我第一眼看见你的那套，怎么样？"不管田国民在电话里怎样争取，时间还是一天天流逝，转眼便到了中秋。这月圆人不圆的时刻，对于情人而言最是不堪。可怜田国民只能左一首诗右一首诗地发给武青青聊以自慰，也希望能以真情打动武青青早日北上。

> 岁岁仲秋与心违，草木枯黄雁南飞。
>
> 为驻春光入画卷，无奈美景眷斜晖。
>
> 熟视红叶追风去，化作相思淡淡飞。

发出去以后又觉得方才韵脚用了两个"飞"字，似乎不甚好。苦思冥想又写了一篇发过去：

> 又到红叶追风处，金秋连天连意绪，雁声远向江南渡。
>
> 只恨前缘，生地两殊途。企盼佳节传佳讯，顿解天涯咫尺苦。

十五晚上，原本皓月当空，繁星点点，不想吃着饭竟变天下起雨来，田国民陪常桂生吃了晚饭，也无心多坐，自有单玉田等人陪老太太说笑，自己一个人回了宿舍，进屋看见多宝格前放着的椅子，便想起那日武青青坐在此处，自己死皮赖脸地要做她男朋友，不禁笑了起来。到外间铺开纸墨，提笔写道：

金秋怕见今又见，雨愁风怨，水逐流红去。怯寒思绪江南隔，阵雁南飞寄思绪。

尘海悲欢，遥隔千里，知音知己难相遇，前缘尽误今生续。无尽相思，哽咽难成句。

写完自己读了一遍，竟情不自禁地湿了眼眶，编成短信发给了武青青。

中秋节武青青的姑妈叫她一起吃的晚饭，武青青一向与姑妈比较亲近些，姑父怜她幼年丧父，对她也是十分关切，但武青青不愿意打搅别人，轻易也难得登门。席间她犹豫再三还是将田国民的事情大致说了一下，不料姑母全家反对，一则是都认为实在太远了，万一有个什么事就只能独自面对；二则是一旦远嫁东北无疑就要放弃眼前的一切，到了那边自然是时时处处都只能依赖田国民。金陵女中毕业的姑妈道："姑妈活了七十多，白头到老寻常事，恩爱百年从未见。你这一去东北自然是去投奔那个小田，但是男人嘛，他追你的时候他是作为一项任务来完成的，所以不达目的不罢休，等结了婚了，他自然就觉得大功告成，可以松口气了，他该去完成别的任务了。这都很正常。但是你在那边举目无亲，他若是冷淡了你，你的日子就难熬了。"见武青青默然不语，姑妈也不好深说，只劝她千万三思而后行。两个表姐也劝她不要冲动。

武青青独自一人回到家中，看了田国民的信息自然也是心下难过不已，便回了条信息过去：

月朗星稀夜，秋蝉鸣切切。

无言当风立，忍叫心摇曳。

遥念龙城客，天涯共此月。

谁知田国民的办公室里只要亮着灯便是访客不绝，只因他多年单身人所共知，有的是赶在晚上无人之时有私事求他，有的则是想他一个人寂寞无聊好心过来陪他；中秋晚上也自有社会上的三朋四友过来寻他，因此田国民听见外头有人来了，便赶紧掩起纸张出来待客，几人聊得兴起，吩咐值班的保安弄了点吃的，又喝了一顿，这一喝竟喝高了，一觉醒来才看见武青青的信息。忙回信解释说昨晚和朋友喝多了，武青青很快便回了条信息过来：

恹恹方睡起，慵慵懒梳理，寂寂对面椅，伊人在哪里？缕缕相思意，绵绵孰与比？

酒色阑干处，将奴早忘矣！似这般暮寻愁、夜含忧，晨起怅怅甚来由？何处是尽头？

　　田国民先只以为武青青不过是撒个娇而已，又细细品了品，觉得不大对劲，看她语气中似有厌倦之意，不由得心中发慌。正束手无策之际，便有机缘送上门来。

第三十回

张灯结彩　田国民娶意中人
笑逐颜开　常桂生赠传家宝

原来是田国民参股的紫砂厂所在的区县新上任的领导新官上任，想做点业绩，打算到南方招商引资去，想让田国民设法牵个线、搭个桥，田国民闻言灵机一动，立即便满口应承了下来，随即给武青青打了个电话，请她帮忙联系张罗此事，那武青青也是个工作狂，听说此事，便将那些个小儿女私情皆抛到了九霄云外，一门心思开始帮田国民联络紫砂项目招商事宜。一番折腾，几方协商，定了十二月十八日在江苏宜兴正式开幕。

田国民理所当然地打着前期筹备的旗号提前几天到了南京，见了武青青白天装出一副举目无亲全靠她的样子，看着她忙碌，心中怡然自得；晚上极尽温存，软磨硬泡劝说武青青早日完婚，武青青嗔道："不是说好明年'五一'的吗？"

"是。可是我们东北人都讲究娶个媳妇好过年。"田国民拥着武青青嬉皮笑脸道，"小生这条命啊全在卿卿手上了，我反正是熬不过年去了！"

武青青道："马上就要年底了，我可不想现在辞职。"

田国民听她语气中有松动之意，忙笑道："明天就辞职吧，年终奖我给你发。跟我一起去宜兴，然后一起回东北。"又可怜兮兮道，"如果你明天不跟我一起去，我真怕自己张罗不过来呢！怎么办呢？"假意起身要打电话，"我还是赶紧调几个人过来吧，省得到时候措手不及。只是他们来了还不如我，一样是人生地不熟，只好捧个人场罢了。"武青青看他皱着眉头一脸犯难的样子，心下不忍，只得叹了口气道："好吧，我明天请假。"田国民就等着她这句话呢，禁不住笑开了花。

那招商的领导也是个性情中人，与田国民私交已久，此次见了武青青，悄悄问了田国民情由，便存心要促成此事，招商大会结束后，庆功宴直接让手下的人布置成了婚礼现场，搞得武青青措手不及，又不好当众翻脸，竟糊里糊涂把个婚宴给办了。事到如今，武青青也只能顺势而为，带着田国民在姑母家见过了母亲，家人见她这样知道反对也不中用了，再看田国民待人接物颇有章法，倒也不是庸碌之辈，心下稍安。田国民让办公室的秘书紧急整理了户口簿等物快递到南京，趁热打铁和武青青领了结婚证。又与武青青的姑母等人商议婚礼事宜，青青妈担心查南平在婚礼上说出什么不中听的话，便有些犹豫，武青青的姑母心知肚明，便建议他们最好是去东北举行婚礼，毕竟将来是在东北居家过日子。此举也正合田国民与武青青的心意，于是田国民自回东北筹措正式的婚礼事宜，武青青在家办理辞职，处理家中事宜。

武青青将自己的小家托付给姑母家的表姐照看，诸事安排妥了，这才去找魏瑶瑶。魏瑶瑶一听瞪大了眼睛，惊道："太突然了！这怎么就一百八十度大转弯了？"想想又不禁笑道，"我自己这段时间也净忙着谈情说爱了，啊呀！我这是错过了多少好情节呀？！对了，我给赵亮致个电，问问他要不要干脆我们一起结婚好了，更热闹。"

"一起当然好，但是婚礼在哪儿举行呢？"

"当然是金陵饭店喽。"

"我说的不是这个。你想你舅婆现在人在东北，不管是你还是我，结婚她不可能不到场啊！那是让她凑我们呢？还是我们去凑她呢？"

"对啊！"魏瑶瑶连连点头，"但是去东北赵亮未必愿意啊，他去东北结婚算怎么回事啊？说不通啊！"没想到魏瑶瑶和赵亮随口一说，赵亮竟毫不犹豫地便答应了。其实赵亮本是二婚，也没打算在南京怎样大办，可是又怕魏瑶瑶不高兴，正为难呢，恰好此时魏瑶瑶提出此事，赵亮求之不得，立刻顺水推舟，做了个现成的人情，又主动提出不单张国华的往返机票都由他负责，连武青青的姑妈、姨妈、亲妈和表姐等人的机票他都一并订了，田国民闻讯哪能同意？赵亮便与田国民在电话里约定，江苏这边所有亲戚的往返田国民不必操心，等自己到了东北只做个现成的新郎官，诸般事宜皆由田国民负责。两人虽未谋面，却已甚是相投。那查南平到此时也不知武青青究竟嫁了个什么人，只知也是个打工的，因此他也没兴趣大老远地跑到东北去参加什么婚礼，青青妈心里也最好他别去，便带着儿子查晓白一起去了。

田国民要结婚，喜坏了常桂生，家里的亲戚她都亲自打电话挨个儿通知，张得宝年岁已高，说是东北太远，将礼金委托张国华带到，人就不来了；田卫青苏北老家的亲戚都嫌路途遥远，要将礼金寄给常桂生，常桂生哪里会要他们的钱，接受了祝福也就是了；常启东接到电话人虽未到，却寄了一大箱子的金丝燕窝过来作为贺礼；常桂联家几个儿女条件都不错，但都忙得不可开交，于是便都寄了贺礼过来，人便不来东北了，只等来日无锡相见再当面祝贺了；另有北京常启霞的几个儿女派了小妹常雨烟做代表答应前来参加婚礼。常桂生自己则天天爬到六楼两三趟，督促工人的装修进度，本来东北这个时候根本没人施工，但田国民一心想赶在年前结婚，因此让工人加班加点，不惜一切代价。说什么天寒地冻不宜施工，到底是重赏之下必有勇夫；腊月初五前一切准备就绪。

　　常桂生特意让单玉田查了日子，腊月二十七便是个上上大吉的日子，赵亮一行也定了腊月二十五出发，一群人浩浩荡荡到了东北。虽说是草木皆枯，但一片白雪中，远远便看见鼎新大院内外张灯结彩，院子里从办公楼楼顶斜拉到院墙上，密密麻麻挂满了红灯笼，各处通道皆用大红灯笼悬成了通道的轮廓，甚是喜庆。

　　婚庆现场自有袁玉荣张罗，但常桂生不愿意酒店吃完回到家冷冷清清，正好文秀梅的侄儿媳妇是市评剧团的演员，于是文秀梅与常桂生商量，请剧团来唱三天大戏，反正鼎新的食堂地方大得很，于是从二十六晚上吃了暖房酒，头本大戏《花为媒》便开场了。鼎新大院敞开大门，附近的居民也都闻讯前来看戏，大院内外热闹非凡。本来常桂生、文秀梅等人都爱的是锡剧、越剧、黄梅戏之类的南方戏，但图的是个热闹，唱什么并不重要，喜庆、应景就行，况且那评剧在北方戏中也还算是婉约。

魏瑶瑶替自己和武青青一人赶制了一套纯白的婚纱，赵亮又替她俩一人买了件大红的裘皮大衣，还带了自己单位企划部的照相、摄影人员过来现场录制，两对新人，羡煞旁人。

张国华与青青妈本来是两下里的邻居，这一来竟成了亲戚了，而且还差了辈了，待客人散尽，张国华笑道："啊呀，这往后可怎么称呼呢？"

常桂生道："该怎么称呼就怎么称呼呀，这是真亲戚，不能乱来。"

魏瑶瑶笑道："我叫了青青这些年了，我可不喊三舅母哦。"

袁玉荣笑道："舅婆，你常说要老不问少事，你就别管那么多了，由着我们怎么顺怎么来吧。"

"你以为我不知道你想什么呀？难不成让青青还叫你二姐？"常桂生不快道。

"嘿，你老人家可别冲着我来了！"袁玉荣笑道，"我可不敢，我能叫三舅自然就能改口叫三舅母。"袁玉荣说着便冲着武青青故意恭恭敬敬地鞠了个躬笑道，"三舅母好！"武青青被她这么一叫脸"刷"地便红了，袁玉荣见状笑道："这是头一回，多喊几次就习惯了。"又转脸对魏瑶瑶说："我看二姨和瑶瑶，舅婆你就别逼她们改口了，习惯了就全顺了。"

常桂生想想也是，其他人本不相识，怎么喊都不过就是舌头打个滚罢了，只有张国华母女和武青青母女早就相识，这一时间要改口确实也难，只得无奈道："你们在我面前反正不能乱，离了我眼面前那我也管不着了。"众人大笑，称呼照旧，其实也就是张国华母女有些为难，其他人与武青青本无瓜葛，根本也没什么为难的。至于赵亮，依旧和武青青、田国民直呼其名，大家反而自在。

及至夜深人静之时，张国华这才悄悄告诉常桂生，那赵亮不单有个儿子，还有个女儿，比儿子还大几岁。常桂生闻言大惊，想要责怪女儿听之任之，又一想瑶瑶那性格，谁又能拦得住呢？！不由得长叹道："唉！都是命啊！将来有气生哦！"

话说那赵亮是个极心细的人，他冷眼旁观，发现武青青的小弟查晓白十分腼腆，时常一个人孤零零地站着无所适从，他便刻意对其多加关照，时时招呼他与自己一处，晓白心中十分感激。那田国民在东北日久，言谈举止皆是东北人的做派，粗犷得很，虽然也是行事十分老到之人，但此刻忙着张罗婚事，心里又时时牵挂武青青，因此并未十分在意其他各色人等；对查晓白也就并未留神，以为自有田国庆等人照顾。所以婚礼结束，查晓白与母亲私下里议论皆以为赵亮更好，不免慨叹姐姐竟与赵亮无缘，回家对查南平说起，查南平这才知道原来武青青嫁了个老板。查南平这等人爱的是钱，怕的也是钱，觉得武青青这回真嫁了个老板，反倒不敢啰唆了，怕惹得田国民不高兴，万一真有个事便没人伸手相助了，从此反倒安静了。只是时时忍不住还是要唠叨几句，埋怨武青青嫁得太远，天好地好，家里人一分钱的光也沾不着。好在赵亮帮查晓白置了个工作，算起来也是田国民家的亲戚，查南平也总算是安生了。这都是后话了。

　　魏瑶瑶一行过了正月初五才回了江苏，田国民和武青青也跟着一起回了趟江苏，去给田卫青上个坟，以告慰亡灵。顺便去看了看武青青的娘家和姑母家，第二天便回了东北。当天晚上陪常桂生一起共进了晚餐，饭后，小夫妻两人陪老太太坐着聊会儿天，常桂生看那武青青是越看越爱，东拉西扯说不完的话，田国民几次想要拉着武青青起身告辞回自己的小家去都被常桂生打断了，武青青是刚过门的新媳妇，当然更不好主动提出要走，两人皆心不在焉地陪常桂生有一搭没一搭地说着话。偏偏常桂生心里高兴，话也多，陈年旧事都翻出来说给武青青听；说着说着常桂生突然拍了拍额头笑道："啊呀，人老了，就说有个什么事忘了呢。"说着起身到卧室里翻了好一阵子才出来，手里拿了个蓝布包裹，放到桌上小心翼翼地打开，露出一摞叠得齐齐整整的绣品，"来，青青，你看看，好看吗？"

　　武青青上前拿起最上面的一件抖开来一看，是一条"春满人间"的帐幔，"哎呀！太漂亮了！"武青青用手轻抚着那精美的绣品惊喜地赞叹道。

"下面还有。"常桂生拿手指了指得意地笑道。

武青青轻轻将下面的绣品一一打开，分别是：一对"鸳鸯戏莲"的枕套、一个"天女散花"门帘、一条"岁寒三友"床沿和一床"百子图"被面。"太美了！"武青青忍不住又一次由衷地赞道。田国民也凑上前捧在手上仔细地看了看，点头道："真漂亮！"

"好看吧？！"常桂生抬头看着儿子和儿媳，"喜欢吗，青青？"

武青青笑着点点头。

"我存了好多年了，就等你呢，青青。"常桂生微笑道，"这是我妈替她自己准备的嫁妆，后来给了我——她亲手绣的。"

"是吗？"武青青再一次轻抚绣品，这里面凝聚了当年那位新嫁娘对于未来的多少美好憧憬啊！"太珍贵了！"

"归你啦！"常桂生将包袱往武青青跟前推了推，笑道，"你们年轻人要嫌这个土气啦。"

"怎么会呀？！妈。"武青青忙笑道，"我真的是特别特别地喜欢！我要把它们好好地收藏起来，当传家宝一代一代传下去。"

"好好好。你喜欢就好。"常桂生开心地笑道。

"那我们走吧，回家收传家宝去。"田国民趁机将绣品叠好，"妈你也早点休息吧。"

田国民和武青青回到自己家，武青青将绣品在床上一一展开，又仔仔细细地欣赏着点头赞叹道："真漂亮！"

田国民早已洗完澡出来了，见武青青还在看，笑道："这下咱家有两样传家宝了。"

"两样？"武青青奇道，"还有什么？"

"你等着。"田国民从橱柜里拿出一包白布，武青青接过打开一看，一条普通的床单，只是上面有些干了的血迹，武青青奇道："这什么呀？"

"金陵饭店的床单呀！"田国民哈哈大笑道。

武青青顿时想起往事，满脸通红，娇嗔道："你疯啦？"

"我早跟你说了要拿回家当传家宝的。"田国民笑倒在床上。

"小心点。"武青青忙上前收铺在床上的绣品，"别揉坏了。"

田国民一把搂住武青青，笑道："随他去吧，坏就坏吧。"

　　"不行。你敢毁了我的传家宝，我跟你没完。"武青青挣扎道，"你等一下，我把东西收好，我还没洗澡呢!……"

第三十一回

无可奈何　武青青就职鼎新
规范管理　新总裁出师不利

　　正月初八上班，武青青便也随着田国民到鼎新上班了，她本不愿意到鼎新上班，想出去找份工作，但田国民一再劝说，单玉田也找其谈心，劝她与其出去替别人打工，不如帮田国民一把，又将本地现状给武青青详细介绍了一番，武青青这才明白此处可不是南京城，她把个人资料往网上一挂，自有猎头公司会找到她，在这个地方，鼎新几乎可以说是她的最佳选择了。无奈之下，她只好走马上任。田国民给她安排的岗位是集团监事会主席。这个岗位武青青可不陌生，因此她上班第一件事便是跟财务要报表看，岂知财务经理哪里敢将鼎新的报表拿给她看，悄悄给田国民打了个电话请示，田国民道："无论她要看什么都拿给她。"武青青到此时方才知晓鼎新的真实经营情况，远比自己想的要糟糕得多——负资产八千万。

田国民也捏着一把汗，怕武青青看了财务报表再后悔了，哪怕只是一点点懊恼的表情，对于田国民而言也无疑是致命的一击。谁知武青青看了竟若无其事，田国民摸不准她的心思，故作轻松地试探道："被吓着了吧？"又故意调侃道，"我可是个实实在在的'负翁'啊！"

"我想到这几个企业去看看。"武青青则似乎已全然进入了角色，把眼前的鼎新当成了一个案例了，"光看报表也不能全面了解，又怎么能知道问题所在，更别谈对症下药了。"

"好，过了十五我就陪你先去麻纺厂。"武青青没被吓退田国民就已经在心里阿弥陀佛了，她要下企业那就更加喜出望外了，他心里也很想看看她这个正牌的MBA是个什么样的打法。

"为什么要过了十五啊？明天就去好了，你明天有事？"

"没事，我目前最要紧的事啊就是陪你。"田国民笑道，"你还不了解东北，说是今天上班，没人干活的，这年不过了十五人心都收不回来的。"话音未落就听楼下锣鼓喧天、鞭炮齐鸣，田国民笑道："你看，拜年的又来了。"原来朝阳的风俗，各个乡镇、街道的秧歌队从大年初五开始挨个给各单位拜年，各单位不仅要封红包还要放鞭炮迎接，一天来个三四支队伍是正常现象，来上班的员工都带了瓜子、花生、糖果之类的零食，或趴在窗口，或倚在门口，边吃边聊边看扭秧歌；这个状态一直要持续到正月十五晚上，市里的一场大型秧歌队总会演，所有的秧歌队沿着市内两条主干道游行完毕这个年才算过完。这还是城里，若是乡下不过了二月二那都不算出了年。武青青顿时傻眼了，在南方年后上班正是她忙得脚不沾地的时候，可是眼下除了入乡随俗也别无他法。

初十上午，田国民召开了个集团全员大会，正式将武青青介绍给了全体员工，谁也没想到，一向喜欢拔尖的周常胜竟在这样的会上也要出个头，露个脸；他听了田国民对武青青的介绍，联想起前两次田国民要求下发学习的文章，不阴不阳地开了腔："武总，您不是那什么MBA吗？那您给我们大伙儿说说什么叫作职业经理人呗？我们都是些个山炮仗，不懂这些个洋玩意儿啊！"周常胜故意用山里土得掉渣的方言说道。

众人听他的腔调搞笑，皆忍不住哄堂大笑起来。武青青略瞄了一眼田国民，见他居然也面带笑容，心中便有些不快，但面上却对周常胜微微一笑道："你是谁呀？现居什么岗位呀？"

"我叫周常胜，还没'鼎新'这俩字的时候我就跟着国民了。"其实周常胜平时都称呼田国民"老板"，可他这会儿偏就直呼其名，"我现在是集团副总裁，分管商务。"

"那从现在开始，你就不再是集团副总裁了，什么时候搞懂什么叫'职业经理人'，什么时候到我办公室找我，说给我听，我再根据实际情况建议董事会对你进行合理的岗位安排。"武青青微笑道。其实她心里也知道作为监事会主席她没有这样的权力，但虽然上班才第三天，她就已经看出这鼎新上下根本就不谈什么企业管理的游戏规则的。果然周常胜闻言顿时语塞，望向坐在武青青旁边的田国民，田国民依然不愠不怒地坐着不吱声，会场上顿时一片寂静，周常胜愣了一会儿笑道："好啊，我今天下班回家就好好学习、天天向上去。"

第三天一早，周常胜主动找到武青青，笑道："武总，我这想学习找不到路子啊！你要是有企业管理这方面的书，能不能借我看看呢？"

武青青初来乍到，当然也不想把人际关系弄得太僵，便趁势笑道："我家里有，但是身边却真是没有，我推荐个网站给你，你有空的时候可以在网上看看，也蛮方便的。"

"那可太好了。那就先谢谢啦！"

武青青总算是跟周常胜勉强维持住了双方的面子，好不容易过了十五，田国民带着武青青到了麻纺厂详细了解了目前的情况，回到集团武青青便写了一份报告给田国民，建议田国民将现有的设备统统处理掉，麻纺想打翻身仗是绝对不可能的了，江浙一带不知有多少大中小型的国有轻纺企业都早已经关门大吉了，那些设备再闲置下去就都成废铁了，千万别再当鸡肋存放着了，能当旧设备处理最好，实在不行哪怕卖废铁也尽快处理掉。田国民也早有此意，只是鼎新的一帮高管们一直舍不得，一提处理设备，会议室里便闹闹哄哄吵成一片，因此便一直拖着没动，武青青这一说，促使田国民下了决心。这一处理所得钱财竟将拖延已久的下岗职工的安置问题解决了大半。只这一件事，田国民心中便对武青青钦佩不已，尤其是武青青与自己沟通的方式，田国民第一次见识到了一个所谓的职业经理人的做事风格,有理有据,却绝不喧宾夺主,理由、方案全摆好,只不决策;恪守自己的岗位职责。他的这支队伍和武青青一比,只好算是一群乌合之众,一个问题出来,要么一言不发,都等着他拿主意,要么七嘴八舌,口头说完拉倒,谁也不会傻呵呵地白纸黑字留下把柄的。事成了,人人争功;事败了,人人缩头。责任都是他田国民一个人的,所以田国民也习惯了一言堂,习惯了在众人面前认错,习惯了将主要责任揽到自己身上。可这会子想想觉察出了些不对劲的滋味来了,如此下去,他怎么可能培养出所谓的人才来呢?最终岂不全都集体堕落成人手了?于是一纸公文,改任武青青做了集团总裁,叫她只管放手整顿,自己全力支持。

但是硅灰石矿、石棉矿包括新拿到手的镍矿全都还没开工呢,新年伊始并没有什么具体的事情要做的。可武青青哪里闲得住?便着手制度建设工作,她仔细翻阅了鼎新所有的规章制度,不过几张纸而已,全是些应急的条款,制度建设可以说是一片空白,做制度那是武青青的拿手好戏了,除了企业所需的各项规章制度,武青青还给集团的执行总裁、几个副总裁全都设立了岗位职责，她明知自己设的这些标准有点偏高，鼎新没几个人能符合条件的，但她还是发了下去，她希望现在的人员能看到自己的不足，也能明确自己努力的方向。她将自己做的岗位职责作为范本下发到相关领导手上，让他们模仿自己做的格式，为自己辖下的每个岗位都做一份。另外又做了一本《员工手册》，集团各部门人手一册，这个才是他们眼下便要时时对照执行的，又通知下属矿山，根据实际情况，矿长牵头给本矿做一份《员工手册》，统一报给她审阅。本来矿山上要到三、四月份才算真正有事可干，以前没有正式开工之前，留守值班的矿干部们不过是点点卯、唠唠嗑，喝点小酒，偷偷地要两个小钱，这一来可都把他们忙坏了，全都是大姑娘上轿——头一回呢。连同集团各部门又何尝有人搞过这一套？也全都忙乎起来了。田国民一心想要打造的学习型组织，这回武青青一纸公文可算把全员都给逼上梁山了，不学也得学了，不会的临时抱佛脚上网现查也得弄。

往年正月里往鼎新的大院里一站，办公楼里静悄悄的，没几个人，家属楼那边的人倒是川流不息，全都偷偷轮流溜到家属楼里赌钱呢。田国民也是睁只眼、闭只眼，反正坐在办公室也是耗时间呢，由他们去吧。他自己往年初六之前也是要跟员工一起耍耍的。今年这情形与从前大不同，每个人进进出出全都一副忙忙碌碌的样子，田国民不禁对武青青笑道："这笔买卖我可赚大发了。"

"什么买卖？"武青青不解道。

"娶了你呀！"田国民笑道，"本来以为是挖了个金矿呢，没想到居然是个钻石矿啊！"

"什么乱七八糟的？！"武青青嗔道，"你怎么这么俗啊？真是个商人！"

"好好好，我俗我俗，你高雅就行了呗！"田国民走过来拥住武青青，想要亲她，武青青推开他笑道："你疯啦？大白天的在办公室哪！我回办公室去了。"武青青的办公室在田国民楼下，"不行，让我亲一下再走。不然我就去你办公室。"田国民笑道。……

武青青一门心思想把鼎新理上正轨，也选择从财务先入手，她看见会计捧上来一大堆白条头都大了，其中有不少都是田国民承诺给员工的各种福利，她仔细翻看了几遍，发现刘胜利名下有两张十八万的白条，便把财务徐经理叫来一问，原来是田国民答应：凡退出家属楼的，三室的给十八万，两室的给十二万，补贴他们到市区内自行择房，刘胜利最早领走了十八万，却并未退房，过了年把又找田国民签了张白条，依旧是十八万挂在账上，武青青拿着两张白条去找田国民，田国民这才知道刘胜利跟自己耍了滑头，便让武青青取消了这第二张白条。财务自然要将此事通知给刘胜利，刘胜利心中怨恨不已却又自己理亏，只得憋在心里拉倒。

武青青看见财务拿来的凭证里有一大包单独封存的东西便拆开来一看，全是白条，有许多看着像是超市里的购物小票，但是时间太久了，小票上的字早都磨灭了，什么也辨认不出来了，一问，原来是当初严守才外派美国时的五十万美元的账目，会计老王和徐经理见武青青问得仔细，又明显感觉到她是一心想将财务理顺，自然大喜，这天下哪有财务人员喜欢管一摊乱账的呢？除非别有用心者。因此十分配合，将当年这五十万美元是如何支出去的陈年旧账都找了出来拿给武青青看，武青青看了各种借款的理由，便让财务按照当时这些理由找严守才，看有哪些是有发票的，哪些实在没有发票的写个说明作为背书吧。岂知严守才早已将那些正式的发票入过账了，这一堆白条不过是想浑水摸鱼罢了，如今听说武青青要查旧账，心下发慌，写了张请假条找到田国民，声称工作压力太大了，要请三个月的长假调整一下。此时的严守才正挂着鼎新行政副总裁的职务呢，武青青前不久刚安排他做行政这条线上的岗位职责呢，这会子突然提出休假，显然是要撂挑子，气得武青青让办公室秘书提醒他先看看《员工手册》的相关规定再决定是否请假，上面明确规定请假超出三十天的，企业不为其保留原岗位，复工后根据实际情况酌情调整。

那严守才可能是喝了两杯了，满脸通红，拿着《员工手册》冲到田国民的办公室，正好武青青也在，正坐在田国民办公桌前的椅子上呢，严守才当着武青青的面将《员工手册》和一封辞职报告拍到田国民的办公桌上。田国民早已知道了严守才的事，见他要辞职便慢悠悠道："什么意思？"

"老板你另觅高人吧。"严守才一句话出齿竟掉下泪来，两手撑着田国民的办公桌，仰面朝天想要控制一下自己的情绪，长叹一声："唉！"眼泪止不住顺着脸颊流了下来。武青青一见，顿时吓傻了眼了。她想象中的东北男人那都是流血不流泪的铮铮男儿，她再没想到自己只是让严守才将账目交代清楚，居然把他伤成这样！

　　严守才原本以为田国民或者武青青肯定有一个会出言挽留自己的，没想到两人皆没吱声，这一来严守才骑虎难下，第二天也没办理任何交接手续便不来上班了。

　　严守才这一闹，吓得武青青也不敢多事了。她这才明白为什么这么显而易见的问题财务却只是把那些白条封存起来，堆在一边，并不是财务人员无能，更不是自己有多能，只是除了她这个外来者，谁也不想去碰这样的烫手山芋。但是已经下发的规章制度是必须要执行的，这就又惹着了老孟了。

　　原来武青青看鼎新穷成这样，整天借贷度日，可是从上到下还全都挥金如土，于是便打算从细节抓起，规定没有紧急事情不允许打车，只能乘坐公交车或骑自行车外出办事，以她的想法：这地方这么小，骑半个小时自行车全城都逛遍了。她自己也以身作则，方方面面皆以勤俭为要，如今她每个月的工资只有两千块钱，田国民给自己开的也是两千元，用他的说法是左口袋掏到右口袋的事，干吗做那么高？反正家里的水、电、气都是和办公楼连在一起的，武青青从年薪十万外加年终奖一下子变成了两人加起来四万八，再加上东北人和南方人的行事风格大相径庭：武青青原先的单位同事下了班便各自散去，很少联系，而鼎新的员工则是工作、生活全都纠缠在一起，哪怕是刚来不到一周的新人家里有个红白喜事的，也必然是要挨个同事邀请的，被请到了自然也不好推托，肯定要去捧个场，既去了，礼虽不大，但二百元打底，这会儿的武青青的身份可是老板娘了，少于五百那是绝对拿不出手的，若是在企业内部有个一官半职的那更是一千元起步价了。于是结婚的、生孩子的、孩子百天的、孩子结婚的、孩子升学的、老人去世的、老人过周年的，还有老人过三周年的，虽说普通员工有事倒也未必敢来邀请武青青，但鼎新一向官多，中高管便有二三百人，再加上田家牵牵扯扯的亲戚们，可以说几乎每个月至少遇上两三件诸如此类的事情，有时一周都能有个三两次的，武青青手里那两个钱哪里还敢乱用，又不好意思开口和田国民说钱的事，而田国民呢？他自己倒也并无其他要花钱的爱好，他喜欢古玩，看中了自有办公室的秘书负责替他交易，他自己对于具体的钱是根本没什么概念的，因此在他心目中，如今是有事谈事，没事便和武青青谈谈情，腻歪腻歪，企业的经营现状虽无起色，但这鼎新大院却当真是自己的人间天堂呢！他哪里会想到武青青如今超过二百块钱的衣服都舍不得买。不过好在这地方也没几件衣服能入得了武青青的眼，而且武青青现在两点一线，大门都难得出一回，何况此处和武青青原先工作的环境也大不相同，也没那么多人可攀比，就算是攀比，武青青从南京带来的一堆衣服也足够领先潮流至少五六年的了。

武青青再没想到就打车这么一件小事居然还触动了某些人的利益。老孟来到武青青的办公室，武青青平时和他并无往来，知道他是麻纺的元老，见他来了自然客客气气地请他坐了，那老孟大喇喇地往武青青的对面一坐，大腿跷起二郎腿，边抖动边不急不忙道："武总，你这个关于不能打车的规定我可执行不了啊。"

"为什么呢？"

"我出过车祸，腰受过伤。"

"怎么？是工伤吗？"武青青随口问道。不想这话恰触到了老孟的痛处，当初报销医疗费用的时候严守才等人就看不惯他拿一堆生活用品来核销，曾经嘟囔过这又不是工伤，已经按照工伤待遇执行了，还不知足之类的话，这会儿武青青又问同样的问题，老孟便以为武青青是存心叫他难堪，好在屋里并没有第三人，老孟压着心里的火，想到武青青身份特殊，愣了一会儿放下腿道："确实不是工伤，但当初老板答应按工伤处理的。"

"哦，那这样吧，你把你每个月打车的票据存好，在票据背面按财务规定写清楚从哪到哪的，一个月让办公室的秘书帮你核销一回，让他们帮你找董事长签个字。可以吧？"

老孟本是鼎新的执行总裁，原来别说他自己的打车票了，家里的各式车票，其他各种杂费全都是他自己签完字，到财务走个形式便报销了，现在武青青弄出这一堆签字审核的手续来，自己的车票还要拿给老板签字，真他妈的烦死了！老孟觉得自己的肺都要被武青青给气炸了，却又只能装作若无其事的样子爽快地答应道："行。就这么着。"其实老孟本是国企管理者出身，岂有不明白管理制度与流程的重要性的？但这些年来自由散漫惯了，再上紧箍咒自然是不畅快了。

其他的高管也都大同小异，武青青的每一项制度正式下发之前都是事先发给他们看过的，也专门开会讨论过，每个人看了都觉得言之有理，都认为鼎新再这么下去的确不行，必须得上纲上线地好好地归置归置了，可是每个人在内心深处又都希望自己是特殊化的那一个，所有的制度都是用来管理别人的，最好是能借这些制度收拾一下自己平时看着不太爽的那些家伙才好。

果然就有人来汇报给武青青，说周常胜严重违反考勤制度，管不管？考勤制度是每个企业最基本的管理制度，如果是一家高速运转的企业是根本不需要谈什么考勤制度的，这也正是田国民为什么会让一部分人不受考勤制度的约束而采取的不坐班的工作方式，他的本意是想仿效一些现代企业的做法，希望高管们不为所谓的上班时间所约束，积极主动地做好各自的本职工作；因此鼎新很久以来所有的高管都没有考勤的概念，想几点钟来便几点钟来，想几点钟走便几点钟走，甚至于想哪天来便哪天来，但岂知绝大多数人在失去监督和约束的时候，很少有人还能管好自己的，更关键的是鼎新眼下又没什么忙得不可开交的业务，因此不少高管的自由工作时间可就只剩下"自由"了，办私事的还算说得过去的，好歹还能编个上得了厅堂的理由，那聚众赌博的可就无话可说了，只好信口雌黄瞎编各种由头，可是一个没有业务的企业又能编出什么样的外出办事理由来呢？于是周常胜连续编了几次去工商局的借口很容易就被戳穿了，有他的对头安排人用了当年田国民的招数，把他在赌场的对话录了下来，拿到武青青跟前。武青青听了自然不能不管，按规定罚款之外还发文通报批评了，这一下可把周常胜给惹毛了。拿着发文直接冲到田国民办公室，振振有词道："咋的？这不要我们坐班不是你在会上亲口宣布的呀？咱这鼎新这是咋啦？改朝换代啦？到底谁说了算啊？"

田国民冷冷道："你就说有没有冤枉你吧？"

周常胜被呛得无话可说，憋了一会儿道："多少人私下找我想拉我跳槽呢，我都是念着咱多年的情分，始终不动心。"

"那就是说你现在动心了呗？"田国民眼神凌厉地看着周常胜，"啥时候给你送行？定好日子通知我。"

"哎，老板。"周常胜轻轻拍着田国民的办公桌，换了一副语重心长的口气道，"你是当局者迷啊，那我们是旁观者清啊，你这是严重的重色轻友你知道吗？"

"扯淡！"田国民不屑道，"这事要是换了别人，你头一个就得拍手叫好。你信吧？"

周常胜和田国民对视了一会儿，自我解嘲地笑道："好吧，就算我是为武总立威做出贡献了，拿我开刀吧。"说罢悻悻而去。周常胜的办公室和武青青一个楼层，经过武青青办公室门前，看见门虚掩着，周常胜便推开门，本来想把自己配合立威的话当着武青青的面酸溜溜地再说一遍的，但伸头看看，武青青不在办公室，室内有两盆凤尾竹养得甚是茂盛；周常胜看了看，回到办公室给秘书打了个电话："去，立刻、马上去给我买两盆花来。"

"买什么花？放哪儿的？"秘书问道。

"你到武总办公室看看去，和她那个一样，必须比她的大。"

周常胜端详着自己办公室里新买的两盆凤尾竹，心情这才稍微平静了一点，仿佛这才总算舒缓过一口气来。

这事很快便传到田国民和武青青的耳朵里，田国民担心武青青和周常胜针锋相对，赶紧把她喊到自己办公室，笑道："周常胜买花的事你听说了吧？你千万别跟他一般见识，他就是一介武夫。"

武青青淡淡一笑，不置可否，"还有别的事吗？"

"没了。"

"那我走了。"

"等一下。"田国民说着走过来，"我们不是说好的吗？哪怕一天见一百次面，每次分手时只要没有外人在，都必须要亲一亲、抱一抱。"田国民说着抱了抱武青青，在她额头亲了一下。武青青微微一笑，便下楼去了。回到办公室，武青青独自坐在办公桌前，忽然有种心累的感觉，她再不想随便去管鼎新这伙高管的闲事了。正好石棉矿开工了，武青青便打算去看看，她想下面企业肯定要比集团这些整天耗办公室的人要简单务实得多了。

第三十二回

勠力同心　　终盼得镍矿启动
百折千回　　却迎来硅矿械斗

　　田国民听武青青说要去石棉矿，便腾出一天的时间陪她一起去。李守合等矿领导听说老板和老板娘都要来了，赶紧将办公室各处都打扫得干干净净，岂知武青青并未在办公室里停留太久，她和田国民有着同样的习惯，必到生产一线走一遭，田国民留在办公室里和龚尧西等人说别的事，李守合等人将武青青领到上次常桂生看的巷道口，象征性地转了一圈便打算回办公室，武青青却坚持要进巷道，李守合等人皆有些为难，只好说井下潮湿，不好走，谁知武青青是有备而来的，从后备厢里拿出胶鞋换上，一行人只得进了巷道。走了大约有四五百米的坡道，遇到一个岔道，李守合道："武总，这条巷道有几千米深呢，咱们就看看一号井吧，其他的都一样，而且别的井口都停着呢。"武青青看那铁轨蜿蜒曲折，一眼根本望不到头，便点头同意了。

于是李守合领着往岔道里走了有一二百米，指着头顶的一个大洞说："这个上面就是作业面了。"武青青抬头一看，两米多高的顶上有根绳索从洞口垂下来，从洞口里传来叮叮当当的打击声，武青青便想到作业面看看，李守合笑道："那可不行，没路！都只有这根绳子上上下下呢。"

"那你是怎么上去的？"武青青问李守合。

"那咱就是干这个的。"李守合笑道，便在武青青跟前卖弄精神，两手攀住绳索，两脚蹬着岩壁，三下两下便爬上了作业面。武青青一看，随即便学着他的样也攀着绳子往上爬，吓得上面的李守合和下面的随行人员嚷成一片，又不便伸手扶她："哎呀妈呀，可了不得！"

"武总啊，你可小心着点儿啊！"

"武总，千万手抓牢。"

"脚蹬实了，脚千万要蹬实了再迈第二步。"李守合在上面大声嚷道。

"……"

武青青在一片惊呼声中爬上了作业层。

所谓的作业层才是矿藏所在的层面，层高不过一米三四，采空处用废矿石重新填实，以免塌陷，所有的工人全都或坐或跪着在手工凿矿石，武青青也是头一回下到矿井，不由得担心道："这地方安全吗？"

这井下自古以来就是男人的世界，从无女人下来过，因此不单单是李守合，连作业的工人们都振奋不已，听见武青青问话，众人皆笑了，李守合捡起一块矿石砸了几下岩壁笑道："安全。你看，杠杠的。"又大声对井下作业的工人道，"老板娘看大伙儿来了。"

"老板娘好。"工人们七嘴八舌地笑道，"放心吧，老板娘，我们天天待在这儿，杠杠的，绝对安全。"

武青青闻言也笑了，她喜欢听他们说土得掉渣的东北方言，仿佛听着赵本山的小品，伴随着这些一线的工人们布满尘灰的脸，听着就觉得特别踏实。一样的大碴子味儿，而办公室那伙人说时在武青青听来却总觉得透着一股子油滑。武青青弯着腰往前又走了几步，见头顶上有个大洞，李守合介绍那是通风口，也做提取矿石的竖井。武青青一直走到了作业面的尽头，又返回还从入口处攀着绳索下了巷道。回办公室路上，武青青详细问了李守合此处的产值、产量、人员配置以及人员薪资状况。到了办公室又将财务账目调出来细细看了。

　　回到集团第二天便打了个报告建议将石棉矿停产，完全没有继续开采下去的价值了，与其这样苟延残喘，还不如将这支成熟的采矿队伍放到更有价值的地方去。

　　武青青与田国民又一次不谋而合，田国民昨天与龚尧西等人刚商量近期要将镍矿开动起来，还愁着人员调配不开呢；武青青这一提，恰提醒了田国民了，干脆关了那眼下不过是用来充门面用的石棉矿，将一班骨干陆续调往镍矿得了。

　　镍矿开工当天，李守合买了挂鞭炮，"噼里啪啦"放了一通，田国民自己开车带着武青青到了现场。现场在图纸标注的品位最高处挖了个小坑，坑口担了截树干，树干上绑着个小小的滑轮，有两个工人在坑内拿铁锹挖着土，将土盛了装在一个柳条编成的筐里，用绳索拉了上来，李守合伸手将柳条筐提了上来，田国民蹲下身用手拨弄了几下提上来的矿土，他的心中充满希望。

　　"老板，晚上要不要一块儿吃顿饭啊？"李守合笑问。

　　"你们几个去吧，我就不去了。"田国民从口袋里掏了一千块钱递给李守合，"好好吃一顿。"

　　随着镍矿的开工，资金的需求成了当务之急，田国民联系了两家有合作意向的单位，一家也是民营企业，但主业是做化工的，老板自己也完全不懂矿山，之所以愿意投资，只不过就像是许多买股票的小散户一样，感觉还行，碰个运气罢了。另一家倒是老牌的镍矿企业，因为生产原材料日益枯竭，需要寻找新的资源，只可惜是家国有企业，各种程序无比烦琐，技术人员到鼎新来考察了无数趟，迟迟没有定论。田国民等着用钱，急得如同热锅上的蚂蚁，开了几次会，鼎新的高管们除了武青青，其他人一致认为和民企合作干脆利落，唯有武青青觉得应该和国企合作，她的理由是："我们需要的不仅仅是钱，更需要技术和生产管理经验。"但是鼎新现在根本等不及国企的左审右核，武青青也只得保留意见。于是鼎新的镍矿与辽东的一家化工企业正式合作，对方随即便打了三百万投资款过来。然而三百万元对于矿山开发来说，实在是杯水车薪，没过多久镍矿的财务便又一次陷入困境，对方也是民企老板，而且只派了个财务总监过来，其他人员皆是鼎新配备的，当然不肯轻易再追加资本，所幸田国民一直未断了和吉林国企的联系，几个国企派来的技术人员田国民更是在他们身上做足了功夫；

让武青青亲自陪他们以及他们的家属吃好喝好玩好。武青青本不愿意干这样的事，但事到如今，总不能不支持田国民的工作，也只得硬着头皮奉迎。

也是机缘巧合，田国民新结识了深圳一个做金属废料的袁姓商人，这家伙每年通过倒腾各种金属废料获利颇丰，听他介绍那些买他手里废料的厂家基本上都是通过冶炼再重新提炼一遍废料中的金属来获利，田国民便有心也通过冶炼来提高自己镍矿的品位，深圳的袁老板看了田国民的镍矿，感慨道："哎呀，田总啊，你这是捧着金饭碗讨饭啊！咱俩合作搞冶炼怎么样？"田国民当然求之不得，于是袁老板拉来一支冶炼队伍，田国民把之前在木器厂隔壁的早已停产的紫砂厂改造了一番，一个镍矿加工厂便正式上马了。经过冶炼的镍矿石品位立刻发生了天翻地覆的改变，从原来的2%一下子提高到了8%左右，这样品位的产品往吉林国企老总们的桌上一放，他们的眼睛也放光了。他们对于自己的技术力量那是有绝对的信心的，如果他们的人一上手，那是完全有可能将品位再进一步提升的。而且派出的技术人员声称，鼎新手上的镍矿完全可以用火法和湿法两种方法同时提炼加工。与鼎新的合作方案这一次被郑重地提交到了吉林公司大头的办公桌上。

可是在合作没有正式拍板之前，还有大量的工作需要做，钱，还是田国民最为烦心的事情，好在武青青虽不能弄来大量的发展资金，但维系鼎新的日常开支还是有些招数的。她首先将集团所有的办公人员全都集中到了顶层，添置了几扇隔断，变成了开放式的办公形式，命名为"阳光办公"，原先鼎新集团的工作人员要么一人一个办公室独立办公，要么一个部门占着半层楼，这样一来，便将顶层以下的几个楼层全都腾了出来，武青青将它们租给了校区正在修缮的一家中学使用，孩子们在大院里闹腾是自然免不了的，但总好过外出借贷过日子呀！因此田国民虽然觉得将办公楼租出去有点丢人，但眼下自己也没有什么更好的办法，也只得同意了，好在不过一年租期，解决一下燃眉之急吧。

武青青又让人将原先早已废弃的紫砂厂的库存以及业已停产的麻纺的库存产品统统处理掉。这些东西平时堆放在库房内毫不起眼，各处的留守人员自己有时也合起伙来偷偷地卖掉些，反正是无人问津；现在处理掉了，自然是断了这些人的财路，居然有人义愤填膺、振振有词地给田国民写了封信，声称武青青"针尖上削铁"，根本就不配当老板娘。田国民将信拿给武青青看，把个武青青都给气笑了，她这回可是真心佩服了那些嫁给老外的人了，自己不过是从江苏到辽宁便有这么大的思想隔阂，那越洋过海的也不知是怎么沟通的了？！

不过那几处已经开工的下属企业倒是特别愿意武青青去它们那儿，之前集团的那些所谓的干部难得下一回基层，基层的情况皆由矿领导们统一到集团办公室汇报去；如今武青青从周一开始轮流到各个下属企业现场办公，每个企业一周至少要去一次，一线的员工感觉自己受到了前所未有的重视，从上到下干劲十足。

如今内部有武青青坐镇，几件事情观察下来，现有的几个下属企业田国民相信武青青完全有能力将它运营好，他倒是完全可以一门心思扑在外部事务上了。

离镍矿不远处有座小铁矿，铁矿附近还有个小金矿，这些全都作为镍矿的附属品归了鼎新，因此随着镍矿的启动这两个小矿也开了工。那金矿从头到尾就没赢过利，品位太低，产量也太小；铁矿倒是轰轰烈烈地干了有一阵子，也挣了点钱。但是最上规模、最有潜力的眼下还得数刘河梁的硅灰石矿，然而一场械斗将挣来的几个钱赔了个精光。

原来这朝阳十年九旱，鼎新自从采矿以来，井下渗水的情况也是有的，但从未像这硅灰石矿的水位如此之高，抽水机日夜不停地运转，根本不敢停下来，结果把附近村民家里的水井的水位也给抽低了，村民自然不答应了。先是告到乡里，乡领导出面调解，要求矿上赔偿每户三百元，鼎新这边自然是一口答应了。不料村民回家想想觉得不对劲，又改了口，改成每户每月三百元，矿上又同意了，村民见矿上答应得如此爽快，便料定自己吃了亏了，于是再一次反悔，要求改成每户每月一千元，矿上见村民如此这般得寸进尺，便拒绝了。村民于是派了纠察小队，轮番守在矿口，不允许抽水机工作。这抽水机一旦停转，不但井下工作无法进行了，连井下的设备也全都浸泡在了水里，这下矿上急了，赶紧将此事报告集团，田国民闻讯也十分重视，恰好赤峰有个关于红山文化的国际研讨会，邀请田国民前去参加，还安排了田国民大会发言，硅灰石矿是去赤峰的必经之地，田国民便打算先去矿上看看怎么回事，然后再去赤峰开会。

田国庆的儿子小清无心读书，早已退学在家，整天与社会上一帮子小混混搅在一起，田国庆和单玉兰皆管不了他，田国民便自告奋勇把他叫到身边拘着，让他给自己开车。这小子听说几个村民挡着矿上干活，也不知轻重，从市内约了有四十来个小混混，租了十几辆出租车一起去了硅灰石矿。田国民和武青青前脚到，小清一伙也浩浩荡荡地跟着就到了。本来田国民只想到井口看看，因为矿上几个领导都在井口和村民的纠察小队交涉呢，不想村民一看小清带了这么大队人马来了，以为这是要以势压人，要强攻呢，赶紧派人回村喊人，全村的青壮年不一会儿便全都操着家伙赶来了。东北人本来好斗，这一言不合双方立马便动起手来。这一仗和石棉矿那一仗可是有着天壤之别，首先这次的村民们全都是带着家伙来的，别说是镐头、铁锹这一类的农具了，连两三尺长的大砍刀都有；其次动手的双方互不相识，谁也不会对谁手下留情；混乱中连田国民的胳膊肘上都挨了一刀。

武青青坐在车内，本来田国民叫她在车上等着，自己去去就来，没想到不过十来分钟的时间外头已经打成一团了，只见小清带来的那帮年轻人，平时在市内趾高气扬、招摇过市惯了，再加上小清平日里的言谈举止一副牛气冲天的样子，因此这伙人到了矿上，自以为人多势众，乡下农民吓唬吓唬还不就全搞定了？这一动起手来，这伙小子还以为自己是港片里的古惑仔呢，小清是他们的老大，诸事都会安排得滴水不漏；自己所坐的出租车后备厢里肯定都放满了称手的家伙，因此人人不往前冲，皆向后往车子处跑，有几个腿脚快的，跑到车子跟前打开后备厢一看，里面空空如也，一下子便慌了，都大声嚷道："没有，没有，啥都没有。"这一喊其他人顿时也都慌了神了，有两个便想上车赶紧逃；本来出租车司机们还都乐呵呵地看热闹呢，可是村民们几镐头抡下来，所向披靡的感觉，便越发勇猛了！有个村民打得兴起一锄头将一辆出租车的车窗砸了个稀碎，村民们一见便开始疯狂砸车；出租车司机们大惊失色，赶紧纷纷打火起动；那伙赤手空拳的小子们车子上不了，站着又只有挨打的份，一时间漫山遍野四下里逃窜，村民们挥舞着家伙吆吆喝喝着满山上追。

　　武青青想将车子发动起来，可是那车子硬是点不着火，后来武青青才知道那"沙漠风暴"需要将方向盘转换个方向才能点着火。武青青心内焦急，眼看着占了上风的村民怒气冲冲地往车子跟前涌来，武青青只得开了车门下去，此时的她已经怀孕七个多月了，村民见车上下来个大肚婆，一时间都愣住了。武青青故作镇定，不慌不忙地下了车，她到硅灰石矿来过若干次，这里的地形熟得很，不由得心中暗自思忖：下山的路还很远，虽说田国民在下山的方向，但刚才自己在车上看得真切，他眼下自顾尚且不暇。山上有个部队的弹药库，二十四小时都有当兵的站岗，离自己所在的地方只有几百米，于是便旁若无人地往山上走去，一边走一边生怕村民中有人领头起事，要知道法不责众，只要有一个人对她动了手，那后果就不堪设想；她很想快跑几步，让当兵的能看见自己，可是她明白，这个时候她绝对不能跑，别说跑了，她只要流露出一丝一毫的慌张都有可能引发村民的暴动；因此她一手托着腰，一手提着随身的小包，包里还装着本来打算给矿上缓解矛盾用的五万块钱现金；一步一步地往山上走着，这几百米的路程真的好长啊！她刚走到一半便听见后面有人发声喊："砸了这车。这是他们老板的车。"紧跟着便是一阵"乒乒乓乓"，武青青头也不敢回直奔山上而去。到了弹药库附近，站岗的哨兵便高声警示："军事重地，不得靠近。"武青青便将山下发生的事跟当兵的大概说了一下，那小哨兵虽然同情她，但也不敢违反纪律，只得默许她站在警戒线的边缘。武青青反复谢了当兵的，站在半山腰上向山下观望，也不知田国民等人情况如何。

不一会儿田国民和小清往山上飞奔而来，后面闹哄哄地追着一群村民；武青青见形势紧急，便央求那当兵的能不能帮忙吓唬吓唬那些村民，那小伙子犹豫了一下还是举起枪高声叫道："军事重地，不许喧哗。"村民们这才止了步。田国民和小清便也在警戒线边上坐了下来，田国民的胳膊伤口虽长但伤得却不深，小清的脑袋上挨了一家伙，血流得满头、满脸、衣服上都是，武青青想找点纸将小清脑袋上的血擦干，看看伤口情况，可是随身的小包里只剩两张面巾纸，小清满不在乎地脱下衣服将脑袋上的血擦了擦，这才露出额头的伤口；伤口不大，但一直在流血，村民们虽不敢上山，但将下山的路堵得严严实实，武青青只得用小清的衬衫将他的伤口扎了起来。小清便光着上身坐在草地上。田国民一直忙着打电话联系山下，此时方才腾出空来问武青青："你没事吧？"

"没事。"武青青摇摇头。

田国民三人被困在山上，一直到当地的警察开着警车上山来接，才得以下山。经过方才武斗的现场，就见田国民的车早已经被村民砸得稀烂。田国民到了矿办公室换了辆车便和武青青往赤峰赶去。

武青青坐在会场里，看着田国民坐在台上，侃侃而谈着什么红山女神、玉猪龙……恍然如梦。

第三十三回

孤立无援　　武青青剖腹产子
雪中送炭　　袁玉荣煲汤催乳

硅灰石矿的械斗是结束了，打伤人的村民也追究了刑事责任，但几方的医疗费用全都由鼎新承担，而且所有车子被损坏的出租车司机全都将车开到了鼎新院内，要求赔偿。其中亦不乏那车子早就有陈年旧伤了，趁机跑来讹上一笔的。田国民又一次被钱逼得焦头烂额。好在抓了几个伤人的村民后，矿上又开工了，村民们也很清楚，乡里是不会掏钱出来的，只有让矿上复工，才能拿到赔偿款。不过事隔不久，乡里的副乡长家就被人用雷管给炸了，人没事，一窝鸡全被炸死了。鸡窝砌在山墙处，雷管便扔在鸡窝里，到底是谁下的手始终也没有查出来。

无论内部如何煎熬，田国民却始终声名在外，来找他的人三教九流照样是川流不息，有打着合作的名义聊聊正事的，也有吃吃喝喝的酒肉之交；连武青青躺在医院待产时都有一伙沈阳来的客人和田国民在一起谈诗论画，一连玩了三天。

田国民喝得醉醺醺地到医院看望武青青，三甲医院的病床向来紧俏，好在有单芳芳夫妻俩都在医院工作，武青青因此得以弄了一间VIP病房，此刻正躺在床上吸氧呢。田国民便让武青青好好休息，自己帮她看着，一会儿时间到了帮她叫护士，谁知武青青只是去了趟卫生间，出来一看田国民早已呼呼大睡。武青青叹了口气，躺到床上，继续吸氧，想要睡一会儿可哪里睡得着？却见一个瘦瘦的男人轻手轻脚地进了病房，武青青翘起头问道："你是谁？"

"哦，对不起。"那男人慌忙道，"我走错房间了。"随即便退了出去，紧接着走廊里便响起一阵急促的脚步声，武青青心里有些犯疑惑，便将田国民喊醒，跟他说了刚才的事，田国民忙按铃叫来护士，护士听了此事立刻惊道："啊呀，肯定就是那个小偷了。"说着连忙跑回办公室报警，保安在楼下抓住了那个男人。原来这家伙专门在医院的病房偷盗，知道病房的门从不上锁，只等夜深人静，病人和家属皆疲惫不堪之际行窃，不想今天撞上睡不着觉的武青青竟落了网。

武青青和田国民听了护士的介绍，不免议论了几句，看田国民哈欠连天，武青青便道："要不你回家去吧，在这儿也休息不好。"

"那好吧。我先回去了，有事打我电话吧。"

等田国民再来时，孩子已然出生，田国民见武青青从昏迷中苏醒过来，笑道："和你想的一样，是个儿子，你要不要看看？"武青青点点头，田国民伸手将旁边的小婴儿车拉到床前，武青青扭头看了一眼，一个红红的、皱皱的小人儿静静地躺在医院的小婴儿车里，武青青干着嘴唇微笑道："他好小啊！"

"五斤九两。"田国民笑道，"不小。"

武青青疲惫地闭目养神，田国民是个生来不会端茶递水照顾人的主，看有个保姆在，自己干坐着无事可做便对武青青道："我待在这儿也没用，办公室那边还有一大帮人呢，沈阳的客人还没走呢。你先好好休息休息吧，我晚上过来看你。"

武青青点点头，看着田国民的背影，暗自神伤。

谁知田国民晚上喝高了，第二天早晨才醒酒，赶紧到医院去看武青青，一看文秀梅、肖秀丽、单玉兰几人都在，常桂生这两天也在这医院住院做胆结石摘除的微创手术呢，武青青生孩子的事都没敢告诉她，怕她着急。

田国民站了几分钟道："你们坐，我公司还有事，晚上来看你。"

文秀梅忍不住笑着责怪道："老三你这人可真有意思，青青生孩子，你怎么跟个没事人一样？"

"我又不能帮她生。"田国民笑道，"你们几个都在，我待在这儿有什么用？"

"话不是这样说呀，我们十个也不抵你一个呀。"单玉兰笑道。

"那好吧。"田国民只得坐到武青青的床边上，"我今天就在这儿待着，哪也不去。"可是话音未落，电话铃声便响了起来，田国民赶紧走到窗口去接听电话。

武青青剖腹产，伤口缝合处压着沙包，下面插着导尿管，浑身动弹不得，滴水未进，加上昨天夜里孩子闹了一夜，早上刚蒙蒙眬眬地想要睡会儿，文秀梅等人就来了，只得打起精神和她们说话，这会子听见田国民左一个电话、右一个电话，打个没完没了，不禁心中烦躁无比，但她从小隐忍惯了，因此只嘴上淡淡道："你还是忙你的去吧。在这儿也没用。"

"我就说我在这儿没用嘛。"田国民笑道，"你能下床吗？要不我问问医生看能不能出院？"

"哎呀我天，老三可真有你的。"文秀梅不禁撇嘴道，"青青她昨天刚剖腹产，今天你就叫她出院哪？"

"我就随口一说。"田国民笑道，"她住这儿也不方便嘛。"

"你们都走吧。"武青青虚弱地说道，"我昨晚上没睡好，孩子总哭。现在好困啊！"

"孩子总哭，那你没叫护士来看看是怎么回事啊？"文秀梅担心道。

"叫了，护士说孩子没什么，就是饿了，让保姆喂了点糖水。"

"那你现在还没奶啊？"肖秀丽问道。

武青青虚弱地摇摇头。

"那要不要把孩子抱给你？让孩子嘬嘬就有了。"肖秀丽很有经验地说道。

"反正他也哭累了，睡着了。"武青青闭上眼睛道，"醒了再说吧。"

文秀梅几人看武青青神色十分疲倦，便起身告辞去看常桂生了，田国民便也跟着她们一起也去看了看老娘，也不过是略坐了坐便回公司去了。

剩下武青青和保姆，武青青便按铃叫来护士，问什么时候能拿了沙袋下床，护士说术后二十四小时即可，又问什么时候能拔了导尿管？护士答能下床就能拔，术后早排气早好，武青青看了看表，见时间已到，便叫护士拔了导尿管，扶着保姆挣扎着下了床，自己去了趟厕所，刀剜似的疼；回到床上浑身是汗，不由得默默地流下两行泪来，却又担心保姆看见了传出闲话去，自己悄悄扯起被角拭去泪水，看着空无一物的白色天花板，渐渐地也就睡着了。

蒙眬中，武青青听见有人进屋说话，强撑着使劲睁开眼，原来是袁玉荣拎着店里刚炖的猪蹄汤来了。"怎么样？还行吧？"袁玉荣将保温盒放到床头柜上，顺势坐到武青青身边，微笑道，"都说猪蹄汤下奶，我给你炖了点，还想吃什么只管告诉我，我让人做去。"

"谢谢哦！"

"唉！花一样的美人儿！"袁玉荣伸手拢了拢武青青的头发，武青青已提前将一头长发剪短了，"来，你现在想吃吗？我扶你坐起来喝两口汤吧。"

武青青点点头。

猪蹄汤果然有用，当天下午便有了奶水。总算是解决了小婴儿的口粮问题，孩子也就不再哭闹了，安生许多。晚上田国民喝得迷迷糊糊地到医院坐了一会儿便被武青青打发走了，第二天上午田国民来看武青青，问她想不想回家，武青青看在这医院也实在是心烦，便同意出院回家。回到鼎新，办公室的人用椅子将武青青抬上楼，单芳芳便每天到家里给武青青清洗伤口、换药。

武青青躺在床上左思右想，决定给母亲打个电话，请她来东北一趟，照顾自己坐月子。电话打通，母亲听说她生了个男孩，十分高兴，但听她说要自己到东北去，便有些支支吾吾的了，不敢做主，武青青正失望地打算挂断电话，就听见电话那头查南平骂道："你妈的，去啊，干吗不去啊？她叫你去你不去，你跟谁要钱去啊？"青青妈这才跟女儿说这就订票去。武青青放下电话，微微叹了口气，但是心中还是无限期盼母亲的到来。

武青青回到家第五天田国民便作为省民企代表跟着温总理的欧洲考察团出国去了，其间并无消息，武青青虽有母亲和孩子陪伴，却依然盼望田国民能早日归来，编了条信息发给田国民：

> 日暮苍山远，斜阳余晖尽。
>
> 弱妻揽娇儿，萧瑟秋风里。
>
> 怅惘天涯路，默默数归期。

等了两天却并无回音，心下更加伤感，便又编辑了一条信息：

> 斜倚床榻视儿郎，心绪无端意彷徨。
>
> 音讯频传无问候，可怜商人朝夕忙。

写好自己读了两遍，深感无趣，便全都删掉了，自此，无论是自己后来出差还是田国民出差，武青青再不主动跟田国民联系。

恰好孩子满月当日田国民回来了，从机场直接便去了酒店，武青青早已将孩子的满月酒准备好了，田国民只管端着杯子挨桌敬酒即可。

对于田国民来说，结婚、生子，人生的两件大事全都完成了，下一步他要操心的大事可就是和吉林公司的合作了。在他看来眼下万事俱备，只欠东风，只待吉林公司的大头到现场来亲自考察一下，此事便有望定局。田国民决定亲赴吉林当面邀请，可是自己那辆车已经在硅灰石矿一战中被砸得稀巴烂了，公司其他的车也实在难登大雅之堂，田国民生怕车子不好让人轻看了，要知道国有企业的中高管们，人人皆是一双势利眼，田国民看中了一款"丰田4700"，跑长途，尤其是往北去，往北方的山里去，那可是太实用了！可是眼下哪有闲钱购置拿得出手的新车呢？就算是分期付款，那车子的首付也得十来万块钱呢！田国民跟几个高管一说自己的心事，提到要钱便人人皆沉默了。田国民也只得叹口气先将此事撂在一边。

武青青回到家便对田国民说，自己手里还有从前的积蓄十来万块钱，可以让田国民付车子的首期款。田国民哪里好意思用她的钱，武青青只得笑道："算我借给你的吧，等你哪天有钱了再还我。"

眼下除此之外并无他法可想。田国民搂住武青青亲个不停，反复温情道："好媳妇，将来我一定千倍万倍地回报你。"

第三十四回

心烦意乱　思故乡重返江南
寂寥清冷　念家人小别重逢

然而事情并不像田国民预想的那么简单，不到一年的时间他专门买来跑吉林的新车便跑了十多万公里，合作的事情还在无休止地探讨。好在内部自有武青青打理，倒也省了田国民多少烦恼。

武青青每天上班差不多有一半时间都用来对付各式各样的债主：有进门便声泪俱下的，有声色俱厉的，有耍赖打滚的，也有带着不知从哪弄来的白发苍苍的老太太声称是"八十老母"一起坐在办公室不走的，更有当初给田国民装修婚房的人在家属楼门前截住武青青讨要工程款的，逼迫武青青道："我这钱跟他们的都不一样，他们那是公事，我这纯属是你们家的私事，你不能因为账上没钱就不付，你天天住着这房子，你就算是从个人挎兜掏钱也得给呀！"武青青想想也是，便自己回家拿了钱打发走了他。谁知这消息很快便传了出去，债主们再来时全都让武青青自己掏钱还债，皆振振有词道："你就是来一天，你也是老板娘啊！别说这些账目你都还不清楚呢，反正都是你们家欠下的。"

当年石棉矿上的小花痴姚金芳则抱着孩子来讨要陈欠的工资，进门便往武青青的办公桌上一坐，头一歪，并不正眼看武青青，斜眼望着天花板道："今天你要是不把欠我的钱给结了，你上哪儿我就抱着孩子跟你上哪儿去。"司机小雷自从硅灰石一战后便被武青青提拔做了车队队长，鼎新的司机们平时没事都在一楼的保安室里待命，姚金芳一进门小雷便看见了，他知道姚金芳一根筋不好打发，便随即跟了上楼，在门外听了几句，估计武青青是没什么招对付这样的农村妇女的，便悄悄给田国庆打了个电话求援，挂了电话便敲门进了武青青的办公室，的确如小雷所想，武青青是真没见过这阵势，小雷来得正是时候。

"金芳，你这是干什么？有话你好好说。"小雷说着便上前想将姚金芳从桌上拉下来，刚一碰到姚金芳，姚金芳便大声号叫起来："妈呀！鼎新集团打人啦！救命啊！"小雷吓得赶紧缩回手，涨红了脸道："哎，金芳，你怎么胡说啊？谁打你啦？"姚金芳晃了晃脑袋"哼"了一声并不接茬。武青青气得起身打算离开，姚金芳一纵身跳下办公桌，一把扯住武青青道："不行，你不能走。"小雷一见姚金芳动手扯武青青，心里一急，不由分说上前一把拽开姚金芳，姚金芳手里抱着孩子，被小雷拉了个趔趄，索性将孩子往地上一放，自己也往地上一躺开始哭叫打滚："欠债还钱，天经地义，你们鼎新不但不还钱还仗势欺人，救命啊！"孩子在一旁也吓得哇哇大哭。

小雷吓得再不敢伸手碰她，只好在一旁劝道："谁说不给你钱了，那欠你多少你不得先到财务把账算清楚啊？你光是在武总这儿闹，她也不知道到底欠你多少钱啊！"

姚金芳闻言一骨碌坐了起来，抹了一把眼泪鼻涕，拢了拢揉在脸上的头发道："不用麻烦别人，我早算好了，一万两千六百七十二块三毛六。"

"这怎么还有个三毛六呢？"小雷奇道。

"咋的？没利息啊？你跟谁借钱人家不要利息啊？我也没瞎算，我这是按照银行利率算的。"

"那这也不能你说了算哪，我得让财务给你算算才行啊！"小雷一心想将姚金芳弄出武青青的办公室，"你起来吧，我带你去财务室算账去。"

姚金芳从地上站起来，得意地从口袋里掏出一张纸，摇头晃脑道："不必了，孟总、李总、徐经理我都找过了，他们都说现在鼎新就是武总一个人说了算，看吧，他们都签完字了。"

小雷接过一看，果然老孟、李忠良等人都在上面签了字，小雷转脸看着武青青迟疑道："武总……"武青青拿过领款单看了看，回到办公桌前坐下，打算签字，不想姚金芳冷冷一笑道："当我傻呀？光签字有啥用？这千年不赖、万年不还的。我要的是钱。再不给钱我就上法院告你去。"

武青青气得将笔往桌上一撂，道："那你就去吧。"

姚金芳一下子也想不出接着该怎么办，便转身一屁股往沙发上一坐，抱着胳膊摆出一副持久战的架势。几个人正僵持不下之际，田国庆推门进来了，武青青起身招呼道："二哥。"

"田总。"小雷也招呼道。

田国庆点点头，转脸问姚金芳："怎么回事啊？"姚金芳一改刚才的泼辣劲，低着头，抿着嘴，一句话也不说，眼泪扑簌簌地掉了下来。田国庆转头又问小雷道："差她多少钱啊？"小雷将领款单递给田国庆，田国庆瞥了一眼，对姚金芳道："我身上没带那么多钱，你上我门市拿吧，我门市你认识吗？"

姚金芳点点头。

"还有别的事吗？"田国庆转脸问小雷。

小雷连忙摇头道："没别事。"

"那我走了。"田国庆说着便出了门。

姚金芳抱起孩子跟着也走了。

武青青不禁奇道："怎么这姚金芳见了二哥就像换了个人了？"

小雷闻言狡黠地笑了笑道："没啥事我也下去了，武总。"

活了这么大从未欠过别人一分钱的武青青，被姚金芳这一闹更加头痛不已，站在办公室的窗口，望着楼下的小池塘，一枝荷花的花骨朵颤颤巍巍地立在荷叶上头，武青青不禁一阵恍惚，江南这会儿该是花满枝头了吧？自从孩子满月，母亲就一直想要回家，待在这儿她只能每天看着孩子，偶尔地和负责搞卫生的保姆聊两句，实在是太无聊了。武青青其实和母亲一样，每天也不过就是从宿舍楼到办公楼，孩子还在哺乳期，她也不能下企业，同样无聊得要死。武青青拿起手机编辑了一条信息：

初夏细雨涤清晨，风摆荷叶柳微寒。穿堂燕子语呢喃，疑是江南。

轻舟细雨竹栖蝉，蜂舞溪花落满船。黄莺婉转水潺潺，望断江南！

写好了却不知道该发给谁好，想了想将信息发给了魏瑶瑶。

魏瑶瑶收到信息大致瞄了一眼，晚上回到家才又重新打开来细看，看完叹了口气对出差刚回来的赵亮道："唉！青青这是想家了。"

"什么？"

"你看，"魏瑶瑶将手机递给赵亮，"我猜她是想家了。"

赵亮接过手机，反复读了两遍，淡淡道："正常。她一个人在东北，人生地不熟，想家是人之常情嘛。"

赵亮洗完澡出来，见魏瑶瑶早换了套大红色内衣躺在床上，赵亮拖过被子帮她盖好，在她额头亲了一下道："今天太累了，明天吧。"

"那我这身衣服岂不是白买了？"魏瑶瑶娇嗔道。

"不白买。"赵亮笑道，"蛮好看的。明天你还穿这个。"

"我去你的吧，不用换衣服啊？"魏瑶瑶说着作势踹了赵亮一脚。

"不换就不换，我不嫌弃。"赵亮笑道。

"不行。"魏瑶瑶扑到赵亮身上笑道，"我今天就要派用场。"

"……"

第二天赵亮一到办公室，便让人力资源部将查晓白调到总裁办，给自己开车。

且说武青青中午回到家便和母亲说打算跟她一起回江苏过几天，青青妈当然高兴得不得了，吃了午饭便去向常桂生辞行；不料常桂生近来也频频梦见家乡，一听说青青母女都要回江苏去，立刻就待不住了，也想跟她们一起回趟老家；几个人便想等田国民下班回来和他商量，一直等到晚上八点来钟田国民才喝得晃晃悠悠地回来了。

常桂生将一杯浓茶重重地顿到田国民面前，皱眉道："你天天都谈什么大生意啊？天天喝成这样？"

"没办法，应酬嘛。"田国民乜斜着眼笑道。

"说胡话呢。"常桂生撇嘴道，"叫你这么说，人家国家领导人都要整天长醉不醒了?!你不喝，难道有人往你嘴里灌不成!"

武青青知道婆婆是故意要当着自己的面训儿子替自己出气，但她如今对于田国民喝醉酒、身体不适之类的事真的是已经麻木了，结婚前两年田国民伤个风、感个冒，武青青都当成了不得的大事，对他悉心照料，还特意买了几本书，各种养生的药膳换着花样做，田国民午餐、晚餐时常不在家吃，武青青便尽量在早餐那碗粥上下功夫，几乎可以做到一两个月不重样;调理得田国民还真就是血压、血脂都不高了，痛风也消失得无影踪了。田国民自己当然也高兴，在外头戏称武青青是"小柴胡"，但是他说归说，行动上却非但不配合武青青自我约束巩固来之不易的健康，反而因为觉得每天有一顿药膳调理着而有恃无恐，变本加厉地放纵吃喝，很快就让武青青的努力付诸东流;于是武青青虽然还继续炖着每天那锅粥，可是所花的心思与早先已不可同日而语了。至于喝醉酒武青青就更加无所谓了，田国民每晚如果八点前回来十有八九是人事不省地被人送回来的，如果没喝醉，八点前基本上是根本不可能回家的，肯定在办公室里谈事；反正他喝多了也并不要酒疯，只是自己睡觉，第二天也安然无恙，像今天这样八点来钟自己回家来，不用问就知道喝了不少但还没醉，也能说点事。此刻武青青只想赶紧说正经事，因此打断婆婆的话道："我打算带着儿子跟妈和我妈一起回趟江苏，你有空一起去吗？"

"我哪有空啊？！你们要回江苏啊？去南京还是去无锡啊？去多久啊？"

"打算先回南京，再去趟无锡。多久暂时还没定呢，到时候再说吧。"武青青道。

田国民喝了杯浓茶，酒也醒了些，几人商量了一番，决定明天便让办公室订票，孩子还小，坐火车更合适。

回到家，田国民酒也醒了，洗了把澡，来到武青青的房间。自从有了孩子，田国民嫌孩子太吵，武青青便带着孩子睡到了原先的两室，结婚时两套房便已打通。

"你有事？"武青青见田国民进来，便坐了起来，"这么晚了怎么不睡觉？"

"想你了。"田国民笑着坐到床上。

"当心把孩子吵醒了。"武青青小声道，又指了指对面房间轻声道，"我妈在对面呢。"

"那上我那屋去吧。"田国民拉着武青青的手笑道。武青青想想自己过两天就要走了，便依言跟着田国民轻手轻脚地到了原先的主卧室；两人久不亲近，竟都有些拘谨，不过草草了事，并无十分意趣。

第二天武青青便让办公室订好了火车票，司机将几人送到了锦州火车站。回到南京，赵亮和魏瑶瑶早已带了车亲自候在站台上了，一行人先到了张国华家里，一起吃了饭，查晓白才开着赵亮的车将母亲和姐姐、小外甥接回了家。

这是武青青成年后第一次在母亲家里过夜，那查南平竟似换了个人一般，对武青青母子十分客气，武青青深知这继父的脾性，趁着他高兴，又掏了几千块钱递给他，查南平接了钱更是欢天喜地。一家人开开心心在一起过了两天，武青青便带着孩子回自己原先的小家了，武青青的姑妈一家、姨妈、舅舅、表姐等人听说武青青带着儿子回来了，全都带了礼物来看孩子，武青青自然也要抱着孩子挨家回访，每天忙得不亦乐乎。那赵亮先是给舅婆接风，再是戏称给三舅母接风，然后又给老同学接风，又安排老同学们见见武青青的小宝宝，各种由头层出不穷，总之是三天两头总有一顿饭是要和武青青见面的。武青青要陪常桂生回无锡，赵亮便推了所有的事，硬拖着魏瑶瑶一起陪着去了趟无锡。

常桂生回自己家里看了看，又回了趟娘家雪堰桥，家中早已无人，不过是到处转转，了个心愿而已。回到南京，与二表哥张得宝见了面，还约了打了两场麻将，万万没想到，张得宝胡了副大牌，竟乐死在了麻将桌上。儿子张贺从北京赶回来料理丧事，这小伙子如今可真是出落得一表人才，在国家审计局工作。常桂生看着姆舅家的一点血脉，心中十分喜爱，问长问短，那张贺也不厌其烦地一一回答。张得宝之死，常启东闻讯最为难过，但他虽与张得宝交好，却远在印尼，人老体弱，心有余而力不足，只得催了两个儿子过来参加了葬礼。张贺料理完父亲的丧事，将南京的财产一一处理了，便带着母亲一起回北京了。

常桂生眼见得故人一一离去，不由得不伤感万分，好在一来有田国民的孩子，正是招人爱的时候；二来张国华住的是住宅小区，和鼎新那个孤立的大院有天壤之别，门口的邻居很快便都混熟了，因此也不想再回东北，便在张国华家住了下来。

田国民自从武青青走后，顿觉寂寥万分，其实她在家时两人也早已并不时时黏在一处了，田国民即使不出差，一天除了在家吃顿早餐，其他时间也很少在家，孩子哭闹时他还嫌烦，可是现在孤家寡人，回到家冷冷清清，没过几天他便又对武青青思念万分，打电话问他们在干吗？无非是吃喝、聚会、带孩子。公司内部的事这两年都是武青青在打理，她这一走，众人遇事便只好又来请示田国民，田国民本是个开疆拓土的性格，并不善于企业管理，便叫众人给武青青打电话，问她的意思；武青青却回说让他们自己看着办，显然是不想多管了。田国民听了众人你一言我一语地传话，心内不免有些发慌，赶紧撂下手头的事情，驱车前往南京。

田国民一路风尘赶到南京，当天晚上赵亮设宴款待。饭后将孩子托给张国华照看，田国民与武青青两人回到武青青旧时的小窝，常言道："小别胜新婚。"那一番缠绵自不必细说。

第二天两人到了张国华处，田国民便劝说武青青将孩子留在江苏，赶紧跟自己回东北去，家里多少事情都悬而未决，耽误不起。武青青犹犹豫豫，青青妈已得了查南平的话了，因此爽快地表态道："只要你们放得下心，孩子交给我肯定没问题的。"张国华也道："我们这儿这么多人，带个孩子那是小菜一碟。"常桂生也笑道："留下孩子正好还是个乐趣，青青你就放心跟国民回去吧，想见孩子还不容易？现在这个飞机多方便呀！"武青青见众口一词，况且自己接了公司几个电话心中委实也是放心不下，便点头同意了。

给田国民等人饯行的酒席还是赵亮请客，席间赵亮笑道："国民，其实付出同样多的时间和精力也许在江苏的收获不一定就比东北少呢。"

"是啊，你说得对，可是现在一时间那边也没法脱手，想回江苏暂时也没有好的切入点。"田国民道，"过段时间，看形势发展再说吧。"

田国民怕武青青撂下孩子一下子回东北心里难过，所以特意开了车过来，回去的路上先到济南，原计划是想带武青青去逛逛趵突泉，结果到了酒店他又懒得动弹，只愿意在酒店里待着看电视，司机小雷便陪着武青青出去逛了一圈。恰好丹东有朋友打电话约田国民去看个铁矿，这下田国民可来了精神，一行人便驱车直奔丹东。

那铁矿位于鸭绿江心的一个小岛下面，主要矿体都在水面以下，之前日本人曾做过一部分井下工程。田国民等人便坐了船往岛上去。虽是初秋时节，但丹东的气候却已有几分寒意，站在船头看两岸落英缤纷，漫山的红叶倒映在绿幽幽的江水中，那红影碧水在船头溅起一层层雪白的浪花，船驶过，那水波宛若美人的裙裾犹在船尾处慢慢地向远方的花影中摇曳。

武青青见左边岸上隐约有几个人，便问是什么人，当地人笑道："都是朝鲜人，据说那边的树皮都被扒光了。好多人都跑过来了，我们这儿一箱方便面就能换个媳妇儿。"

"是吗？那他们跑过来算不算偷渡啊？"武青青惊讶道。

"当然是偷渡啊。"当地人答道，"不过也没人去告发，有的时候上边查得紧了，就抓一两个送回去交交差。"

一行人说着话不一会儿便到了那铁矿，秋水上涨，那岛几乎都已没在水里了，开采成本太大，而且铁精粉的市场价格也是一天不如一天，此事也就不了了之了。

第三十五回

合作成功　老企业柳暗花明
争权夺利　新公司暗流涌动

　　鼎新镍矿附近的小铁矿看着车水马龙、热闹非凡，可是铁精粉的价格却是一路下滑，根本挣不到钱，也就图个人气了。硅灰石矿更是元气大伤；所幸吉林的合作事宜总算是功夫不负有心人，经过田国民不懈的努力终于是水到渠成了。由吉林公司控股，不然没法向国资委交代，原先合作的那家化工企业田国民以一千万元收回了他们所持有的全部股份，深圳袁老板本是个倒腾金属废料的贸易商，对做实业本来就是一时兴起，真做了一段时期后觉得太烦人，也太累人了，这会子趁着吉林入股的机会赶紧将手里的股份卖了个好价钱彻底退出了。新的合资公司起名吉新，田国民事业的第二春这才徐徐拉开了帷幕。

　　随着吉林公司资金的注入，国企的人员也源源不断地开始往吉新输送。田国民依旧担任董事长，总裁、行政副总裁、财务总监、生产总监都由吉林派来的人员担任，监事会主席由武青青担任，鼎新的老孟任副总裁分管生产，李忠良也任副总裁分管财务，实际上老孟和李忠良都不过是凑个数字而已，面对具体业务根本插不上嘴。包括武青青这个监事会主席也不过是为了合资公司会议桌上的力量看着更加均衡而设立的摆设而已。

　　吉林派来的最初都是以技术人员为主，紧接着大批的财务人员、管理人员全都接踵而来；人一多，人员素质必然就参差不齐、泥沙俱下了。最早来的全都是来之能战的，后来的有不少人都是在原先的国有企业郁郁不得志或临近退休的，都将吉新当成了个好去处，争先恐后地往吉新涌来，到后来，不使几个银子都争不到名额。随着国有企业人员的大量涌入，鼎新原有的人员自然很快地就被边缘化了，说起来原先鼎新的旧部派到下面企业是负责与地方沟通之类的行政事宜，其实因为既无学历又无专业技能，国企过来的一帮科班出身的根本就不把他们放在眼里，两伙人先是明争暗斗、互相不服，但随着企业规模的扩大，大家都是"老革命"了，很快便在扩张过程中看到了无数条致富的门路；尤其是吉林过来的，那可都是花了本钱才谋到的位置，怎么舍得将时间白白浪费在内耗上呢？搞钱才是硬道理。至于鼎新的那帮老人，这才真的开了眼界，原先不过是迟个到，早个退，搞个特权；又或者是吃个请，谋个职，到老板跟前哼唧两声，混几个补贴，要一些嘉奖；再不就是假公济私，公司送礼自己家的亲朋好友也都搞几份；手握重权的则拿些乱七八糟的票据来浑水摸鱼一把；像当年的严守才交代不清五十万美元的账目、刘胜利骗取十八万补贴的事情那都绝对算得上是企业内部的"惊天大案"了；但是如今和国有企业这伙"同志们"一比，鼎新人可就全都"自愧不如"了。因此大家很快便心照不宣地达成了共识："团结"，才是最正确的选择。但是这种"团结"在利益面前根本就不堪一击，武青青的铁面之名鼎新人是早就领教过了，吉林人也是如雷贯耳，如今她坐在监事会主席的岗位上，各种检举揭发的书面的、口头的材料和报告络绎不绝地传到她的面前。

如今的吉新可是一家合资企业，武青青自然不敢轻举妄动，凡事都私下先请示了田国民的意见才敢表态，唯恐坏了合作大计。一般的小事，田国民都让武青青装聋作哑，睁只眼闭只眼也就算了，但当听说花了七八千万新建的制氧工程居然有猫腻时，田国民可就按捺不住了；但他也不敢相信这事是真的，怕万一冤枉了吉林派来的生产总监不好对吉林公司交代，因此关照武青青千万行事要谨慎。武青青特意挑了个星期天带着举报人——集团供应部何经理，前往下属的北冶公司。

吉新集团如今下辖四家冶炼公司，正好分别位于市区的东南西北四个方向，因此分别命名为：东冶、南冶、西冶和北冶。

武青青一行到了北冶，早有两个外聘的老工程师等在门口了，这两人是供应部何经理介绍来的，因此将事情首先汇报给了何经理。武青青自从合资以来为了避嫌便很少下企业，只是坐在集团办公室听人汇报，听说制氧工程近日便可竣工投入生产了。下了车，两个老工程师将武青青等人让进办公室，说是孟总介绍来的沈阳的王总工和吉林派来负责生产的杜总都回市里过周末去了，李守合李总这两天病了，一直在家休息呢。武青青来的路上已经听何经理介绍了制氧工程的大致情况，见两个老工程师打算再重述一遍事情原委，便起身道："事情何经理已经跟我说过了，我们还是到现场去看看吧。"

这一看真把武青青吓了一大跳，全套的制氧设备全部都是二手翻新的，拿钉子轻轻刮掉表层刷的一层银灰色的油漆，便露出里面原来的绿漆，刮掉银漆上的黑色的产品型号编码，底下露出旧设备原有的产品编码。再看房屋的建筑，只有靠近主设备的一面是二四墙，其余都是一二墙，而预算报告上清清楚楚写着五〇墙；地面硬化还完全没有做。

武青青一边看一边拍照，两个老工程师其中一人接了个电话，立刻神色慌张地对武青青说："坏了，我们采购部梁经理回来了。"

"回来回来呗。"武青青不以为然道，"这个项目的采购他参与了吗？"

"整个制氧工程李总监不让我们插手，说我们都是外行，由他和孟总、王总工程师、杜总、李总组成五人领导小组，亲自指挥北冶这边的梁经理操办的。"何经理答道。

何经理和他所说的李总监都是吉林派来的人员，何经理原先还做过李总监的领导，但因为年龄大了，已到了退休年龄，托了人情才到鼎新做了集团采购部的经理；李总监则是吉林派来的生产总监，采购部的工作当然要根据生产需求来进行，所以现在何经理得听李总监的吆喝做事；而梁经理则是走了李总监的路子来的，本不是吉林公司的在编人员。北冶的总经理李守合并不懂冶炼，自己还在学习阶段呢，平时不过是充当个工会主席、党委书记之类的角色，主要负责与当地政府、群众的沟通，具体生产事宜其实都是吉林派来的生产副总老杜负责。老杜和李总监在吉林的时候两人并不十分熟悉，但到了鼎新便是他乡故知了，自然而然便亲近了起来。

"走吧。"武青青道，"正好听听那位梁经理怎么说。"

到了办公室，何经理仗着有武青青在，便故意显出一副胸有成竹又语重心长的样子对那位忙着倒水的梁经理道："小梁，你也别忙了，跟武总好好唠唠你们这个制氧工程吧。"

"制氧工程？"梁经理的眼睛快速地扫了一眼屋里几个人，"我只负责跑腿干活，买买小零件，工程的事你们还得问王总工。"

"小梁，你还不知道武总是谁吧？"何经理不快道，"是田老板的夫人，集团监事会主席。你们的事两位老工程师都已经给集团递交了书面材料了。"

两个老工程师一下子被何经理架了出来，其中一人只得从口袋里掏出早已准备好的书面材料递给武青青道："我俩都是老共产党员了，我们以自己的党性发誓：我们说的句句属实，集团可以成立专项小组来调查。"

梁经理和何经理都还想再说几句，但武青青看这个梁经理一副滚刀肉的架势，估计也问不出个名堂，而且自己也犯不上和他多啰唆，便起身收起两个老工程师提供的材料道："今天先就这样吧，我们先回集团。"

两个老工程师将武青青一直送到车上，小声道："武总，这事要没个结果，我俩在这儿也干不下去了。"见武青青没搭茬，只得又转脸问何经理，"何经理，现在咋整啊？"

何经理被俩老头问得有些尴尬，不快道："啥玩意咋整？该干啥干啥呗。那反正你俩说的那都是真话，有啥好怕的？"

"那是当然的，我俩这不就是担心王总工和李总监给我俩小鞋穿嘛！"

"王总工还不是跟你俩一样都是外来户。"何经理不屑道。

"可人家集团有人哪，他不是孟总介绍来的嘛。"俩老头还是有点不踏实。气得何经理皱眉道："咱占着理呢，怕啥？何况有武总在，你俩还要谁撑腰心里才踏实？"

"是是是。"俩老头笑着连连点头。

武青青一行刚回到鼎新，李总监和王总工都在办公楼前候着呢。武青青心知是那梁经理的电话比自己的车快，下了车只笑眯眯地和两人打了个招呼，并不往办公楼去，而是转向家属楼走。何经理的家在市内，半路上早下了车了。

"武总，今天去北冶了？"李总监上前一步笑道，"怎不事先跟我说一声，我好事先帮你安排一下。"

"我随便转转，有什么好安排的？"武青青站住脚回头道。

"我好叫他们抓只小土鸡炖上呀。"李总监笑道，"有什么问题没？我通知他们整改。"

"下次再去叫上你一起，你没去我可真就没得吃呢。"武青青笑道，"我快饿死了，先回家吃饭了，有事明天上班再说吧。"武青青边说边往家走。李总监只得笑道："那好吧，明天上班我来找您。对了，老板没在家呀？没看见他车嘛。"

"我也不知道。我一早就出门了。"武青青扭头看了看院里停的车子，"你打他电话好了。"

田国民此时正在单玉田家里，看李总监给自己打了十来个电话，并不理会，单玉田道："谁呀？这么一个劲地打你电话？"

"吉林派来的生产总监。"田国民把制氧工程的事大概说了一下，单玉田笑道："这李总监跟这何经理这是狗咬狗呢。不过这王总工不是老孟介绍的吗？照理说该是自己人哪，怎么也跟他们掺和到一块儿了？"

"利益面前，谁是自己人哪？"田国民冷笑道，"何况这姓王的我也并不十分熟悉，用他不过是为了对吉林能有个牵制，不至于什么都是吉林那边一言堂，我们自己原先石棉矿的那伙人确实是对冶炼一窍不通啊。"

"那你这样也不是长久之计啊。"

"当然不是了。我已经派了人出去学习了，也安排了一伙年轻人在炉前学习实际操作呢，最近正和湖南一个退休的老工程师联系着呢，他如果能来那是最好不过了。"

"你有计划那就最好。"单玉田点头道。

"你放心好了，这些你就别操心了，你还是先把身体养好吧。"田国民起身道，"我走了。"

"不在这儿吃？"

"不了。青青回来了，她一早上就去北冶了，不知道什么情况呢，我得赶紧回家问问她去。"

田国民回到家，武青青一个人煮了一包方便面正吃着呢，见田国民回来便问他吃饭了没。田国民说还没呢，武青青便欲起身替他煮饺子，田国民道："中午跟他们一起吃的韩国烤肉，现在一点儿不饿呢。你去看了什么情况？"武青青便将数码相机和两个老工程师的书面材料递给田国民。田国民看完大怒："查，明天就开始查。这帮蛀虫，捞钱都捞疯了！这么重要的工程也敢糊弄！"

"是啊，我看了现场的情形用'触目惊心'四个字来形容一点儿都不过分。"武青青边收拾碗筷边说道，"那俩老头反复跟我说：这样的施工一旦启动，弄不好是要出人命的。"

"那可不？！制氧工程，真的会出人命的。所以说这帮家伙这是疯了。"田国民气得在屋里来回踱步，过了一会儿冷静下来，想了想道，"你明天就开始调查，但是调查结果不要急着公布，更不要拿任何处理意见。"

"我肯定会先跟你沟通的呀！"

第二天，周一晨会刚一结束，李总监和王总工便守在田国民办公室门口了，一见田国民上楼，赶紧跟进办公室，李总监笑道："董事长，昨天武总去北冶了，你知道吧？"

"知道。"田国民不待他俩开头便沉着脸道，"一切和制氧工程相关的事情从现在开始起由监事会负责调查，你们有什么情况直接去跟武总说吧。这个监事会是合资双方共同认可的，调查结果他们也会向股东双方汇报的。"

李总监和王总工一听这话，只得讪讪退出，转身便下楼去了武青青的办公室。武青青料定他们会来，正等着呢。李总监两人进门坐下也不闲扯了，直奔主题，开口便说如今事情难做，只要做事就有人说闲话，两人一唱一和地述说制氧工程的不易以及自己为此所付出的心血；武青青也不作声，只静静地听他两人滔滔不绝地诉苦、表功；末了，李总监边摇头边用无可奈何的语气说道："千防万防，小人难防，防不胜防啊！亏得我从一开始就防患于未然，特意拉了王总工一起，免得有小人说我全用吉林的人，营私舞弊；王总工可是你们鼎新孟总的人。而且孟总分管生产，他也是制氧工程领导小组的成员之一啊。"

"什么吉林、鼎新的？我们现在都是吉新的人。"武青青笑道。

"对对对对对。"李总监和王总工赶忙连连点头笑道，"吉新，吉新，咱们都是吉新人。"

"这么大个工程，有人提出异议也属正常，你们也不必放在心上，身正不怕影子斜，由他旁人说短长。"武青青微笑道，"两位都是生产线上的中流砥柱，千万不要因为流言蜚语影响了正常工作。"

李总监两人见武青青和颜悦色的样子心下稍安，当即表态道："那是不可能的，我俩都这岁数了，哪能别人几句话就影响工作呢！"

"那我就放心了。"武青青笑道，"两位安心工作去吧。对了，制氧设备的厂家是你们哪位找的？把厂家的地址、电话给我一个，如果有名片给我一张也行。"

李总监和王总工对视了一眼，李总监迟疑道："是我以前的一个朋友介绍的。"

"哦，有名片吗？"武青青随口问道。

"有。"李总监道，"在我办公室呢，我找找去。"

王总工见李总监离开便起身道："武总，没别的啥事儿我也走了。"

"这个厂家在哪儿呀？"武青青顾自问道。

"河南，在河南。"王总工有些慌乱。

"王总工你到厂家去过吗？"武青青看着王总工道，"几千万的设备你和李总你们肯定都得亲自到厂家考察吧？"

"嗯，去了，去了，去过一次，后来主要都是厂家的技术人员过来上门服务的。"王总工起初有点结巴，很快便说得流畅起来，"咱这么大的工程，厂家也很重视的，几乎每周都派人来看看咱这边儿有什么需求。"

"那你有他们的名片吗？"武青青道，"你也找一找吧，李总去了这么久，别再找不着了。"

"有，有，我有。我这就给你拿去。"

"不急。我是说万一李总找不到，就麻烦你找一下。"武青青话音未落，李总监一脸懊恼地走进来，"见鬼了，那张名片怎么找也找不到了，不过没事，我有他们的电话，我把他们的电话号码写给你。"武青青闻言微微一笑，看着王总工，王总工立刻起身道："我办公室有，我拿去。"

武青青看着李总监问道："李总，厂家你们去过吗？"

"当然去过，这么重要的设备怎么可能不到厂家去考察呢？"李总监一副理直气壮的样子，"和王总工一起去过一趟，和孟总一起又去了一趟。孟总是集团分管生产的副总，我这人做事一向谨慎，绝不独断专行，这一人为私，两人为公，我一个人是绝对不跟厂家单独接触的。"正说着王总工拿了名片来了，武青青接过名片，看了一眼便放到桌上，笑道："行了，二位忙去吧，我哪天有空了上网查查这个公司的信息。"

李总监和王总工前脚走，武青青后脚便让秘书把名片复印了一张留存，同时将何经理和周常胜叫到办公室，将名片递给两人，让他们悄悄地用最快速度赶往厂家一探究竟；何经理答应着便下楼忙订票的事了。

自从合资以来，周常胜便被调到了下属企业负责行政，正满腹怨气呢，昨晚接到武青青的电话召他到集团来有事相商，本来以为老板有什么新的安排，不想是让他和何经理一起出差，一时有点摸不着头脑，但怎么说何经理也是集团商务部的，想必是要调自己回集团了，心里倒也高兴，只是不太清楚此行的目的；因此等何经理走后便留下来想问个究竟。武青青知道他想问什么，便先开口道："有人举报北冶的制氧工程有猫腻，你和何经理一起去厂家考察一下。"武青青说着叹了口气，"我思来想去，我们这边的人就数你最精细了，你可千万用心点。详细情况路上你和何经理慢慢交流吧。"

"这么大个工程，这帮孙子要没点儿猫腻就怪了。"周常胜听武青青把自己称为"我们这边的人"不由得心中一阵激动，这段日子凡是鼎新的老人基本上都是夹着尾巴做人呢，凡有什么大油水的事情鼎新的人根本轮不着，不过是占点小便宜、拾人牙慧罢了；武青青不等他继续感慨便笑道："等你真查出问题了再说别的吧。"

"放心，绝对不会白跑一趟。"周常胜胸有成竹道。他待在基层，对于各种贪腐心知肚明，只要查，就不可能落空，不过是情节轻重而已。

第三十六回

追根溯源　特派员明察暗访
心怀怨愤　母女俩明争暗斗

周常胜和何经理按照名片上的地址傍晚时分找到了位于河南新乡的厂家，两人拿着带来的这个厂厂长的名片直接让门卫通报一下，门卫接过名片一看，摇头道："俺们厂长姓王不姓刘，俺们也没有姓刘的厂长。"

"不能够啊！"何经理疑虑道，"你们刘厂长到我们单位去过好几回呢，我见过他呀。"

"那俺就知不道咧。"门卫道，"这上头不是有电话吗？你们打电话问问吧。"

"对啊，咱打个电话呗。"周常胜说着拿出手机，很快便接通了，对方一听是吉新过来的人显然是早有准备，立刻热情地让周常胜两人在原地别动，马上过来接他们。不一会儿一辆商务车便停在周常胜他们不远处，车上下来个中年男人，何经理一眼便认出了此人正是刘厂长，何经理见对方直奔自己而来，赶紧也大步迎了上去；两人在吉新打过照面，彼时虽未交谈，但互相都有些印象，此刻仿佛多年的老友相见，亲热异常，嘴上都打着哈哈互道辛苦。周常胜趁机悄悄问门卫："哥们儿，这不是你们刘厂长吗？"

"他呀，他是俺们王厂长的小舅子。"门卫望着刘厂长道。见刘厂长扬手跟自己打招呼赶紧点头哈腰地抬手摆了摆，大声招呼道："刘厂长，怎不来玩哪？"

"那是我们一起来的周总。"何经理指着周常胜道。

刘厂长闻言赶紧走过来，老远就伸出手要和周常胜握手，嘴里大声客气道："啊呀，周总啊，有失远迎，恕罪恕罪啊！"周常胜也是个搞商务的老油子了，见状连忙也迎了上前。几人一通寒暄，刘厂长道："俺们也别站在这儿说话呀，先上车再说。"

刘厂长让何经理和周常胜先上了车，自己关了车门，从口袋里摸出一包烟，随手丢给门卫，门卫接过一看：软中华，立刻笑道："谢谢啊，得空来玩啊！"

刘厂长坐到副驾驶座上，回过头对何经理和周常胜道："先吃饭去，宾馆我都开好了，今天哪先好好休息，有事咱明天再说。"

　　到了饭店，早有两男两女已经在包间里等着了，据介绍，两个男的都是技术部的，两个女同志则都是财务部的，几个人都是好酒量，刘厂长笑道："酒量不好的也不敢喊来陪东北的客人啊！"又转脸招呼两个小姑娘道，"小张、小李，拿出最高水平，必须把两位老总陪好。"

　　两个小姑娘分别坐在何经理和周常胜身边，领导一发话，马上便举起杯给两人敬酒，而且每一杯都有说辞，且杯杯先干为敬。何经理和周常胜两个东北糙老爷们，哪里经得起人家小姑娘先干为敬这一套，不一会儿便喝得脸红脖子粗了。

　　周常胜脸虽红，心里却明白，但舌头却有些打结了："刘——刘厂长，你跟哥们儿说实话，大、大伙儿都是打工的，谁也不想为难谁，可你要是想糊、糊弄哥们儿，哥们儿也不是傻子。"那何经理也是个老江湖了，一听周常胜的话立刻接过话茬笑道："刘厂长，我俩可是带着任务出来的，你得让我俩回家有话交代啊！"

　　刘厂长闻言略有些尴尬，强笑道："两位老兄，酒喝到这个度，话说到这个份儿，俺有点蒙啊！"一旁的一名技术员突然笑道："小张，你跟何总的交杯酒喝了没？"

"何总他不理俺。"小姑娘立刻识相地端起杯，将杯子送到何经理唇边，娇笑道，"喝不喝呀？何总。"另一名小姑娘马上也将杯子送到周常胜嘴边笑道："周总，他俩都喝了，咱俩喝不喝呀？"

何经理和周常胜对视了一眼，何经理接过小姑娘的杯子放到桌上，微笑道："刘厂长，我比你年长几岁，自称一声大哥，哥哥我年轻的时候好的就是这口，我结婚离婚三回，现在的老婆比我小了整整二十岁，哥哥我这趟来不是为这个，我俩回去得给家里有个说法。"

周常胜此时心里也早已盘算清楚了，整个工程自己一分钱好处没看见，为这一顿饭、几杯酒错过收拾李总监等人的机会不值当；而且今天这个局分明就是有的放矢，何经理的好色众所周知，而自己在外头养着个小秘的事也几乎是公开的秘密，所以今天这阵势必然是李总监等人事先知会的结果；想到这儿，周常胜伸手推开小姑娘的杯子笑道："刘厂长，咱东北人也、也不会绕圈子，你就跟我们解释解释为什么你、你的名片上的厂子的厂长他姓王呗？"

"哦！原来二位老兄是想问这个呀！"刘厂长哈哈笑道，"那是俺们原先的老厂，厂长是俺姐夫。因为都是自己人所以俺那新厂的名片就没急着印。"

"那咱那套设备到底是哪个厂子生产的呢？"何经理道。

"都一样啊。"刘厂长笑道，"一套人马，两块牌子而已。"说着指着两位技术人员道，"两个厂子的总工都在这儿呢。你们说，有啥区别呗？"

"那你看这样好不？"周常胜道，"明天呢，安排我俩到两个厂子的生产线上都看看，要都一样，我俩回去也有话说。"

"那不是资源浪费吗？！"刘厂长笑道，"现在哪家国企不亏损啊？还上两套一样的生产线？"

"你说的那老厂，我们知道跟我们一样，也是家大型国企，照你的意思你们这新厂也是'国'字头的？"何经理不依不饶道。

刘厂长和两名技术人员对视了一下，刘厂长笑道："是不是的，明天看了不就知道啦！俺们今晚就喝酒，中吧？"

何经理和周常胜交换了一下眼神，觉得今晚最多也就这样了，何经理便笑道："刘厂长，我看今晚大伙儿都到位了，尤其是两位女士，再喝下去咱可就不够绅士了。"周常胜也接口打着哈哈，笑道："是啊，是啊，今晚可真是喝到位了。感谢感谢啊！特别感谢两位美女！"

刘厂长也心知事情不能遂愿了，便顺水推舟也笑道："招待不周啊！抱歉抱歉。"

几个人面子上客气了一番，刘厂长将何经理和周常胜送到酒店房间方才离去。第二天早上，两人在酒店吃完早餐，坐等刘厂长来接他们去厂里，结果一直等到十点多钟也没见着个人影子，周常胜便催何经理给刘厂长打个电话问问怎么回事，不想电话始终没人接；周常胜不死心也拨打了几次，不是说不在服务区，就是说对方的电话正忙；何经理与周常胜不禁面面相觑，再没想到刘厂长居然会用这一手，气得周常胜笑道："这他妈也太低级了！小孩子过家家呀？不接电话就算完了？！咱又不是不认识他的厂子，走，上他们厂里去。那厂长不是他姐夫吗？"

"他说是他姐夫就是他姐夫呀？就算是他姐夫，他要是一问三不知呢？咱有什么招？"何经理拦住周常胜，"咱两个人生地不熟的，而且咱们在明他在暗，给咱吃个闷亏儿咱上哪儿说理去？先别冲动，咱先跟家里联系一下，看看家里是什么意思再做决定。"

周常胜一想也对，于是给武青青打了个电话，恰武青青昨天突然想起查看工程合同，这才发现签订合同的单位和名片上的单位根本就不是同一家；因此接到周常胜的电话又听他在电话里长长短短地一说，当即便让他们赶紧回来，别再做无用功了。武青青随即便将此事汇报给了田国民，田国民等周常胜同何经理两人回来问了详情，便亲自给吉林公司的董事长打了个电话，对方闻讯也是惊诧不已，第二天便派了法务、监察、审计一起赶到吉新。法务查了合同，整个合同总价七千八百五十九万，只剩五百五十九万尾款未付，其他款项均已结清。

田国民关照武青青将相关材料全部交接给吉林派来的工作组，别再介入此事，观望即可。吉新这边内部问题还没理清呢，人家河南的厂家倒先发了律师函过来了，警告吉新再不结清余款就要走法律途径了。武青青闻讯来到田国民办公室愤愤道："真是猪八戒倒打一耙。我们的律师呢？干什么吃的？为什么还不行动？"

"你快别瞎吵吵了。你懂什么呀？"田国民瞥了一眼武青青道："这事从现在开始你就别管了。"

"是你让我一查到底的呀。"武青青不快道，"为什么现在明知有问题却不查出问题在哪儿？"

"你别管为什么，我现在叫你别再插手了。"田国民板着脸道，"我可警告你，你别多事，坏了我的大事。"田国民见武青青的脸也沉了下来，稍稍缓和了一点儿语气道，"任何人、任何事都不能影响合作的大方向。吉林的人和事就由吉林自己处理，你别多管闲事。你的任务已经完成了，剩下来的事情和你无关了。"

"难道就看着他们营私舞弊，损公肥私？一点儿正义都不要了？长此以往企业的风气还有个好？"武青青愤然道。

"真是书呆子！"田国民"扑哧"一声笑道，"你一个合作方的老板娘，什么叫私？什么叫公？"

武青青一下子哑口无言了。是啊！她已经不是一个单纯的职业经理人了，从前她无论是制定制度还是执行制度，只要对事不对人，一视同仁，同时又能严于律己便是大公无私、耿直方正了，如今的她在旁人眼里哪里还有什么"无私"可言？私是私，公也是私，她的勤俭、她的好学、她的敬业……总之她所做的一切在旁观者的眼里都是为了一己之私，都是为了田国民、为了鼎新、为了她自己的家。武青青突然之间有种百无聊赖的感觉，她望着田国民，田国民正在办公室里来回踱步；武青青默默地站起身走了。

此刻，田国民的脑子正在高速运转，他必须利用好这次机会，将设备的采购权拿到手上。

武青青回到办公室就见刘如花等在秘书处呢，便随口问道："刘姐有事啊？"刘如花也不答言，跟着武青青进了办公室，随手将办公室的门关了起来。武青青回头看了看她，也没吱声，坐到办公椅上。刘如花便往武青青桌前的椅子上一坐，两个胳膊一抱，"武总。"刘如花假笑道，"从你来到我们鼎新，大姐我从没得罪过你吧？"

"你有什么事就直说吧。"武青青心里正烦着，淡淡道。

"那好，大姐我也是个爽快人，就喜欢直来直去。"刘如花的脸上依然挂着挤出来的假笑，"凭什么把我调到食堂去？"

"不去食堂你想去哪儿呀？"武青青叹了口气道。

刘如花原先是麻纺厂的厂长，合资的时候麻纺厂不在合作范围内，因此那边留守的人员都仍然归鼎新管理，自然也就都归武青青管。现在麻纺厂的破产工作早已结束，留守人员自然也就根据各自所长消化到了合资企业中了，刘如花身无所长，本来吉新是拒不接收的，但田国民让武青青把刘如花的情况和吉林派来的钱总裁说了，因此才将她安排到了武青青推荐的食堂管理员岗位上去。

"原先跟我一块儿留守麻纺厂这么多人，最次的也是个部门副经理，怎么我就只能做个买菜的？"刘如花强笑道，"大姐我这些年从没向你开过口，这次你就帮大姐想想招行吗？好歹我也算是鼎新老人儿中的老人儿了。"

"大姐，不是我不帮你，是我帮不了你，我说了也不算哪。就这个岗位还是我从钱总那儿帮你争取来的呢。"武青青耐着性子道，"他们到下属企业做副经理，那让你下企业你去吗？就算是到了下面也还是买买东西之类的活。别的你觉得你适合做什么？"武青青叹息道，"现在招待天天有，食堂也装修一新，食堂管理员的工作正经重要呢，为什么不愿意呢？如果不去食堂你自己挑吧，我也不知道哪儿适合你。"

"这么说我这是白来一趟了呗？"刘如花扬起下巴，"食堂工作这么重要，我胜任不了。你另请高明吧。"刘如花撂下一句话起身便走了。把武青青噎在那儿，本来心中不快，更加堵得慌，抬腕看了看表，还有半个多钟头才下班，武青青头一回提早离开了办公室。一个人闷闷地往家走，家属楼的楼梯道里静悄悄的，武青青心事重重，低着头慢慢地上楼，突然从楼上扔下来两只鞋子，吓了武青青一跳，她抬头想看，却又有两只鞋子一前一后紧接着扔了下来，"谁呀？"武青青高声道，"从上面往下扔东西，当心砸到人呀！"上面一片寂静，紧接着一阵急促的脚步声，孙婷婷从楼上冲了下来，和武青青撞了个对面，"婷婷呀！你干吗呢？"武青青问道。孙婷婷满脸通红，一言不发，匆匆下楼跑了。武青青摇摇头，也没太在意继续上楼，等她到了家门口，她立刻明白了孙婷婷刚才是干吗的了；武青青因为顶层两套房都是自己住着，又从心底里觉得整幢楼都是自己家的，因此便将鞋柜放在顶层的走道里，这会儿鞋柜门敞开着，里面的鞋子七零八落。武青青冲下楼，果然楼梯间里扔着三四双鞋子，全都是自己的，武青青顿时心头来火，随手便给田国民打了个电话，叫他回来一趟。

"你有事电话里说好了。"田国民这会儿哪有心思回家，"什么事啊？"

"你回来看看就知道了。"武青青坚持要田国民回家一趟。田国民无奈，只得下楼回到家属楼，见武青青正在楼梯口处等着呢，"什么事啊？"

武青青便指着地上的鞋子道："孙婷婷扔的，她妈刘如花刚在我办公室里闹了一通。"

"我一堆正经事呢，你喊我回来就为这个？"田国民不快道，"刘如花跟你闹什么？"

"她说她不想去食堂，可是除了食堂她还能去哪儿？"

"以后鼎新老人的事情你别管了，我自有安排。"田国民皱眉道，"还不赶紧把这些个破鞋子收拾起来，一会儿下班了，让人看见好看呀？"田国民见武青青站着不动，训斥道，"婷婷她就是个孩子，你还跟孩子一般见识呀？你也是够差劲的了。"说完扭头便回办公楼去了。

武青青远远听见办公楼里的人开始下班了，弯下腰一声不响地捡起几只鞋子，走到四楼，看见楼梯栏杆上还挂着一只靴子，便也捡了起来，回到家早已泪流满面，她打开朝着院外大路的窗子，将手里的鞋子一股脑地扔了出去。

晚上田国民并未回家吃饭，武青青也早已习以为常，自己一个人也无心吃饭，早早洗了漱便上床了。田国民因为时常半夜才回家，怕吵了武青青。武青青自从有了孩子就严重神经衰弱，半夜不能醒，只要醒了便再也睡不着了，因此两人便还和带孩子的时候一样，武青青仍旧睡在两室那边的屋里，田国民回来直接便回三室那边的卧室。武青青此刻独自躺在床上，前思后想，越想越无趣，不禁又落下泪来，心里开始无限思念孩子。半夜时分听见田国民开门进屋直接便去了他自己的卧室，武青青忍不住又哭了一气。

田国民对这一切浑然不觉，洗漱完躺到床上并无半点睡意，满脑子的事，于是悄悄推开武青青的房门，武青青赶紧闭着眼睛装睡。"青青，青青。"田国民轻轻叫了两声，见武青青没反应，便轻轻地带上房门回自己屋里去了。

第三十七回

痛改前非　李守合坦白从宽
巧言令色　王总工金蝉脱壳

第二天一早，食堂将早餐送了过来。武青青早晨只在餐桌边略坐坐，喝杯牛奶，吃个鸡蛋，吃点水果算是陪陪田国民。田国民如今时常去酒店陪留宿的客人共进早餐，因此自从江苏回来，武青青便不再做早餐了，都是食堂做好了小米粥或饺子、馅饼之类的送过来。田国民吃完早餐便去办公室了，搞卫生的保姆也来上班了，武青青换了衣服便也去了办公室。

"武总早。"李守合守候在保安室处，一见武青青进来立刻出来招呼道。

"李总？早早早。你怎么来了？有事啊？"武青青微笑道。边说边往楼上走。李守合跟着武青青上了楼，进了武青青的办公室才说话："武总，我这是负荆请罪来了。"李守合自从武青青主持的第一次季度总结大会后，见到武青青便有些打怵。

那是武青青刚到鼎新不久，第一次主持召开了一次季度总结大会，当时镍矿才刚启动不久，但是全集团的目光都盯在镍矿上，因此安排李守合第一个汇报工作，李守合依照惯例首先客套道："啊，这个我也没啥准备啊，就随便瞎说几句，说得不好，大伙儿都多包涵啊！"李守合说话有个习惯，边说边咂嘴，怎么听都觉得他是在开玩笑，因此他话音刚落，众人便哄堂大笑起来。李守合见大家发笑，故意又将嘴响亮地咂了两下，众人更笑得前仰后合。武青青见了便很不高兴，于是冷着脸淡淡道："为什么没有准备啊？我让办公室一个星期前就通知了，没准备是因为不重视这个会议吗？"众人闻言立刻都鸦雀无声了。李守合也有些尴尬，自我解嘲地笑道："那我哪敢呀？武总司令吩咐我早就准备好了。"鼎新的中高管们平时都是说笑惯了的，李守合这么一说众人又笑了起来。李守合说着从包里取出厚厚的一摞发言稿，从"尊敬的董事长、尊敬的武总裁、尊敬的各位同仁大家好，岁月如梭，不知不觉间我们送走了……"开始，事无巨细，一一列出，逐条汇报，连挖巷道遇见一块大石头崩豁了两根钎子都没漏掉；那厚厚的一摞发言稿还只是个提纲，不时地还要脱稿临场发挥一下，眼看着半个多小时便过去了，不少人已经开始拿出手机悄悄地各玩各的了。武青青实在听不下去了，她瞥了一眼田国民，见他很有耐心地坐着，武青青不得不打断了李守合的发言："李总，那些鸡毛蒜皮的事就不要在这个会上说了，浪费大家的时间，给你五分钟，结束你的发言。顺便通知一下在座的各位，这种季度总结会议每个人的发言不允许超出十五分钟，不需要那么多的修饰辞藻，用数据说话，把你们这个季度跟人、财、物相关的数据变化以及为什么会发生这样的变化的主要原因说明白就可以了。"从那以后，再也看不见鼎新的办公楼里连开几天会的情形了。

此刻武青青见李守合一副谨小慎微的样子，微笑道："李总，您坐。我听说你病了，好些没？"

"谢谢武总关心，就是重感冒，没啥大毛病，全好利索了。"李守合在武青青办公桌前的椅子上坐下，"我听说您去看了制氧工程了，这事儿我作为北冶的总经理有着不可推卸的领导责任啊！所以我今天这是负荆请罪来了。"李守合咂了咂嘴，"不过呢，我也得替自己辩解两句，不是我不负责任，实在是我说了不算哪。

这制氧工程的设备刚一进场，我就觉着不大对劲，我当天就把这情况跟李总监汇报了，李总监说这事他全权负责，让我抓好生产现场管理就行了，那才是我的本职工作。我心想王总工是咱的人哪，我就又跟王总工说了，王总工说这事他会跟孟总和老板汇报的，我想了想心里不踏实就又跟孟总汇报了，我想孟总是分管生产的，我跟他汇报正对口啊，我想咱现在跟从前不一样了，不能人人都有事就找老板吧？这事啊，现在我想想，我错就错在少打了个电话上，我就没跟老板、没跟您这儿汇报。"

"好，我知道了，这个事情还没有定论，你也不必想太多，安心回去工作吧，吉林已经派了专项调查组过来了。"

"那你说我还有没有必要上去跟老板说道说道？"

"去吧。"武青青笑道，"你不跟老板说道说道心里也不踏实呀！"

李守合笑着点头道："那我就上楼了，武总。"

李守合到了田国民办公室，被田国民劈头盖脸训了一顿："你们可真是胆儿越来越肥了，这么大的事居然敢把我蒙在鼓里？不要跟我说上头有人压着，我看是吃人的嘴短、拿人的手软吧？你回去给我好好地反省，想起么来给我打电话。啥都想不起来你就给我回家养老去吧！"

吓得李守合涨红了脸不停地咂嘴道："啊呀，这，这你看老板，你这可真是冤枉我了，我都跟你多少年了？那我，你这还不知道吗？"

"哼！"田国民冷笑一声，"你敢说你一分钱好处没得？一顿饭没吃？他们要不先把你摆平，他们就敢在你眼皮子底下弄鬼？你自己信吗？我明确告诉你，李守合，别说是你了，就是吉林派来的，我看着不爽也能叫他立马卷铺盖滚蛋。你可别昏头。"

"啊呀老板你，你这可言重了。"李守合急忙道，"千真万确这事我跟孟总汇报过，跟王总工、李总监都汇报过。"李守合顿了顿又道，"他们厂家来人每次请客，王总工和李总监喊我作陪，我也确实都去了。那我也不能不去呀，老板你说是吧？你不也大会小会强调两家要搞好团结嘛！他们送的购物卡我也的确是拿了，一桌的人都拿了，我一个人不拿那也不是个事儿啊！别的我真没参与。"

"你这团结搞得是真不错啊。"田国民冷笑道，"他们给了你多少购物卡？"

"一共给过两回，一回十万。"李守合嗫嚅道。

"他们出手还真大方啊！"田国民冷冷道，"没给你拿两个现金？"

"一开始的时候就是拿的现金，我没敢要。"李守合偷偷瞄了一眼田国民，"我是真没敢要，一捆十万，咱也没见过这些现钱儿呀！哪敢要啊？！"

田国民强压着怒火道："一桌人，都谁啊？"

李守合回头看了看办公室的门，见门紧紧关着，这才小声道："李总监、王总工、杜总、梁经理、我，再就是厂家的两人。"

"怎么你们孟总没去啊？"田国民冷冷道。

"他怎么可能去呢？他跟钱总人家厂家指定都会单独安排的。"

"你的意思是这事钱总也有份？"田国民瞪着李守合问道。钱总是吉林派来的总裁。

"这个我可没什么真凭实据，老板，我个人猜的。你想那李总监是钱总的嫡系，这可是李总监自个儿亲口说的，说了不止一回了，也不是我一个人知道，这么大的事儿他不可能不告诉钱总吧？"

"是啊，花出去的每一分钱都是钱总签字审批的，他怎么可能不知情呢？"田国民心中暗暗思忖，"那么财务赵总监呢？他是负责资金审核的，他当然也不可能不知道。那李忠良呢？他是分管财务的副总裁，本来就是个雁过拔毛的性格，这么大的油水，他又怎么可能不伸手呢？这么一大笔钱，他们从吉林那边专项申请过来的，那边的经办人难道都是白痴吗？"田国民想到这儿不由得倒吸一口凉气。

制氧工程的事情果然如田国民所料，吉林派来的专项调查小组煞有其事地折腾了半个多月，将调查结果带回总部去请示汇报去了。又过了几天吉林一纸公文正式宣布北冶的杜总工作失职，给合资企业造成重大损失，被吉林公司给正式除名了。李总监监督不力，承担领导责任，通报批评，留厂察看。

李总监接到通知便请了长假回吉林办了病退，回家待着了。

吉新这边首先将北冶的梁经理给开除了，李守合的总经理被免职，成了车间主任，老孟被免去副总裁的职务，下放到新成立的东冶当总经理去了，人人都以为王总工会主动引咎辞职，不想这家伙在大会上一推一干净，说自己是个外来的新人，完全不知内情，纯属无辜被牵连的，还把收受的购物卡全都退了出来，用掉的补了现金回来，且在大会上眼含热泪痛心疾首地表白道："照理，我完全可以拍拍屁股走人，但咱干不出那样的事儿来，在哪里跌倒就得在哪里爬起来。我到吉新这段时间，跟错了人，站错了队，没为企业做任何贡献，我要是就这么走了，我这一辈子良心上都不安。所以我还得厚着脸皮在这儿待着，我得为吉新做点儿实事才能踏踏实实地离开这儿。请董事长、钱总裁、武总，各位同仁相信我，给我一个戴罪立功的机会。"

田国民因为和湖南的工程师还没有谈妥，正是用人之际，而且也吃不准这王总工到底是否无辜，因此也就默许了。钱总自己亏得有总部同僚护佑，躲过一劫，也无心斟酌，也就点头同意了。财务赵总、李忠良等人因为此事没有深究集团相关人员都长长地松了一口气，谁又肯再多事呢？分管行政的副总裁老黄，更没必要没事找事了。武青青心内盘算了一下，明知道眼面前哪些人有问题，但把这些人全都收拾了，活又让谁来干呢？因此也就闭口不言了。

吉新这边把内部料理了一番，厂家那边却还揪住尾款的事不撒手呢，钱总只得找田国民商量，是否把李总监再招回来，他闯的祸还得由他来收拾残局啊，就算是打官司也得从专业技术的角度和对方辩驳啊。田国民通过此事已顺利将吉新今后的采购权拿到手中，便同意了钱总的提议，由他将李总监又喊了回来，不过不再是生产总监，只是集团生产部的经理了，干的活其实还和从前一样。这李经理回来后也不知他是怎么和河南厂家沟通的，反正是厂家再也不来要尾款了，偌大一个制氧工程就这么成了个摆设，再也无人提及了。

何经理成了分管商务的何总，周常胜也被调到集团商务部做了副总。一切都恢复了平静，企业一如既往地向前运行着。只是田国民比以前更加忙碌了，现在钱总再没有了刚来时候的趾高气扬了，遇事总是先和田国民商议，鼎新的老人们陆陆续续地占据了除了生产以外的众多关键岗位。

第三十八回

心灰意懒　武青青重寻自我
前房后继　魏瑶瑶难觅清净

　　武青青办公桌上的各种举报信还是络绎不绝，只是武青青看完便复印个一式两份，一份给钱总，一份给田国民，原件往自己办公桌的抽屉里一锁，束之高阁，再也不主动找事了。

　　什么样的日子最难熬？当然是混日子。武青青无限怀念从前的打工岁月，每天忙得脚不沾地；怀念从前工作之余的同学聚会，有快乐也有烦恼，可每一天都过得很充实。而现在，她如同条案上供着的花瓶，可有可无，一个人孤零零地待着，连个朋友也没有。她现在的身份，注定了她不可能有朋友，无论是鼎新还是吉新，谁会和她真正交心呢？走出这个大院，她谁也不认识，两眼一抹黑。她原本以为只要有田国民的地方自然就是温柔乡，只要有田国民在，她就拥有全世界；她也曾很理智地预想过田国民的世界里并不只有她，还有他的鼎新，她原本认为这样的男人才是真男人，可是等她现在真的面对这一切的时候，她才明白这个世界上为什么会有"怨妇"这种生物了。想到这儿，武青青不寒而栗，自己可不能变成一个怨妇，别管你是因为什么"怨"的，也别管你是"怨"什么的，单这个名称就是人生的败笔。武青青决定回趟江苏，看看孩子去，她是真的想孩子了。她也真的需要换换环境了。

武青青给田国民的秘书打了个电话，她现在想见田国民也得预约排队。来到田国民的办公室，刚坐下还没来得及说话，田国庆走了进来，笑道："我插个队啊。我就几句话。"

"二哥。"武青青起身招呼道。

田国庆跟武青青点了点头，接着对田国民道："妈打电话来说家里的房子要拆迁，叫我回去看看去。"

"哪个房子？"田国民道。

"妈的房子和我的房子都要拆迁。"

"那你回去看看好了。"

"我来找你主要是想问问你，这拆迁是有好多政策的，我们还要不要回迁呢？还是只要钱不要房了呢？"

田国民想了想道："看妈的意思吧。我估计老太太是要回迁的，至少也想在无锡留套房，有个想头。"

"我估计也是。"田国庆道，"那我明天就走了，我先去二姐那儿。"

"二哥，我明天和你一起回去吧。"武青青道，"你机票买了吗？"

"没呢。我这就买去，把你身份证号码给我，我帮你一起买了。"

"你要回南京啊？"田国民问道。

武青青趴在田国民的办公桌上，边写身份证号码边答道："是啊，我回去看看宝宝。"

田国民见田国庆出去了，走到武青青面前，看着她道："为什么突然要回南京？你没事吧？"武青青倚在田国民的办公桌上，垂着眼帘道："没事啊。"说完，她抬眼看着田国民淡淡一笑道，"你忙吧，我走了。"田国民伸手握住武青青的双肩，柔声道："好媳妇，我实在是太忙了，过几年就会好的。你没生气吧？"武青青忽然就觉得鼻子一酸，眼泪在眼眶里直打转，强笑道："我就是想孩子了。"

"那你就回去看看吧。"田国民还想再说点什么，却听见门外财务赵总监的声音，便走到门边大声道："赵总，你进来吧。"

武青青只得和赵总打了个招呼下楼去了。

第二天，武青青便和田国庆一起回到了南京。魏瑶瑶开车将他俩一起接到家里，不一会儿查晓白开车将青青妈和宝宝送了过来，孩子已经会走路，会叫人了，看见武青青歪着脑袋叫了声"阿姨！"一下子就把武青青的眼泪叫了下来，一把搂住儿子，众人都在一旁笑道："宝宝，这是妈妈呀！"孩子却拼命地往青青妈的怀里挣，嘴里叫道："婆婆，婆婆。"

"这傻小子，这是你妈呀！"常桂生笑道，"来，奶奶抱抱。"说着伸手将孩子抱过来，张国华赶紧伸手托住，生怕她把孩子抱摔着了。

吃饭的时候也是青青妈先喂了孩子，自己才吃，武青青道："让他自己吃好了。"

"不行，自己吃撒得一地的，还吃不饱。"青青妈道。

晚上洗澡，武青青放了一大盆水，放上平时孩子洗澡时的各种小玩具，帮孩子洗了个澡，孩子没过多久便跟她熟了，只追着她跑，气得青青妈笑道："你们看，这个小白眼狼，这才几分钟啊？我就全白忙乎了。"

"舅婆啊，这你就别妒忌啦！"常桂生笑道，"人家那是亲妈！"

众人闻言皆哈哈大笑。青青妈笑道："他妈回来了正好，我也歇两天。我走了，你们也早点休息吧。"武青青将母亲送上车，悄悄塞了个信封给母亲，青青妈一看，里面装的是钱，忙推道："不用，我有。"武青青将信封放到母亲的随身小包里，"多了我也没有，我也就拿那几个呆工资。"

"那你自己够用吗？"青青妈担忧道。

"你就别操心我了。"武青青笑道，"现在跟吉林合作了，我的两千块钱工资也跟着他们一起加到年薪十万了，国民的工资也都是给我的。"

"啊？姐，你以前才拿两千块钱工资啊？你这老板娘当的，还没有我的工资高呢。"查晓白闻言笑道。

"那国民拿多少钱啊？"青青妈问道。

"跟吉林派来的总裁一样，年薪二十万。"武青青道。

"我们公司二线的部门经理都是年薪二十万。"查晓白忍不住插嘴道。

"快别说那些没用的了。"武青青转脸对查晓白道："走吧，晚上开慢点。"

"知道。"查晓白还在给赵亮开车，这车便是赵亮的。

"你要是忙不过来就给我打电话。"青青妈道，"也不知道宝宝夜里醒了看不见我会不会闹人呢！"

"放心吧。"武青青笑道。

武青青回屋看了看熟睡的孩子，便来到魏瑶瑶的房间，魏瑶瑶让武青青也上了床，两人以前经常钻在一个被窝里一聊一夜，这样的日子仿佛就在昨天，又仿佛隔了一世。"我怀孕了，青青。"魏瑶瑶道。

武青青隔着被子摸了摸魏瑶瑶的肚子，含笑问她："几个月了？"

"快两个月了。"魏瑶瑶微笑道，随即长长地叹了口气。

"怎么了？"武青青笑问，"你还有什么不开心的事啊？"

"唉！"魏瑶瑶长叹一声，"不说也是要憋死我了。赵亮有个女儿你知道的呀！"

"知道。怎么？你跟她闹意见了？"

"我跟她有个屁意见闹呀！我俩平时根本就是井水不犯河水，谁知道她听说我怀孕了居然打了个电话到我的工作室，对我直呼其名，叫我趁早去把孩子做掉，不然就叫我母子不得安生。你说气人不气人？"

"是吗？"武青青惊讶不已，"那你应该把这事告诉赵亮啊，他应该把这事处理好啊。"

"就是啊，我是跟赵亮说了呀，可是他说她只是个孩子，让我别跟她一般见识。你说见鬼不见鬼呗？"

"怪不得今天没看见赵亮呢，原来你是离家出走回了娘家了呗？那赵亮也没来找你啊？"

"我也是昨天刚回来的，我妈和舅婆都还不知道呢，我也不想让她们知道。"魏瑶瑶叹息道，"估计赵亮是知道你回来了，没好意思来。"

"他怎么知道我回来的？你告诉他的呀？"

"晓白用车他不知道呀？"

"也是。"武青青点点头，"那现在怎么办呢？"

"什么怎么办？我本来还不是很想要孩子的，现在我还就非生不可了。"魏瑶瑶愤愤道。

"哎，赵亮不是还有个儿子吗？他怎么说？他没有也跟你瞎闹吧？"

"那倒没有，他比他姐姐小了五六岁呢，还没这么大的心眼子呢。"魏瑶瑶接着愤愤道，"但是他把他养的一条小狗起名叫瑶瑶，你说气人不？这俩孩子怎么这么坏啊？！"

"你跟赵亮说了吗？"

"当然说了。"魏瑶瑶越发来了气，"他还是那句话，叫我不要和小孩子一般见识。我就说他：'放屁，那干吗不让你儿子给他的狗起他妈的名字呀？'"

"唉！"武青青也长长地叹了口气，"要不要我找赵亮谈谈呀？"

"不用，先看看他怎么做再说。大不了散伙。"

"你现在都有了孩子了，哪那么容易啊？难道做单亲妈妈呀？"

"那有什么了不起的？难道我养不活他呀？"

"快别说气话了，先看看赵亮怎么处理再说吧。"武青青劝慰道。

赵亮将两个孩子全都送出国读书去了，魏瑶瑶当然也就回家与赵亮重归于好了。

武青青既回到南京，自然少不了同学聚会，这一聚才知道李燕也离婚了，一问才知只为了一句话，李燕老家马鞍山，家中还有两个弟弟，李燕是家里的老大，自然就免不了要顾念娘家，她大弟弟与人合作想跑马鞍山到南京的公交线路，钱不够便跟李燕借，李燕自己没那么多钱，便将弟弟借钱的事和老公说了，她老公也是家民营企业的老总，一听说小舅子开口要借一百五十万，立马便不高兴了，当下毫不客气地对李燕道："我早就跟你说过，生活过不去我肯定不会袖手旁观，但借钱做生意我肯定是一分钱也不会借的，先别说做生意本就是个无底洞，只说你弟弟他根本就不是个生意人，他要是在马鞍山混不下去，不如到南京来，到我厂里随便做点什么，生活肯定不成问题。你跟你弟弟说，叫他趁早死了做生意的心，不是人人都能做生意的。"

武青青等人听了，皆劝李燕道："你老公说得有道理呀，这生意真不是是个人就能做的。"武青青更是感慨道："自己做生意啊，那真是一条不归路，上船容易下船难，你老公身在其中，他的意见还是要听的。"

"他要是就说这几句呢，我也就算了。"李燕道，"可是我跟他说我弟弟他们不想到他手下混饭吃，他们想自力更生也没错啊，结果你们死也想不到这个浑蛋他回我什么？"

"什么呀？"余娟好奇地问道。

"哼，他说呀，'什么自力更生，说起来好听，不过是既要做婊子又要立牌坊罢了。又想来沾老子的光，还放不下个臭架子。'就这样的话换你们谁受得了？"

众人闻言皆撇嘴摇头不已，余娟道："这话说得的确是太伤人了。"

"所以啊，姑奶奶就直接把他给休了。"李燕笑道。

"休得好。"邢晓丹笑道，"无婚一身轻。"

几个女人正说笑着，刘星梅忽然想起一件事来："青青，你这次回来待多久啊？"

"还没定呢，看情况吧。"武青青答道。

"前几天我们商学院的孙院长他们在我们酒店吃饭，说他们接下了莫愁区的整体规划设计，正招兵买马壮大队伍呢，孙院长还提到你了呢，不知道你有没有时间跟他们一起玩玩呀？我听他们说得热火朝天的，还蛮有意思的。"

"他们这个案子大概要多长时间呀？"显然武青青对此还是很感兴趣的，"我就怕在南京待不了那么久啊！"

"具体时间我也不太清楚，不过区政府应该是有时间要求的，不可能让他们拖太久，不然他们也不会急着到处找人。"

"要是一年半载的能完事，应该可以。"武青青思忖着说道。心想自己如今在东北反正就是个摆设，还不如在南京做点实事。

"我估计差不多。"刘星梅道，"我有孙院长的电话，我先给他打个电话问问。"

孙院长一听自己的得意门生武青青愿意加盟，自然喜出望外，承诺此事绝对不会超过一年。

武青青于是第二天便重返南大校园了。西北角的那一片银杏树林正是满眼金黄的时候，阳光透过密密的叶缝不温不火地洒在身上，树林里静悄悄的，武青青踩着满地的银杏叶，听脚下的落叶发出窸窸窣窣的声音，仰起头望着湛蓝的天空，每棵银杏树都笔直而修长地无限自我地矗立着，武青青深吸一口气，空气是那样的清新、甜美。穿过银杏树林，武青青并没有去商学院，而是在校园里绕了一圈便去了珠江路了，孙院长他们接案子用的公司在珠江路上。

田国庆在田国富的帮助下把无锡房产的事情料理完，见武青青暂时没有回东北的打算，便自己一个人先回去了。

第三十九回

点石成金　田老板时来运转
假公济私　老蛀虫引咎辞职

田国庆回去没几天田国民突然就到了南京，原来是常启东病重，电话通知了田国民。田国民赶到南京请示老娘，顺便也看看武青青和孩子。常桂生这把年纪当然是不可能去印尼了，田国民便自己一个人前去探望常启东，常启东见了田国民自然高兴，临终前再三嘱咐儿子们一定要和田国民常相往来，又拉着田国民的手道："我这两个儿子从小被我管拙了，老三你要多带带他们。"强横一生的常启东终于是撒手人寰了，好在事先早已立好遗嘱，家产虽丰但并无争执。

两个儿子，老大虽然一直在公司里挂着总经理的职，但遇事从不做主，事无巨细皆要请示老爸，自己背靠大树吃喝玩乐，优哉游哉！喜欢唱歌，还花钱特意组建了个像模像样的乐队，灌唱片、出大碟，每天也忙得不亦乐乎的。那老二倒是有心做事，一直待在基层做管理，和田国民甚是谈得来。知子莫若父，常启东在遗嘱中将企业交给了老二管理，老大只做股东，只管潇洒人生。

　　常家老二带着田国民去了趟早年买下的矿山，田国民一见这一眼望不到边的绵延起伏的红褐色矿山大喜过望，立刻打电话让家里来两个技术人员，对常家的矿山做了化验，镍品位居然在1.8至2.0之间，关键是裸采，也就是不需要做任何的巷道工程，只要一台挖掘机就能搞定，这如果能扔进炉膛直接冶炼的话……田国民心中一阵狂喜，当即与常家老二商定，先发一船回国试试。

　　这一试便一发不可收拾了，恰此时湖南的工程师也到了吉新报到，老头搞了一辈子冶炼，没想到退休了反而在红土镍矿的冶炼事业上大放异彩。吉林公司的高管们对于红土镍矿的冶炼成功也是兴奋不已，十分重视，全力支持，吉新的鼓风炉迅速增加到了一百五十七台，吉新成了本市第一纳税大户，员工队伍快速扩张到了固定职工六千多人；每个冶炼厂所在的山区无不是红旗招展、彩旗飘扬、车水马龙、人声鼎沸；村里的青壮劳力全都放下锄头，拿起了钎头，成了工人阶级。妇女们也没闲着的，全都加入了团泥队、揉球组，负责将红土镍矿团成球，便于入炉；连村里的老汉们都有事干，送水，给山上送饮用水，给货车司机们的水箱里加水；过磅，无论是进货还是出货都需要过地磅。

锦朝高速上飞驰着络绎不绝的从锦州港运往朝阳的红土镍矿车队；通往朝阳的公路、铁路上飞奔着的车流是运送的吉新从山西采购来的焦炭；京哈高速上川流不息的是往吉林运送低冰镍的大货车。

合资的吉新和原来的鼎新有着共同的毛病：粗线条管理。当然，当初的鼎新是心有余而力不足；如今的吉新则是有很大一批管理者是本着"水至清则无鱼"的心态在操作；因此企业的高速发展必然会引起管理上的各种不到位，各种原材料的浪费、各种以权谋私比比皆是。连小小的过磅员都能联合加水的老汉合伙"作案"：大货车进场前在山坡上等候排队，加水的老汉便过来帮车子的水箱加满水，以此补充货物在路上各种有意无意的损耗，司机只要给加水的老头和过磅员一人塞个十块、二十块的就行。

有个炉前操作的最基层的小工人见人人皆有油水可捞，独自己实在没什么外快可捞，便每天下班用自己带饭的铁饭盒盛一盒焦炭带回家，也不知这小子存了多久，居然在家里屯下了一吨多的焦炭，岂知这焦炭农村的土炕是根本用不了的，这么一大堆焦炭竟成了烫手的山芋，家里家里没处放，想卖又卖不出去，这小子思来想去，总算是想了个招，拿这些焦炭砌了个猪圈，很快便被邻居发现了，这事告到公司，罚了几个钱，办公室派人想把砌在猪圈围墙上的焦炭取回来，不想砌猪圈的焦炭早已臊臭难闻，还被猪啃了不少；这事传开后，也不知是谁取笑道："这才是正宗黑猪肉呢。"众人听了也不过一笑了之，并没有谁觉得这小子犯了多大的错。谁也不傻，这才多大点儿事儿？！

　　单玉田、单玉民、田国庆哥几个可全都坐不住了，几人一起找到田国民，田国民觉得单玉田目前挣钱是其次，身体养好才是重中之重，但大哥既然开了口自然也不好回绝，于是田国民将最近刚刚买入的城市信用社的股份让了一半给单玉田，并未要他一分钱，单玉田得了这股份便有了撬动其他资金的杠杆，很是满意。单玉民的两个小舅子在家都是做泥瓦匠出身，这几年锻炼得也十分能干，手下也带了一支建筑队伍，还建了好几个加油站；单玉民便想揽下建东冶的硫化池的活，田国民道："这个不行，建硫化池是要有资质的。"

"这你就不用操心了。"单玉民笑道，"你要啥资质我们都有。有人专门做这个生意，要啥有啥。"

"那你造假不是糊弄我了吗？！"田国民正色道，"那玩意儿砌起来可不是看的，是要用的。"

"你放心好了，我们的施工质量绝对过得硬，再说我们也是真有资质的，资质也是真的。放心，绝对不给你掉链子。"

"单二哥，我把丑话说在前面，你要是整砸了我可是要找你算账的。"

"你就放一百个心、一千个心吧。"

"这事我还得跟吉林的钱总通个气才行。"田国民只得松了口。

至于田国庆，他的要求很简单——承包从锦州港所有的红土镍矿的运输工作。

"你给谁拖都得花钱，我帮你们运还减少损耗。"田国庆道。

"你又没车，又没干过物流，怎么干？"田国民问。

"我跟田国富合作，他干了好多年物流了，要人有人，要车有车。"

"这个倒是可以。"田国民道,"那我也得和钱总打个招呼。"

哥几个全都满意而归。

可是没过多久,武青青便接到了吉林钱总的电话,希望她尽快回东北,现场去看一下东冶的硫化池。

武青青从心底里不想再介入吉新的任何事,但是钱总给她打电话,她又不能置之不理,怕影响了田国民的合作大计,只得给田国民打了个电话,问他知不知道硫化池的事情。"你赶紧回来吧。"田国民道,"我也正想给你打电话呢。"

"我回去又能怎么样?"武青青道。

"单二哥他们砌的硫化池开裂了,吉林肯定不会轻易罢休,你要是不回来,就变成我和老钱直接面对面了。"田国民道,"你抓紧时间回来,我和老钱之间需要有个缓冲地带,你最合适。"

武青青气得不想搭理田国民,但还是买票回了东北;她知道田国民熬到今天不容易,还是想尽自己所能,助他一臂之力。但这次她可不是一个人回来的,她跟孩子已经分不开了,于是将孩子一起带回了东北。

武青青将孩子送进了幼儿园小班,每天司机和保姆接送孩子，她也不再像从前那样天天都在集团和下属企业之间轮转，有人反映情况了就到现场看看，大多数事情都是问一问拉倒，起到个威慑作用也就达到目的了，毕竟如果事事较真那可就没完了。硫化池的事情看上去不用查，一目了然，施工质量有问题，可是单玉民的小舅子们却辩解说：首先他们是按图施工，这施工的图纸是王总工提供的；其次是阀门的问题，而这阀门并不是他们施工队购置的，而是王总工亲自订购的，整个施工过程每一个重要环节他们都随时请东冶的孟总到现场查看后才继续进行的。东冶的总经理老孟此时突然反戈一击，将武青青领到一间锁着的大仓库前，让人开了仓库门，指着里面堆得小山一样的阀门道："武总你自己看吧，这么多没用的阀门，全都是买错型号的。"

武青青惊问："这么多！为什么不退不换呢？"

"我说过呀，没人理我啊。设备采购是集团的事，我们下面只管使用。"老孟撇撇嘴道，"这些全都是王总工直接找钱总批的。单这些阀门大概就得二三百万，全在这儿睡觉呢，再过两年估计就只能卖废铁了。现在硫化池不能用，整体配套工程也就形同虚设，四千多万的工程你们集团看着办吧。"

　　武青青回集团的路上就在想：这个监察报告该怎么写？她思来想去，一个字也没写，把钱总约到田国民的办公室里，当着两人的面把自己调查的结果一一如实汇报了一遍，最后给了个台阶给两人："我想这个事事关外聘的王总工，还是你俩先商量个结果出来比较好。"

　　果然，没过几天那位王总工便引咎辞职了，走之前居然还托办公室帮他安排了酒席宴请吉新的高管层，以表谢意；田国民到场略坐了坐，钱总则连面都没露。那王总工离了吉新不久，便与亲家翁一起在南方搞了个和吉新的设备一模一样的小型冶炼厂。人人都说这家伙坑了吉新两把，得了两注横财，不然以他一个国企的下岗职工哪来这样的本钱？但是又能怎样呢？说话的白费唾沫星子，被说的既不疼也不痒，依旧是西服革履、戴着劳力士满天星潇洒人生。

　　整个硫化池工程再也无人提及，反正当初上这个项目也不过就是个尝试，并非必不可少的，没有它鼓风炉里照样每天都有火红的镍水源源不断地涌出，山上山下照样是人山人海，一片繁荣景象，公路、铁路、海上的运输队伍照样川流不息地日夜奔忙。

第四十回

如胶似漆　田国庆运走桃花
干柴烈火　田国富搞定如花

　　田国庆和田国富是看着这一切笑得最欢的人，他俩原先约好，田国庆只管把这活揽下来就行，剩下所有的活儿都由田国富干，两人利润对半分；谁能想到这活儿大到完全超出了他俩的想象，田国富带来的那十几台车根本就不可能忙得过来，两人一盘算，干脆把这活包给了锦州和朝阳两地的物流公司，他俩的总包价是三十五元一吨，如果九十五元一吨包出去，他俩就什么也不用干了，只要搞好和吉新上上下下的关系即可。吉新上下人人心知肚明，却不知道两人是瞒着田国民和武青青的，皆以为田国民什么都清楚，因此即便是社会上的运费已经下调了，田国庆他们的承包价也还是保持不变。

　　那田国富心里清楚自己这一场富贵皆拜田国庆所赐，因此对田国庆那是百般奉承，变着花样取悦。他与田国庆交往多年，深知田国庆有些个小资情怀，便时常约了田国庆到酒吧喝喝小酒、听听音乐。可是这朝阳哪有什么像样的酒吧？田国富好不容易发现了一家新开张的酒吧，老板娘的年纪不过三十来岁，生得颇有几分风韵，田国富便领着田国庆一起去了。老板娘一听田国庆是大名鼎鼎的田国民的亲哥，又见他俩开了一瓶黑方，立时便热情万丈，亲自陪酒。这中年男人的潜意识中本就随时准备着享受人生、放纵自我，更何况田国庆已经好多年和单玉兰同床异梦了，这一下子遇到了这么热情如火、丰乳肥臀的东北娘儿们，田国庆哪里还能把持得住，何况他本也不是什么柳下惠；连去了几次，便与老板娘梅花双宿双飞了。田国庆搂着梅花对田国富笑道："我这辈子是真交了桃花运了，跟这'花'字是分不开了。"

田国富安置好了田国庆，这才开始盘算自己的事。虽说他年轻时候开大车跑长途，路上的野花也没少采，但是现在年纪大了反而胆小了，生怕染上什么病，虽然老婆病故一年多了，却是从不敢乱吃野食。到了东北，一门心思忙挣钱，于这女色上也算是荒废日久了。这会子见田国庆美人在怀，他不由得想起跟着田国庆一起去吉新，在食堂见到过的刘如花，每回见到自己都是一副含羞带怨的样子，人长得虽然平常，但却也有几分动人之处，不知道到底是怎么个意思？田国富哪里知道，他每回去吉新都是和田国庆一道，刘如花那一份幽怨是冲着田国庆而来的。于是田国富决定到吉新走一趟，探探虚实。

刘如花和武青青闹了一场最终自己想想除了食堂，也的确没什么好去处，于是牢骚满腹地上了岗，谁知干了才一个多月便尝到了甜头，原来这食堂管理员正经是个肥差呢！那卖米的、卖面的、卖油的、卖酒的、卖肉、卖菜的，哪个不来讨好奉承她？因此这工作刘如花如今干得十分卖力。

田国富到了吉新早已过了下班时间，大院里静悄悄的，田国富见食堂的灯还亮着，便推门走了进去，却见刘如花正好从楼上检查完下来，便迎上去笑道："刘经理，真积极啊，还没下班哪？今天食堂没招待啊？"

"是田总啊！"刘如花笑道，"千年难得今天消停一回，晚上没客人。我也正要下班呢。你吃饭了吗？"

"没呢。这不想上你这儿来蹭点儿吃的，结果还没找准点。"田国富摸了摸脑袋笑道。田国富这两年有点开始谢顶，他便索性剃了个光头，一紧张就忍不住要摸脑袋。

"冰箱有馒头、包子，你要没吃我给你微波炉里转两个？"

"不了不了，多谢多谢。"田国富犹豫了一下，"要不你陪我出去吃吧？咱俩找个地方喝两杯？"

"咱俩？"刘如花斜了田国富一眼，只见田国富紧张得满头是汗，不由微微一笑道，"我事儿还没忙完呢。"

"没事，我等你。"

"我忘了喂猪了。"刘如花故意恶作剧道。

"你们还养猪了？"

"嗯，年年养，都养了好几年了。"

"那我跟你一起去。"

"那就谢谢你啦。"刘如花领着田国富从后门到食堂后面的小巷子里，指着一小桶泔水道，"你拎上这个吧。"

田国富硬着头皮拎起泔水桶，跟着刘如花来到锅炉房边上的猪圈旁，没到取暖期，锅炉房的门紧闭着，静悄悄一个人也没有，两只小猪听见又有人来了，心想：

哎？才吃过，怎么今天加餐了？高兴地跑到栏边，快活得直哼唧。

田国富四处扫了一眼，这地方竟是个视觉死角，哪儿都看不着这儿，"你们这猪圈收拾得真干净啊！"田国富没话找话道。说着作势伸头往猪圈里张了张，刘如花从后面轻轻一推，又赶紧一把扯住衣裳将他拉住，笑道："干净你就睡这儿得了。"田国富吃了一惊，回过头见刘如花笑得花枝乱颤，便伸手一把将刘如花推到猪圈的墙头上，笑道："这可怎么说法？是你先撩我的。"说着便把手伸进了刘如花的衣服。刘如花边笑边推搡道："对不起，对不起，田总，是我的错。我就是跟你开个玩笑。"

"那可不行，我这人开不得玩笑的。"

"……"

田国富向来对自己很有信心，在刘如花这儿也不例外，看着刘如花欲仙欲死的样，田国富笑道："怎么样？你们这些戴眼镜的都是闷骚型的呀，你这样的骚货，老孟那样的小萝卜头怎么能过瘾啊？必须得我这样的大卡车才够劲啊！啊？对不对？啊？对不对？"

"对，对，对。"刘如花喘息着连连答应。

　　两人打情骂俏，忘乎所以，哪里想到有一双眼睛在锅炉房的墙角处正看着他们。原来孙婷婷来找刘如花，从大院门口远远望见刘如花和田国富两人一前一后往猪圈那边走，便跟了过来，谁知刚到锅炉房的山墙边便听见两个人和两只猪混合在一起的哼哼声，那孙婷婷便放轻了脚步，蹑手蹑脚地走了过去，躲在锅炉房的墙角处将一切都看在眼里……

　　刘如花自己都想不起来那天是怎么就那么轻易地鬼使神差地半推半就地便从了田国富的。两人一来二去，刘如花竟然想跟老孟离婚，直接嫁了田国富，怎奈田国富压根没打算和她结婚，气得刘如花多少次下决心不理他了，结果还是主动去找了他，那田国富就越发不拿她当回事了，召之即来，挥之即去。

　　田国庆和田国富的美好生活没过多久便被武青青给打破了。

　　事情的起因是田国庆的儿子小清看上了当地一家物流公司老板的女儿，便一个劲地追人家小姑娘，结果没追上，小姑娘另有心上人了。小清咽不下这口气，回家便和田国庆说，不让他把活儿包给这小姑娘家，真实原因他当然不会说。田国庆本来要培养儿子，好多事情都交给他去办，因此小清说不给谁家、给谁家的，他也并没有太在意。这么一来，这小姑娘的爹妈莫名其妙地就丢了生意，了解下来才知道原来是这个缘故，那姑娘的妈也是个彪悍的主，一气之下跑到吉新，找到武青青，把小清连带田国庆都给告了，关键是把田国庆他们的外包价给泄露了。武青青一听这样的差价，大吃一惊，这还了得？一吨差价六十元，一条巴拿马船，平均载重七万吨，吉新在锦州港一年要进几十条船，这一年单这一条线上的损失是多少啊？武青青把这情况跟田国民一说，田国民也吓了一大跳，气得暴跳如雷，下令由武青青牵头，把几条运输线全都拿出来，统一招投标。

锦朝线上那个小清没追到的小姑娘家理所当然地中标了，把小清气了个半死，跑到吉新，一脚踹开武青青办公室的大门，发了一通牢骚摔门走了。武青青自然也被气得不行，跑到田国民跟前告状，结果田国民先把武青青说了一通，叫她不要和孩子一般见识，要有个长辈的样，武青青走后田国民一个电话把小清喊到办公室，劈头盖脸一顿骂，小清自然不敢回嘴，末了，田国民道："只要你跟别人价格一样，还是优先用你的车。"小清回家和田国庆一说，田国庆和田国富把账一算，挣不了几个钱，兴趣也就不大了，现在的田国庆早不将挣这几个辛苦钱放在眼里了。但田国富手上有十几台车，闲着也是闲着，也就跟着一起随便跑跑了，田国庆则先静下心来，另寻机遇。

田国民自以为自己这样的处理方法再合适不过了，一边是老婆，一边是侄儿，不偏不倚，可是他偏偏忘了一条：武青青和小清的纠纷不是家庭纠纷。他用处理家庭纠纷的方法来处理这事，小清理亏，当然不敢反驳，何况小清都三十出头了，当然知道自己将来还得靠着这位三叔呢，所以不服也得服；而武青青本来奉命秉公行事，没想到小清跑来无理取闹，田国民居然"各打五十大板"，这本就出乎武青青的预料，再加上她原本就是个心事重的性格，这个心结可就打下了，从此凡涉及田家兄弟子侄的事情武青青皆一言不发。

第四十一回

山穷水尽　老板娘临危受命
柳暗花明　武青青急流勇退

　　企业照常运作，一切看似平静如水，然而随着经济危机对中国市场影响的日益扩散，吉新的鼓风炉一台接着一台地熄灭了，最后只剩下十台小鼓风炉微弱的火光还在闪烁。港口上堆积如山的红土镍矿如同一座座沉重的大山分分秒秒都压在田国民的心上。港口的堆存费已经压得不少矿主连货都不要了。吉新剩下的那十台小炉子也在苟延残喘，眼看着焦炭便要见底，原先大肆挥霍时炉前都是黑压压厚厚的一层，现在是扫得干干净净，生怕漏掉一点一滴。例会上，集团的中高管们全都束手无策，分管商务的吉林派来的汪总垂头丧气道："现在根本没钱进焦炭，集团那边都召开了全体动员大会了，一再强调'活着就是最大的胜利'，不可能再拨钱给我们了，实在不行就停炉吧。"

"这十台炉子一停那就是彻底停产了。"田国民思忖着说道，"我多次说过要将压力转化为动力，危机同时也是机遇，大家也不要气馁，理论上说经济危机四年一个周期，这是市场经济必须要经历的。"话虽这样说，但实际上田国民心急如焚，一时间也并无良策，反复斟酌还是觉得不能彻底停产，还是得想办法弄点焦炭回来，把剩下的几台炉子维持住。思来想去，田国民特意回家陪武青青吃了顿午饭，对武青青道："我有个事情想跟你商量。"接着便将自己的想法告诉了武青青：希望她能做集团副总裁，分管商务。武青青瞪大眼睛道："现在？一分钱没有，你让我分管商务？"

"就是没钱才叫你管啊！有钱谁不能管呢？"

"我不干。"武青青一口回绝，"你不是一直叫我要做个看花人，不要争当绣花人吗？"

"这连针带线带花绷子都要没了，你还不动手，还看呢？！"田国民叹了口气，"这个时候连你也不愿意干了，还能指望谁？"田国民说着眼巴巴地望着武青青，语重心长地说道，"媳妇，这是我们自己的企业，自己的家，这个企业是我用青春、用健康换来的，谁都可以放弃，我们不能。"

武青青撇撇嘴道："是你，不是我们。"

"嘿，你我一体，军功章有我的一半也有你的一半嘛。"田国民笑道。

武青青叹了口气，她明知道这军功章永远只属于田国民一个人，那些所谓的"每一个成功男人背后都有一个伟大的不平凡的女人"不过是女人写了聊以自慰的，或是男人写了用于安抚女人的，又或者是记者们为了抓人眼球不搞点男男女女的主题就没有卖点而生拉硬拽的，站在聚光灯下的永远只有一个主角，就像有句台词说的："大明王朝只有一个太阳。"尤其是这种夫妻共同经营一个企业的，人们看到许多看上去"日月同辉"的场景，但有几个女人真正的光辉是来自这个企业的呢？除非这舞台本身就是她搭建的，又或者她已经让身边那个男人成了自己"背后的男人"。武青青也明知道田国民和所有的民营企业家一样，把企业看成自己的第二生命，必要的时候他们甚至可以为了这个企业毫不犹豫地献出自己的生命；所以他们总是不由自主地将身边一切可以利用的资源全都拿来为"企业利益"这个核心价值所用，什么亲人、朋友、爱人，都是企业这盘棋里的一粒棋子，包括他们自己也都深陷其中。真正能够做到见好就收、急流勇退的其实压根和心智、情商之类的没有半毛钱关系，无论他们表面上看来退得是多么的潇洒，内心的落寞只有他们自己才知道，所以除了形势所逼；而这形势绝大部分取决于他们的健康程度，否则他们谁都想"生命不息，奋斗不止"；在他们的眼里，"革命永远尚未成功，同志永远尚需努力"。因此武青青叹息完还是不得不看着田国民道："那你想让我干吗呢？"

"你马上去一趟山西，搞点焦炭回来。"

"要多少？给我多少钱？"

"一分钱没有，焦炭越多越好。"田国民笑道。

武青青和司机小雷一起驱车前往吉新驻山西的办事处，她的心里一点儿底也没有。然而她还是奇迹般地从吕梁赊了整整一列车焦炭回来，总算是将吉新残存的那点星星之火延续了下来。

受到经济危机影响的可不仅仅是吉新一家公司，也不单单是有色金属这一个行业，各行各业全都岌岌可危，都在想方设法各出奇招、抱团取暖、共渡难关，连"铁老大"这样牛气冲天的铁路部门都开始主动找到民营企业谈合作。沈阳铁路局派人主动找到吉新，武青青分管商务理所当然地便与他们对接上了。在此之前所有的红土镍矿的短驳都是通过陆路，用大卡车，因此成本核算下来，锦州港离朝阳最近，可以说是进货口岸的唯一选择；但是武青青将海运费加上短驳运输费，再加上港口的相关费用，几项费用一算，联合沈阳铁路局找到了鲅鱼圈港，鲅鱼圈港也正在四处设法如何熬过眼下的困境呢，只是大型国企擅自降价，责任重大，武青青几上鲅鱼圈，以货物的入港量作为承诺终于将港口费用谈了下来，果断决定今后所有的红土镍矿全部进鲅鱼圈港。那鲅鱼圈周边原本没有任何红土镍矿的冶炼企业，皆因运费太高无法操作，这下可好了，源源不断的原料运到了家门口了，很快便有两家冶炼厂开始兴建。

久经江湖的田国民敏锐地从中觉察到了商机，干脆也不必把原料往家里运了，就地做起了红土镍矿的原料交易，生生把个鲅鱼圈港培养成了红土镍矿的交易集散地。

这贸易做开了头，田国民顿时觉得眼前一片光明，霎时间海阔凭鱼跃，天高任鸟飞。武青青紧接着又分别和秦皇岛、天津、烟台、连云港几个港口陆续合作，甚至想和丹东港合作，打造第二个鲅鱼圈贸易圈，但因随着整个市场经济的复苏，武青青所给出的超低价格的港务费用已经不足以吸引丹东港而告终。

随着贸易的展开、市场的复苏，吉新的冶炼炉又一台接着一台地重新点燃；武青青不等田国民开口便主动提出让出商务副总裁的位置。几年下来，她有时甚至比田国民自己更了解他，她知道用不了多久他就又会对她重谈"看花"与"绣花"的理论；这次武青青打算彻底退出吉新，她想回南方去发展。她知道田国民不太愿意她回南京，也许是他的潜意识里对她回南京有些危机感吧，武青青每念及此都忍不住莞尔一笑，他既然不想让自己回南京，那就去上海吧，对于红土镍矿贸易而言，上海绝对是最佳选择了。

武青青想找个合适的时机和田国民好好聊聊自己的想法，但田国民似乎就没有闲下来的时候。武青青一个人独自站在办公室的窗前，看楼下大院里车来人往、川流不息，她看见有辆悍马风驰电掣地冲进大院，不由得笑了，她知道是袁玉荣来了，全市就她这一辆悍马。果然，没两分钟就听见袁玉荣上楼和人打招呼的声音，紧接着便是袁玉荣推开武青青办公室的门，大声笑道："三舅母，挺好的呗？"

“挺好的，你呢？”田家这一大堆人，武青青最喜欢的就是袁玉荣了，跟她说话轻松又快乐，袁玉荣嘴上喊着“三舅母”，却从不拿她当长辈，而是当姐妹，随便说笑。两人其实是截然不同的两类人，却偏偏很是合得来。田国民戏称她俩在一起才真叫“雅俗共赏”，如果说武青青是“大雅”的阳春白雪的昆曲，袁玉荣便是那“大俗”的田埂炕头的二人转。

“我×，我可不好，你看你看，嘴都急得起泡了。”袁玉荣噘起嘴让武青青看。

“我给你泡杯枸杞菊花茶，清清火气。”武青青笑着给袁玉荣泡了杯茶。袁玉荣端起茶杯，“嗞啦”地嘬了一口，放下笑道：“嗯，好喝。我先上去找我三舅去，待会儿下来找你，晚上上我那吃去，大连刚送来的鲍鱼，可好了。”边说边出了门。不一会儿袁玉荣回到武青青的办公室，叹气道：“我三舅这一天天的，我跟他都没说上几句话呢，外头等着的人就着急了，他还怪我没跟他预约。”

“我见他也要预约排队呢。”武青青笑道。

“不管他啦，走吧，跟我走吧。”

“我不去，你自己慢慢享用吧。我跟你去，宝宝怎么办？一会儿保姆就下班了，晚上我要带孩子呢。"

"把宝宝带上呗。我也好久没看见那小子了。他几点放学啊？"

"现在应该已经到家了。"

"那走吧，回家接上孩子跟我走吧。"袁玉荣说着将武青青的风衣和包一起拎在手上，站在门口等着她，武青青只好笑笑跟着她下楼回家。

武青青已经不住在家属楼里了，家属楼早已改成宿舍提供给吉林的外派人员使用了，田国民在家属楼和办公楼之间盖了一间小别墅，还弄了个玻璃全封闭的小园子，武青青让人在园子里挖了个小水池，安了个小小的石桥，又种了些花花草草，权当江南了。见武青青和袁玉荣回来，保姆便道："今天婷婷跟我一起去接的宝宝，两人正在园子里玩儿呢。武总你还出去吗？我今天家里有事想早走一会儿。"

"哦，那你走吧，没事。"武青青忙道。

"婷婷，我有事先走了，你陪宝宝再玩会儿吧。"保姆跟孙婷婷打了个招呼便走了。

武青青对袁玉荣道："你等我一下，我给你拿点金丝菊和燕窝。美容养颜还养生。"

袁玉荣笑道："那就谢谢了，这个我得跟你学。"

武青青便进屋去找东西，袁玉荣进了屋隔着玻璃看宝宝和孙婷婷两个在园子里奔跑。武青青家的客厅和外头玻璃隔成的园子紧挨着，中间并无实墙，只有一道玻璃墙，上面刻了些磨砂的条纹，一来美观，二来阻隔些视线，又在园子的一面放了株高大的凤尾竹做个遮挡。孙婷婷带着宝宝在小石桥边跳来跳去，突然宝宝一个不小心，失足掉到小桥下头去了，袁玉荣一惊，但转念一想，屋子里头挖的池塘能有多深？而且孙婷婷就站在旁边，一伸手就拎上来了，不由笑着自言自语道："这小子，今天要挨揍了，衣裳全湿了。"不料却见孙婷婷回头向客厅这边看了看，继续一言不发静静地看着水里的宝宝，显然她没看见站在凤尾竹后面的袁玉荣。袁玉荣看了一会儿觉得不大对劲，突然回过神来，一把推开园子的门，孙婷婷猝不及防，显然是吃了一惊，袁玉荣顾不得别的，三步两步冲到池塘边，见宝宝正在水里挣扎呢，袁玉荣趴到池塘边伸手将宝宝提了上来，那宝宝早已吓得魂飞魄散，浑身直打战。袁玉荣将孩子紧紧搂在怀里，回头怒视着孙婷婷，孙婷婷早已紫涨了脸站在一边，吓得手足无措；袁玉荣怒喝道："滚！小×崽子，再让我看见你，就弄死你。滚！"孙婷婷吓得一溜烟跑了。

武青青出来正好看见袁玉荣抱着浑身湿淋淋的宝宝，惊道："啊呀，这是怎么了呀？"

"你赶紧找身干衣裳给孩子换了。"袁玉荣看了看宝宝笑道，"这小子，皮得掉水里了，看你下回还老不老实了！"

武青青忙找了衣服替宝宝换上，袁玉荣边帮着宝宝穿衣服边说道："你们家这池子里的水太深了。"

"深吗？你三舅恨不得再深点呢，说是水浅了鱼会死。"武青青笑道。

"你家里有小孩子，水放那么深干吗？太危险了！"

"嗯，倒真是的。"武青青点点头，"明天我就让他们把水放掉点，留个三四十公分足够了。"

"还有，千万别再让孩子一个人在园子里玩了。"袁玉荣犹豫了一下道。

"从来没让他一个人到园子里呀！刚刚不是孙婷婷跟他一起在园子里玩嘛！哎，对了，宝宝掉水里，孙婷婷人呢？"

"那小×崽子刚被我撵走了，以后也别再让她进门了。"

武青青闻言转脸看着袁玉荣，袁玉荣也看着武青青认真道："你也别问为什么了，总之听我的就是了。"武青青望了望袁玉荣，略愣了一会儿，低头对孩子说："把这个拎上，给二姐的，走吧。"

吃完晚饭，武青青回到家，田国民已经先回来了，正坐在床上看电视。

"一会儿跟你说点事。"武青青道，"我先打发宝宝睡觉。"安顿好孩子，武青青自己开始洗漱，边洗边思虑着要不要把今天宝宝落水的事以及袁玉荣说孙婷婷的话告诉田国民，最后还是决定什么也别说了。洗漱完毕，武青青来到田国民的卧室，说了自己想要彻底退出企业的打算。

田国民见武青青要辞职，招手让武青青上床坐下，笑道："傻老婆，你只要跟我在一起，这辈子都别想辞职，辞给谁看呢？辞了你干吗呢？"

"我正想跟你谈这事呢。"武青青微笑道，"我想带孩子去上海，宝宝正好也要上学了，我想让他提前一年上学，万一跟不上就留一级。今后我做南方市场，你做北方市场，井水不犯河水，你觉得怎么样？"

"井水不犯河水是什么意思？干什么？要跟我散伙？"田国民皱着眉头笑道，"我犯错误了吗？没有啊！我最近没犯什么错误呀！"

"我是说业务上井水不犯河水。"武青青"扑哧"笑道。

"唉！"田国民长叹一声，摇头道，"真是书呆子，你都走了，我还待在这儿干什么？"

"你的意思是跟我去上海？这儿不要啦？你舍得？"武青青讶异道。

"不是不要，我就来回跑呗。"田国民无奈道。

"那这费用也太高了！你不可能一个人来回跑的，我还不知道你？"武青青撇了撇嘴，"到哪儿都好个前呼后拥。"

"到上海不会啦，人力成本太高了。"田国民笑道，"我看你这架势是铁了心要回南方了，正好我也有心要离开朝阳了，毕竟我们现在做国际贸易，上海才是最佳选择，你要去就去吧，你带孩子先去，把家先安顿好，我目前还得坐镇朝阳，这儿的冶炼厂才是我们做原料贸易的支柱，也是我们有别于其他贸易商的重要筹码。"

武青青见田国民真的决定要跟自己一起往上海走

了，又有些担心了，“万一到了上海事情进展不尽如人意呢？你会不会后悔？我们还回来吗？”

“当然不可能再回头，媳妇，相信我，要不了多久我就能在上海打出一片新天地。所以我想啊，你可以辞掉吉新的职务，以鼎新集团副董事长的名义去上海，这个名头便于展开工作，人家一看就知道你说了能算，什么事情谈起来都更快捷。这儿呢，就作为我们的大后方存在好了，我们下一步的主战场在上海，我们要立足上海，放眼全球。”

武青青看田国民踌躇满志的样子，摇头笑道：“你呀，可真是与天斗、与地斗、与人斗，其乐无穷啊！也不知道什么时候折腾不动了，就安生了。”

“不这么着也hold不住你啊！”田国民笑道。

“哟，这还没去上海呢，海派腔调都出来了呀？”武青青调侃道，“什么时候学的英语呀？我怎么不知道呀？”

田国民哈哈大笑道：“就会这几个单词，小品里学来的，点头yes摇头no，来是come去是go，外加飞机上学来的orange juice，最近刚学的这个hold薅不得，外加红tea和绿tea。”

把武青青逗得哈哈大笑。田国民见武青青笑得前仰后合，不禁也被她感染了，也跟着笑了起来。武青青现在难得笑得这么开心，田国民同意她去上海发展，武青青的心头仿佛放下了一块重重的石头。田国民看着笑容满面的武青青，思想斗争了好一会儿到底还是没忍住，伸手将武青青搂到怀里，低头在她耳边嘟囔道："到了上海少和你那帮老同学联系，我怕他们会把你抢走了。"

武青青"扑哧"一笑道："怎么？田董事长这么没自信啊？他们都在南京呢！你再看看我，已经是个小老太太了，谁还稀奇呀？弄回家当老祖宗啊？"

"我稀奇呀！"田国民笑道，"我都稀奇了，谁不稀奇?！"

两人说说笑笑，不知不觉已过午夜，武青青打了个哈欠，准备回房睡觉，田国民将她拥入怀中笑道："这都分手在即了，还不搞个纪念仪式?！"

"……"

第四十二回

一帆风顺　　战上海鲜花着锦

万事如意　　闯海外烈火烹油

　　武青青带着孩子到了上海，因为计划是要立足上海做全球贸易的，理所当然选了陆家嘴一带作为落脚点。眼下正是学校新生报名的时间，这上海的规矩与别处大不相同，别的城市，外地孩子只要交借读费便可入学，大上海不缺钱，不收借读费，只要符合条件便可以上学，可这条件要比交借读费难多了：要么是本学区户口，要么在本学区拥有房产。自从定了世博会在上海举办，浦东的房价便水涨船高、节节攀升，再不是昔日的"宁要浦西一张床，不要浦东一间房了"；陆家嘴附近的学区房便宜的也要五六百万一套，沿江的都在千万以上。为了让孩子上学，田国民和武青青商量了一下，决定先买个普通住宅，让孩子先报上名再说。安顿好了孩子，武青青几乎跑遍了陆家嘴所有的写字楼，最终在江边租了一间原先是一家律师事务所的房子作为办公室。武青青把孩子送进暑托班，一边安排办公室的装修，一边找代理公司办理上海公司的注册事宜，同时和各家银行联络。

上海可真是名副其实的国际大都市，陆家嘴的金融贸易区也绝非浪得虚名，武青青很快便从南商银行拿到了五千万美元的授信；这才通知田国民来上海。田国民到了上海一看，家、办公室、银行，全都妥妥地等着他呢，喜得合不拢嘴，赶忙调兵遣将、排兵布阵。紧接着武青青又用吉新在中国银行的信誉作担保，从中银香港拿到了一个亿美元的授信额度，这些再加上吉新原有的银行授信，田国民手上一下子有了二十个亿的人民币供他调配，田国民这才真正体会到了驾驭资金流的快感。

到了上海，田国民才了解到原来赵亮在宁波和上海两个口岸也在做着红土镍矿的贸易，只不过赵亮的主业是房地产开发，镍矿贸易只是下面一个部门在操作，两人一联系，决定合作，田国民借鉴以前搞石棉行业协会的经验，和赵亮一起联手搞了个亚太地区红土镍矿协会，几次会议开下来，不单是国内搞冶炼的感兴趣，港口、设备厂家、物流公司、船运公司以及煤老板们都纷纷入会，连印尼、菲律宾的矿主们也都趋之若鹜。田国民和赵亮又在宁波搞了个有色金属交易平台，促使红土镍矿的进口量迅速成为仅次于铁矿石进口量的第二大矿产资源。田国民与此同时不但参股了常氏在印尼的矿产，还与菲律宾的客户合作，收购了菲律宾几处矿山的股份，从源头上进行资源掌控。田国民的红土镍矿事业进行得已经不是"风生水起"几个字能够形容的了，简直可以说是"烈火烹油、鲜花着锦"了。

随着田国民事业的蒸蒸日上，田国民也涉足了房地产行业。中国的房地产行业是个十分奇特的行业，如果你有过硬的社会背景，没钱也不要紧，自有傻呵呵的老百姓花钱凑钱买楼花让你搞开发；如果你在其他行业挣的钱够多，你要不弄块地搞开发，仿佛这事业就不算完美。田国民进入了房地产行业，单玉田、单玉民、田国庆自然也就都有事可干了，毕竟房地产行业所涉及的上下左右各行各业实在是太广泛了。眼看着自己打造的目前朝阳最时尚、最高档的小区日渐成型，田国民雄心万丈，不再满足于卖原料、冶炼初级产品了，他想要进军钢铁行业。正好辽东有家民营钢铁厂在前两年的经济危机中倒下，彻底停产了，如今老板正想方设法救企业于水火之中呢；转弯抹角地通过各种关系找到了田国民，说了合作的意向；田国民一路走来没少摔跟头，心里虽已千肯万肯，但还是谨慎起见说是要开会讨论一下。田国民因早已存了进军钢铁行业的心，所以这时手上已有好几个相关行业退休下来的懂技术的老头，跟他们一商量，老头们本来出来打工，虽说美其名曰当顾问，但都是一来在家闲不住，二来都是为了挣两个钱给儿孙的，所以老板一说，岂有个不附和的道理？故人人拍手叫好。原先搞镍的那支队伍则早已听田国民的吆喝行事成习惯了，当然也不会反对。因此上下一心，与辽东钢铁厂的合作很快就谈妥了，田国民出钱，对方出设备场地，人员由双方选派。独武青青听说了此事表示反对，田国民不快道："你什么也不懂，乱插什么嘴？"

"我是不懂钢铁行业，但我知道我们现在投到辽东的钱都是用于贸易的短钱，我们的授信期都是三到六个月的，钢铁行业岂是三到六个月就能收回投资的，那是个长期投资的项目，你现在把短钱长用，迟早资金链要断裂。"武青青见田国民拿话冲自己，心中也很是不快，本不想再多嘴，但事关重大，不得不硬着头皮继续道，"而且我认为我们也不是辽东钢厂要找的合适的对象，他们要找的应该是像鞍钢、太钢这样的同行业里的大咖。"

"为什么？"

"首先我们自己对钢铁行业本身就是个门外汉。"

"哼，我们自己不懂有什么关系？"田国民不屑道，"我们可以花钱去请懂的人呀。我已经派人和太钢、山钢的人在联系了。"

"那么辽东钢厂和我们合作的根本目的是什么呢？肯定不是为了技术。目的只有一个：钱。他们缺的不是技术，是钱，我们花钱买技术是为了完善我们自己，而不是为了完善这个合资企业，这个行为本身就是在浪费资源。而辽东钢厂所需要的资金量是我们根本满足不了的，你想想清楚，我们能有多少可以沉淀在那作为长期投资的资金，再想想辽东钢厂的资金需求量，然后再说我说得有没有道理。"

田国民听了心里也觉得武青青的分析颇有几分道理，但前期款和相关人员都已派出，收是收不回来了，何况万一不需要那么多的资金呢？而且就算是炼不出钢来，把他们炼钢的炉子改造一下炼镍好了，反正不至于亏本。因此对武青青道："好了，我知道了。"

　　武青青知道多说无益，只得静观其变。果然没过几个月，资金便跟不上了，炼钢炉改造工程也宣告失败，投进去的八千万人民币也打了水漂。田国民这才意识到自己前一阵子的确是有点膨胀了，吃了这么个教训倒是让他冷静了下来，重新调整思路，稳步向前。

第四十三回

漂洋过海　袁玉荣置业法国
不远万里　常桂生巡游酒庄

　　自从宝宝上了学，武青青的精力更多地倾注到了孩子的学习上，时间表也变得以"周"为单位，一周一周，循环往复，匆匆两年仿佛弹指一挥间不知不觉便过去了，田国民与武青青也搬进了新买的别墅，武青青便和田国民说想将常桂生接到上海来住，田国民当然高兴。武青青和魏瑶瑶通了个电话，魏瑶瑶说自己正好想来上海玩玩，到时候顺便就把常桂生一起带过来。

　　武青青与魏瑶瑶也有好久没见面了，此番重逢自然是高兴，只是魏瑶瑶看见宝宝，不由得想起自己不幸流产的孩子，如果顺利出生与宝宝此时正好可以玩到一起了，因此对宝宝格外疼爱。正好田国民在东北，她俩便又睡到了一张床上，每晚叽叽喳喳聊到更深夜静，无话不说。魏瑶瑶说她打算出国了，赵亮在美国买了一家酒店，但她并不想去美国，她还是更喜欢法国。武青青道："不管是去美国还是去法国，你和赵亮岂不是两地分居了？"

"不出国就不分居啦？"魏瑶瑶道，"在家还不是一样守活寡。也不知道他天天忙什么，要么出差，要么早出晚归，我要想跟他吃顿饭都得提前一个星期预约。"

"你三舅还不是一样？我提前一个星期都未必约得到，因为计划不如变化快，我永远排在那个待定项里。"武青青笑道。

"不知道是谁说的，婚姻就像鞋子，有人穿的是运动鞋，有人穿的是老棉鞋，有人穿的是草鞋，有人穿的是皮鞋，舒服不舒服只有脚知道。咱俩啊全都穿了双高跟鞋。"魏瑶瑶摇头笑道，"对了，你们怎么不到海外去置点东西啊？"

"我们是合资企业，哪儿那么容易自作主张就把钱拿出来了？"武青青摇摇头，"对了，玉荣前阵子说要去法国买个酒庄呢，也不知道操作得怎么样了。"

"是吗？我二姐要去法国买酒庄？那太好了，我替她看酒庄去好了。"魏瑶瑶高兴起来，"我给二姐打个电话问问。"魏瑶瑶说着便要给袁玉荣打电话，武青青阻止道:"快别心血来潮了,你看看几点钟了?"魏瑶瑶看了看手机,笑道:"算了,睡觉吧,我给她留个言,让她明天有空打给我。她也是大忙人一个,免得我打给她,不是在开会就是在谈事的。"

第二天快吃午饭的时候袁玉荣打了个电话过来:"瑶瑶你找我呀?"

"是啊,我听说你要到法国买酒庄了?"

"是啊,基本上已经定了,我最近正要抽时间过去签合同呢。怎么样?你想去玩玩吗?你要去的话我倒省了个翻译的钱了。"

"这事我可干不了。"魏瑶瑶笑道,"我哪能帮你翻译合同呀?我可没那个水平。"

"合同的事不用你操心,有律师。"袁玉荣道,"我好不容易出去一趟,总不能签了合同就回来呀,总得各处逛逛呀!"

"那这个我行。"魏瑶瑶笑道,"导吃导喝导玩导购,我肯定能胜任。"

"行,那你把签证办办,弄好了通知我,我帮你订票。"袁玉荣道,"可惜三舅母现在跑上海去了,不然我们仨一起出去逛一圈,多好!"

"我现在就在上海哪！你亲爱的三舅母就在我边上哪！"魏瑶瑶大笑道，"就是她告诉我你要买酒庄的事的。"

"你跑上海去啦？等着，别急着走，我把手头事料理完，就这两天我就去趟上海，探讨一下咱仨共赴法兰西的事。"袁玉荣朗声大笑道，"这要是咱仨一起去，我还用得着带公司的人吗？什么事咱们三人搞不定？！等着啊，千万别走。"

"那你快点啊，舅婆也在。"

"啊？舅婆也在啊？那干脆把舅婆也带出去逛一圈得了。"

"这个我做不了主啊！等你来了自己跟她说吧。"

"行行行，等着我。"

没两天袁玉荣便风风火火地到了上海，和武青青、魏瑶瑶三人一拍即合，几人邀常桂生一起去，常桂生笑道："你们去了有正事，我去干什么？等你们全都安置妥当了，我再去看也来得及。正好你们都走了，我在家帮着看宝宝。"

"看他？"武青青笑道，"你看得了他？"

"这活猴我可真看不了。"常桂生笑道，"反正不是有人接送，有人做饭嘛！"

于是袁玉荣、武青青、魏瑶瑶三人到了法国，直奔梅多克，律师和中介早将相关资料准备齐全，在车站等着了。袁玉荣买的酒庄离着波尔多市里还有八九十公里呢，众人开了两个多小时的车才到了酒庄，这才知道，原来闻名世界的波尔多"城堡"，不过就是个从葡萄种植到葡萄酒酿造一条龙的小酒坊。武青青和魏瑶瑶不禁有些失落，这破落的建筑和原先想象中的"城堡"差距实在是大了点。袁玉荣之前是看过图片的，但拍照的人想要卖东西，当然都挑些好的角度来拍，反正袁玉荣也并不在意这酒庄的建筑如何，她看中的一是这是个榜上有名的老牌中级庄，二是这九十八公顷毗邻大西洋的土地，永久产权的九十八公顷土地，她完全可以把这儿打造成一个大型的度假村。

袁玉荣指着酿酒车间南边不远处的一片树林，"我要在那儿弄个CS训练场。"

武青青和魏瑶瑶都点头道："这个真行。"武青青道："你在那小树林子里再弄点什么野外拓展之类的项目就更有意思了。这片树林有多大呀？"

"一公顷吧。"袁玉荣指着树林前面的一大片空地道，"这地方留着做跑马场。"又指着跑马场对面临近大路的一侧的一大片空地道，"那地方安个摩天轮，让来往的车辆老远就能看见。"袁玉荣说得兴起，挥手招呼武青青和魏瑶瑶，"走，我再带你们到后面看看。"袁玉荣指着车间西边一大片空地和树林道，"那里面原先就有摩托车的赛道，我要把它改造成卡丁车赛场。"

"你这是来之前功课早已做足了呀?！"武青青夸赞道。

"那是，不然我来干什么的?！就是再亲眼看一下和图片上的差距有多大。现在看来，除了那两排房子，别的基本上还可以。那两排房子我马上把它们全都改造成两层楼的，做成宾馆。"袁玉荣望着正对着大路的酒庄主堡，踌躇满志，"波尔多市政府正计划要开通游船游酒庄的线路呢，我买的这个呀是离大西洋最近的中级庄，到游船码头说是开车三分钟就能到。走，我们去码头看看。"

中介开车将袁玉荣一行拉到了码头，果然三五分钟便到了，这是个政府早已建设好的码头，是波尔多的母亲河吉伦特河入大西洋的入海口处，早年是个瞭望塔点，颇有些历史，现在每年夏天当地政府还会在此处举办灯塔节，欧洲人已有几十年的夏季度假习惯，因此每年灯塔节都十分热闹。这会子灯塔节还没到时间，但草坪上早已三三两两地停了不少度假的房车，不远处的草地上有几个人在排队，一问，原来是等着坐热气球的。袁玉荣一行几人便也排队上去坐了一把。

魏瑶瑶站在热气球的筐里，指着下面的建筑兴奋地嚷道："哎呀，二姐，你快看，那是你的酒庄呀！"

"是吗？"袁玉荣喜道，"哎，我×！真是哎！这酒庄我必须拿下。"袁玉荣笑道，"今后我们仨就上这儿来养老吧，这儿空气还清新，吃东西还放心。"

"你买了酒庄你是可以来养老了，我俩怎么来啊？真要到了养老那一步，商务签旅游签烦都烦死人了。"魏瑶瑶道。

"这个简单。"陪同来的中国籍律师笑道，"我就可以帮三位全都办成商人签，那就可以自由出入欧盟了，不过就是三位都必须是股东身份才行，哪怕就百分之一都成。本来这个酒庄现在是袁女士一人独资，法国的法律也不允许百分之百的股份由一个人掌控，至少需要两位股东，可以是法人也可以是自然人，我还正想问袁女士您打算写哪些股东的名字呢。"

"那这个挺好啊！"袁玉荣笑道，"百分之一干吗？一人给她俩百分之十好了。"

"千万别。"武青青道，"玉荣你可以写自己的名字和国内公司的名字，千万别写我们的名字。"

"嘿，跟我还客气什么？"袁玉荣道，"老哥我一个人，将来两眼一闭，这点东西还不是家里这几个人的？"

"你这不是离闭眼还早着呢嘛。"魏瑶瑶笑道，"我俩来玩玩，你这儿算是个落脚点就行了，写什么股份呀！我是肯定不会要的。"

"你俩都不来，将来我一个人待在这儿有什么意思呀？到老了，咱几个还得凑在一起是个伴。"

"要不这样吧。"武青青知道话既然已经说到这儿了，袁玉荣也很难再把话收回去了，"我俩一人写个百分之一，纯粹就为了办那什么商人签用，我通知家里让他们打百分之一的钱过来。"

"这样也行，那我也给赵亮打个电话，叫他安排人把钱打过来。"魏瑶瑶道。

"我知道你俩都不缺这点钱。这么着吧，百分之一就百分之一，那这百分之一就别跟我扯什么打钱不打钱的了，行吗？"

武青青和魏瑶瑶对视了一眼，心想来日方长，百分之一反正也没几个钱，要就要吧，否则僵着也没法收场。于是酒庄的股份便成了袁玉荣百分之九十八，武青青和魏瑶瑶各持百分之一。

律师见合同已正式签署，赶忙问道："几位的商人签需要一并办理吗？"

"当然要办啊！"袁玉荣道。

"我们所里办呢是一万二欧元一个人，如果你们信得过我个人呢，六千欧元一个人，其实你们就算是委托我们所里，也还是我替各位跑腿具体操作。"律师笑道。

袁玉荣几个相视而笑，心想难怪这小子要撺掇她们三人持股呢。"那就麻烦你啦，我们仨这事就都委托给你这个大律师啦。"袁玉荣笑道。随即袁玉荣便安排律师和从国内带来的公司财务人员负责后续事宜。

折腾了一年多，袁玉荣、武青青、魏瑶瑶三人的商人签才全都办了下来。袁玉荣便琢磨着夏天暑假上酒庄避暑去，这回她无论如何要拉常桂生一起去一趟，"哎呀，去吧舅婆，我早就说要带你上国外溜一圈了。"袁玉荣道，"宝宝也跟我们走了，三舅猴年马月的才来一趟，你一个人待着干吗呀？我们还不放心。"

"是啊，舅婆，趁着你现在还能到处溜达溜达，赶紧跟我们出去逛一圈吧。"魏瑶瑶也劝道。

"妈你就跟我们一起去吧，你外孙女买的大酒庄你不想去看看呀？"武青青笑道。

"奶奶去，奶奶去，奶奶必须去。"宝宝也跟着瞎起哄，一边摇着常桂生一边嚷道。

"好好好，去去去。"常桂生笑道，"祖宗，快别摇了，再摇把我头都摇晕了。"

袁玉荣一行到了法国巴黎，满眼的异国风情看得常桂生惊叹不已，袁玉荣对风景名胜一概没兴趣，只是一味地疯狂购物，武青青因为从小熟读法国名著，虽说是第一次玩巴黎，可看哪里都亲切，好在魏瑶瑶在此处待过好几年，导吃导喝导玩那可真是一点儿问题没有；几人吃喝玩乐逛了好几天才坐火车前往波尔多。

到了酒庄，酒庄和上次来时已有很大的变化，主堡内外都重新装修过了，看着很是气派。常桂生兴致高昂地到处逛了逛，看了酿酒车间后不禁感触万千："这世上的事啊，就是这么兜兜转转，你不知道什么时候就有什么事、什么人、什么景叫你看着似曾相识，可等你要看个仔细时，却又似是而非了。我小时候呀家里就有个酒坊，你们太公公呀差点就到上海开门市卖酒去了。"转而又叹息道，"唉！假如不去上海也不知道家里还会不会出后来那些事了！"

袁玉荣和魏瑶瑶对常家的故事从小就不知听了多少遍了，见老太太伤感，袁玉荣赶紧岔开话题："舅婆，你看看那边。"袁玉荣将常桂生拉出车间，指着远处的树林，"我要在那儿弄个CS训练场。"

"CS是干什么的？"

"CS就是好多真人一起打枪玩的。"宝宝抢着回答道。

"就你能。"常桂生对宝宝笑道，"没你不知道的。"

袁玉荣的目的是给常桂生打个岔，因此也并未多加解释，由着宝宝逗常桂生开心。

袁玉荣想常桂生这辈子恐怕也就来这一趟了，总不能叫她一直就在酒庄待着呀，便领着众人一起到波尔多市内最好的大酒店住下，又联系了原先买酒庄的中介，安排她们开始各大酒庄的参观考察之旅。波尔多的中介基本上都是些留学生，中介、导游、代购，有什么活儿就接什么活儿，难得遇见袁玉荣一伙这样的客户，自然是十分尽心，立刻答应安排行程。常桂生偶尔跟她们出去转转，有时宝宝睡懒觉不想起早跟着袁玉荣她们跑，常桂生便等他起来两人到酒店门口逛逛，酒店位于波尔多的金三角处，对面是个大戏院，门口小广场上有架旋转木马，恰值度假期间，市中心的大广场上搭起了声势浩大的嘉年华游乐场，十分热闹。本来武青青等人还担心一老一少留在酒店的吃饭问题，谁知那宝宝虽是小学四年级，可是英语却学得好得很，一老一少吃喝玩乐一点儿障碍没有。宝宝还用手机上的不知什么软件在附近找了家中餐馆，老少两人吃吃玩玩，开心得很。

　　袁玉荣等人在波尔多住了一个星期才又回了酒庄，计划除了看那些大酒庄，还想再看些附近名不见经传的小酒庄。不料袁玉荣却接到国内的电话，通知她赶紧回去，有要紧事。常桂生一听袁玉荣要回国，便道："那就都回去吧。"

　　"你们先别回去呀，这儿的事还没完，我回去看看还来呢，这么多人，机票都改签也浪费钱呀！"袁玉荣道，"我们订的机票是五十天往返的，这才过了十五天，你们就在酒庄玩几天呗，瑶瑶你查一下酒庄附近有什么好玩的，带她们在附近先玩玩，远处等我回来我们再一起去。"

　　谁知袁玉荣这一去可就再也出不来了。

第四十四回

东窗事发　袁玉荣锒铛入狱
协助调查　田国民身陷囹圄

袁玉荣回到国内，处理完公司的事情，便又重新订了机票打算赶紧出去与武青青等人会合，谁知拎着行李箱走出家门，门口早有一辆车在等着她呢，车上下来两个男人，直接就把袁玉荣往车上一架，袁玉荣心里也有些数，最近本市几个有点名气的民企老板都被纷纷约谈，因此强笑道："哥几个，什么意思呀？"

"到了就知道了。"前排副驾驶座上的男人冷冷道。

"我吧，我知道自己啥毛病。"袁玉荣笑道，"我其实也没什么大事，我就是给领导溜须了，这不就是想干点儿事儿嘛，都不容易。"

"你不用跟我们说，待会儿有人问你。"身边的男人冷笑道。

"哎哥们儿，我能上个厕所吗？"袁玉荣道，"这两天海鲜吃多了。"袁玉荣说着从包里拿出一个黑色塑料袋，"我这身上还带了两万欧元，本来打算带出去用的，哥几个能不能帮我找个垃圾桶扔了，不然我怕带在身上多条罪名啊，这海关只让带五千美元出境啊。哥几个好歹帮我这个忙，行吗？"

车上的三个男人犹豫了一下，互相对视了一下，袁玉荣赶紧又强调了一遍："劳驾哥几个了，随便找个垃圾桶帮我扔了就行。"前排的男人道："袁总，前边有个公厕，你可得快点儿。"

"好好好，实在是憋不住了。谢谢哥几个啦。"袁玉荣将手里的塑料袋往驾驶座底下一塞。

到了厕所赶紧把手机里的电话、微信各种记录一一清空，又将卡包里所有的卡统统折断，扔进厕所，这才出来重又上了车。本以为什么都处理妥当了，哪里想到自己的手机早就被监听了，开始时还伶牙俐齿地辩白，等把她带到监控室里，隔着玻璃看见张小花泪流满面地竹筒倒豆子把这些年和哪些官员有来往的事一个不落地全交代了，这才明白自己说什么都是白费力气了，气得抬手猛抽自己两个大嘴巴子，骂道："操，叫你溜须，叫你拍马，该！"

　　袁玉荣被弄进去的消息很快便传到田国民的耳中，田国民仔仔细细地回顾了一遍自己这些年的经商历程，虽无大事，但心里还是不踏实。想打电话找相熟的官员问问情况，又怕自己的电话被监听，平白再惹事上身，思来想去，还是先出国避避风头再说吧，于是给武青青发了条微信："你们在哪儿玩呢？这两天。"

　　"哪儿也没去，妈特喜欢这酒庄，我也挺喜欢的，空气真好呀！"武青青打开视频，"你看看，所谓天高云淡说的就是这儿呀！"

　　"爸爸爸爸，你什么时候来呀？"宝宝在一旁嚷道。

　　"爸爸后天就到，我已经订了明天晚上的机票。"田国民笑道。

　　"哦，爸爸要来了！"宝宝高兴地往主堡里跑去，"奶奶，奶奶，我爸爸要来了！"

　　常桂生和魏瑶瑶听了也十分高兴，几个人第二天到超市买了一大堆吃的，把个冰箱上上下下全都塞得满满的，就等着田国民的到来。

　　然而她们再也没能等到田国民，因为田国民被人从机场直接带走了。

　　秘书小钱和司机小雷按照惯例在安检口等着田国民

登机后发条信息告知"飞机起飞了"他们就好回家了，但是一直等到天快亮了才有个机场工作人员出来问他们："你们是等田国民的吗？"平时如果飞机晚点田国民早就发信息通知了。

"是啊。"小钱有点纳闷，工作人员怎么会知道自己等谁？

"你们别等了，田国民已经被带走了。"工作人员面无表情地说道。

"啊？"小钱和小雷都吃惊地张大了嘴巴，异口同声道，"带哪儿去了？"

"我也不知道。你们回家吧。"工作人员说完便转身进了安检口。

小钱和小雷两人面面相觑，目瞪口呆，好半天小钱才说："要不我们给孟总打个电话吧？"

"那打吧。"小雷道，"不然找谁呢？"老孟现在又重新成了鼎新的执行总裁。电话铃响了好久，老孟才接了电话，一看是小钱打的电话，再看看时间，不快道："家里失火啦？什么事情就不能等到上班再说啦？"

"老板，老板被带走啦！"小钱压低声音道。

"什么玩意儿？"老孟吃了一惊，生怕自己听错了，

"什么老板被带走了？被谁带走了？带哪儿去了？"

"不知道啊！就说被带走了。"

"老板昨天不是出国去了吗？"老孟一下子吓得睡意全无，忽地一下坐了起来。

"没有。我和小雷我俩现在就在飞机场呢！我俩都等了一夜了，刚刚机场的工作人员才通知的我俩，说是老板被带走了。"

"什么时候的事儿啊？"

"具体时间不知道啊！"

"因为啥？"

"不知道啊！"

"我知道了。你俩先回去休息吧。"老孟知道问小钱和小雷是不可能问出什么来了，放下电话思索了好一会儿，也想不出个头绪来，最近时常听说某某某被带走了，某某某被双规了，自己老板到底什么情况他心里也没底，左思右想决定还是给单玉田打个电话吧，又一想，还是去趟单玉田家吧，还是当面说好点儿。于是老孟匆匆洗漱了一下，便开车到单玉田家，谁知单玉田家里关门上锁，并无一人。老孟心里纳闷："这大清早上的，一家人能上哪儿去呢？"于是拿出手机给单玉田打了个电话，接电话的是单和平："喂，孟总啊，我爸在北京做手术呢，我和我妈都在这儿陪他呢。"

"啊？单总动手术啦？这上北京动手术，看来是大手术啊？咋啦？"

"我爸这不老肾炎了嘛，总看总不好，这回干脆给他换个肾。"

"哦！那是大手术啊！手术做完了没？"

"做完一个礼拜了，还在重症监护室观察呢。孟总，这一大早上你有事吧？"

"哦，没事没事。我就是早上溜达经过你们小区，本来想好久没看见你爸了，上你家看看他去，没想到你们家铁将军把门，所以就打个电话问问。"老孟随口敷衍道。挂了单和平的电话，老孟想了想，开车直奔田国庆家，不想单玉兰说田国庆出差不在家，问去哪儿了，单玉兰答"不知道"。老孟便打田国庆电话，关机。老孟傻眼了，不知该如何是好。忽然灵机一动，田国庆一向和田国富玩在一处，兴许田国富能知道田国庆的联系方式，于是拨通了田国富的电话，田国富一看是老孟的电话吓得魂飞魄散；原来昨天晚上刘如花谎称回娘家天太晚了就住在娘家了，实际上是跑到田国富家里了，这一早上老孟的电话就进来了，田国富怎能不心惊肉跳？他使劲推了推身边的刘如花："快点快点，别睡了，老孟。"

"啥玩意？谁？"刘如花起先还懒洋洋的，继而立马清醒过来，一骨碌爬了起来。

"怎么办？"田国富看着刘如花，"接还是不接？"

刘如花也吓傻了，不知道该如何是好。

田国富想了想，心一横，接通电话，并不说话，做好了听老孟破口大骂的充分的思想准备。"喂，喂，国富吗？是田国富吗？"老孟在电话那头叫道。田国富一听，哎？不对劲啊！愣了一下赶紧应道："是，是我呀，孟总啊，这一早上的，有什么指示？"

"你知道国庆的联系方式吗？"

"国庆啊？知道知道。你等着，我查一下。"田国富赶紧查了一下电话簿，把田国庆的电话号码报了一遍。

"不行，这号码我打了，关机。"老孟焦急道，"你有他别的联系方式吗？"

田国富犹豫了一下道："没有啊。我也只有这个电话号码，要不你上他家找找，看他在不在家呢？这一早上他应该还没出门呢。”

"我去过他家了，他媳妇说他出差了。哎呀妈呀，这可咋整啊？！"

田国富听老孟电话里的语气简直都带了哭腔了，感觉事情有点严重了，"孟总，出什么事了？"

"哎呀，老板出事了！你赶紧想办法帮我找到国庆。"

"什么？老板出事了？"田国富惊道，"好好好，我马上想办法。"田国富挂掉电话，一把掀开被子，慌忙穿衣服。刘如花拥着被子问道："咋啦？老板咋啦？"

"快别废话了。"田国富冲了刘如花一句，也不洗漱便拿了车钥匙匆匆出门了。果然不出田国富所料，田国庆躲在酒吧老板娘梅花家里呢。"这么一大早，你来干吗？"田国庆显然对田国富这一不识时务的举动很是不满。

"老孟到处找你，电话打我那儿去了，说是国民出事了。"

"什么？"田国庆也是大吃一惊，"国民出事了？出什么事了？"

"不知道啊。我听老孟急得都要哭了，你赶紧看看去吧。"

"好好好。"田国庆连滚带爬地穿好衣裳，坐上田国富的车，赶忙给老孟打了个电话，老孟说见面再说，田国庆和田国富急急忙忙赶到鼎新大院；三人见了面，说来说去还是那两句话："到底出什么事了？""人呢？"三人商量了半天决定还是得去趟北京，听听单玉田的意见。

"这么大的事，必须得去问问大哥呀！"田国庆道。

"大哥可是刚动完大手术啊！"田国富道，"这事告诉他能行吗？"

"那我们也不能这么干坐着呀！"田国庆愁眉苦脸道，"走吧，现在就去，我们现在连国民人在哪儿都不知道，好歹让大哥拿个主意啊，看是找谁还是托谁的，好歹大哥也许能知道个门路啊！"

于是三人开车直奔北京，到了医院，悄悄将田国民的事跟单和平先说了。单和平闻言也是吓得目瞪口呆。看看躺在重症监护室里瘦得皮包骨头的老父亲，想想不知所踪的三叔，疲惫不堪的单和平突然之间就崩溃了，抱着头蹲到地上呜呜咽咽地竟哭了起来。田国庆赶紧扶起单和平道："和平，和平啊，你这大男人的，怎么说哭就哭了呀？！"

"对不起，二叔。"单和平擦了擦眼泪，"我也不知道怎么了，心里突然就堵得难受，可能是最近太累了。"

"唉！"田国庆叹了口气，拍了拍单和平的后背，咂了下嘴道，"那你说怎么办呢？现在。"

"我也不知道。"单和平摇摇头道，转脸朝病房看了看，"现在把三叔这事跟我爸一说，那不等于要他的命？"

"依我看，这么着吧，孟总呢，还是先回公司，家里不能没人啊。国民出事这件事啊，先别声张，免得人心惶惶的。"田国富道，"国庆我俩呢，就先留在北京，看大哥身体要是还行呢就跟他说这事。正好我俩还能替替和平，帮着照顾照顾大哥。你们觉得怎么样？"

众人听了，也只能如此了。老孟自回朝阳不提，田国庆、田国富留在了北京，没过两天，刚回去不几天的单玉民又回来了，田国庆少不得将田国民的事悄悄地告诉了单玉民，单玉民一听便自告奋勇回去打探此事，可是却始终得不到准确消息，连人在哪儿都不知道。这田国庆是一天一天地煎熬着，度日如年，巴不得单玉田一下子便能身强体健，也好有个主心骨。可是这换肾的病人急切之间哪里能够一下子便复了原，只好慢慢地将养着。倒是单玉田见田国庆和田国富、单和平每天寸步不离地守在身边，心里甚是开心，康复得竟是快了许多，又过了一个礼拜便移到了正常的病房住着了，又暗想自己这回据说是换了个三十来岁的年轻小伙子的肾，不由得对未来充满了希望。

第四十五回

　　　　　望眼欲穿　　空欢喜痛彻心扉
　　　　　五雷轰顶　　肝胆裂家破人亡

　　且说武青青等人欢天喜地地预备着田国民的到来，估算着他头天晚上的飞机，到巴黎该是早上五六点钟，等出了关应该可以坐九点钟左右的火车或是飞机，到波尔多差不多下午一两点钟，她们可以消消停停吃完早饭然后去火车站或者是机场去接他，全都计划好了，几个人便安心歇下了。

　　第二天一早六点钟不到，武青青便醒了，打算打个电话和田国民联系一下，看他是否出关了。武青青披了件外衣到主堡外头找信号，这地方偏僻，手机信号也不好，必须要到屋子外面无遮拦的地方才能连上信号。

　　武青青看东边远处的树林边笼着厚厚的白雾，太阳正慢慢地升起，阳光透过雾霭洒在树林前面的一大片田野里，先是红彤彤的一整片，没几分钟东边的天空泛出橘红色的光辉，整个田野沉浸在无边的温暖里，紧接着那树梢上、田野里都铺满了霞光万道，那雾，一下子便轻薄了；西边青灰色的天空上犹自轻描淡写地挂着一弯清浅的残月。武青青深吸一口气，又缓缓地吐出，周围静悄悄的，只有早起的鸟儿"啾啾"地叫着。武青青将外衣裹了裹，酒庄空旷，早晨颇有几分凉意。她正想给田国民挂电话，秘书小钱的电话便进来了："武总，啊呀，可算打通你的电话了。"

"小钱啊，我们这儿是大农村，信号不好。"武青青笑道。她想：小钱肯定是打电话通知她老板已经上飞机了，这会儿应该已经到巴黎了，巴黎有没有人接他之类的话。

"武总，有个事情啊，您听了可千万别着急。"小钱吞吞吐吐地说道。

"什么事啊？"武青青听小钱的语气，隐隐地有些不祥的预感。

"唔！"小钱有点支支吾吾，"老板可能出事了。"

武青青愣住了，一时间不知道该如何接茬。

小钱听武青青没吱声便又接着把昨天夜里机场发生的事情详详细细地说了一遍。武青青静静地听着，过了好一会儿才回过神来："好，我知道了。"武青青默默地挂掉电话，脑子里一片空白，她呆呆地站在主堡门前的台阶上，茫然地望着主堡门前直通国道的主路，远处的国道上也是一片死寂，一辆车子也没有。

"青青啊，这一早上的，你看什么哪？这么出神？"常桂生在身后问道。

"哦！"武青青一惊，转脸见是常桂生，"早，妈。"武青青慌忙掩饰道，"我去做早饭，想吃什么？"

"我刚刚煮了几个鸡蛋在炉灶上呢。"常桂生道，"我不知道你们几个是要喝粥还是喝牛奶？"

"都行。妈你要喝粥吗？我去淘米。"武青青说着便进屋了。

正当武青青心不在焉地淘米、煮粥时，宝宝在屋里叫道："妈妈，妈妈。"

"宝宝醒啦？"常桂生闻声进屋道，"你妈在厨房做早饭呢，开着油烟机，听不到。醒了就快起来吧，一会儿吃完饭去接你爸呢。"常桂生走到床边掀开被子，在宝宝的屁股上拍了一下，"快去看看瑶瑶姐姐起来没？那个大懒虫，天天都还没有我们宝宝起得早。"宝宝闻言一骨碌爬了起来，穿上拖鞋便往西面瑶瑶的房间跑，进屋见瑶瑶果然还蒙头大睡呢，上前一把掀开瑶瑶的被子嚷道："瑶瑶姐，你这个大懒虫，快点起床啦，吃完饭还要去接我爸爸呢。"厨房里的武青青听见儿子的话，眼泪一下子就掉了下来，赶紧抽了张纸，将眼泪擦干，深吸一口气，又缓缓吐出，又过了一会儿才招呼道："开饭啦！"

吃完早饭，魏瑶瑶洗碗，武青青站在旁边慢慢地擦着碗，宝宝和常桂生在外面吵吵嚷嚷地争论着一会儿带什么不带什么："你去接你爸爸，你说你带着足球干什么呀？"

"玩呀。"

"玩什么玩呀？回来再玩。接人哪有空玩呀？"常桂生道，"对了，你爸是坐火车还是坐飞机来这儿呀？"

"不知道。"宝宝道，"我问问妈妈去。"宝宝跑进厨房，"妈妈，爸爸是坐火车还是坐飞机来波尔多呀？"

"你爸今天不来了。"武青青道。

"啊？不来了？"魏瑶瑶和宝宝异口同声道，"为什么呀？"

"临时有点急事，来不了了。"

"为什么呀？"宝宝拖着哭腔道，"我还准备等爸爸来了一起去嘉年华玩呢！"

武青青心如刀绞，咽了口唾沫强笑道："你爸不来一会儿妈妈也带你去波尔多玩嘉年华。"

"那就好。"宝宝转身便出了厨房，边跑边嚷道，"奶奶，我爸爸有事，今天不来了，等一会儿我们去嘉年华玩。"

"我三舅不来啦？"魏瑶瑶盯着武青青看了看，"为什么呀？"武青青还没来得及回答，常桂生也进来问道："宝宝说他爸爸不来了？为什么呀？"

"有国外的客户来了，他走不开。"武青青随口编道。

"不早说，让孩子空欢喜一场！"常桂生不快道。其实她自己心里也很失落。

魏瑶瑶到厨房门口伸头看看，见常桂生出去了，这才小声问武青青："我三舅不来，没别的原因吧？你俩没吵架吧？"

"我俩吵什么架！"

"那我看你不对劲呢，刚刚吃饭的时候就觉得你魂不守舍的。"魏瑶瑶道，"我三舅不来真没别的原因？"

武青青犹豫了一下道："有啊。他出事了。"武青青将早晨小钱说的情况——跟魏瑶瑶说了一遍。魏瑶瑶听完也呆掉了。好半天忽然想起来："哎，我让赵亮打听打听呗。"

"行。"武青青眼睛一亮，仿佛看见了救命的稻草。

"我这就给他打电话。"魏瑶瑶撂下抹布，赶紧回房间找到手机，急忙往外跑，去找信号好的地方；常桂生正站在门口看宝宝踢球，见魏瑶瑶慌慌张张跑出来，便问："碗筷收拾好了？"魏瑶瑶随口应道："好了。"边说边往东边的栏杆处跑，武青青也匆匆地跟在后面。魏瑶瑶拨通赵亮的电话，听着电话接通的声音，武青青的心里燃起一丝希望；然而铃声响了半天，却无人接听；魏瑶瑶又反复拨了好几遍，始终是无人接听。魏瑶瑶气得骂道："死啦？！"随即安慰武青青道："也许正在开会呢。"武青青想了想忽然灵机一动，"晓白，对了，我给晓白打个电话。"武青青连忙拨打查晓白的电话，电话铃刚响两声查晓白就接通了电话："啊呀大姐，我正拿着手机犹豫呢，要不要给你打个电话呢！瑶瑶姐跟你在一起呢吧？"

"在啊。"

"我们赵总出事了，被带走了，我正想着怎么跟瑶瑶姐说呢，你跟她在一起，你跟她说吧。"

武青青闻言大惊道："什么时候的事啊？"

"就是今天早晨的事，我送赵总出差去北京，他是在站台上被两个男的架走了的。到现在我们都还不知道他人在哪里呢！"

武青青的脑子"嗡嗡"地响，查晓白说的话几乎和秘书小钱如出一辙。再转脸一看魏瑶瑶，面色苍白，几乎站立不住了，武青青这才想起自己一直开着免提呢。武青青挂掉电话，扶住魏瑶瑶，含泪道："瑶瑶，你舅婆在那边看着我们呢。"魏瑶瑶扶着武青青慢慢地蹲下身，抱着膝盖无声地哭了，"怎么办？怎么办？现在我们几个怎么办？"魏瑶瑶喃喃道。

"妈妈，瑶瑶姐姐，你们俩慢死啦！快点！奶奶着急啦！"宝宝站在门口大声叫道。

"怪不得二姐一去影无踪呢，估计也出事了。"魏瑶瑶慢慢站起身，思索道，"我给大舅打个电话，看他有没有办法。"魏瑶瑶拨通了单玉田的电话，单和平接的电话，这才知道赵亮也出事了。单和平把单玉田手术的事一说，魏瑶瑶和武青青这回彻底傻眼了。两人相对无言，好半天武青青才长长地叹了口气道："走吧，这事千万别让你舅婆知道，她可真是未必经得住呢。"魏瑶瑶擦了擦眼泪，和武青青一起回到主堡，本来计划自己开车去波尔多的，魏瑶瑶租了一辆奔驰商务车，现在她和武青青两人谁也没有心思开车，便将车开到了距离酒庄二十公里的雷斯巴赫车站，将车子存在车站，然后几人坐了大巴去波尔多。两人一路上默默无语，只有宝宝因为要去玩嘉年华，兴奋不已，和常桂生坐在一起小声地叽叽喳喳地说着话，没过多久，一老一少便都瞌睡了，相依着都睡着了。

武青青和魏瑶瑶每天如坐针毡，焦急地等着国内的消息，却是信息全无。一个星期过去了，魏瑶瑶突然接到赵亮嫂子的一个电话，原来赵亮的嫂子前两年给儿子陪读去了美国，就住在赵亮买的酒店附近，"瑶瑶，赵亮出事了，你知道吗？"

"知道。你那儿有什么新消息吗，嫂子？"

"我也没什么新消息啊，只是这边酒店的人都知道赵亮出事了，全都人心惶惶的呢，要不瑶瑶你来美国吧，好歹大家看见你还心定点呀。"

魏瑶瑶犹豫了一下道："我现在跟我三舅母还有我舅婆一起都在法国呢，我和我三舅母商量一下再跟你联系，这期间就拜托嫂子你常到酒店去照应着点了。"

"好好好，你就放心好了，这两天我天天去呢。"

武青青见魏瑶瑶同家人联系上，便也给老孟发了条信息问公司那边什么情况，结果老孟过了两天才回了个信息说是事情没有任何进展，让武青青耐心等待，有消息会通知她。武青青便又给田国庆发了条信息，说自己想要回国看看到底什么情况，吓得田国庆赶紧给她发语音留言："青青啊，你可千万别回来，现在国内形势还不明朗，你回来万一你再出个什么事，可怎么办呢？"

"我能有什么事啊？"

"这都说不准啊！你且安心先在酒庄那儿待着，等老三的事情有个眉目你再回来不迟。"

可是武青青怎么安心得了呢？宝宝出来的时候办的是旅游签证，现在眼看着签证一天天到期，学校要开学了，她和孩子现在却回不去了，武青青怎能不心急如焚？！她急得团团转，三天两头给国内主持工作的老孟发信息，可老孟的回复总是些冠冕堂皇的措辞，基本上没有任何价值。倒是原先田国民的一个社会上的朋友，给武青青打了个电话，说是自己有门路能找到人，不过需要一百万的活动经费，武青青让他先和田国庆等人联系，自己遥隔万里，很难掌握具体情况，田国庆在国内，有事就先和他商量，如果真有门路，砸锅卖铁也要想办法，结果那家伙再就杳无音讯了。武青青和魏瑶瑶后来分析十有八九是想趁火打劫的。又有田国民的故人给武青青发信息，声称田国民至少要判十五到二十年，自己仰慕武青青已久，愿意帮她上下打点的；武青青看了连生气都懒得生了，直接删除了事。更有内部员工打电话来告密的，说公司高管吃里爬外，伙同外部人员种种损公肥私的勾当的，搅得武青青日夜难安。

而魏瑶瑶那边的麻烦也不少，赵亮的嫂子给魏瑶瑶打完电话，又给赵亮的女儿打了个电话，那姑娘一听酒店群龙无首，学也不上了，直接飞到美国，入主酒店了。又听说魏瑶瑶不日有可能来美国，索性联系了个美籍的华人律师，打算将酒店的股份转至自己名下，还和魏瑶瑶在家庭微信群里干了一架，归根结底一句话就是不让魏瑶瑶去美国，把魏瑶瑶气了个倒仰，却又无可奈何。赵亮的前妻又在国内四处活动，希望能尽快将赵亮的财产转到一对儿女名下，可这个时候哪里有人会替她办这些事呢？左右不过是白折腾而已。

那常桂生年岁虽高，但却不痴不呆。儿媳妇和外孙女儿整天背着她嘀嘀咕咕，一副坐立不安的样子，常桂生尽收眼底。这天吃完晚饭，等宝宝看了会儿电视先睡了，她这才把武青青和魏瑶瑶喊到跟前，再三追问，武青青和魏瑶瑶两人开始还矢口否认，但架不住老太太一再追问，又想签证到期在即，她迟早都要知道，索性便跟老太太实话实说了；一边说一边小心斟酌遣词用句，怕惊了老太太。但常桂生一听家里三个人一下子全都出了事，还是惊得坐在沙发上好半天说不出话来。吓得武青青和魏瑶瑶全都蹲到跟前轻声唤道："妈，妈。""舅婆，舅婆，你没事吧？"

常桂生往后一仰，头靠到沙发上，好一会儿才长长地叹了口气，幽幽道："唉！这一个个的，这些年，一天天忙成那样！这是怎么了呀？！"说完闭上眼睛再不说一句话。武青青和魏瑶瑶看着眼窝深陷、满脸褶皱的常桂生，仿佛这一声长叹将她所有的精气神全都给叹了出去，整个人一下子便委顿了，干瘪得如同纸扎的风筝，窝在偌大的沙发里毫无声息。

武青青等了一会儿，见常桂生坐着一动不动，心里有些发慌，和魏瑶瑶对视了一眼，上前轻唤道："妈，妈，你累了吧，要不你早点休息吧。"见常桂生没反应，魏瑶瑶也叫道："舅婆，你也别担心，过几天肯定会有消息的。"常桂生还是毫无动静，武青青和魏瑶瑶两人都觉得有点不对劲，两人不约而同伸手晃了晃常桂生，常桂生的脑袋"吧嗒"一下垂了下来，两人大惊失色，都吓得一声尖叫"啊"！

许久，武青青仗着胆子伸手到常桂生鼻子下面试了试，气息全无。惊得武青青一下子缩回手，愣了一下又颤抖着手按住常桂生脖子上的动脉试了试，早没了脉搏。"瑶瑶，你再看看，妈是不是，没，没了呀？"武青青战战兢兢地看向魏瑶瑶。魏瑶瑶早吓得慌了神了，学着武青青的样试了试常桂生的鼻息和脉搏，放声大哭："舅婆！舅婆啊！"武青青赶紧跑到里屋将睡得迷迷糊糊的宝宝拖了起来，"宝宝，宝宝，醒醒，醒醒了，快醒醒，奶奶没了。"

"奶奶没了？"宝宝一边揉着眼睛一边嘟囔道，"她去哪儿了？"

"死了。奶奶死了。快起来吧。"武青青将宝宝拖到客厅，宝宝看见号啕大哭的魏瑶瑶一时有点发蒙，呆立着不知如何是好；武青青看着眼前的一切，再也忍不住了，也掩面痛哭起来，宝宝一看武青青哭了，又惊又怕，也跟着大哭起来。

三人哀哀地哭了大半宿，宝宝早就哭得困了，趴在旁边的沙发上睡着了，武青青和魏瑶瑶将常桂生平放在沙发上，亏得常桂生出国前武青青、魏瑶瑶、袁玉荣都帮她买了几件新衣服，还有两身都还没穿呢，武青青翻出来全都给老太太套到身上，只是没有中国人传统的装裹衣裳可穿，可身在异国他乡，也只能如此了。

第二天亏得原先的庄主帮忙，这才顺利将常桂生给火化了，宝宝捧了骨灰盒回到酒庄，武青青与魏瑶瑶相对落泪。本来魏瑶瑶是打算去一趟美国和赵亮的女儿理论一番的，可眼下哪里还有这个心思？与武青青商量了一番，决定回国一趟。"青青，我和你不同，你一直在我三舅他们公司工作，无论有事无事，你都说不清道不明，我反正是从来也没有介入过赵亮他们公司，我想应该不会有什么大问题，而且如果我也不回去的话，你和宝宝的生活怎么办？我们带的这几个钱，能撑多久？无论如何我先回去看看，好歹也不至于大家都困死在这个酒庄呀！"

武青青也想不出更好的办法，只能点头道："也行。你回去跟老孟他们联系一下，看看公司怎么样了。别待会儿你三舅出来了，公司却没了，那不跟要了他的命一样？！"

"唉！这时候了，你就别管公司的事了，老孟他们不是都在公司好多年了吗？应该不会出什么大乱子。你还是想想家里有没有什么事要我办的？"

"如果你三舅短期内出不来的话，你就帮我把上海的房子卖了吧。"武青青想了想，"我和宝宝要是回不去，在这儿总是要用钱的。"

"我不是回去了嘛，再说还有大舅、二舅他们，哪用得着你卖房子呀？再说了，你卖了房子将来你们回国了，住哪儿？"

"你就按我说的办吧。"武青青道，"我最近一直在关注国内的新闻，还是做好长久的准备吧。我怎么可能长期用你们的钱呢？！而且我也想了，我不能总住在这地方，住在这儿，宝宝怎么办？不上学了？我打算带他去巴黎，我这样没有工资收入的状况，是不可能租得到房子的，这些我都在网上查过了，只能自己买房，不把国内的房子卖了，哪来的钱买房？"

"你俩结婚这么多年，你就没存点钱呀？还非得卖房子。"

"你不了解你三舅，他呀，没法说，也许是太自信了吧？他最反感我存钱了，他认为存钱就是对他不信任。"

"神经病吧？"魏瑶瑶诧异道，"这都哪儿跟哪儿呀？"

"嗐，现在就别说那些啦！我给你做好委托书带回去，帮我尽快把那房子卖掉。"

魏瑶瑶带着常桂生的骨灰盒与武青青洒泪而别，她这一回去，田国民等人的事在单玉田跟前可就瞒不住了。本来众人还都哄他说田国民、袁玉荣等人都去了法国了，酒庄信号不好，难联系，这下常桂生的死讯怎能不告诉他呢？单玉田听田国庆和单和平吞吞吐吐地说了家里这阵子所发生的事情，当场便晕死过去，紧跟着高烧不退，各种胡言乱语，新换的肾也出现了排异反应，没熬过一个礼拜便气绝身亡了！

第四十六回

归去来兮　魏瑶瑶内外奔忙
凄风冷雨　武青青困守酒庄

几乎在单玉田葬礼进行的同时，中纪委下派的审计组进驻鼎新。谁也没认出来，审计组的小组长居然是张得宝的儿子张贺。确实也没有谁认识他。本来张贺从北京来朝阳之前已经向组织上提出过自己与田国民的关系，是否应该回避。但现在全国一盘棋，"苍蝇""老虎"一起打，审计人员实在是太紧缺了，且组织上也调查了解过了，知道张贺和田国民等人几乎从无交集，所以还是派了他牵头进行审计工作。一来组织信任，二来张贺也想洗清自己，因此查得格外仔细了。

审计工作基本上是围绕检察机关对田国民所提出的三条罪责展开的：一是行贿，二是骗贷，三是挪用公款。前两条张贺等人皆未能找出什么有力的证据，可这第三条问题可就大了。田国民一向是"家国不分"，在他的意识中，他就是鼎新，鼎新就是他，他的一切都是鼎新的，鼎新的一切理所当然也全都是他的，完全没有法人与自然人的概念。从他成立鼎新那一天开始，他就像是这个小王国里的国王一样，开心了就打赏，就封官加爵；程序也简单直接，他写张白条、签上大名，受赏之人便可到财务领钱。为这事，武青青没少和他生气，但他就是改不了。这回被查了个底朝天，所有这些陈年烂谷子的账全都被翻腾了出来，天长日久，积少成多，居然有千万之数。田国民本来理直气壮地申辩呢，可是一看到审计组向他出示的白条总额，不禁也傻眼了。他也没想到居然有这么多白条，而且这其中有许多他是想破脑袋也想不起来是什么了。

且放下田国民在里头天天被提审，细细回顾他那一堆白条的来龙去脉不谈，先说赵亮那边，赵亮的哥哥四处托情，又缴了几千万的罚款，赵亮被判二缓三，他人一出来，各路人马全都涌上来讨好卖乖，赵亮也不免论功行赏，少不了也找了些落井下石、过河拆桥之类的人质问几句，魏瑶瑶和赵大姑娘斗气的事赵亮没出来前便已有人将此事写成材料汇报给赵亮了，赵亮憋了许久的火，见了魏瑶瑶劈头便问："我在里面，你都干吗了？"

魏瑶瑶一时没反应过来，"什么我都干吗了？"

"我进去了，家里人人都在设法营救我，你呢？你干吗去了？"赵亮怒道。

魏瑶瑶一听也火了："当初不是你一再劝我跟我二姐她们出去的？还说过阵子你也有可能要出国，弄不好国内最近会出事。问你什么事，你又不说，还说是不让我知道是为我好；现在你倒又怪我不在跟前。你有病吧？"

赵亮回想了一番也是，再细想自己在里面时公司的副总写材料告魏瑶瑶的状，想必是自己的前妻和女儿活动的结果，赵亮心知她们这是欺魏瑶瑶和自己没孩子呢，心中深恶女儿和前妻的所作所为，于是索性找来律师打算将美国的酒店转到魏瑶瑶名下，绝了她们的念想。可魏瑶瑶此刻哪有心思去美国呀，武青青母子等着她卖房救急，田国民和袁玉荣身陷囹圄，本来她是个受不得半点委屈的性格，但这会子也无心计较赵亮前面说话不中听了，只一味哭着求赵亮想办法，赵亮自己也是个戴罪之身，并不敢轻举妄动，而且自己远在江苏，对辽宁也并不熟悉，于是便想了个办法，让魏瑶瑶给印尼的常氏兄弟打电话求助。常家老二接了电话便赶到北京与魏瑶瑶见了面，听了述说，动用了自己在国内所有的关系网，居然真就见到了田国民。

　　常老二一见田国民整个人瘦得脱了形，心下十分难过，两人互相问候了几句并不敢深谈。常老二在明，赵亮在暗，两人一起发力，只求能将田国民和袁玉荣两人设法弄出来。袁玉荣在里面待了这些日子，本就不太好的心脏越发糟糕了，不得不办了保外就医。她一出来，魏瑶瑶便赶来探望，袁玉荣一向是野马一样的脾气，可此时见了魏瑶瑶竟哭得泪人一般。魏瑶瑶又将武青青母子的情形跟袁玉荣细述了一遍，袁玉荣道："叫青青那房子别卖了，别让我三舅将来出来，连个窝都没了，她和宝宝的生活费我来好了。反正我这眼下也出不去，她就帮我把酒庄打理好吧，叫她也别过意不去，我请别人也得给人付工资。"

　　"我估计她不会同意的。"魏瑶瑶摇头道。果然她把袁玉荣的意思跟武青青一说，武青青死也不同意，"酒庄我自然会帮她照应着，但是我必须带宝宝去巴黎上学，不可能死守在酒庄的。"袁玉荣和魏瑶瑶都知道武青青看似柔弱，实则也是十分要强的个性，只得按照她的意思将上海的别墅卖掉了。两人也不敢明目张胆地将房款打给武青青，找了好几伙人蚂蚁搬家似的一点点把钱打给了武青青。

九月一号早已过去，宝宝的身份、学校全都悬而未决，武青青几乎每天都在为宝宝的事情奔波，却是毫无头绪。母子两人困守酒庄，宝宝变得越来越烦躁，酒庄里的两条大黑狗看见宝宝便吓得一溜烟地跑了，生怕宝宝又拿石块砸它们；武青青见了更是心急如焚。有田国民在新闻界工作的朋友给武青青支了一招，叫她到政府去就说自己在国内遭到政治迫害，寻求政治避难，宝宝的事情马上就能迎刃而解。宝宝一旁听了，眼巴巴地看着武青青道："妈妈，我们要申请政治避难吗？"

"儿子，你知道什么叫政治避难吗？"武青青看着宝宝。

"知道。"宝宝的脸上显示出与他的年龄完全不相符的成熟，田国民的事本来武青青一直瞒着他，但是武青青整天和他耗在一起，所有的通话、信息他都一清二楚，哪里瞒得住，武青青索性也就将田国民在国内的事情如实告诉了儿子。

"儿子，你爸爸只是个商人，中国是个法治社会，我们一定要等个水落石出。如果我们申请了政治避难，那我们这辈子都别想回国了，也更别想继续做中国人了。就算是我们拿了法国的国籍，可是在人家法国人眼里，我们永远都是外国人。你愿意吗？"

"不愿意。"

"好儿子。"武青青在儿子的额头亲了一下，"你安心学法语，磨刀不误砍柴工。相信妈妈，肯定能帮你找到好学校。"

第二天，武青青便找人在主堡正门前立了根旗杆，买来一面中国国旗，让宝宝将旗帜升了上去。仰望着蓝天下迎风招展的五星红旗，宝宝兴奋地叫道："中国，中国，妈妈我们是中国人！"宝宝的声音在空旷的田野上飘荡，五星红旗在风中猎猎作响。武青青百感交集，忽然就泪如雨下！她赶忙笑道："风真大呀！吹得我眼泪哗哗流。"她不想让儿子看见她脆弱的一面，儿子还未成年，周岁还不满十岁，而她是一个母亲，她必须坚强。

晚饭后，宝宝早早地便睡下了，明天一早六点半之前他们必须从酒庄出发，这样宝宝才能赶得上九点钟在市内的法语课。武青青独自一人倚在餐厅后门边，看着西边漫天的火烧云，不远处的围墙上的爬山虎早已被霜染得通红，院子里那棵硕大的玉兰树上栖满了打算入夜的鸟雀，偶尔还有不知疲倦的家伙叽叽喳喳地聊上几句；窗下一大丛月季花开花落，始终不曾停歇。远处的火烧云渐渐地被一层青灰遮掩起来，如同壁炉里熊熊燃烧的木柴，渐渐地化为灰烬。天色一下子便暗了下来，似乎还飘起了小雨，武青青轻叹一声，关了后门，回到客厅，拿起手机下意识地拨了田国民的电话，"嘟！嘟！"居然一下子便打通了。武青青一阵狂喜，焦急地等待着，然而始终无人接听。她不死心，又打了一遍，竟又打通了，但还是无人接听；再打，便再也打不通了。武青青长叹一声，编了条短信：

山一程，水一程，秋雨掩风尘。檐下燕雀了无痕，庭前花开赏无人。星有神，月有神，唯见青鸟空倚门。

编好后武青青犹豫了一会儿，还是给田国民发了过去，她明知道他不可能看得见，但她还是希望将来他拿到手机看到的第一条信息就是自己的。

第四十七回

上下求索　品不尽人情冷暖
左右顾盼　看不完世态炎凉

且说田国民自从听说常桂生和单玉田去世的消息，消沉了好一阵子，袁玉荣和田国庆如今可以进去探望他，他虽依然不肯委曲求全，但态度也不再像从前那样强硬了。袁玉荣、田国庆以及常家老二四处求情，加上田国民自己的态度有所改善，他的事情也随之出现了些许转机：通知田国庆准备五千万罚金。田国庆接到通知，欣喜若狂，赶紧回家通知众人筹钱。

这五千万放在从前，也许只要几个小时田国庆便能集齐，可眼下境况今非昔比，整个市场上的钱就像是一夜之间被蒸发了似的，问谁，谁都没钱。田国庆心知这不过是世态炎凉罢了，只得自家想办法。

田国民当初从银行拿授信和贷款时全都是以个人及其家庭所有的资产做的抵押担保，也就是一直以来都是把自己的全副身家和企业捆绑在了一起，现在他这一进去，镍矿贸易立马便停了下来，资金流自然就被卡在了某个节点上了，所有未结算的信用额度全都转成了借贷，七七八八算下来，居然在银行有十个亿的贷款，田国民又是个一向没有个人存款的人，便只剩下出售公司股份这一条路了，于是只得将手中所持有的吉新以及境内外各处股份、资产统统给了吉新，除了被武青青提前卖掉的上海小别墅成了漏网之鱼，使得武青青母子不至于在海外露宿街头；其余的尽数归了吉新，那还只是勉强能平账。田国民一夜回到解放前，只剩下赤条条一个光杆大活人。因此这五千万只能靠田国庆等人了。

田国庆将此事告知袁玉荣，袁玉荣七拼八凑能拿出五百万，田国庆又找来老孟与李忠良等鼎新老人商议，李忠良现任着鼎新财务总监的职，于是便牵头向鼎新的员工借款，并许下重利，人多力量大，零零星星竟然也凑了一千五百万。独老孟一声不响，原来他和刘胜利的儿子刘如刚早已暗地里合伙假冒鼎新之名，偷偷地在菲律宾做着镍矿贸易，那刘如刚本是鼎新派到菲律宾的驻外人员，自己留心了两年，将镍矿贸易的门道摸得清清楚楚，如今趁着田国民身陷囹圄之机正好做手脚，再加上老孟本就是鼎新货真价实的执行总裁，有老孟撑着门面，菲律宾办事处的几个人也就集体叛离了。因此顶着鼎新的名义做事外人哪里会有半点疑心？便是公司内部人员也知之甚少。倒是刘如花知道了这事心下十分不安，怕将来有朝一日田国民出来了不好相见，老孟笑道："真是老娘儿们，头发长、见识短。怕啥？我比他田国民自己还了解他，他压根儿就不是搞企业的料，还偏喜欢学人家搞企业政治。"

"他不是搞企业的料，他把企业搞这么大？！"刘如花不服道，"你是搞企业的料，你把企业搞黄了？"

"你懂啥？"老孟不屑道，"这不过就是个时也，运也，命也。我们那时候心思全用在搞政治上了，谁有心思搞企业？他田国民生逢其时，其实骨子里不过就是个《三国》看多了的文艺小青年罢了。"老孟想起往事忍不住笑出声来，"你没见他每回只要有事故，都一本正经地先自我检讨？太幼稚了！他这么做指望感化谁呢？看了两本历史书，想学古代帝王下个'罪己诏'呢！顶个屁用！只能叫大伙儿遇事先想着怎么把责任往他身上一推就万事大吉了。就我这事儿，别说我们做大做不大了，就算将来真遇到个什么事儿，他也肯定装大度不追究，实在万不得已了，上他跟前低个头、服个软，啥事儿没有。"

"可是他总要出来的，到时候你咋见他呀？别说他了，连我都没想到你们能干这事儿。"刘如花皱着眉头道。

"想不到正常。"老孟笑道，"他田国民总把自己想象成诸葛亮，明知道公司内部有多少人心术不正，可他就是以为只要有他在，魏延就不敢反，这回他不在了，魏延们可不就全出来了！"老孟见刘如花还是一副愁眉苦脸的样，笑道，"你把心稳当地放肚里，跟你老公比，他田国民还嫩着呢，就凭我这三寸不烂之舌，这辈子我就吃定他田国民了，只有我弃他，没有他弃我的时候。"

刘如花听了将信将疑，也吃不准老孟的话到底能有几成靠谱。也只得由着他和刘如刚串通了严守才等人作去。

那李忠良对老孟和刘如刚、严守才的事情也有所耳闻，见他此时不肯出力也就不勉强了，知道勉强也没用，只等来日有机会见着田国民必定狠告一状。倒是单玉民听说此事二话没说，凑了五百万送到田庆手上。

单和平东拼西凑也拿了五百万过来，单建设其实这些年真没少从田国民处弄钱，但偏偏谎称没钱，拿了一百万过来，田国庆虽是心中不快，但救人要紧，也就不去计较了。魏瑶瑶知道赵亮出来后日子也不好过，因此并未将此事告知赵亮，盘算了一下自己的积蓄，又跟张国华商量了一下，也凑了五百万。这么一来，也就有了三千六百万，田国庆想剩下的一千四百万自己回家和儿子商量商量，就不再去求人了。谁知小清一听，顿时就蹦了起来："不行。凭什么呀？我们的钱难道就不是血汗钱啊？"

"混账东西，没有你三叔，就凭你也能挣到这些钱？"田国庆骂道。

"干什么？我妈整天烧香拜佛，菩萨保佑我的。"小清辩白道。

"放你妈的猪屁。没你三叔，让你那佛菩萨给你个工程做做让我看看？"田国庆气得直哼哼，"我他妈的怎么养了你这么个白眼狼？这个家还轮不到你做主呢！"

"我看哪个会计敢给你打款？"小清两手在胸前一叉，抖着一条腿斜眼看着田国庆，"我就去把他们家给砸了。"

田国庆气得浑身哆嗦，指着小清骂道："你个小王八蛋，你他妈的这是不让老子活了？"

"我可没说不让你活啊，我只是说不出钱。"

"你还是人不？你二姐、你瑶瑶姐，两个姑娘一人出五百万，连和平和你单二叔他们也都各出了五百万，我们一毛不拔，你他妈的还有脸出这个门不？你这不是逼老子死是什么？"

"那单建设出了多少钱？"小清想了想，还是不甘心，挠着头道，"你不是总说建设也没少挣三叔的钱吗？他出了多少？"

"你就跟他比吧，你他妈的自己想明白了。你三叔可是缴了这钱人就能出来的，到时候我看你怎么见他！"

"建设出了多少嘛？"小清的语气缓和了下来。

"一百万。"

"那我们就出两百万好了，比他多一倍。"

"你三叔那儿还差一千四百万，你他妈的拿两百万能干吗？"田国庆怒道，"你别忘了，你爹我是他亲兄弟，你是他亲侄儿。"

"那好吧。"小清无可奈何道,"五百万,我们出五百万总行了吧?跟他们几个一样。再说了,账上也确实没钱啊!不信你查账去。钱全压在工程里头呢。"

"五百万就五百万吧,你忙去吧。"一直在旁边观战的单玉兰对儿子挥手道。小清得了这话一溜烟跑了。气得田国庆拿手指点着单玉兰一句话也说不出来。单玉兰斜了田国庆一眼,进屋拿了个存折放到田国庆面前道:"喏,五百万,我的一家一当全在这儿了。"田国庆觉得自己刚刚误会单玉兰了,心下惭愧,伸手握住单玉兰的手,看着她一时也找不到什么合适的话说,单玉兰被他看得有点不好意思,打岔道:"还有四百万把你自己的私房钱拿出来吧。"

"我他妈哪有什么私房钱啊?我要有私房钱我还用得着跟那小王八蛋废话?"田国庆愤愤道。他是真没钱了,他前不久刚替那个梅花买了房和车,再没想到钱刚花掉田国民这就出了事了。"还有那四百万我问问国富,看他手头有没有钱。"田国庆想了想道。于是给田国富打了个电话,不打不知道,一打吓一跳,田国富此刻正躺在医院里呢,田国庆一惊,心想田国富孤身一人在这儿,到底什么毛病啊?撂下电话便赶紧和单玉兰一起往医院赶去。

到了医院，田国富一人包了间贵宾房，除了医院的护工，出乎意料的是孙婷婷竟在病房里照料田国富呢。田国庆转念一想：这大概是老孟安排的，因为孙婷婷大学没考上便到鼎新办公室上班了。鼎新的传统，凡是单身员工住院，都由办公室派人照看。田国富虽非鼎新员工，但身份特殊，而且他也一向会为人处世，和鼎新上上下下关系都不错，田国民也一直将他视为自己人对待。只是平时一般都是男病人也派男员工照看，女病人才安排女员工照料，这样更方便些。

"这是怎么了呀？"田国庆一见田国富胸口缠着绷带，吓了一大跳，也无心细想这男员工、女员工的事了，惊道。田国富见单玉兰同来，便支吾道："没什么大事，受了点儿小伤。"

"哦，那就好，伤哪儿了？怎么伤的呀？"田国庆关切道。

"没事没事，真没事，都十多天了，快出院了。"田国富道，说着想撑起来坐着，却牵着了伤口，不等田国庆上前，孙婷婷早抢上一步，一把托住田国富，帮他垫了个枕头靠着；田国庆见状不由一愣，也没多想，坐了一会儿，借钱的事也不好开口了，便起身告辞，田国富却是不舍，想他多待一会儿："急着回去干吗呀？我这些天一个人躺着都快憋死了，陪我聊会呗。"田国庆本想再陪陪他，但心里挂着田国民的事，田国富这儿既不好开口，便想趁着天色尚早，再去找两个熟人问问看，因此犹豫了一下道："我晚上来看你，这会子我还有点别的事。"

田国庆从朋友家出来已是万家灯火，跑了两三家一分钱没借到，其中有一个家伙说了一通自己运营艰难的话，最后却不过面子拿了两万块钱出来递给田国庆，声称尽点心意不用还了，气得田国庆差点把钱掼到他脸上。

田国庆慢慢地把车往家开着，恰好经过医院门口，便弯了进去，上楼看看田国富去。

田国富见田国庆灰头土脸的样子，估计十有八九是为田国民的事，便问道："国民的事怎么样了？"

"唉！"田国庆叹了口气，将筹钱的事大概说了一遍，田国富道："我这儿有四百万，你先拿去救急。"

"嘿！你这住着院呢，也要用钱的。"田国庆推辞道，"对了，到底什么伤啊？伤哪儿了？"

"被人拿刀给捅了。"田国富苦笑道，"刀刃离着心脏两厘米不到，死里逃生。"

"啊？"田国庆大吃一惊，"谁他妈下手这么狠啊？报警了吗？"

"报个屁警啊！"田国富又一声苦笑，伸头向门口张了张，小声道，"孙婷婷干的。"

田国庆惊得一下子张大了嘴巴。

田国富挠了挠头，多少有些尴尬，"她非要嫁给我。"

"啊？"田国庆又一次瞪大了眼睛，张大了嘴。好半天才缓过神来，笑道："真的假的？这丫头疯了吧？她才多大？要嫁给你？你跟她也没接触啊？"

"嘿！跟你我什么也不瞒着。"田国富犹豫了一下挠挠头道，"本来我是跟她没什么瓜葛，可谁知道她妈来找我她跟踪来了，等她妈走了，她来敲门，我以为是她妈落东西了，想也没想就开了门，谁知道是她呀！"

田国庆瞪着眼听着，见田国富忽然闭嘴了，奇道："然后她就把你给捅了？"

"捅我那就是这几天的事，我说的这是一年前的事了。"田国富道。

"什么？我可真是越听越糊涂了。一年前她就发现你跟她妈的奸情了，一直忍到现在才发作？"

"啧。"田国富咂了一下嘴，"什么奸情，说那么难听。"

田国庆忍不住笑了起来："不是奸情，难道让我说你们是爱情？"

"我们是奸情，那你跟梅花呢？"田国富也笑道。

"去你的，我们那才叫爱情。"田国庆笑道，"情况不一样，梅花她是单身。"

"那你呢？"

"快别扯我了，说你自己吧。为什么孙婷婷憋到现在才发作啊？"田国庆道，"怪不得她在这儿伺候你呢！对了，她人呢？"

"吃饭去了。"

"等一下，你别说了，让我来猜猜。"田国庆道，"孙婷婷发现了你跟她妈的奸情，跟踪而来，兴师问罪。"他边说边思索着摇摇头，"不对啊，那她为什么要嫁给你呢？你该不会是老少通吃了吧？"他看着田国富，"孙婷婷找到你，你该不会把她给……"他的脸色沉了下来："要是那样，你可真就禽兽不如了。我也真就瞎了眼了。"

"怎么可能啊？！"田国富急忙争辩道，"我们认识这么久，我承认我是花了点，但是绝对不会干那事的。"田国富举起右手，"我对天发誓，那天绝对是她把我给那个了。"

"哪个了？"田国庆疑虑道，"你该不会是想告诉我说，那天孙婷婷把你给强暴了吧？"田国庆说完，自己也忍不住"扑哧"一声笑了出来。

"我知道说了你也不信，但事实就真是那样。"田国富挠着头皱眉道。

田国庆又一次惊得差点把眼珠子给瞪掉下来，"刘如花知道这事吗？"

"暂时应该还不知道吧？！"

"你躺在医院这么多天，她不知道？"

"她打我电话，我骗她说回老家了。"

"那你怎么个打算呢？"田国庆摇摇头，"总不能就这样耗着呀？别再让刘如花捅一刀，那就未必还差两厘米了。"

"说真的，我也不知道该怎么办了。"田国富垂头丧气地摇头道，"而且，孙婷婷怀孕了。"

"什么？"田国庆又一惊，"哥们儿，你这一句一句的，是要吓死人哪！"田国庆沉思了一下道，"你确定孙婷婷怀的是你的种？"

"应该是。"

"那这事倒也简单了。"田国庆笑道，"她不是要嫁给你吗？那你就把她娶了吧。"

"那刘如花不得跟我拼命啊？！"

"我去跟她说。"孙婷婷一步跨进门来，原来她早回来了，一直躲在门口偷听呢，"你不用管了。她要是敢不同意，我就死在她面前，一尸两命。"

田国庆和田国富对视了一眼，田国庆道："我看也只能这样了，不过你俩也不能再在这儿待下去了，这么多双眼睛，这么多张嘴。"

"说去呗。我才不怕呢。"孙婷婷满不在乎地说道。

"姑奶奶，我怕。"田国富对孙婷婷道，"要不这么着吧，我一出院就直接回老家吧，等我走了你再去找你妈。"

"干吗怕她？！"

"快别说那废话了。你他妈的想跟我过就按我说的做。"田国富不禁有些来火，一动怒牵动着伤口跟着一阵疼痛，不禁拧紧了眉头，孙婷婷见状也就闭了嘴，田国富转脸对田国庆道："我这儿的家当就全托付给你了，能卖的就全帮我卖了吧，这地方我也不能再来了。"

田国富走后，没人知道孙婷婷到底和刘如花说了什么，只知道刘如花一个人跑到大凌河边上的小树林里，一根绳索结果了自己。上吊前戴了墨镜和口罩，对于她的这个装束众说纷纭，有人说她是怕吊死鬼舌头伸得长吓着别人，有人说她必定是做了亏心事，怕到那一世有人认出来，也有人说她肯定是遇着伤心的人和事了，来世再不想看见他们了……不管众人说什么，警察的验尸结果是自杀，老孟也就收了尸体打算火化了事，但是刘胜利老两口见女儿平白无故地上吊死了，哪里肯善罢甘休，跑到老孟家中大闹，把个刘如刚夹在中间，左右为难；正闹着呢，刘如刚接到孙婷婷的电话，要找她姥姥说话，刘如刚便将电话递给老刘太太，只见老刘太太听着听着，浑身筛糠似的抖了起来；刘胜利问她话，也不搭茬。刘如刚夺过电话，孙婷婷早就挂断电话了，刘如刚便也追问他妈孙婷婷说什么了？老太太憋得脸色黑紫，突然一个倒仰晕倒在地，众人连忙上前救助，叫了救护车，慌忙拖到医院抢救，总算将一口气缓了过来；

但从此一病不起，不到一个月便一命呜呼了！无论是刘如花还是老刘太太的葬礼上皆未见孙婷婷的身影，不免又引得众人一番猜想；但到底是连个"风"也捕不着，实在也说不出个子丑寅卯来，议论了几天也就拉倒了。

那孙婷婷追着田国富到了无锡，也并未举行什么婚礼之类的仪式，两人只居家过日子便是，田国富重操旧业，又干起了物流配货的买卖。如今田国富年岁已长，便也收了年轻时的花花肠子，只一心和孙婷婷安心度日，虽说是自从挨了孙婷婷一刀，田国富的身体大不如前，但如今各种保养品数不胜数，田国富靠着前几年在东北攒下的资产，不惜血本，纵然是老夫少妻，照样把个孙婷婷收拾得服服帖帖，连续生了一儿一女，本来孙婷婷是个坏脾气、心术又不大正的姑娘，但这世上一物降一物，田国富便是那治孙婷婷的药，一家人倒也过了几年安生日子。但到底田国富挨了一刀，元气大伤，这把年纪，光靠补药、神油之类的吊着，不过是饮鸩止渴罢了，哪里是长久之计？！渐渐地那孙婷婷便越来越不满意，言语脸色都不大中听、中看了，一时尚不敢拿田国富怎样，便拿两个孩子出气，非打即骂，田国富心疼孩子，看不下去说了她几句，她便指着田国富的鼻子骂他老废物，田国富哪里咽得下这口气，等她晚上睡熟，一根绳索捆了，堵上嘴，结结实实地打了一顿。孙婷婷这才老实了一阵子，但这顿打把她的心也打散了，到底最终还是抛下一双儿女，一个人跟着一个货车司机私奔了，田国富也懒得去追她，找了个老实巴交的乡下寡妇居家过日子了事。

第四十八回

日思夜虑　美娇娘青丝华发
峰回路转　武青青运筹帷幄

且说田国庆凑足了五千万交了上去，便日日在家盼着田国民的归来了，谁知一连等了几个月恰如石沉大海一般，杳无音讯，田国庆只得约了袁玉荣又开始托人打听；才知道田国民的事情又有变化，暂时不能定论。田国庆和袁玉荣只得垂头丧气地打道回府，也不敢将详情如实告诉武青青，怕她着急，只说是快了，快了，叫武青青带孩子安心先在法国待着，有事随时微信联系她。

武青青哪里安得下心来？不到一年的时间，头发竟花白了一半；所幸宝宝的身份和上学的事情终于解决了，武青青心里的石头总算是放下了一大块。随着宝宝到巴黎上学，武青青母子也搬到了巴黎居住，武青青在家附近租了间小门面，开了个小酒窖，专卖魏瑶瑶酒庄的酒，打的是酒庄直销的牌子，巴黎人素来爱喝个小酒，生意倒是做得越来越好，这小酒窖便如同酒庄设在巴黎的窗口一般，确实帮着酒庄做了不少宣传。其实几乎所有的中国商人买了法国酒庄后，并未十分花心思去伺弄这酒庄，更没人想把酒销在法国本土，基本上都是将酒销往中国了，毕竟买酒庄的人都不是等闲之辈，各人自有各人的门道。试想，大多数买酒庄的商人本身并非业内人士，如果你在国内没有销路，你买酒庄干什么？即便是业内的买国外的酒庄也大多无非是图个名罢了，说起来已经在海外布局了，又有谁真的将酒卖到海外的呢？还不都发回中国市场消化掉了。袁玉荣也一样，除了土地本身对她的吸引力外，她也是抱着不愁卖的念头才买下这个酒庄的。谁知，人算不如天算，国内的政治、经济形势风云突变，别说卖酒了，袁玉荣自顾都不暇了，如果不是机缘巧合，武青青留在了法国，她这酒庄难保不会像有的中国商人收购的酒庄那样，遭遇同样的命运：直接无人问津，葡萄园里荒草连天了。如今武青青不得已滞留法国，反倒是开了中国商人用心经营酒庄的先河了。

　　法国的假期很多，孩子们几乎是上一个半月就得休息半个月，这还不算漫长的暑假，因此只要学校放假，武青青便带宝宝回酒庄看看，平时便以微信、电话遥控指挥酒庄日常。武青青留下了原先酒庄的庄主做顾问，只要进入采摘期，老头便天天坐镇酒庄。又另请了波亚克的一家酿酒工作室做长期顾问，专门对付每年的中级庄评审。为了保险起见，她还请了个波尔多葡萄酒学院毕业的高才生（她自己也拥有一家小酒庄）做顾问，每周都到酒庄巡察一遍，确保品质万无一失。又有一老会计师长年坐镇酒庄，负责日常行政事务；武青青不在酒庄期间便与他们日日以电邮联络。这些对于武青青而言，不过是小菜一碟，手到擒来，因此袁玉荣听了武青青微信告知的情况也是宽心不少，反复叮嘱武青青只管放开手脚做，想怎样便怎样，武青青于是又让酒庄种了四公顷BIO的葡萄，因为她在法国住了这一阵子，深感BIO产品是法国乃至世界未来农业的大势所趋。但因为自己对于葡萄种植也是个外行，因此并不敢全面推广，只敢小面积尝试。袁玉荣听了喜出望外道："好好好，你看着办就行。我这是白得了个职业经理人啊！"袁玉荣心下过意不去，非叫武青青从酒庄拿份工资，武青青笑道："你不是送了我一股呢吗？我也是股东之一啊，等将来挣了钱我等着分红就是了，而且我现在开的酒窖也是卖完才结账的，我还得谢谢你呢！"袁玉荣也只得一笑了之，心里想着：等自己行动自由了，出去第一件事就是更改股份，她打算让武青青持股百分之四十九。

岂知武青青因为协调酒庄的事，经常和会计师、律师、银行家等各色人等打交道，倒是悟出了在法国的一些经营之道，于是便想四两拨千斤，用袁玉荣的酒庄和自己在巴黎的房产做抵押，收购塞纳河畔的一个五星级酒店；武青青把这想法和袁玉荣一说，袁玉荣大喜过望，只恨自己身不由己，出不了国门，便让武青青放手一搏。武青青却提出希望魏瑶瑶能参与此事，一则，魏瑶瑶会说法语，武青青虽说也在学法语，但想要用来商务谈判这一时半会儿的却是不太可能，而法国人又不大愿意说英语，这家酒店的主人是个七十九岁的法国老头，英语说得也不大好，武青青每次和他见面还得带个翻译。二则，无论是做酒庄质押还是后期的银行融资贷款都少不了袁玉荣签字、公证等各项手续，魏瑶瑶正可以往返中法两国之间。三则，单凭目前袁玉荣和武青青的经济实力来操作一家五星级酒店，万一银行的贷款比例不能如愿，此事便极有可能前功尽弃。袁玉荣一听武青青的分析连声赞成。于是武青青便建了个三人微信群，将酒店的相关资料全都发到群里，又将自己的融资计划在群里详细说了，魏瑶瑶本就喜欢法国，一听说约她一起在塞纳河畔买个五星级酒店，顿时兴奋不已，只是自己的钱已借给田国庆拿去援救田国民了，而且就算是没给田国民用，区区五百万换成欧元也没几个钱啊，于是便对袁玉荣和武青青说自己想和赵亮商量此事，因为赵亮之前曾说过要将美国酒店给她的，但自己因为田国民的事情就一直没接这个茬，如今不如和赵亮商量看看，看看他有没有什么办法。袁玉荣和武青青皆以为目前也只有这个办法了。

　　魏瑶瑶和赵亮一说，又把武青青发过来的资料给赵亮看了，那赵亮本是个精明的商人，一看就知道这是个难得的好机会，这酒店位于自由女神像的桥头处，绝对是个可遇不可求的好地方，立马便来了精神，只是一来他现在也确实没现钱，二来就算有钱，资金也出不了国门，因此便想将美国的酒店卖掉，正好资金从美国到法国也更便利。魏瑶瑶一听当然举双手赞成，她本来就不太喜欢美国，加上赵亮在里面那阵子，为了那美国酒店自己又和赵亮的女儿生了场气，心里便越发不想要美国那酒店了，听赵亮说要用美国的酒店来换法国的酒店自然是求之不得。于是赵亮便通知他嫂子尽快设法将美国酒店卖掉，但是这上千万美元的酒店想脱手哪那么容易？只好是在中介挂了牌，慢慢等合适的买家。不过虽然美国的酒店不能马上变现，但是赵亮的介入也给武青青等人增加了不少底气。

武青青因为有了赵亮美国酒店打底，便放开胆子和卢森堡银行、瑞士银行以及法国本土的兴业银行谈贷款收购酒店的事，那武青青和田国民在一起十几年，早练就了与金融机构打交道的一身本领，当然银行家们谁也不是傻子，他们向来是只负责锦上添花的，有波尔多的酒庄、巴黎的房产、美国的酒店担保做底，武青青顺利从法国兴业银行以最低的市场利率贷到了百分之八十的收购款，预付的百分之二十全部由赵亮负责从美国打到法国，而袁玉荣则在国内将百分之十折成人民币还给赵亮。为此事袁玉荣特意去了趟南京，和赵亮、魏瑶瑶面谈了一番，袁玉荣提出："虽说预付款三舅母没有拿钱，但她在巴黎的房产也是做了抵押的，而且今后酒店的运营管理毫无疑问肯定是以她为主的，更何况此事没有她根本就不存在；所以我想呢，我和她各占百分之二十五，你们夫妻百分之五十，至于你俩比例怎么分，我就不参与意见了。你们觉得怎么样？"

"快别把我拖进去啦，你们三人分吧。"赵亮笑道，"我只是帮忙而已，美国那酒店我早就当着全家人的面宣布过了，是瑶瑶的。"赵亮看了看袁玉荣和魏瑶瑶，"我给你们个建议，供你们参考，你们既然要指望青青在那儿主持工作，肯定这法人代表也是要她来当的，不然酒店运营也不方便，所以我建议你俩一人百分之三十三，青青呢就占百分之三十四吧。前期款就这样吧，也别叫青青拿钱了，现在她也不可能有钱。你们考虑考虑。"

"我肯定没意见。"魏瑶瑶立马表态道。

"我去。你没意见难道我还有意见不成？"袁玉荣笑道，"行，赵亮你这建议不错，朕全盘采纳了。"

于是魏瑶瑶收拾行囊，带上袁玉荣的授权委托书前往巴黎与武青青会合，共同签署正式收购合同。

第四十九回

云开月明　局中人跳出樊笼
不甘平庸　田国民重整旗鼓

武青青与魏瑶瑶此番见面，竟有恍若隔世之感，两人相拥而泣；各自诉说了一番国外、国内的境遇。再看宝宝已比魏瑶瑶高出了半个头了，喜得魏瑶瑶一连说了两三遍："啊呀，你爸爸看见了不知怎么高兴呢！"

这法国人办事慢条斯理，各项手续齐全也折腾了大半年才算大功告成。

魏瑶瑶本就是设计专业的，得了这酒店，将二楼的一个弧形走廊设计成了一个酒吧，便以袁玉荣酒庄的酒作为装饰品安置在墙上，沿着铁艺栏杆放了几张小桌椅，倚着栏杆，摇一杯红酒正好可以俯瞰一楼大厅。武青青和魏瑶瑶两人高兴地在酒店的几乎每一处都拍照留了影，又挑些拍得好的照片发给袁玉荣看，袁玉荣看了也是欣喜万分，笑道："我也有好消息要告诉你俩呢！"

"快说快说，什么好消息？"魏瑶瑶笑道。

"你们猜。"

"是国民的事情有消息了吧？"武青青脱口说道。

"还是我三舅母聪明。"袁玉荣大声笑道，"已经正式通知我们了，三月一号，三月一号我三舅就能回家了。"

武青青激动得忍不住掉下泪来，魏瑶瑶开心地嚷道："真的？太好了！那三舅三月份就能来看我们了呗？到时候你俩一起来吧！你不是说你一月底就到期了吗？"

"他暂时还去不了。"袁玉荣叹了口气道，"他和赵亮一样，都是判二缓三，前面折掉两年，还得三年后才能出去。"

"为什么呀？他不是都被关了两年多了吗？"魏瑶瑶奇道。

"不一样的，前面那些都不算的，他前面并不是被关在监狱里的，只是被隔离而已。唉，微信里不说这些，以后见了面再细说吧。"

武青青和魏瑶瑶顿时都像泄了气的皮球，立时都蔫了。武青青缓了缓苦笑道："没关系的，他出不来，我们回去看他好了。反正宝宝四月份有两个星期假，到时候我们回去好了。"

"对对对，那我就先不回去了，等宝宝四月份放假我们一起走。"魏瑶瑶道。

终于盼来了三月一日，袁玉荣、田国庆、单和平等人首先将田国民接到洗浴中心，好好地洗了把澡，又理了个发，还特意让单玉民的女婿，二院的牙医给安排洗了个牙，总之是要将往日的晦气一洗而尽，干干净净、精精神神开始新的生活。这一切打点完毕了，袁玉荣便拉着田国民赶紧地去饭店，打算好好地撮一顿；田国民一直耐着性子做完了上述流程，这会子哪里还忍得住，赶紧给武青青发微信视频。正好此时宝宝也放学回家了，一家人在视频里总算是见了面，武青青看田国民人虽消瘦，精神还好，也算是放下心来。田国民看武青青基本上没什么变化，也终于是安下心来。他不知道，武青青料到他必会视频，所以提前染了头发，梳妆打扮好，坐等他的微信呢。

田国民这一出来，果然不出刘如花所料，很快就知道了刘如刚等人的事，不过是淡淡一笑便不再提起，倒是老孟和严守才两人主动找了回来，原来他们几人假冒鼎新之事被合作方知道了，对方不肯再跟他们合作了，而且他们的货品位也出了点问题，对方开始要追究他们几个的责任，老孟和严守才跟了田国民这些年，什么时候要他们个人承担过责任了？可是刘如刚跟他们提出既然利益共享了，当然应该责任共担。两人正急得挠头呢，正好田国民就出来了，两人大喜，跑来找田国民想要重回鼎新，田国庆、单和平、李忠良等人想起往事，义愤难平，坚决反对，田国庆气道："老三哪，你这关了两三年了，还不长记性，还是这么一点儿原则没有，这样的墙头草你要他们干吗？"

"就是啊，三叔，诸葛亮都说要'亲贤臣，远小人'，这可不是我们几个说的呀！"

"就是，老板你要是又让这些个叛徒回来，那都没法跟其他人交代了。"李忠良也趁机嘟囔道。

然而老孟还真不是吹的，最了解田国民的脾性的还真就是他，他和严守才执着地找田国民反复认错，还真就把田国民的火给磨灭了，两人不但都又重新回到了鼎新，还仍旧回到了鼎新的高管岗位，气得田国庆嗷嗷直叫。单和平也是气得久不登鼎新大门，而李忠良等一班老人更是憋了一肚子的闷气；但都无可奈何，便纷纷给武青青发信息告状，希望武青青能劝劝田国民。岂知武青青孤身带着孩子在海外挣扎了两三年，早已无数次反省了以前自己和田国民之间因为企业管理而发生的各种分歧与争执，如今早已大彻大悟，再也无心介入田国民的企业，这企业便如同是田国民自己造出来的一个大玩具，他想怎么玩就怎么玩吧，只要他高兴，只要他平安便好。因此无论众人跟她说什么，她都回个小笑脸拉倒。众人说了几次，见武青青一副跳出三界外、不在五行中的样子，也就不再烦她了。

武青青和魏瑶瑶守着酒店和酒庄每天忙得不亦乐乎，尤其是魏瑶瑶，恨不得天天耗在酒店里摆弄那个酒廊和大厅。两人只等着四月份宝宝放假便回国一趟，一家人好真正地团圆。

虽说鼎新如今又只剩下个空架子了，但政府退了两千万罚金回来，田国民便不急着还钱，拿着这钱又开始从头折腾。这回倒不用他特意去招兵买马了，听到他回来的消息，有不少在外头混得不如意的旧人又纷纷找上门来，田国民一律是来者不拒，统统收下。这新人有新人的锐气，老人也有老人的套路，田国民都用旧人，最大的好处便是少走弯路，也不必磨合；但是最大的弊端则是这些套路娴熟的老员工很快便又故伎重施，油滑世故，就算是有些零星的新人进来，很快便走马灯似的消失了，有被迫离开的，当然也有厌恶这样死水一潭的工作氛围自行离去的。

田国民很快便和常家老二又重新开始了新一轮的合作，在菲律宾承揽了一项水利工程；田国庆的儿子小清第一个凑了上来，怕自己说话不给力，特意拖了田国庆一起来找田国民，田国庆因为老孟等人的事，一直和田国民怄气，不理田国民，有十多天没见着田国民了，心里也正牵挂他，又找不到由头放下架子去看他，因此小清拖他同行便假装无奈答应了。小清见了田国民便笑道："三叔，我爸在家想你都想得不行了，还非拉硬不理你，他想问问你胆结石好点了没？"

"好多了。"田国民笑道，"那拉啥硬？我最近太忙，不然早去你家了。"

田国庆这才觉得缓过面子来，便随口问了几句武青青和宝宝怎么样了，田国民道："这法国的假期是真多啊，圣诞节放假开学没几天，二月份又有假，三月份刚安生上了一个月的课，这四月下旬就又放假了，他们四月放假就回来。"

"哦，是吗？"田国庆笑道，"那倒挺好，孩子上学不累。"三人聊了几句宝宝学校的事，小清见田国民心情大好，怕一会儿再有别的人来找他，赶紧找了个机会将自己的来意说了："三叔，我听说你们要在菲律宾做水利工程，能不能把基建的活儿交给我呀？我保证质量。"

田国民道："这事我一个人说了不算，人家常氏集团那边有一整套技术班子，你得通过他们的考察认可才行。"

"行。"小清满口答应，但却又问道，"这常氏集团不是我常二哥说了算吗？"

"谁说也没用啊，水利工程，关乎民生的，马虎不得，我只能说同等条件下优先考虑你的队伍。"田国民训斥道。

"唉！要是我奶奶在就好了。"小清叹息道，"让我奶奶跟常二哥说一声。"

"就你这样，八辈子也做不好。"田国民不快道，"遇事不想着提高自己，先想着托关系、走门路，还能把事做好？你奶奶，你奶奶要在，更较真。"

"就是。你三叔说得对。待会儿你再把那大坝砌得跟你单二叔他们那硫化池一样，裂个大缝，那是要出人命的。"田国庆点头道。

"行了，你要是真想做，就去找李守合他们要资料，带上你的人好好地研究研究，最好是带上你的技术人员去一趟施工现场。"田国民道，"我明天要去一趟沈阳，跟沈阳大学谈两项新技术研发的事。"

第五十回

一丈红绫　掩风流魂断他乡
万丈红尘　今如昨怅惘天涯

四月转瞬便至，巴黎城虽还带着一丝寒意，但也已是满眼春色了，路边人家的窗台上摆放着的小草花早已经是姹紫嫣红，地铁出口处的月季花也已经开得层层叠叠，塞纳河畔嫩绿的梧桐树叶全都纷纷娇慵地重重铺陈开来，岸边的游人和情侣三三两两地徘徊，河里的天鹅旁若无人地顾影自怜，一切都是那么的安详、静逸、和谐。

武青青的心情像春天般的和煦而温暖，机票她早已经订好，只等儿子放假便飞回久别的地方。

"青青，宝宝过几天就放假了，我们要不要提前去买点东西啊？"魏瑶瑶坐在酒店外的藤沙发上问对面的武青青。法国人一年四季都喜欢坐在户外，边喝咖啡边卖呆。

"我们俩想一起了。"武青青笑道，"我也正想着买点什么回去呢。"

"说老实话，真不知道买什么好呢。但是这么大老远的，又这长时间没回去，两手空空也不好看哪。"

"就是呀。干脆到香街逛逛去，看了再说吧。"武青青笑道，"也许看了就有灵感了。"

"对。"魏瑶瑶说着站起身，"现在就去。"

"不行啊，宝宝一会儿该放学了。"武青青抬腕看了看表，"干脆吃完晚饭去吧，让宝宝在家写作业，我们俩逛街去。"

"也行。"

吃完晚饭，武青青让儿子在家写作业："宝宝，过几天我们就回国了，妈妈和瑶瑶姐姐到香街转转，买点东西好带回去，你自己在家写作业好吗？"

"那妈妈我写完作业可以看会儿电视吗？"宝宝开始讨价还价。

"可以。"

"那好吧，你们去吧。"宝宝开心地说道，"你们几点钟回来呀？"

"很快。"武青青道，"你一定要先把作业写完再看电视哦。"

"知道啦！你们快走吧。"

从武青青家到香街坐地铁不过四站路，很快便到了，武青青给田国民挑了一条最新款的爱马仕皮带，"瑶瑶你看，这个好看吗？"

魏瑶瑶点点头道："不错，挺好的。你自己不弄一条？"

"我就住在这儿，什么时候不能买？"武青青笑道，"你三舅啊，那个老土包子，什么也舍不得买。"

"是吗？"魏瑶瑶笑道，"我们都一直认为我三舅整天地挥金如土呢！"

"哪儿呀！我早就说过了，他呀，还不是共产党员，可这辈子净为人民服务了。他这是投错胎了。"武青青笑道，"他应该是个匈奴单于才对。"

"什么意思呢？"

"既无国，也无家，只有部落，他这辈子净为部落人民服务了。"武青青说笑着让营业员把标价签剪掉，"这回去我还不能告诉他多少钱买的，免得他心疼。"

"真要是多几个他这样的部落首领，倒是也能为创建和谐社会添砖加瓦呢。"魏瑶瑶笑道。

　　两人一路说说笑笑，东逛逛、西逛逛，掰着手指头数了一遍家里的人头，唯恐漏了谁。拎了一大堆东西，打算打道回府，经过玛莎百货门口，魏瑶瑶见它们的橱窗布置得别具一格便想进去看看，武青青抬腕看了看表，时间尚早，也就没反对，两人便进去又逛了一圈，魏瑶瑶给自己买了条裙子，武青青没看到合适的便什么也没买，两人说笑着大包小包地拎着出了门，没走几步，忽然听到一阵密集的枪声，只见不远处停着一辆警车，有人在朝车内扫射，紧接着转而向周围的警察扫射，不少行人开始时都以为是拍电影呢，纷纷驻足观看，但很快便意识到：这是一起恐袭事件。人群开始尖叫、四散奔逃；魏瑶瑶也吓得撒腿便往玛莎百货里躲，跑到商场里头才发现武青青不见了，又不敢出商场大门，只得扒在玻璃门上向外头张望，一眼便看见武青青倒在不远处的一堆拎袋旁边，魏瑶瑶不顾一切地冲出去，跑到武青青身边，只见她胸口汩汩地渗出血来。魏瑶瑶扑到武青青身边，拼命地喊道："青青，青青，你怎么了？你怎么了？你别吓我呀！"武青青伸手握住魏瑶瑶的手，痛苦地喘息着，一句话也说不出来。"青青，你别死啊！你不能死啊！"魏瑶瑶转脸朝着警车的方向哭着用法语大喊，"Au secours！Au secours！（救命！救命！）"然而纷乱的人群嘈杂声将她的求救声彻底淹没。

武青青躺在冰凉的地上，忽然看见常桂生站在路灯下一脸关切地看着自己，武青青便挣扎着想要起来，大声叫道："妈，妈，你怎么来了？"

魏瑶瑶听见武青青的声音，忙低头道："青青，你看见谁了？你别说话，免得失血过多。"

"我看见你舅婆了。"武青青望着路灯道。

魏瑶瑶吓得浑身汗毛直竖；"青青，你快别吓我了，你就是失血过多产生幻觉了。"

"瑶瑶，假如我死了，求你务必帮我照顾好宝宝。"

"别胡说。"魏瑶瑶一把捂住武青青的嘴，"待会儿警察就会来的。"

"答应我，务必帮我照顾好宝宝。"武青青有些焦虑地皱眉道。

"好好好。"魏瑶瑶只好随口应承道，"你不会有事的。"转身四顾打算再次呼救。

"别叫了。"武青青道，"乱成这样，谁能听得见呀！"

魏瑶瑶泪如雨下，脸上的眼影、睫毛膏早已抹得一团糟。她眼看着武青青越来越虚弱，只得坐在地上将武青青搂在怀里哀哀地哭泣。

"瑶瑶。"武青青轻声道，"假如我死了……"

"呸呸呸，不可能不可能。"魏瑶瑶急忙打断武青青的话。

"唉！你吵死了！"武青青痛苦地有气无力地埋怨道，"让我把话说完。"

"你说吧。"魏瑶瑶抹了一把眼泪，侧脸将耳朵凑近武青青的嘴边。

"我不想化成灰，把我葬在拉雪兹公墓吧，让我和那些不朽的人做伴吧。"武青青缓了口气接着道，"在我的墓碑上挂上一丈红绫。"

"一丈红绫？"魏瑶瑶使劲地瞪大眼睛，"那不是我舅婆常说的吗？"

武青青淡淡一笑道："都一样。"

"你葬在这儿，将来我三舅呢？"魏瑶瑶脱口而出道。

武青青疲惫地闭上眼睛，轻轻叹了口气，嘴角泛起一丝微笑，"相濡以沫，不如相忘于江湖。"

"你快别胡说了，省点力气吧。"魏瑶瑶哭道。

香街之上，警铃大作，救护车呼啸着接踵而来，警察随即封锁了整条街道，武青青在送往医院抢救的途中便香消玉殒了。这场恐袭另有一名警察丧生，两名警察受了重伤，枪手在逃离过程中被击毙。

田国民并不能出境前来送葬，只有武青青的弟弟查晓白赶了过来，魏瑶瑶带着宝宝和酒庄、酒店的员工以及几年来结识的几个新朋友，另有法国政府和中国使馆派出的代表前来送葬，不想途中竟有不少不知名的反恐人士纷纷赶来送葬，一路上竟聚集了一支浩浩荡荡的送葬队伍。武青青的遗体遵照她个人的遗愿被葬入了巴黎市郊的拉雪兹神父公墓内，墓碑上飘荡着醒目的一丈红绫，立碑人落的是宝宝的名字。众人看着红绫拂过墓碑上武青青如花的笑靥，无不黯然神伤。

大洋彼岸的田国民自从听到武青青去世的消息后，便把自己一个人关在屋里，不吃不喝，任凭田国庆、单和平等人在外面喊破喉咙，只不搭腔，一个人躺在武青青为他特制的床上，这床靠墙一侧是个小小的博古架，田国民喜欢的一些小摆件、手把件都放在多宝格里，想起哪个皆触手可及。如今田国民两眼失神，呆呆地望着天花板上悬着的吊灯，一时想想与武青青相识至今的点点滴滴，一时又想想自己商海浮沉这些年，再看看这空荡荡、冷清清的产权已归吉新的大房子，耳畔响起老娘常桂生的话："我的儿，你天天忙东忙西的，到头来自己连个家都没有，有什么意思？"禁不住万念俱灰。

正当田国庆等人万般无奈打算撬门而入之时，袁玉荣开车到北京接了魏瑶瑶和宝宝回来了。田国庆等人一见宝宝，如获至宝，他上前一把搂住宝宝，泪如雨下。袁玉荣给田国民打电话，发现手机早已没电了。便让人找来梯子，从阳台爬到二楼，拼命地砸着窗户叫道："三舅，三舅，宝宝回来了，宝宝回来了。"

单和平等人也跟着爬了上去，喊了半天，不见田国民回话，几人一商议，决定将玻璃砸了，破窗而入。这一进去才发现田国民躺在床上一动不动，吓得众人连忙七手八脚地将田国民抬下楼，送到医院抢救。到了医院一检查，倒无大碍，不过是饿久了，四肢乏力而已，输上液不久，田国民便悠悠醒来，一眼看见魏瑶瑶，以为自己做梦呢，再一看宝宝，几年不见，已然是翩翩少年，不禁潸然泪下。

袁玉荣见田国民望着宝宝，上前含泪道："三舅，我们都当你是铁血男儿呢，千万别想不开，你就算自己活够了，总还得替宝宝想想吧？他看着这么高大个儿，可还是个孩子，不能没了妈再没了爸呀！"

"就是啊，三舅，难道你不想去看看青青了吗？"魏瑶瑶本来接口是想安慰田国民的，不料话一出齿自己便落下泪来，想起那天晚上的事，不禁放声大哭起来。田国民被她这一哭，一把扯起被子捂到头上，无声的抽搐震得病床都跟着痛苦地"吱吱"作响。

半个月很快便过去了，宝宝该返校了。田国民本想叫儿子留在身边，但魏瑶瑶认为宝宝在国外上了几年学，根本不可能跟得上国内的课程了，他如今正上初中，如果这个时候回国，岂不等于是把这孩子给毁了？自己怎么对得起武青青的托付呢？和袁玉荣商量了一番，也征求了赵亮的意见，最后一致认为由魏瑶瑶和袁玉荣轮番在巴黎照顾宝宝，让他安心将书读完，将来考大学了再由他自己决定，愿考哪儿考哪儿吧。田国民本来也没时间照料孩子，见瑶瑶等人已都安排妥了，也就随他们的意了。

田国民将魏瑶瑶、袁玉荣和宝宝送到北京机场，站在关检处，望着宝宝的背影，临入安检前，宝宝忽然回过头来，朝着田国民挥挥手道："爸爸再见。"田国民的泪水一下子便涌了出来，他忙低头假装看手机，他不想让年幼的儿子看见自己流泪的样子。等他再抬起头时，袁玉荣、魏瑶瑶和宝宝三人转了个弯，再也看不见了。田国民摸出纸巾拭去泪痕，又在关检处朝里面望了一会儿，这才慢慢地转身走出机场大厅。正午的阳光一下子耀得眼睛生疼，田国民取出墨镜戴上，五月的北京竟热得人心里直发慌。

有招徕生意的黑车司机上前招呼道："老板，要车吗？打表。"

"有车，有车。"本来远远地跟着田国民的司机小雷急忙紧赶上几步应道。

那揽活儿的司机也不介意，便闪身接着问后面的客人去了。

田国民刚坐上车，电话便响了，是和沈阳大学合作研发的陶瓷球项目进展顺利，朝阳基地打来的报喜电话。刚挂了电话，微信又开始响个不停，田国民打开一看，是菲律宾水利工程的工作群里炸开了锅，工程遇阻了，正施着工呢，居然来了场山洪，田国民赶紧询问人员安全情况，所幸吵嚷了一阵子，并无一人受伤。

不一会儿，赵亮又来了个电话，问田国民要不要去呼和浩特参加他们前几年创办的亚太地区红土镍矿协会的年会，大伙儿听说田国民出来了，都很想跟他见见面，田国民自从前些年急流勇退后便已不再每届年会都参加了，赵亮觉出田国民犹犹豫豫不太想去的意思，便劝道："我觉得你最好是去一趟，第一，你刚出来，许多关系还是有必要重新再理顺一下的。第二，你毕竟还在这个行业里折腾，去一趟也帮助你快速掌握目前的市场脉搏。第三嘛，我俩也好久不见了，正好借这个机会聚一聚。你看怎么样？"田国民觉得赵亮言之有理，于是便答应七月份和他内蒙古见。

赵亮见了田国民，两人难兄难弟，执手相看，感慨万千，但是两人对于在里面的情形皆不愿回首，因此闭口不提各自遭遇。本来赵亮还想就武青青的事情安慰田国民几句，但话到嘴边，自己心中先自哽咽，索性也就不提此事了，免得徒增伤悲。便只聊了些业务上的事，赵亮劝田国民不如回江苏去，眼下东北经济形势江河日下，花费同样的时间和精力，在江浙一带努力，其收获肯定要远大于东北。田国民也颇为赞同，以前有企业牵挂，多少有些割舍不下，如今一切又从头开始了，在哪里不一样呢？正好他心里也想离了朝阳这伤心地，和赵亮计议了一番，决定还是去上海，毕竟上海原先买的办公楼还在，虽说产权已归了吉新，但田国民可以重新租过来用，这样从前的客户往来都还方便。

　　会议两天便完活了，赵亮有事先回了江苏，田国民却并未急着回家，而是一路向东去了辉腾锡勒大草原。租了匹马，进了黄花沟，只见沟壑纵横，水流潺潺，满眼的烂漫山花，偶有鹰翔长空，田国民不觉心情开朗了许多；放马缓行，不一会儿便到了一大片开阔之处，有些许蒙古包散落在旷野之上，风中传来一阵幽幽的马头琴声，田国民循声而去，原来是个身穿民族服装的老演员在调琴，想必是为晚上的演出做准备呢。田国民上前给了他两百块钱小费，请他独奏一曲，那老者便问田国民想听什么？田国民淡淡道："随便，都行。"那老者看了看田国民，拉了一曲《天堂》。悠扬哀怨的马头琴声里，田国民坐在马背上，望着远方。

　　红日渐渐西沉，田国民自语道："天苍苍，野茫茫，归途在何方？"

（完）